Schwarze Fenster
Dorothe Reichling

Dorothe Reichling

Schwarze Fenster

Psychothriller

DeBehr

Herausgeber: Verlag DeBehr, Radeberg
Erstauflage: 2024
ISBN: 9783987272585
Grafiken erstellt über Midjourney.com
Bibliografische Information der Deutschen Nationalbibliothek
Die Deutsche Nationalbibliothek verzeichnet diese Publikation in der Deutschen Nationalbibliografie; Detaillierte bibliografische Daten sind im Internet Über http: // dnb.d-nb.de abrufbar.

Mit Tränen in den Augen male ich
mir ein Lächeln ins Gesicht.

Schwarze Fenster!
Man muss sie öffnen,
um das Licht zu sehen.

Vor Jahren verschwindet die Tochter der Psychotherapeutin Vera Wagner Kausch einfach so aus ihrem Elternhaus. Es ist eine dieser Nächte, in der wie so oft mit Freunden ausgiebig gefeiert wurde. Vera weiß nicht, wann sie ihre Tochter das letzte Mal gesehen hatte. War es vor oder nach ihrem Streit gewesen? Wo war Julia danach hingegangen? Jede Nacht sind es dieselben Fragen, die sie quälen. Die Nächte sind seitdem lang und heiß. Sie hat nur einen Gedanken: Sie muss überleben, um endlich Antworten zu finden. Ihr Herz dreht durch. Es rast und sie weint bitterlich. Ihre Gefühle schäumen über. Hinter den Türen und den Mauern, die sie seit Jahren umgeben, stockt ihr der Atem, stockt ihr das Herz. Vera schlägt hilflos um sich. Die Flammen züngeln und umkreisen sie. Ein letzter Versuch. Sie muss sofort hier raus. Nur ein Weg durch diese eine Tür bleibt ihr zur Flucht. Doch es ist bereits zu spät. Sie rennt, und dann ist da wie aus dem Nichts dieses Fenster. Ein schwarzes Fenster, das einfach nicht aufgehen will. Dahinter hört sie ein deutliches Klopfen und Hämmern. Vera lässt nicht los. Ihre Hände beginnen zu brennen. Wieviel mehr kann sie noch ertragen? Ganz leise, ganz unerwartet beginnt sie zu fallen. Doch immer bevor sie aufschlägt und in einen Schlund aus Feuer und Tränen zu ertrinken droht, wird sie durch ihren eigenen Schrei wach.

Vera reibt sich über die Augen. Ihr Blick ist noch leicht verschleiert. Langsam beruhigt sich ihr Herzschlag wieder. Es ist Dienstag, oder ist es doch schon Mittwoch? Die schweren Vorhänge in ihrem Schlafzimmer lassen nur sehr wenig Licht ins Zimmer fallen. Sie muss aufstehen. Sie muss arbeiten. Sie hat Termine, die sich nicht von alleine erledigen. Vielleicht ist es aber auch schon Samstag und sie hat es nur vergessen. Wie lange hatte sie geschlafen? Seit wann liegt sie schon im Bett? Wann hat sie das letzte Mal etwas gegessen oder geduscht? Das alles spielt so lange schon keine Rolle mehr. Ihr Handy klingelt. Nicht zum ersten Mal heute Morgen. Sie sah auf das Display. Es ist ihr Kollege und langjähriger Freund Jonathan Altmann. Warum konnte er sie nicht einfach in Ruhe lassen?

Vera steht auf. Die ersten Schritte sind mühsam. Der Boden unter ihren Füßen ist kalt. Sie kann ihre Pantoffeln nicht finden. Auf Zehenspitzen geht sie zum Fenster. Wie jeden Morgen steht sie vor dem großen

Panoramafenster und drückt den Knopf, auch wie jeden Morgen. Sofort geben die schweren Vorhänge das riesige Fenster frei. Das Grundstück ist groß und weitläufig, so wie sie es sich damals gewünscht hatte. Von ihrem Fenster aus kann sie den Zugang zum Stadtwald mit seinen wunderbaren Bäumen sehen. Ihr Haus! Manche würden behaupten, es sei bereits eine Villa. Es lag abseits von allem Geschehen, ruhig in einer geschwindigkeitsbeschränkten Spielstraße. Als sie noch täglich in der Stadt gearbeitet hatte und dort ihre Praxis als Psychotherapeutin gemeinsam mit Jonathan betrieb, war das hier ihr Rückzugsort gewesen. Ihr Refugium! Ein sicherer Ort für sie und ihre Familie. Zuflucht finden. Sich zurückziehen können, um ungestört zu sein. Das war ihr Plan gewesen. Mit ihrem Mann Thomas, einem angesehenen Architekten, und ihrer zehnjährigen Tochter Julia wollte sie hier ein sorgenfreies und glückliches Leben führen. Es sah auch alles danach aus, dass es genau so kommen würde, wie sie es für ihre Familie und sich geplant hatte.

Als sie Thomas Stein, ihren inzwischen verstorbenen Mann, kennenlernte, war sie gerade dabei, sich ihr eigenes kleines Traumhaus zu entwerfen. Mit einem kleinen Skizzenblock saß sie Tag für Tag in den Pausen auf dem Unigelände und träumte vor sich hin. Thomas studierte damals an der gleichen Uni wie sie. Er studierte Architektur. Ein paar Jahre später, als sie bereits verheiratet waren, baute er sich ein zweites Standbein in der Immobilienbranche auf. Wie bei allem, was Vera anpackte, war sie von Perfektionismus getrieben. Das war ein Band, das sie immer verbunden hatte. Aber einen Bauplan zu zeichnen, gehörte schon damals nicht zu ihren Stärken.

Thomas war längst die hübsche Studentin, die immer diese rote Strickweste trug, aufgefallen. Irgendwann nahm er seinen ganzen Mut zusammen und sprach sie an. Von da an zeichneten sie gemeinsam an Veras Traumhaus. Nichtsahnend, dass sie dort einmal als glückliche Familie miteinander leben würden. Lange Zeit waren sie nur Freunde gewesen, bis aus ihnen irgendwann ein Paar wurde. Vera stellte Thomas Jonathan vor. Er war ihr Freund, ihr bester Kumpel, ihr bis dahin Fels in der Brandung. Mit ihm studierte sie Psychologie. Auch hier war sie ihren Plänen weit voraus. Mit Jonathan wollte sie nach

dem Studium gleich eine gemeinsame Praxis eröffnen. Sie waren ein unzertrennliches Team. Nach der Uni trennten sich ihre Wege nur kurzweilig. Das Handy war jetzt ihr bester Freund. Jeder von ihnen war damit beschäftigt, seinen Platz im Leben zu finden. Vera und Jonathan hielten sehr engen Kontakt. Und sie hielten an ihren Plänen fest. Sehr schnell fanden sie die passenden Räumlichkeiten mitten im Herzen von Köln. Von nun an hieß es ganz offiziell:
„Psychotherapeutische Praxis Vera Wagner Kausch und Jonathan Altmann.“

Vera dachte sehr oft und sehr gerne an ihre Studentenzeit zurück. Diese Erinnerungen gehörten zu den besten ihres Lebens. Bis auf diesen einen Tag im Winter. Es war ihr letztes Semesterjahr. Thomas beichtete ihr, dass er noch in einer anderen Beziehung war. Dass sie Eva hieß und seine erste große Liebe war, bevor er sie traf.

Als er sie durch einen tragischen Autounfall verlor, starb nicht nur Eva an diesem Tag. Thomas hatte sehr schwer mit der ganzen Situation zu kämpfen. Er fühlte sich lange für ihren Tod verantwortlich. Eva war damals wie jeden Morgen mit dem Fahrrad auf dem Weg zur Uni gewesen. Sie studierte mit Thomas Architektur. Ihre Pläne waren fast identisch mit denen von Jonathan und ihr. Nur, dass sie kein Paar waren. Thomas wartete immer auf diesen einen richtigen Moment, um Eva von Vera zu erzählen. Aber jeder weiß, dass es diesen Moment nicht gibt. Viele Wochen, sogar Monate vergingen. Vera wurde langsam ungeduldig. Sie war im Begriff, sich von Thomas zu distanzieren. Ein Mann, der keine Entscheidungen treffen konnte, hatte nicht länger einen Platz in ihrem Leben. Und dann geschah dieser fürchterliche Unfall.

Es war kalt an diesem Morgen. Die Straßen waren nass und zum Teil schwer vereist. Eva kam an diesem Morgen nicht an der Uni an. Thomas wartete vergebens auf sie. Sie ging auch nicht an ihr Handy. Thomas konnte ja nicht ahnen, dass sie da bereits tot war.
Sie wurde von einem Auto angefahren, das ins Schlittern geraten war, und dabei stürzte Eva sehr hart und unglücklich auf ihren Kopf. Sie trug wegen der Eiseskälte eine dicke Wintermütze und keinen

Schutzhelm. Eva verstarb noch an der Unfallstelle. Der Autofahrer stand unter Schock. Aber es traf ihn keine Schuld. Er war vorschriftsmäßig gefahren. Am Ende des Tages war es eine Verkettung unglücklicher Umstände: das miese Wetter, dass Eva zu spät dran war, und dass sie um diese Zeit nicht an dieser Kreuzung hätte sein dürfen. Sie liebte Thomas. Sie hätte alles für ihn getan. Sie wusste ja nicht, dass Thomas im Begriff war, sich von ihr zu trennen.

Nach der Beerdigung verkroch sich Thomas zunehmend in seine Arbeit. Er hatte sich immer wieder dieselbe Frage gestellt: Würde Eva noch leben, wenn sie an diesem Morgen nicht für ihn diesen Zeichenblock gekauft hätte? Es war seine Schuld, dass sie so spät dran war und eine andere Strecke fuhr als sonst. Thomas hatte sie gebeten, ihm noch einen neuen Zeichenblock zu kaufen. Der Laden lag auf ihrem Weg. Zum Dank dafür wollte er sie später zum Mittagessen in die Mensa einladen. Es war nicht das erste Mittagessen, das er spendierte. Thomas vergaß immer irgendetwas. Das hatte sich auch über die Jahre hinweg nicht geändert. Wenn Vera jetzt so darüber nachdachte, dann ging eigentlich von dem Tag an, an dem Eva gestorben war, alles nur noch den Bach hinunter. Für eine sehr lange Zeit. Sie selbst versuchte Tag und Nacht für ihren Freund da zu sein. Sie redeten stundenlang. Nicht nur über Eva. Auch über ihre Lebensziele. Ihre Zukunft. Über ihre Ängste und Sehnsüchte. Manchmal waren sie auch zu dritt unterwegs. Sie und ihre beiden Jungs.

Der Tod von Eva warf lange Schatten über ihre Beziehung zu Thomas. Mehr als einmal wollte Vera die Beziehung beenden. Aber ihre Liebe war stärker. Das Leben versuchte sich wieder zu normalisieren. Manchmal brauchte das Glück dazu ein ganz klein wenig Unterstützung. Vera schüttelte die Erinnerungen ab wie eine lästige Fliege, die ihr vor dem Gesicht umher tanzte.

Sie ging durch das Haus, das sie einst mit Thomas zusammen entworfen hatte. In dem sie aber jetzt schon so lange nicht mehr glücklich war. Mit aller Kraft hielt sie an den alten Erinnerungen fest. Ganz besonders an die guten. Nicht an die schlechten, von denen es täglich als genug gab.

Vera war in der Küche, als ihr Handy erneut klingelte. Es war wieder Jonathan. Er gab einfach nicht auf.
„Guten Morgen, Jonathan. Ich bin wach und mache mir gerade Frühstück. Du kannst also beruhigt zur Arbeit fahren. Ich komme zurecht. Versprochen! Lass uns später reden. Ich habe heute noch zwei Termine, auf die ich mich vorbereiten muss.“ Vera hatte die Praxis so gut wie aufgegeben und Jonathan überlassen. Als sie auch noch Thomas vor einigen Jahren verlor, fiel sie in ein tiefes Loch. Nur noch ihre schwierigsten Fälle behielt sie und arbeitete seitdem nur noch von zu Hause aus. In die Praxis fuhr sie kaum noch. Einige ihrer früheren Patienten übernahm Jonathan. Den Rest überwies Vera an kompetente Kollegen.

„Guten Morgen, Vera, weltbeste Schummlerin aller Zeiten. Sag mir, was machst du wirklich?“
„Was hat mich verraten?“ Vera wusste, dass sie Jonathan nichts vormachen konnte. Er kannte sie einfach zu gut.
„Gleich zwei Termine. Du hast in den letzten sieben Jahren, seitdem …!“
„Sag es nicht! Sprich es nicht aus. Bitte!“
„Schon gut, beruhige dich“, sagte Jonathan.
„Heute ist ein guter Tag“, sagte Vera. „Ich musste nur gerade an Thomas denken. Wie wir uns kennengelernt haben. Das alles hier sollte unser Zuhause sein. Er und ich und!“
„Du kannst nach all den Jahren immer noch nicht ihren Namen aussprechen. Du bist selbst Psychotherapeutin und du weißt, was das bedeutet. Wir haben heute einen Termin und ich erwarte, dass du in die Stadt kommst. Dass du zu mir in die Therapiestunde kommst. So wie du es mir versprochen hast. Wenn du nicht kommst, dann sehe ich mich gezwungen, dich an einen Kollegen zu überweisen. Du lässt mir keine andere Wahl. Bei aller Freundschaft. Es war von Anfang an keine gute Idee. Ich bin viel zu sehr involviert in allem. Thomas war mein Freund. Wir drei waren unzertrennlich. Nicht nur an der Uni. Und!“ Jonathan musste schwer schlucken. Auch ihm blieben hin und wieder die Worte im Hals stecken. „Ich war, ich bin Julias Patenonkel. Es gibt auch für mich keinen Tag, an dem ich nicht an sie denke und sie vermisse, seitdem sie verschwunden ist. Wir vier waren eine

schrecklich glückliche Familie. Ihr habt mir beigestanden, als mein Vater starb. Ein halbes Jahr später dann auch meine Mutter. Du hast mir nicht nur geholfen, sie zu pflegen. Du hast mir auch immer zugehört und Mut zugesprochen. Jetzt wäre ich gerne für dich da. Stoß mich also bitte nicht weg. Wir haben doch nur noch uns."
Die Stille am anderen Ende der Leitung wurde nur durch ein leises Weinen unterbrochen. Vera wischte sich die Tränen aus dem Gesicht, was Jonathan nicht sehen konnte. „Ich komme heute Mittag in die Stadt. Ich kann dir aber nichts versprechen."
„Es ist ein Anfang", sagte Jonathan. „Bis später dann." Jonathan hatte aufgelegt.

Vera war gerade mal siebenunddreißig. Sie war Witwe, und sie trauerte immer noch um ihr einziges Kind. Sie fühlte sich seit dem Tag vor fast genau sieben Jahren, an dem ihre damals zehnjährige Tochter unter tragischen Umständen verschwand, wie in einer Warteschleife. Das Leben ging weiter. Die Erde drehte sich unermüdlich. Die Jahreszeiten zogen ohne jegliche Bedeutung an ihr vorüber. Nicht nur Tag für Tag, sondern Jahr um Jahr. Die letzten sieben Jahre waren die Hölle für sie gewesen. Sie war nicht nur einsam, sie war auch immer noch kreuzunglücklich. Vera nippte an ihrem Kaffee und versuchte die aufsteigenden Bilder, die in ihrem Kopf drohten zu entstehen, abzuschütteln. Schockiert und darauf wartend, dass auch ihr Leben erlischt, wie das ihrer Tochter und ihres Mannes. Sie durchlebte diesen Alptraum Tag für Tag. Sie schlief kaum noch. Schlafen bereitete ihr Angst. Kaum eine Nacht verging, in der sie nicht immer wieder aufs Neue ihr Kind verlor. Und sie konnte absolut nichts dagegen unternehmen. Das bedrückende Gefühl, immer und immer wieder diesen Traum zu durchleben, zermürbte sie. Vera war längst am Ende ihrer Kräfte. Sie hatte Jonathan schon oft von diesem Traum erzählt. Was gab es da noch zu therapieren?

In ihrem Traum war sie ganz alleine. Ihr Blick klammerte sich unermüdlich auf das noch immer brennende Fenster. Im Inneren ihrer Augen sprühten die Flammen lichterloh. Sie sah und hörte die Qualen ihrer Tochter. Obwohl sie nichts sah, spürte sie es. Sie hatte ihr Kind im Stich gelassen, um sich selbst zu retten. Wie ein wildes Tier, angetrieben von der Urangst, folgte sie ihrem Instinkt und lief davon. Das schwarze Fenster, das ihre Hände verbrannt hatte, öffnete sich nur für sie. Ein Zeitfenster von nur wenigen Sekunden. Vera spürte, wie sich das Unheil ihrer Entscheidung über sie ergoss. Nur das leise Wimmern ihrer Tochter war hinter dem Fenster, das jetzt in tausend Stücke zerbarst, zu hören. Dann lief sie schneller und noch schneller. Ihr Herz schlug im Takt einer alten, ausgedienten Maschine. Sie sieht nicht einmal mehr die Hand vor Augen und doch fühlt sie, wie es plötzlich kalt und still um sie wird. Sie hält etwas in ihren Händen. Ist es ihr Kind? Ist es Julia? Sie trägt es mit letzter Kraft in die sauerstoffgetränkte Freiheit und sinkt erschöpft zu Boden. Hinter ihr brennt immer noch das Fenster. Ein Schrei, ein Klopfen. Es ist Julia und aus Veras Händen entgleitet ihr ein verkohltes Stück Holz. Eingewickelt in Julias blaue Seidenjacke. Sie fröstelt, jede Bewegung getaucht in Schmerz, lässt Vera sich aufs Neue schuldig fühlen. Wann hört das auf? Sie dreht den Wasserhahn auf. Eiskalt läuft das kühlende Nass über ihre Handgelenke. Erst als ihr der harte und kalte Wasserstrahl leichte Schmerzen verursacht, stoppt sie und dreht den Hahn zu. Mit den kalten, leicht steifen Händen berührt sie ihr Gesicht. Ihre Hände versagen ihren Dienst und es bleibt nur das drohende Gefühl von endlosem Fallen.

Sie rennt aus der Küche. Läuft durch den langen Flur, bis sie in dem helldurchfluteten Wohnraum steht. Sie öffnet die schwere Glastür der Terrasse und geht hinaus. Ein neuer Tag beginnt. Die Sonne sucht sich langsam ihren Platz am Himmel. Noch ist es frisch und ein leichter Grauschleier hält das Tageslicht ein wenig gefangen. Vera zieht ihre Strickjacke fest um ihre viel zu schmale Taille.

Früher war sie jeden Morgen mit Thomas zum Joggen gegangen, um ihre Figur zu halten. Sie genossen beide das gute Essen, gerne auch mal ein gutes Glas Wein dazu. Fast jedes Wochenende kamen Freunde und Kollegen zu ihnen hinausgefahren. Den ganzen Sommer über wurde dann gegrillt. Im Winter zog man sich dann in die Indoor-Küche zurück und feierte dort einfach weiter. Es gab immer was zu feiern. Irgendjemand hatte immer Geburtstag. Und wenn nicht, feierte man einfach das Leben. Die letzte Party, die hier gefeiert wurde, lag viele Jahre zurück. Thomas hatte einen großen Deal abgeschlossen. Er kassierte für den Verkauf eines Luxusobjekts eine sechsstellige Provision. Thomas ließ sich gerne feiern. Aber er teilte seinen Erfolg auch mit allen, die sich mit ihm freuten. Alle liebten ihn. Keiner neidete ihm seinen Erfolg. Ganz im Gegenteil. Sie ließen ihn hochleben und bestätigten ihn in dem, was er tat. Thomas war ein Sunnyboy. Mit seinem Charme konnte er jeden um den Finger wickeln. Er gehörte zu den Menschen, die einem Sand in der Wüste verkaufen konnten. Als er nur drei Jahre nach Julias Verschwinden starb, brach Veras letzter Halt auch noch weg. Sie hätte auch gleich mit ihm sterben können. Bis heute hatte sie diesen Verlust nicht überwunden. Er starb, wie er gelebt hatte. Feiernd, lachend im Kreise seiner Freunde.

Es war einer dieser Tage, an denen einfach alles stimmte. Fast schon zu perfekt, um wahr zu sein. Die Stimmung war gut. Sie hatten mit ihren Freunden gut gegessen und alberten mit Thomas herum. Vera sagte, dass sie morgen eher einen Berg herunterrollen würde, als nur einen einzigen Meter zu joggen. Alle lachten und wollten am liebsten bis zum nächsten Morgen bleiben, um sie den Berg herunterrollen zu sehen. Sie feierten draußen, hier auf dieser Terrasse. Keiner ahnte, dass es die letzte Feier sein würde. Keiner ahnte, dass Thomas in nicht einmal einer Stunde tot sein würde. Es geschah alles so schnell. So unerwartet, so sinnlos war sein Tod.
Vera schaute in die Weite des Gartens hinaus. Das Baumhaus, das Thomas für Julia gebaut hatte, brachte ihr gleich in zweierlei Hinsicht Unglück. Dort drüben, neben dem Kirschbaum, hatte es einmal gestanden. Jetzt steht nicht einmal mehr der Kirschbaum dort. Vera ging ein paar wenige Schritte in den Garten. Dann blieb sie stehen. Es war, als könnte sie Thomas noch einmal hören, wie er an diesem Abend so voller Leben war und sie und ihre Freunde mit einer seiner vielen Geschichten unterhielt. Es fing plötzlich an zu regnen. Alle wollten ins Haus. Thomas war nie so betrunken, dass er nicht wusste, was er tat. Aber an diesem Abend, in dieser Nacht, war er übermütig. „Lasst uns statt ins Haus zu gehen, auf das Baumhaus klettern“, sagte er und rannte los. Keiner folgte ihm, und bevor jemand bei ihm war, kletterte er schon hoch. Die letzten beiden Stufen verpasste er. Das Holz war nass und rutschig gewesen. Er verlor den Halt und stürzte in die Tiefe. Genickbruch. Er war auf der Stelle tot. Seitdem hat hier niemand mehr

gefeiert. Vera drehte sich um und rannte zurück ins Haus. Es ging ihr nicht gut. Sie musste etwas essen, auch wenn sie keinen Hunger hatte. Sie versuchte es mit etwas Müsli, Joghurt und frischem Obst. Sie aß es, aber schon lange schmeckte ihr nichts mehr. Sie duschte, zog sich an und fuhr dann in die Stadt.

Jonathan würde sie weder fallen lassen noch würde er sie an jemand anderen verweisen. Aber sie war ihm längst etwas schuldig. Er gab sich schon so lange so viel Mühe. Die ganzen Jahre über war er nicht einmal von ihrer Seite gewichen. Bevor sie zu Jonathan in die Praxis fuhr, wollte sie noch etwas einkaufen. Sie hatte zwar inzwischen einen Lieferservice beauftragt, der ihr einmal im Monat das Lager mit Getränken und anderen wichtigen Dingen des Lebens auffüllte. Aber manche Kleinigkeit erledigte sie nach wie vor lieber selbst. Sie lenkte ihren kleinen Fiat 500 sicher durch die Kölner Innenstadt. Früher, als sie noch ein Leben hatte, liebte sie dieses Chaos von Blechlawinen auf den Straßen und die hektische, pulsierende Stadt. Sie war ein Teil davon gewesen. Lange fühlte sich für sie nichts lebendiger an als ihre Stadt und sie mitten darin. Aber das war lange vorbei. Jetzt schlug ihr Herz immer ein wenig schneller aus Angst, wenn ein anderer Wagen hupte, weil sie zu langsam fuhr. Sie erstarrte innerlich, wenn ein anderer Fahrer sie in der Kurve schnitt oder, wie heute, ihr den einzigen freien Parkplatz in der Stadt vor der Nase wegschnappte. Früher hätte sie sich einen Spaß daraus gemacht. Keiner fuhr rasanter, aber auch nicht sicherer als sie. Niemals hätte sie es zugelassen, dass man ihr einen Parkplatz wegnahm. Heute hatte sie mit ganz anderen Dingen zu kämpfen. Es quälten sie immer noch leichte Depressionen. Jonathan gab sein Bestes, um ihr bei den immer wiederkehrenden Panikattacken zu helfen. Sie war selbst Psychotherapeutin. Sie wusste damit umzugehen. Ihre Augen suchten hektisch die Straße ab.

Einen Parkplatz in Köln um die Mittagszeit zu bekommen, war so gut wie unmöglich. Vera stellte sich auf den großen Sammelparkplatz und wartete einfach ab. Manchmal hatte man Glück und nur wenige Minuten später wurde etwas frei. Aber sie war nicht alleine auf der Suche. Hinter ihr drängte man sie zum Weiterfahren. Vera blieb stur und hatte Glück. Es tat sich etwas. Ein kleiner VW Käfer, der seine besten Jahre bereits hinter sich hatte, knatterte an ihr vorbei. Sie fuhr los und entdeckte sofort die freie Parklücke. Diesmal war sie schneller. Sie schaltete den Motor aus, nahm ihre Handtasche vom Beifahrersitz und wollte aussteigen. Aber sie war wie versteinert. Ihr Herz klopfte wie wild in ihrer Brust und begann zu rasen. Ihre Atmung war viel zu schnell. Sie war kurz vor einer Hyperventilation. Sie spürte, dass sie mitten in einer heftigen Panikattacke steckte. Vera bekam kaum noch Luft. Sie glaubte jeden Moment ersticken zu müssen. Die Atemnot fühlte sich so echt an. Genauso wie die Enge, die sich in ihrer Brust breitmachte. Sie bekam Schweißausbrüche und begann am ganzen Körper zu zittern. Ihr wurde schwindelig. Sie ließ das Fenster in ihrem Wagen ein Stück weit herunter und versuchte, sich nach und nach zu beruhigen. Sie schloss die Augen und wünschte sich, ohnmächtig zu werden. Nur einmal nichts mehr fühlen. Nicht kämpfen. Nicht aushalten müssen. Sie war es so leid. Sie war so müde. Das Leben hatte ihr nichts mehr zu bieten. Aber sie hatte sich geschworen, niemals aufzugeben. Irgendwann würde auch sie wieder am Leben Spaß haben, auch wenn die Schuldgefühle sie jeden Tag aufs Neue brachen.

Was wäre, wenn sie Thomas an diesem einen besagten Abend gebeten hätte, nicht auf das Baumhaus zu klettern? Wäre er dann noch bei ihr? Und Julia? Sie hatten sich an dem Tag heftig gestritten. Vera schickte sie auf ihr Zimmer. Der Streit war so banal, dass sie sich nicht einmal mehr erinnerte, um was es eigentlich ging. Sie hatte nicht einmal mehr die Gelegenheit, sich bei Julia für ihre heftige Reaktion zu entschuldigen. Wie gerne hätte sie ihrem Kind gesagt, dass sie es liebte. Und das von ganzem Herzen. War Julia vielleicht deshalb weggelaufen, weil sie sich nicht von ihrer Mutter geliebt fühlte? Seit fast sieben Jahren wartet Vera darauf, dass jemand ihre Fragen beantwortet. Ihr Mund war trocken und ihr war leicht übel. So wie immer, wenn sie eine Panikattacke hatte. Sie versuchte, Speichel in ihrem Mund zu bilden. Sie schmeckte nur noch leichte restliche Spuren ihres Kaffees, den sie getrunken hatte, bevor sie losgefahren war. Ihre Lunge brannte und schmerzte, als sie versuchte zu schlucken. Nichts erschien ihr so flüchtig und so sinnlos wie diese Momente, in denen sie nicht für ihre Liebsten dagewesen war.

Jemand klopfte heftig an ihrer Fensterscheibe. Ein Mann mittleren Alters sah sie mit genervten und weit aufgerissenen Augen an. Er erschien Vera sehr wütend zu sein. Sie ließ das Fenster noch ein Stück weiter herunter. „Kann ich Ihnen helfen?", fragte Vera freundlich.
„Wollen Sie hier Wurzeln schlagen oder fahren Sie heute auch noch einmal weg?"
„Entschuldigen Sie bitte", versuchte Vera freundlich zu bleiben. „Ich bin gerade erst angekommen und werde in den nächsten Stunden auch hier parken. Wenn Sie bitte so freundlich wären und mir den Weg freimachen würden, damit ich aussteigen kann." Vera öffnete die Tür und sah nur noch, wie der Mann mürrisch davon trottelte. Sie schloss den Wagen und machte sich auf den Weg in die Innenstadt. Sie hatte die Panikattacke halbwegs überwunden und erledigte zügig ihre Einkäufe. Sie ging in die Apotheke, um ein paar Kopfschmerztabletten zu kaufen. An der Kasse legte sie noch zwei Tüten Bonbons dazu. Da sie sich oft nie entscheiden konnte, wählte sie gleich zwei Sorten: Apfel-Minze und Orange-Ingwer. Sie bezahlte und steuerte sofort das nächste Geschäft an. In einer Drogerie kaufte sie Toilettenartikel, Bio-Müsli und zwei Stücke ihrer Lieblingsseife. Lavendel mit echten Blütenblättern darin. Wieder bezahlte sie und dann war es auch an der Zeit, die Praxis anzusteuern. Jonathan würde bestimmt schon auf sie warten. Sie brauchte nicht lange. Nur ein paar Minuten und sie hatte die Räumlichkeiten erreicht. Ihre Gemeinschaftspraxis lag im vierten Stock eines Ärztehauses. Vera betrat das Gebäude. Einige Leute standen vor dem Aufzug. Man grüßte sich stillschweigend mit einem Lächeln und dann kam auch schon der Aufzug. Die Leute gingen hinein. Nur Vera zögerte. Sie sah in den fragenden Gesichtern der Leute. Eine junge Frau hielt die sich schließende Tür auf und wandte sich an Vera.
„Wollen Sie noch mit? Es ist noch genügend Platz vorhanden." Vera sah, wie die Leute zusammenrückten, um ihr Raum zu geben.
„Fahren Sie ruhig. Ich glaube, ich habe etwas vergessen und muss noch mal los." Vera tat so, als wollte sie das Gebäude verlassen. Die Aufzugstür schloss sich und Vera kam zurück und ging durch die schwere Glastür, die ins Treppenhaus führte.
Oben angekommen, war sie vollkommen außer Atem, aber sie fühlte sich besser. Sie wollte schon ihren Schlüssel für den Zugang zur Praxis aus ihrer Handtasche holen. Entschied sich aber dann doch zu

klingeln. Es war zur Hälfte auch ihre Praxis und doch fühlte sich alles sonderbar fremd an. Sie war schon so lange nicht mehr hier gewesen. Jonathan entlastete sie, wo er nur konnte. Zweimal im Monat fuhr er zu ihr hinaus, um nach dem Rechten zu sehen. Homeoffice-Therapie nannte er es scherzhaft. Sie sprachen wirklich über alles. Über die Arbeit. Über die kleinen, aber auch über die großen Fortschritte ihrer Patienten. Er versuchte es über Smalltalk und er versuchte es mit nicht wirklich guten Witzen, Vera zu sensibilisieren. Sie musste endlich anfangen zu reden. Es waren keine Therapiestunden im üblichen Sinne, Jonathan ließ sich nicht beirren und forderte Vera immer wieder aufs Neue heraus.

„Du musst endlich etwas ändern“, sagte er. „So kann das nicht weitergehen.“
Vera sah in das ehrlich besorgte Gesicht von Jonathan. Sie wusste nur nicht, ob ihr Freund zu ihr sprach oder doch eher der Therapeut.
„Entweder du sprichst mit mir hier und jetzt, ganz gemütlich, bei einer Tasse Kaffee, oder du musst dir einen anderen Therapeuten suchen. Ich kann dir anscheinend nicht helfen.“
Vera hatte längst aufgehört zu zählen, wie oft er nach einer solchen Standpauke einfach gegangen war. Natürlich entschied sie sich für ihn. So wie auch heute und fuhr zu ihm in die Praxis. Vera wusste, dass sie selbst ihr schlimmster Feind und auch Patient war. Und dass sie es Jonathan verdammt schwer machte, ihr zu helfen. Umso mehr Zeit verging, desto mehr verstand sie inzwischen ihre eigenen Patienten. Wenn Menschen so sehr dicht machten, sich in ihr Schneckenhaus verkrochen, dann half nichts anderes als zu warten. Selbst der beste Therapeut kann nicht helfen, wenn der Patient es nicht zulässt. Vera gehörte auch zu dieser Sorte von Menschen. Schon immer machte sie alles lieber mit sich selbst aus. Sie hasste es, für andere eine Belastung zu sein. Vera wollte nicht über Thomas sprechen. Nicht über seinen sinnlosen Tod nachdenken. Und auch das Verschwinden von Julia machte ein Gespräch nicht besser. Was also gab es da noch zu bereden? Der Tod war endgültig und daran gab es nichts schönzureden. Ihr Kind war seit Jahren unwiderruflich verloren. Vera hatte nicht einmal eine Frage in all den Jahren beantwortet bekommen. „War Julia einfach nur weggelaufen oder wurde sie doch entführt?“ Qualvolle sieben

Jahre waren seitdem vergangen. Jahre, die ihr eigenes Leben zerstört hatten.

Wenn sie doch nur einen winzigen Moment mehr auf ihre Liebsten aufgepasst hätte. Wenn sie Thomas mit einem langen, verheißungsvollen Kuss ins Haus gelockt hätte, dann wäre er nicht auf dieses dumme Baumhaus geklettert. Und dann dieser dumme Streit mit Julia. Vera hätte sie zu ihrer Freundin gehen lassen sollen, statt sie dazu zu verdonnern, am Samstagabend zu lernen. Dieser Vorwurf, diese Selbstanklage stand immer wieder im Raum. Sie war nicht fähig, sich selbst zu vergeben. Wie konnte sie auch? Sie hatte ihren Mann und ihr Kind im Stich gelassen. An diesem Abend gingen ihre Bedürfnisse mal wieder vor. Thomas war der Showman in ihrer Runde. Sollte er doch den Clown für alle spielen. Vera wollte nur noch ins Haus. In dem Moment, wo er sie vielleicht am meisten gebraucht hätte, waren ihr trockene Haare wichtiger. Sie spürte, dass ihre Augen feucht wurden. So wie damals bei Julia. Sie wollte unbedingt zu ihrer Freundin, um irgendein neues Spiel auszuprobieren. Zwei weitere Freunde durften auch kommen. Warum also sie nicht? Vera war gestresst und genervt. Jeden Moment erwartete sie ihre Gäste. Thomas war bereits im Garten und kümmerte sich um den Grill. Ihre Salatsoße wollte einfach nicht gelingen. Sie ließ ihren Ärger an Julia aus und schickte sie weg. Wie konnte sie nur!?

Ihre Strafe war, dass sie überleben musste. Sie legte beide Hände auf ihre Brust, so als wollte sie sich selbst davon überzeugen, dass sie noch hier war. „Ihr fehlt mir so sehr“, sagte sie zwischen zwei Atemzügen. Dann drückte sie den Knopf unter dem Namensschild, auf dem auch ihr Name stand. Sie fuhr mit einer Hand fast schon zärtlich über das Messingschild. Wie stolz war sie damals gewesen, als sie die Praxis gemeinsam mit Jonathan eröffnet hatte. An ihrer Seite immer ihr Mann und ihre damals noch recht kleine Tochter Julia. Sie waren so unfassbar glücklich. Das Haus war gerade fertiggestellt. Thomas nannte es ihr Ruheparadies. Sie zuckte kurz zusammen, als plötzlich die Tür aufging.

„Sieh an, sieh an, wen haben wir denn da.“ Jonathan breitete seine

Arme weit aus, um seine Freundin herzlich zu begrüßen. „Du bist tatsächlich gekommen. Ich muss gestehen, dass ich nicht damit gerechnet habe. Umso mehr freue ich mich, dich zu sehen. Komm rein. Du kennst den Weg doch noch. Mach es dir gemütlich. Kann ich dir deine Jacke abnehmen?“

Vera legte ihre Jacke ab und gab sie Jonathan. Ihre Tasche nahm sie mit in den Besprechungsraum. Sie wusste genau, wo ihr Platz war. Es war nicht der, den sie sonst als Therapeutin einnahm. Jonathan war gleich hinter ihr und bot ihr den Platz an, der ausschließlich für seine Patienten vorgesehen war. Er selbst setzte sich ihr direkt gegenüber.

„Du bist eine Viertelstunde zu spät. Daher dachte ich, dass du auch diesmal nicht kommen würdest. Wie geht es dir? Wir haben uns eine ganze Weile nicht gesehen. Ich hatte viel zu tun. Du fehlst hier in der Praxis an allen Ecken und Enden. Du solltest dir vielleicht überlegen, wieder zurückzukommen. Viele deiner alten Patienten fragen immer noch nach dir. Aber darüber können wir ja auch ein anderes Mal reden. Erzähl mir doch, wie es dir ergangen ist in den letzten Wochen.“

Vera schmunzelte innerlich. Seit wann war Jonathan so ein Plappermaul geworden? Und seit wann machte ihn ihre Gegenwart so nervös?

„Bei dir alles in Ordnung? Du machst einen sehr nervösen Eindruck.“

Vera bekam ihr Schmunzeln nicht unter Kontrolle. „Bringt dich meine Anwesenheit wirklich so aus dem Konzept?“

Jonathan fühlte sich regelrecht ertappt. Er reagierte unprofessionell. Vera hatte ihn durchschaut. „Ich muss gestehen, dass ich leicht überrumpelt bin. Obwohl ich dich gebeten habe zu kommen, muss ich gestehen, war ich mir zu 99% sicher, dass du auch diesmal nicht kommen würdest. Und ich muss gestehen, dass ich nicht wirklich vorbereitet bin. Das ist absolut nicht professionell von mir. Ich muss mich in aller Form bei dir entschuldigen. Aber jetzt bin ich ganz und gar für dich da. Wir können sofort loslegen. Sag mir erst einmal, wie es dir geht. Ich meine, wie es dir wirklich geht.“

„Es geht mir gut. Sehr gut sogar.“ Sie sah, dass Jonathan ihr kein Wort glaubte. Sein Blick war wieder absolut professionell. Keine Spur mehr von Nervosität oder Unsicherheit. Wie machte er das nur? „Ist ja schon gut! Was willst du denn hören?“ Vera wurde mit jedem Wort ein bisschen ungehaltener. Jonathan hüllte sich in Schweigen. Er wusste, wie schwer es Vera fiel, über ihre Gefühle zu sprechen. Das hatte nichts mit dem Verlust ihrer Liebsten zu tun. Vera war schon immer mehr der introvertierte Typ. Sie war der Meinung, dass ihre Gefühle keinen anderen etwas angingen. Und überhaupt war sie kein sehr gefühlsbetonter Mensch. Vera war klar, sachlich und durchstrukturiert. Sie plante gerne alles, organisierte perfekt und liebte es zu delegieren. Sie hasste die Opferrolle, in der sie seit Jahren feststeckte. Inzwischen hasste sie ihre ganze, jetzige Lebensentwicklung. Aus ihrem einzigen Ruheparadies war eine Festung des Grauens geworden. Was sollte sie noch alleine in diesem großen Haus? Die schönen Erinnerungen, und davon gab es reichlich, wurden überschattet durch den schmerzhaften Verlust der letzten Jahre. Aber es fehlte ihr die Kraft, sich um einen Verkauf des Hauses zu kümmern. Und noch weniger hatte sie Lust, sich etwas Neues zu suchen. Sie hatte sogar überlegt, ob es vielleicht nicht besser wäre, wieder zurück in die Stadt zu ziehen. Jonathan hatte Recht. Sie sollte endlich wieder anfangen zu arbeiten.

„Es geht mir nicht wirklich gut“, hörte sie sich selbst sagen. „Es geht mir überhaupt nicht gut. Und ich hasse es, wenn du mich fragst, wie es mir geht. Als wäre es eine Frage von Zeit, die meinen Schmerz lindern könnte. Die Zeit heilt keine Wunden. Was ist das nur für ein dummer Kalenderspruch. Findest du nicht auch? Ich hasse es, diese Form von Seelenstriptease vor dir ablegen zu müssen. Es fühlt sich an, als würdest du versuchen, mein Inneres nach außen zu stülpen.“

„Ein wenig ist es auch so. Du bist vom Fach, was soll ich sagen? Ich kann dir da nichts vormachen.“ Vera sah Jonathan fest in die Augen. Sie wollte ehrlich zu ihm sein. Nichts war schlimmer, als wenn ein Patient versuchte zu lügen. So entstehen Fehldiagnosen, die verheerende Folgen haben können. „Ich schlafe nicht wirklich gut. Ich habe sogar Angst vor dem Einschlafen. Weil da immer noch dieser Alptraum ist.“ Vera konnte dem prüfenden Blick von Jonathan kaum standhalten. Sie sah, wie er den leeren Block auf seinem Schoß zur Seite legte. Er räusperte sich. Dann trank er einen Schluck aus dem Wasserglas, das vor ihm auf dem Tisch stand.
„Im Grunde genommen, hat sich nichts verändert. Nach all den Jahren gibst du dir immer noch die Schuld. Du trittst auf der Stelle. Deine

Schuldgefühle lassen dich einfach nicht los. Oder sollte ich mich korrigieren und sagen, dass du nicht loslassen kannst. Du weißt selbst, dass du so nicht länger weitermachen kannst. Wenn du dir nicht von mir helfen lassen kannst, weil wir uns zu nahestehen, dann suche ich dir gerne jemand anderen. Du kennst doch diesen Eckhard Rosenbaum. Ein Selbstdarsteller wie er im Buche steht, aber in seinem Fach ist er eine Koryphäe. Ich habe sein letztes Buch gelesen. Klinische Psychologie. Sehr beachtlich, das muss man ihm lassen. Oder vielleicht wäre dir eine Frau lieber. Da fällt mir Frau Mara Kirschhäuser ein. Sie ist zwar keine zwanzig mehr, aber fachlich immer noch auf dem neuesten Stand."
„Versuchst du etwa, mich gerade loszuwerden? Wo bleiben denn deine Manieren? Bekomme ich nicht mal mehr einen Kaffee bei dir?"
„Entschuldige bitte. Du bekommst natürlich sofort einen Kaffee. Etwas Milch und ein Stück Süßstoff. Richtig?"
Vera nickte. Sie konnte sich ein schadenfrohes Lächeln kaum verkneifen. Wie schnell sie es doch mal wieder geschafft hatte, den Spieß umzudrehen.

Jonathan konnte sie immer zum Lachen bringen. Ohne ihn wäre sie nicht halb so gut durch das Studium gekommen. Mehr als einmal wollte sie alles hinschmeißen. Besonders dann, wenn sie mal wieder eine Klausur verhauen hatte. Jonathan schrieb nur Bestnoten. Sie war im Schriftlichen eine totale Null. So oft es ging, lehrten sie zusammen. Er zog sie immer wieder aus dem Tief, wenn sie mal wieder eins ihrer Lehrbücher gegen die Wand schleuderte. Sie war sich sicher, dass sie ohne ihn heute keine Therapeutin wäre. Dass sie heute so stark und unabhängig war, verdankte sie seinem unermüdlichen Einsatz. Es war an der Zeit, ihm etwas zurückzugeben.

„Ich möchte niemand anderen", sagte Vera. „Ich werde mit dir arbeiten. Fangen wir doch damit an, indem ich zweimal in der Woche zu dir komme. Regelmäßig und ohne Ausreden. Freundschaft hin oder her. Wir beiden lieben doch das Klare und Strukturierte."
„Ich hätte es nicht besser ausdrücken können", stimmte Jonathan ihr zu. „Aber an diesem Punkt waren wir bereits schon mehrfach in den vergangenen Jahren." Jonathan wollte die gute Stimmung zwischen

ihnen nicht gleich wieder einreißen, aber er sprach aus Erfahrung. Vera kam und ging, wie es ihr beliebte. Sie hatte das Band ihrer Freundschaft stark strapaziert. „Was mache ich mit dir?“, fragte er, „wenn du wieder wegläufst. Wenn du unsere Freundschaft erneut als Druckmittel einsetzt. Ich verstehe dich so gut wie kein anderer, das weißt du. Deshalb bitte ich dich, dass du diesmal dein Versprechen hältst. Ziehen wir es gemeinsam durch. Zwölf Monate, ein ganzes Jahr intensive Gespräche und Konfrontationstherapie. Danach sehen wir weiter. Und jetzt bekommst du erst einmal deinen Kaffee.“
Es waren nur wenige Minuten, die Vera hatte, bis Jonathan zurückkam. Ihre Gedanken waren klar und geordnet, so wie sie es liebte. Jonathan stellte ein kleines rundes Tablet auf den Tisch. Er bat Vera, sich selbst zu bedienen. Er hatte sogar an etwas Gebäck gedacht.
Während Vera sich einen Kaffee einschenkte, trank Jonathan stilles Mineralwasser aus seinem Glas.

„Bist du soweit? Können wir anfangen?“
Vera nickte und hielt sich an ihrer Kaffeetasse fest. Jonathan zog seinen Block wieder hervor und hielt einen Kuli-Schreiber der Marke Schneider in Stahlblau in seiner Hand. Es war üblich, dass sich der Therapeut Notizen machte. Er würde Vera nicht als Freundin behandeln, sondern als Patientin. Nur so konnte er ihr helfen, ihr Trauma zu überwinden. Ihren Schmerz aber würde er ihr nicht nehmen können. Vera hatte Unrecht. Es war die Zeit, die irgendwann ihren Schmerz verblassen lassen würde. Sie würde lernen müssen, den Schmerz und ihren Verlust als Teil ihres Lebens zu sehen. Irgendwann musste sie ihren Frieden damit schließen. Dabei wollte er ihr helfen. Ihr Leben ein Stück weit wieder lebenswert zu machen.

„Lass uns zuerst über Thomas sprechen. Ich weiß aus unseren letzten Gesprächen, dass du dir eine gewisse Mitschuld an dem Unfall gibst. Hat sich da inzwischen etwas an deiner Einstellung geändert? Oder bist du immer noch davon überzeugt?“ Jonathan klopfte mit dem Kuli-Schreiber auf den leeren Block.
„Ich habe keine Worte und keine Erklärung für das, was an diesem Abend geschehen ist“, sagte Vera. „Nach all den Jahren kann ich nicht einmal einen klaren Gedanken fassen, um das Geschehene zu

beschreiben. Es ging alles so schnell. In einem Moment hat er mich noch geküsst und im Bruchteil einer Sekunde war er einfach tot. Das kann man doch nicht erklären. Ich habe es versucht, so gut es ging, zu verdrängen. Und ja, das Gleiche tue ich auch, wenn ich an Julia denke. Bei ihr ist alles noch so viel schlimmer. Weil ich keine Antworten bekomme. Nach all den Jahren hat keiner Antworten für mich. Nicht einmal die Polizei. In den ersten Jahren bin ich fast täglich zur Wache gefahren. Später nur noch einmal in der Woche. Nach dem ersten Jahr ihres Verschwindens, als man versuchte, mir klarzumachen, dass kaum noch Hoffnung bestehen würde, Julia zu finden. Und noch weniger Hoffnung bestand, sie lebend zu finden, da bin ich ausgerastet. Ich dachte schon, man würde mir auf der Wache Hausverbot erteilen. Aber du weißt ja selbst, wie es damals war." Sie schaute ihn herausfordernd an und konfrontierte ihn mit ihrer Aussage.

„Auch wenn du es nie ausgesprochen hast, so weiß ich doch, dass du ganz ähnlich denkst wie die Polizei. Du glaubst auch, dass Julia längst tot ist. Dass sie nie wiederkommen wird. Schließlich gab es nie eine Lösegeldforderung in all den Jahren. Aber es gab auch keinen Leichenfund. Und deshalb werde ich nicht aufgeben. Du denkst inzwischen ebenso wie alle anderen. Soll ich deshalb eine Therapie machen? Willst du, dass ich Thomas vergesse und die Suche nach Julia aufgebe? Dann musst du mir erst folgende Fragen beantworten: Warum musste ein so toller, anständiger und liebenswerter Mensch wie Thomas sterben? Warum ist mein Kind nach sieben Jahren immer noch unauffindbar? Ist sie wirklich nur weggelaufen? Und wohin? Oder wurde sie doch entführt, gequält, gefoltert und weggeworfen wie ein Stück Abfall? Oder wird sie irgendwo gegen ihren Willen festgehalten? In all den Jahren hat sie vielleicht schon das Stockholm-Syndrom entwickelt. Es wäre grausam, aber dann würde sie zumindest leben. Ohne Antworten auf diese Fragen kann ich mit meinem Leben nicht einfach so weitermachen, als wäre all das nicht geschehen. Die Hoffnung, dass ich Julia eines Tages doch noch finde, ist mein einziger Halt, den ich noch habe. Es ist der einzige Grund, warum ich überhaupt noch morgens aufstehe. Ich wüsste nicht, was ich tun würde, wenn ich diese allerletzte Hoffnung aufgeben müsste. Also, sei so gut und lass mir dieses Quäntchen an Hoffnung. Du darfst mir das nicht nehmen, nur weil es vernünftiger wäre. Ich lasse es nicht zu, dass du mir das Liebste, das ich jemals besessen habe, wegtherapierst.“

„Das habe ich nicht vor“, sagte Jonathan und seine Stimme klang sanft und mitfühlend. „Ich wünsche mir doch nur für meine beste Freundin, dass sie wieder ein Leben führen kann, ganz ohne Schuld. Denn du hast keine Schuld an dem, was passiert ist. Aber du bestrafst dich jeden einzelnen Tag für das, was geschehen ist. Eigentlich solltest du es besser wissen. Wieder einmal bewahrheitet sich einer dieser dummen Sprichwörter.“
„Und der wäre?“, fragte Vera. Ihre Stimme klang leicht schnippisch.
„Kollegen sind oftmals die schwierigsten Patienten, ever, ever, ever.“ Jonathan zog jedes Wort so in die Länge, dass beide lachen mussten. Für einen Moment war es wie früher. Alles schien für einen Moment leicht und unbeschwert.

Ein schriller Ton zerschnitt das Lachen der beiden. Vera ließ ihre Gedanken kreisen. Ganz so Unrecht hatte Jonathan nicht. Vergeblich versuchte Vera, dem Ton zu folgen. Konnte ihn aber anfangs nicht orten.
„Warum gehst du nicht an dein Handy?“, fragte Jonathan, der sich demonstrativ die Ohren zuhielt.
Vera musste erneut lachen, als sie sah, wie ihr Freund das Gesicht verzog und sich immer noch die Ohren zuhielt. „So schlimm?“, fragte sie und suchte in ihrer Handtasche nach ihrem Handy. „Mein neuer Klingelton.“ Vera hielt das Handy jetzt in ihrer Hand. Julia hatte diesen Song geliebt. Britney Spears' „Baby One More Time“. „Baby, Baby“, sang Vera mit ganz vielen schiefen Tönen. „Mir war danach. Jetzt interpretiere da nicht so viel hinein. Es ist nur ein Lied.“ Vera wusste, dass Jonathan das nicht so sah.
„Es ist mehr als nur ein Lied. Es ist der alte Klingelton von Julias Handy.“
„Du hast mich erwischt. Und? Was ist so schlimm daran? Ich war in ihrem Zimmer. Nur für einen kurzen Augenblick. Ihr Handy lag früher immer auf ihrem Schreibtisch. Für einen Moment habe ich gehofft, dass sie jede Sekunde ins Zimmer gestürmt kommen würde, um es zu holen. Sie hat ihr Handy und diesen Song geliebt. Ich habe mich nur erinnert. Es ist nur eine von vielen Erinnerungen, an denen ich mich

immer noch festhalte."
Jonathan sagte nichts dazu. Er bat sie nur erneut, endlich an ihr Handy zu gehen.
„Das ist das Polizeirevier." Vera stockte der Atem. Ihre Hände zitterten sichtbar.
„Gib mir das Handy." Jonathan nahm ihr das Handy, das immer noch „Baby, Baby" rief, aus der Hand. „Jonathan Altmann, Apparat von Frau Wagner Kausch."
„Hauptkommissar Brandes", sagte die Stimme am anderen Ende der Leitung. „Könnte ich bitte mit Frau Wagner Kausch sprechen?"
Jonathan sah zu Vera und versuchte ihr das Handy zurückzugeben.
Für einen Moment zögerte Vera, aber dann nahm sie das Gespräch an.
„Hallo", sagte sie zaghaft.
„Ich bin es, Hauptkommissar Brandes. Ich habe heute Morgen Ihre Mail erhalten. Sie bitten mich darin um ein Gespräch. Darf ich fragen, um was es geht? Das konnte ich leider aus Ihrer Mail nicht entnehmen. Ich bin leider auch im Moment zeitlich sehr eingespannt. Wenn ich vorgreifen darf: Im Fall Ihrer Tochter gibt es leider nichts Neues. Sie wissen ja, dass wir ohne neue Anhaltspunkte nicht aktiv werden können. So leid es mir tut, ich kann nichts für Sie tun."
„Das weiß ich", sagte Vera und versuchte, ihrer Stimme mehr Kraft zu geben. „Es geht auch nur indirekt um meine Tochter. Ich möchte Ihnen einen Vorschlag unterbreiten. Deshalb habe ich um einen Termin gebeten."
„In Ordnung! Jetzt bin ich neugierig."
„Wann darf ich kommen? Ich könnte in einer Stunde bei Ihnen sein."
„Also gut", sagte Hauptkommissar Brandes, der sich leicht überrumpelt fühlte. „Ich habe aber nur zehn Minuten Zeit. Dann habe ich schon meinen nächsten Termin."
„Das reicht mir fürs Erste." Vera beendete das Gespräch.
Jonathan sah sie fragend an. „Was läuft da?", wollte er wissen.
Vera zögerte noch, aber dann brach es aus ihr heraus. „Ich bin nicht zu dir gekommen wegen einer Therapiestunde. Jedenfalls nicht nur deshalb. Ich will wieder arbeiten. Wenn es für dich okay ist, dann würde ich gerne zurück in die Praxis kommen. Aber nicht nur als Therapeutin." Vera sah in das überraschte, mit großen Fragezeichen gezeichnete Gesicht von Jonathan. „Seit Julias Verschwinden und Thomas' Tod ist

nichts mehr so, wie es einmal war. Und ich muss das endlich akzeptieren und lernen, damit zu leben."
„Das hört sich doch nach einem guten Plan an", sagte Jonathan. „Und was willst du auf der Polizeiwache?"
„Kann ich noch einen Kaffee haben?"
„Klar doch!" Jonathan verschwand in die kleine Teeküche nebenan. „Du machst es aber sehr spannend", sagte er, als er mit dem Kaffee zurückkam und ihn Vera reichte.
„Das war nicht meine Absicht. Eigentlich wollte ich erst das Gespräch mit Hauptkommissar Brandes führen und dann mit dir. Ich habe gehofft, den richtigen Zeitpunkt zu erwischen, um dich mit den guten Nachrichten zu überraschen. Aber jetzt ist es auch egal. Deshalb sage ich es einfach, wie es ist, geradeheraus: Ich habe schon vor einigen Jahren das Zusatzstudium zur Fallanalytikerin abgeschlossen. Wenn ich schon Julia nicht helfen kann, will ich in Zukunft anderen Betroffenen helfen. Nicht jeder Fall muss so enden wie der von Julia. Deshalb möchte ich mit Hauptkommissar Brandes sprechen. Ich möchte mit der Polizei enger zusammenarbeiten, um dann später hier in der Praxis betroffene Opfer zu betreuen. Was hältst du davon?" Vera war ganz aufgeregt.

„Ich habe mit allem gerechnet, aber nicht damit. Ich bin sprachlos." Jonathan schien von Veras Plan alles andere als angetan zu sein. „Wie kommst du nur auf diese verrückte Idee? Du bist körperlich wie seelisch weit davon entfernt, anderen Menschen helfen zu können. Du lebst seit Jahren in einem Geisterhaus. Julias Zimmer hast du seit ihrem Verschwinden nicht einmal betreten, bis auf die Sache jetzt mit dem Handy. Ihre Fenster hast du mit schwarzer Folie beklebt, warum auch immer. Und Thomas! Seine Sachen, seine Kleidung, selbst seine Sporttasche, die er zuletzt benutzt hat, steht immer noch im Flur. Ich habe es mit eigenen Augen gesehen. Wie willst du anderen helfen, wenn du dir selbst nicht einmal helfen kannst? Von meiner Hilfe, die ich dir seit Jahren anbiete, einmal abgesehen. Ich bin ein guter Psychotherapeut. Einer der besten, mit Verlaub. Seit Jahren arbeite ich mit der Polizei zusammen. Mein Spezialgebiet ist die forensische Psychotherapie. Ich kümmere mich um die rechtlichen Fragen von psychisch kranken Straftätern, erstelle Gutachten über ihre Schuldfähigkeit für

Richter und Staatsanwälte. Und du willst jetzt hier in unserer Praxis ihre Opfer betreuen, während ich die Täter im Nebenzimmer beurteile? Glaubst du wirklich, das wird funktionieren? Ich sage dir jetzt schon, das funktioniert niemals! Du solltest es langsamer angehen. Natürlich kannst du jederzeit zurückkommen. Mit Kusshand gebe ich dir deine alten Fälle zurück. Es tut mir leid, Vera, aber als Fallanalytikerin sehe ich dich nicht. Nicht in dem Zustand, in dem du dich immer noch befindest."
„In welchem Zustand befinde ich mich denn deiner Meinung nach?" Vera wurde aufbrausend. Sie hatte sich mehr Unterstützung von ihrem Freund gewünscht.
„Möchtest du, dass ich dir als Therapeut antworte oder fragst du nach meiner Meinung als Freund?"
„Gibt es da denn einen Unterschied?"
„Warum tust du das, Vera?"
„Was meinst du?"
„Du weißt genau, was ich meine. Und es gefällt mir nicht, in welche Richtung das hier gerade läuft. Wir sollten die Stunde jetzt beenden. Nächste Woche um sechzehn Uhr wäre dein nächster Termin. Bestimmt wartet bereits mein nächster Patient auf mich." Jonathan stand auf und begleitete Vera zur Tür.
„Hier!" Vera holte einen Brief aus ihrer Handtasche und überreichte ihn Jonathan.
„Was ist das?"
„Mach schon auf und lies", bat sie ihn siegessicher.
Jonathan folgte ihrer Aufforderung und war erstaunt über das, was er las. „Du hast deine Approbation als Psychotherapeutin erneuert und wie ich sehe, auch einen Nachweis über deine gesundheitliche Eignung hinzugefügt."
„Sieh dir das Datum an. Du weißt, das Dokument der gesundheitlichen Eignung darf bei Vorlage nicht älter als einen Monat sein." Vera fuhr mit ihrem Finger über das Dokument entlang und zeigte voller Stolz Jonathan das Datum. „Nicht einmal eine Woche alt. Fast noch jungfräulich. Ich bin ganz offiziell gesund und leistungsfähig und ich bin bereit, wieder zurückzukommen. Zum nächsten Ersten bin ich wieder voll einsetzbar und wir können wieder gemeinsam die Praxis führen. Und wenn ich Hauptkommissar Brandes gleich noch überzeugen

kann, möchte ich umgehend mit der Arbeit als Fallanalytikerin loslegen. Ich kann es kaum erwarten. Du siehst, ich bin auf alles bestens vorbereitet. Ich habe sogar alle Unterlagen noch einmal in Kopie für den Hauptkommissar dabei. Aber nach deinem Gesichtsausdruck zu urteilen, bist du immer noch nicht überzeugt. Wir haben uns längere Zeit nicht gesehen. Deine Besuche bei mir sind in den letzten Monaten auch immer weniger geworden. Wann warst du das letzte Mal bei mir gewesen? Ich sage es dir! Das letzte Mal, dass du bei mir warst, war vor neun, nein, zehn Wochen. Gute zweieinhalb Monate. Und du bist nur vorbeigekommen, weil du ein paar Unterschriften für den Steuerberater gebraucht hast. Bei mir hat sich einiges getan. Zum Beispiel habe ich aus Julias Zimmer ein Gästezimmer gemacht. Es sind zwar immer noch ihre alten Möbel, aber ihre persönlichen Sachen wie Spielzeug und Kleidung habe ich gespendet. Das Gleiche habe ich mit Thomas' Sachen gemacht. Okay, ich gebe zu, dass ich Julias Lieblingsstofftier, den rosa Dino, und ein Sweatshirt von Thomas behalten habe. Aber ist das so dramatisch? Sagt das irgendetwas über meinen derzeitigen Gesundheitszustand aus? Du hast mich sehr lange nicht mehr gefragt, wie es mir geht. Also urteile jetzt nicht über mich. Wenn ich dir sage, dass es mir gut geht, dann geht es mir gut." – „Entschuldige bitte. Ich wollte wirklich nicht anmaßend sein. Es war bestimmt nicht leicht für dich, dich von all den Dingen zu trennen. Aber das war auch längst überfällig."
Er sah, wie Veras Augen zuerst aufleuchteten und danach sofort ihre Mundwinkel sich wieder nach unten zogen. Zuckerbrot und Peitsche waren Jonathans beliebteste Vorgehensweise. Erst schenkte er seinen Patienten ein dickes Lob, dann aber folgte unmittelbar ein noch dickerer Tadel. „Ich bin stolz auf dich. Und es ist absolut in Ordnung, wenn man ein Erinnerungsstück von einem geliebten Menschen behalten möchte. Lass mich, bevor du gehst, noch eine Entschuldigung loswerden. Als Freund, nicht als Therapeut. Ich war wirklich sehr lange nicht mehr für meine beste Freundin da."
„Aber! Ich höre da ein ganz deutliches Aber." Die Enttäuschung stand Vera deutlich ins Gesicht geschrieben.
„Aber", wiederholte Jonathan. „Darf ich dir noch eine kurze Frage stellen, bevor du gehst?"
Vera stand inzwischen im Wartezimmer. Jonathans Termin war noch

nicht da. Sie verschränkte ihre Arme und setzte sich auf einen der vielen Stühle. Jonathan setzte sich zu ihr. Er wollte ihre Hand nehmen. Doch Vera verweigerte sie ihm. Sie wollte jetzt keine Schwäche zeigen. Sie hatte es bis hierher geschafft. Warum konnte er es nicht einfach gut sein lassen und sich mit ihr freuen?
„Nimmst du noch deine Medikamente?“, fragte er behutsam und ließ sie nicht aus den Augen. „Was macht deine Angststörung? Wann hattest du deine letzte Panikattacke? Ich glaube auch nicht, dass du inzwischen ohne Hilfsmittel durchschlafen kannst. Hast du noch Alpträume?“
„Das waren mehr als nur eine Frage.“
Es klingelte und der elektronische Türöffner ließ Jonathans Termin herein. Vera nutzte die Gelegenheit und sprang auf, eilte zur Tür. Sie wäre fast mit dem Mann zusammengestoßen, der gerade die Praxis betrat. „Wir reden ein anderes Mal. Ich muss jetzt los, sonst komme ich zu spät.“ Vera ließ die Tür hinter sich zufallen. Sie eilte zu ihrem Wagen und fuhr einmal quer durch die Stadt.

Köln war wunderschön, aber auch eine ewige, riesige Baustelle. Die ganzen Umleitungen raubten ihr nicht nur wertvolle Zeit, sie wurde auch immer nervöser. Sie kam mit einer halben Stunde Verspätung zu ihrem Termin mit Hauptkommissar Brandes. Gerade als sie die Wache betreten wollte, kam er ihr auch schon entgegen.

„Hallo, Frau Wagner Kausch. Ich habe Sie bereits vor einer halben Stunde erwartet. Es tut mir leid, aber jetzt habe ich leider keine Zeit mehr für Sie. Ich bin auf dem Weg in die Mittagspause. Mein nächster Termin ist bereits in einer Dreiviertelstunde. Gehen Sie doch einfach rein, zu einem meiner Kollegen und lassen Sie sich für nächste Woche einen neuen Termin geben.“
Vera stellte sich dem Hauptkommissar in den Weg, sodass er nicht an ihr vorbeikam. „Ich habe auch noch nicht zu Mittag gegessen und mein Anliegen ist wirklich dringend. Darf ich Sie vielleicht begleiten?“
„Ich gehe nur ins Nebengebäude in die Polizeikantine. Ich lade Sie gerne ein. Aber erwarten Sie nicht zu viel. Es ist keine Sterneküche und heute gibt es entweder Bohneneintopf oder Spaghetti Bolognese.“

„Ich liebe Spaghetti“, trällerte Vera. Sie hakte sich bei dem leicht überrumpelten Hauptkommissar unter und verließ mit ihm das Gebäude.

In der Kantine herrschte ein rauer Ton. Hauptkommissar Brandes führte sie an einen Tisch, der im hinteren Bereich der Kantine lag. „Hier ist es ein wenig ruhiger“, sagte er. „Ich hole uns dann mal was zu essen. Sie bleiben bei Spaghetti?“
„Ja, Spaghetti sind genau das, was ich jetzt brauche.“
„Ich beeile mich und bin dann gleich wieder zurück.“ Hauptkommissar Brandes eilte durch die Menge und Vera war froh, für einen Moment alleine zu sein.
Sie versuchte, sich auf das Wesentliche zu konzentrieren. Ihr blieb nicht viel Zeit, um den Hauptkommissar von ihrem Vorhaben zu überzeugen. Sie atmete hörbar ein und wieder aus. Immer wieder schloss sie die Augen, um den Lärm um sich herum auszublenden. Aber sie kam einfach nicht zur Ruhe. Ganz im Gegenteil. Sie kämpfte verzweifelt gegen eine aufsteigende Panikattacke an. Von weitem sah sie Hauptkommissar Brandes mit einem vollen Tablett auf sie zukommen. Obwohl sich ihre Beine schwer wie Blei anfühlten, stand sie auf und lief dem Hauptkommissar entgegen und entschuldigte sich hektisch. „Wo sind hier die Damentoiletten?“
Hauptkommissar Brandes ging die wenigen Meter zum Tisch, stellte das Tablett ab und wollte Vera begleiten. Doch sie lehnte dankend ab, etwas zu schroff, wie sie später fand. Vera glaubte, jeden Moment ohnmächtig zu werden. Ihr ganzer Körper vibrierte. Ihr wurde speiübel. Der ganze Raum begann sich zu drehen. An Essen war im Moment nicht mehr zu denken.
„Gehen Sie bitte zurück an den Tisch und fangen schon einmal an zu essen, bevor alles kalt wird. Denken Sie an Ihren nächsten Termin. Ich finde die Toiletten schon und bin ganz schnell wieder zurück.“ Vera wusste nicht, ob dem Hauptkommissar ihre Panik aufgefallen war. Er sagte jedenfalls nichts und ging ohne ein Wort an den Tisch. Vera rannte durch den Raum, der immer größer wurde und gleichzeitig sie drohte einzuengen. Sie hatte das Gefühl, endlos zu laufen, aber nicht von der Stelle zu kommen. Sie lief an den Leuten vorbei. Fragende Blicke folgten ihr. Sie hatte die Toiletten endlich gefunden. Sie stürzte geradewegs in eine der kleinen Kabinen und schloss hinter sich ab.

Von draußen rief ihr eine besorgte Stimme zu. „Alles in Ordnung bei Ihnen?“
„Alles in Ordnung“, versicherte sie. „Ich habe es nur ein wenig eilig“, sagte Vera und setzte sich für einen Moment auf den geschlossenen Toilettensitz.
Sie streckte ihre Hände aus und legte sie auf die kalte Tür der Toilette. Dann fing sie an zu weinen. Ganz leise, so dass sie niemand hören konnte. Sie hatte versagt, mal wieder. Dabei hatte sie alles bis ins kleinste Detail geplant gehabt. Jeden Tag der vergangenen Wochen und Monate hatte sie nur dieses eine Ziel vor Augen. Sie war schon viel zu lange voller Ungeduld und wartete vergebens auf ein Zeichen, das sie zurück ins Leben katapultierte. Heute wollte sie ein Zeichen setzen. Aber sie konnte schon Jonathan nicht überzeugen. Und jetzt saß sie hier auf der Toilette der Polizeikantine und bemitleidete sich selbst. Dabei sollte sie längst wieder am Tisch mit dem Hauptkommissar sitzen, mit ihm essen und ihm von ihren Plänen erzählen. Das war ihre Chance. Wieder einmal schien sich das Schicksal gegen sie entschieden zu haben. Sie öffnete die Tür und ging zum Waschbecken. Unmöglich konnte sie so dem Hauptkommissar unter die Augen treten. Das wenige Make-up, das sie am Morgen aufgetragen hatte, war so gut wie nicht mehr vorhanden. Mit ein wenig Wasser und etwas Toilettenpapier bekam sie es notdürftig wieder hin. Sie war blass und in ihren Augen schimmerten immer noch Tränen. Sie wollte schon aufgeben, aber dann entschied sie sich doch zu bleiben. Sie wollte nicht länger weglaufen, wenn es für sie unbequem wurde. Das hatte sie früher nie getan, warum sollte sie jetzt damit anfangen? Vera eilte durch den immer schmaler werdenden Kantinenflur. Die Schlange vor der Essensausgabe nahm kein Ende. Vera ahnte ja nicht, wie viele hungrige Polizisten es hier auf der Wache gab. Immer wieder murmelte sie eine Entschuldigung vor sich hin. Es war kaum ein Durchkommen, ohne dass sie jemanden anrempelte. Suchend schaute sie sich um. Vera konnte nur noch auf der Stelle treten. Dann sah sie ihn endlich.

„Ihre Spaghetti sind bestimmt schon kalt. Ich hole Ihnen gerne eine frische Portion, wenn Sie möchten“, bot er ihr an.
„Danke, aber das ist nicht nötig. Wie gesagt, ich liebe Spaghetti, auch wenn sie schon kalt sind. Mein Mann mochte sie sogar so am

liebsten.“ Er veranstaltete mit Julia regelmäßige Wettessen. Da durften die Spaghetti ruhig schon etwas kälter sein, wenn mit den Händen gewetteifert wurde. Hatte sie das gerade wirklich laut gesagt? Sie stocherte in den noch immer vollen Teller und dann ließ sie sich die kalten Nudeln schmecken. Es war pure Nervennahrung für sie. Sie fühlte sich gut, sehr gut sogar. So gut, dass sie endlich mit Hauptkommissar Brandes über ihr Anliegen sprechen konnte. Sie warf einen verstohlenen Blick auf ihre Armbanduhr. Ein Geschenk von Thomas zu ihrem dritten Hochzeitstag. Dann sah sie auf den leeren Teller, der ihr gegenüber stand. Sie wusste, dass ihre Zeit so gut wie abgelaufen war.

„Ich möchte wieder arbeiten“, sagte Vera, ohne von ihrem Teller aufzuschauen. Sie holte tief Luft und redete dann in einem Atemzug weiter. „Ich habe mich zur Fallanalytikerin ausbilden lassen. In Zukunft möchte ich die Opfer und deren Angehörige, die Ähnliches erlebt haben wie ich, helfen. Und jetzt kommt die Stelle, wo ich Sie brauche. Ich würde mich sehr freuen, wenn Sie mich als Trainee in Ihrer Wache aufnehmen würden. Sagen wir für sechs bis acht Wochen.“ Sie schob ihren Teller beiseite und holte einen großen Umschlag aus ihrer Tasche. „Hier in diesem Umschlag befinden sich alle Unterlagen, die Sie benötigen, um mir das Trainee zu ermöglichen.“
Hauptkommissar Brandes nahm den Umschlag immer noch schweigend entgegen.
Vera nutzte ihre Chance und führte ihr Bewerbungsgespräch, denn so kam es ihr vor, mit Enthusiasmus weiter. „Schauen Sie!“ Vera nahm den Umschlag wieder an sich und öffnete ihn. Sie legte ihm ein Schriftstück nach dem anderen auf den Tisch. „Hier, sehen Sie, es ist alles da. Eine offizielle, handschriftliche Bewerbung. Alle Zeugnisse. Eine aktuelle, ärztliche Erneuerung meiner Approbation als praktizierende Psychotherapeutin. Und mein Abschluss von der Universität Köln zur Fallanalytikerin. Und zum Schluss habe ich noch eine aktuelle Beurteilung meiner körperlichen und psychischen Eignung für Sie. Nehmen Sie sich alle Zeit, die Sie brauchen, um sich alles in Ruhe anzusehen. Und wenn Sie wollen, dann treffen wir uns noch einmal und besprechen alles Weitere in Ruhe.“ Über ihr Gesicht huschte ein Lächeln der Zufriedenheit. Sie war erleichtert, dass sie es doch noch geschafft hatte. Wie es nun weiterging und ob es überhaupt eine

Chance für sie geben würde, das lag jetzt nicht mehr in ihren Händen. Sie kannten sich inzwischen seit vielen Jahren. Um genau zu sein, seit dem Verschwinden von Julia. Er war damals einer der ersten Polizisten vor Ort. Auch in der Nacht, als Thomas verunglückte, stand Hauptkommissar Brandes ihr hilfreich zur Seite. Es war eine förmliche, dennoch innige Freundschaft entstanden.

„Es tut mir leid, Frau Wagner Kausch, aber ich muss jetzt wirklich los. Ich verspreche Ihnen aber, dass ich mir das alles in Ruhe anschauen werde. Sobald es meine Zeit zulässt, werde ich mich wieder bei Ihnen melden. Aber ich kann jetzt schon sagen, dass es schwer wird. Wir haben zurzeit weder Platz noch die Möglichkeit für eine Traineestelle. Aber was Sie in Ihrer Praxis machen, ist schlussendlich Ihre Entscheidung. Was sagt denn Ihr Kollege, Herr Altmann, dazu?“
„Ich habe Sie schon viel zu lange aufgehalten“, versuchte Vera, das Gespräch in eine andere Richtung zu lenken, was ihr auch gelang. Beide standen auf und verließen die Kantine, die sich nach und nach leerte. Vera verabschiedete sich, aber nicht ohne sich noch einmal für das spontane Mittagessen zu bedanken. „Sie melden sich also bei mir?“ Vera reichte dem Kommissar zum Abschied die Hand.
„Das mache ich. Versprochen!“
Vera stand noch eine Weile auf dem Polizeigelände. Das Gespräch hatte sie doch mehr Kraft gekostet, als sie erwartet hatte. Sie fühlte sich vollkommen ausgelaugt. Aus sicherer Entfernung sah sie, wie Hauptkommissar Brandes wieder zurück ins Hauptgebäude ging. Auch für sie war es Zeit, nach Hause zu fahren.

Vera parkte ihren Wagen wie so oft vor der Garage. Früher stand sie gerne hier oben auf der Auffahrt. Der Blick über das weitläufige Grundstück war unbezahlbar. Mitten darauf stand immer noch das Baumhaus. Längst wollte sie es abreißen lassen. Aber dann brachte sie es doch nicht übers Herz. Thomas hatte es für Julia gebaut. Vera wollte, dass es noch dastand, wenn Julia nach Hause kommen würde. Aber sie kam nicht. Das Baumhaus war nur noch ein überdimensionales Mahnmal ihres Versagens. Es erinnerte sie täglich an ihren letzten Streit mit Julia, wie sie ihr Kind nach einem dummen Streit wegschickte. Vera sah noch aus dem Küchenfenster, wie Julia durch den

Garten lief. Dann war sie ort. Vera war sich sicher, dass Julia schmollend in ihrem Baumhaus saß. Wie so oft, wenn sie ihren Willen nicht bekam.
Veras erster Instinkt war, Julia zu folgen. Aber Thomas hielt sie zurück. „Lass sie schmollen. Sie wird sich wieder beruhigen. Wenn sie soweit ist, wird sie runterkommen, sich entschuldigen und sich dann über dein Buffet hermachen. So wie immer." Er gab ihr einen Kuss auf die Stirn und ging hinaus zu den ersten eintreffenden Gästen. Julia kam nicht aus ihrem Baumhaus herunter. Nicht an diesem Abend.
Thomas hatte mal wieder einen großen Deal abgeschlossen. Die Provision für die verkaufte Immobilie – ein kleines Vermögen. „Das muss gefeiert werden", meinte er. Und Thomas ließ sich gerne feiern. So auch an diesem Abend. Vera hatte ein paar gute Freunde eingeladen. Die Stimmung war gut und ausgelassen. Es war fast Mitternacht. Zeit für Julia, aus ihrem Versteck zu kommen. Thomas verabschiedete gerade den letzten Gast, als er zurück zu Vera in den Garten kam. Sie standen beide vor dem Baumhaus.
„Lass mich das machen." Er ließ es sich nicht nehmen, seine Tochter ins Haus und in ihr Bett zu bringen.
„Sie ist nicht hier", rief Thomas nach unten. „Es ist spät geworden", sagte er. „Julia ist ein vernünftiges Mädchen. Es wird ihr langweilig geworden sein, und sie ist ins Haus gegangen. Ich wette mit dir, dass sie sich noch einen doppelten Schokopudding stibitzt hat und dann in ihr Zimmer gegangen ist. Sie wird inzwischen seelenruhig schlafen."
„Ohne ihren rosa Dino. Der liegt nämlich noch hier oben", sagte Vera, die sich selbst davon überzeugen wollte, dass Julia nicht hier war. Das Baumhaus war von beiden Seiten zugänglich. Eine Meisterleistung von Thomas. Ein solches Baumhaus gab es kein zweites Mal.
„Den kann sie sich auch morgen holen. Sie sagt doch selbst, dass sie kein Baby mehr ist."
„Sie wird immer mein Baby bleiben", sagte Vera.
„Komm, lass uns ins Haus gehen und nachschauen." Thomas nahm Vera in den Arm. Und sofort fühlte sie sich sicher und geborgen.
Sie sah ihn an, sah in seine großen blauen Augen und gab ihm einen Kuss. „Du hast Recht. Lass uns reingehen und nach unserem Mädchen schauen."
Sie gingen in dieser Nacht zusammen über das große Grundstück

zurück zum Haus. Thomas bemerkte es zuerst. In den großen Glasfenstern dcr Hausfront spiegelte sich ein ungewöhnlich helles, aufflackerndes Licht. Er reagierte sofort, drehte sich um und sah schon von weitem die immer größer werdenden Flammen auf dem Rasen lodern. Dort, wo der Grill zum Ausglühen stand, brannte es jetzt lichterloh. Die Flammen bahnten sich sekundenschnell eine Schneise, die drohte, in wenigen Minuten das Baumhaus zu erreichen. Er schob Vera ins Haus. „Geh bitte rein und schau nach Julia und ruf die Feuerwehr. Und bleibt im Haus.“ Vera hatte keine Chance, Thomas aufzuhalten. Sie sah ihm hinterher, wie er im Dunkel der Nacht verschwand. Er rannte zu dem Geräteschuppen, um dort den Feuerlöscher zu holen. Dann sah sie, wie er versuchte, den Brand einzudämmen. Sie schaltete das Flutlicht ein und sofort war das gesamte Gelände hell erleuchtet. Vera wunderte sich, dass Julia nicht wach geworden war. Sie schaute hinauf zu ihrem Fenster. Die Rollläden waren heruntergelassen. Die ganze obere Etage war schwarz und düster. Die immer weiter aufsteigenden Flammen tanzten im Scheinwerferlicht. Sie schlängelten sich an der Hauswand entlang. Vera wählte die Nummer der Feuerwehr und eilte dann ins Haus, um nach Julia zu sehen.

Ein Wagen fuhr die Auffahrt hinauf und holte Vera in die Gegenwart zurück. Es war Jonathan. Er stellte seinen Wagen gleich neben ihren ab und stieg aus. Er winkte ihr zu. Vera war froh, dass er sie aus ihrem Alptraum erlöst hatte. Es war nicht das erste Mal, dass sie diese Nacht, dieses Feuerszenarium durchlebte. Erschreckend war nur, wie real es sich immer noch anfühlte. Als sei sie mittendrin im Geschehen. Sie erlebte diese Nacht immer und immer wieder.
„Was machst du denn hier?“, begrüßte Vera Jonathan, der jetzt leicht schnaufend vor ihr zum Stehen kam.
„Ich habe ganz vergessen, wie riesig dieses Grundstück ist und wie steil der Aufstieg von der Einfahrt bis zum Haus sein kann. Entweder werde ich alt oder ich muss dringend etwas für meine Kondition tun.“
„Beides“, sagte Vera und tätschelte liebevoll den kleinen hervorstehenden Bauch ihres Freundes. „Die vierzig lässt nicht mehr lange auf sich warten und das bei uns beiden.“
„Nicht doch“, scherzte Jonathan. „Wir sind doch erst siebenunddreißig. Lass uns in Würde altern und schenke uns die letzten Jahre der

glorreichen Dreißiger.“ Sie lachten, dann umarmten sie sich und gingen gemeinsam ins Haus. „Schön, dass du da bist.“
„Finde ich auch.“ Jonathan setzte sich auf einen der Hocker in der sehr geräumigen Küche und sah zu, wie Vera ihnen einen frischen Kaffee zubereitete.
„Trinkst du deinen Kaffee immer noch schwarz?“, fragte Vera und sah, wie Jonathan eine Mappe aus seiner Tasche zog und auf den Tisch legte.
„Ja, schwarz wie meine Seele bitte“, scherzte er.
Sie setzte sich zu ihm und reichte ihm einen großen Becher. Wie in den guten, alten Studentenzeiten ließen sie die Kaffeebecher hörbar aneinanderstoßen und prosteten sich zu.
„Auf das, was wir lieben“, sagte Jonathan.
„Auf das, was wir lieben“, wiederholte Vera. „Was hast du mir denn da Schönes mitgebracht?“ Vera schob die Mappe ein wenig über den Tisch und zog sie dann in ihre Richtung.
„Ein paar Unterlagen deiner alten Patienten. Wenn du wieder arbeiten willst, dann solltest du dich auf den neuesten Stand bringen. Meinst du nicht auch?“
Vera verstand sehr wohl den Wink mit dem Zaunpfahl. Und auch die kleine Provokation, die in seinen Worten lag, war nicht zu überhören. Sie ließ sich auf das Spiel nicht ein, sondern drehte den Spieß einfach um. Sie nahm die Mappe an sich. „Da weiß ich doch gleich, was ich am Wochenende zu tun habe. Die Mappe ist aber sehr dünn“, bemerkte Vera beiläufig. „Sind das wirklich alle meine früheren Fälle?“
„Nur drei. Zwei deiner alten Fälle haben ihre Therapie erfolgreich abschließen können. Und eine Patientin hat leider vorzeitig abgebrochen. Eine junge Frau, wie war noch gleich ihr Name?“
„Lass mich raten.“ Vera trommelte leicht mit den Fingern auf der Mappe herum und sah, wie Jonathan langsam unruhig wurde. Sie wusste, er mochte es nicht, wenn man ihn nicht ernst nahm und ihn versuchte, aufs Glatteis zu führen. „Einen Moment noch. Ich habe es gleich. Monika Bender! Ja, ich erinnere mich an sie. Sie kam zu mir mit einer beginnenden Essstörung und Selbstverletzung. Sie ritzte sich, wenn ihr alles zu viel wurde. Warum glaubst du, hat sie abgebrochen?“
„Sie war noch nicht so weit, sich einzugestehen, dass sie Hilfe braucht.

Vielleicht lässt du sie wissen, dass du wieder da bist. Ich könnte mir vorstellen, dass sie zu einer Frau eher Vertrauen aufbaut als zu einem Mann. Vielleicht kommt sie dann zurück.“
„Vielleicht!“ Es entstand eine bedrückende Pause. Vera stand auf, um sich noch etwas Kaffee zu holen. Jonathan hatte seinen Kaffee bisher kaum angerührt.
„Frau Horn und Herr Krüger, das sind die beiden, die ihre Therapie abgeschlossen haben“, rief Jonathan in Richtung Küche. §“Frau Horn hatte eine spezifische Phobie. Sie hatte panische Angst vor Spinnen. Selbst Hausfliegen machten ihr zu schaffen. Und dann war da noch Herr Krüger. Er hatte eine Zwangsstörung. Er zog immer erst einmal alles ins Lächerliche. Er selbst sah sich als eine bessere Kopie von Columbo. Peter Falk spielt in dieser Krimiserie einen zwangsgestörten Kommissar. Am Anfang unserer Sitzungen hatte ich die leise Befürchtung, dass er sich zu sehr an seinen Zwangsstörungen festhalten könnte. Es sah so aus, als würde Mister Columbo eine weitere Zwangsstörung von ihm werden. Er brauchte zum Beispiel immer eine gute Viertelstunde, bis er bereit war, sich zu setzen. In seiner Hand hielt er immer griffbereit ein Päckchen mit Desinfektionstüchern.“
„Wie hast du es geschafft, dass er auf sein Desinfektionsmittel verzichtet oder während einer Sitzung nicht alle fünf Minuten raus stürmt, um sich die Hände zu waschen?“
„Ich bin eben gut! Und Mister Columbo änderte sehr schnell seine Marschrichtung. Er musste nur erkennen und annehmen, dass er auch ohne seine Zwangsstörungen wahrgenommen wird. Das Päckchen mit den Desinfektionstüchern war schnell vom Tisch. Und zu seiner eigenen Sicherheit gab es ja bei jedem Gang zur Toilette in unseren Räumlichkeiten genug von seiner Droge. Manchmal konnte ich es riechen, wenn er rückfällig wurde und fast in dem Zeug gebadet hatte. Aber mit der Zeit konnte er auch dieser Versuchung widerstehen. Ende gut, alles gut.“
„Du bist aber nicht nur zu mir herausgefahren, um mir die alten Unterlagen zu bringen. Was steckt wirklich hinter deinem Besuch?“
Jonathan nahm die Hand seiner Freundin.
Und diesmal entzog Vera sie ihm nicht. „Du musst dir keine Sorgen um mich machen“, sagte Vera und gab Jonathan einen freundschaftlichen Kuss auf die Wange. „Es geht mir wirklich gut. Sehr gut sogar.

Warum glaubst du mir nicht?“
„Ich glaube dir, dass es dir gut geht. Körperlich zumindest. Aber seelisch, da bist du noch sehr instabil. Lass dir erst von mir helfen. Schließ die Therapie ab und dann finden wir gemeinsam heraus, wann und ob du überhaupt als Fallanalytiker arbeiten solltest. Was hältst du davon?“
„Als deine Freundin sage ich dir: Danke! Danke, dass du dich so um mich sorgst. Du hattest es nicht immer leicht mit mir. Aber inzwischen komme ich ganz gut wieder alleine zurecht. Ich gebe ja zu, hier und da habe ich noch so meine Probleme. Und ja, ich hatte heute Morgen wieder eine meiner Panikattacken. Und geschummelt habe ich auch ein wenig. Ich habe nur die Sachen von Thomas und Julia weggeräumt, die so im Haus herumlagen. Du weißt ja selbst, wie sie waren. Nicht gerade die ordentlichsten. Aber den Kleiderschrank habe ich im Schlafzimmer wirklich aussortiert. Und auch im Flur steht keine Sporttasche mehr, wie du vielleicht festgestellt hast. Heute ist ein guter Tag für mich. Schau dir nur dieses fantastische Zimmer an. Sonnendurchflutet. Das Leben hat mich wieder.“ Vera schrie auf, ihr Lachen wirkte leicht hysterisch. „Ich lebe! Wenn auch alleine. Ohne Mann und ohne mein geliebtes Kind. Es fühlt sich immer noch beschissen an. Aber hey! Ich kann dem Wunsch, den beiden zu folgen, inzwischen immer öfter widerstehen als noch vor ein paar Monaten. Was kümmern mich Geburtstage und Weihnachten? Das alles geht inzwischen ganz prima ohne die beiden.“ Wieder war ihr Lachen mehr ein Schrei. Jonathan zerriss es das Herz, seine Freundin so zu sehen. Umso wichtiger war es jetzt, sie von der absurden Idee abzubringen, als Fallanalytikerin zu arbeiten. Es würde sie um Jahre zurückwerfen.

Vera war längst nicht so stark, wie sie glaubte. Sie wollte und musste es aber sein, um nicht ganz durchzudrehen. Jonathan zog Vera zu sich und hielt sie einfach nur fest in seinen Armen. Ihr zarter Körper wirkte zerbrechlich. Jonathan spürte ihre Knochen, die leicht hervorstachen, als er sie fester an sich drückte. Sie begann haltlos zu weinen. Vera löste sich mit jeder Träne aus ihrer Starre der vergangenen Tage und ließ sich einfach fallen. Und es fiel ihr erneut ein, was sie alles verloren hatte. Was nie wieder zu ihr zurückkehren würde. Dass sie eigentlich auch hätte sterben können. Denn jeder Tag, den sie versuchte

mühsam zu überleben, fühlte sich mehr nach Sterben an. Die Jahre hatten ihren Schmerz nicht mindern können. Ganz im Gegenteil. Jetzt kämpfte sie gegen eine weitere, neue Angst an. Zu dem Schmerz gesellte sich jetzt auch noch der Schrecken hinzu, ihre Liebsten nach all den Jahren langsam zu vergessen. Bilder in ihrem Kopf fingen an zu verblassen. Erinnerungen rückten in den Hintergrund. Das durfte nicht geschehen. Und so fing sie an, alles aufzuschreiben, an das sie sich noch erinnern konnte. Jede noch so kleine Belanglosigkeit, die ihr einfiel, brachte sie zu Papier. Das Gute, das ganz Großartige, aber auch das Traurige. Jeden Streit und jede Versöhnung. Sie vergaß auch nicht das jeweilige, tragische Ende aufzuschreiben. Den Sturz vom Baumhaus, den es hätte nicht geben dürfen. Oder der zumindest nicht hätte so enden müssen. Thomas war immer in allem, was er tat, so besonnen gewesen. Er ging keine unnötigen Risiken ein. Warum hatte er nicht auf sie gehört und ist mit ins Haus gegangen? Dass er mit einem Lächeln auf seinem so schönen Gesicht gestorben war, half Vera auch nicht wirklich. Ihr einziger Trost in all den Jahren war es, dass sie einander hatten. Dass sie ihre Liebe hatten, bis zum Schluss. Der Tod setzte ein eindeutiges und endgültiges Zeichen. Ganz anders als bei Julia. Ihr Verschwinden konnte bis heute nicht aufgeklärt werden. Da war immer nur dieser Anfang von endlosem Schmerz. Bis heute gab es nichts, das ihr half, mit dem Verlust abzuschließen. Ganz besonders schlimm waren immer noch die Nächte. Wenn sie nicht schlafen konnte, malte sie sich die schlimmsten Szenarien aus. Wie konnte es nur so weit kommen, dass Julia aus ihrem sicheren Elternhaus entführt werden konnte? Wäre sie damals nur weggelaufen, um ihrer Mutter wegen des dummen Streits einen Streich zu spielen, dann wäre sie nach ein paar Stunden wieder zurückgekommen. Aber so stand schnell fest, dass Julia etwas weitaus Schlimmeres zugestoßen sein musste. Jede Nacht seit Julias Verschwinden legte Vera beide Hände auf ihr Herz und fragte sich: „Lebt Julia noch oder ist sie längst tot?" Als Mutter musste sie doch spüren. Der Gedanke, dass ihr Kind wohlmöglich hat leiden müssen, war jedes Mal ein Schlag tief in ihre Magengrube. Es war also ihre Art von Therapie geworden, alles aufzuschreiben.
Vera stand auf. Sie nahm beide Kaffeebecher vom Tisch und stellte sie in die Spüle. Obwohl Jonathans Becher noch halbvoll war, goss sie den lauwarmen Kaffee in den Ausguss.

„Wenn du willst, dass ich gehe, dann sag es. Du musst deshalb nicht gleich den guten Kaffee wegschütten, den ich übrigens noch gerne getrunken hätte."
Vera sagte nichts. Sie schaute zu, wie die letzten Tropfen der schwarzen Brühe in den Ausguss liefen.
„Na gut, wie du willst. Dann mache ich mich mal wieder auf den Weg."
„Entschuldige bitte. Ich wollte deinen Kaffee nicht einfach so wegschütten. Es ist noch genügend da. Magst du vielleicht noch einen frischen Becher haben? Wir könnten uns für einen Moment ins Wohnzimmer setzen und reden. So wie früher. Du weißt schon, die guten alten Zeiten."
Er willigte ein und nur wenige Minuten später saßen sie in dem riesigen Wohnzimmer, das mit hellen Möbeln sehr gemütlich eingerichtet war. Vera erinnerte sich. „Thomas sagte immer, dass jeder Raum seine eigene Architektur hat. Dieser Raum war unser Lebensmittelpunkt. Es war ihm wichtig, dass jeder, der sich hier aufhielt, das Gefühl hatte, willkommen zu sein."
„Ich erinnere mich", sagte Jonathan. Er sah sich um und sein Blick fiel auf den Panoramakamin. Eine geniale Lösung für den perfekten Übergang, den Thomas da geschaffen hat. Ein architektonisches Meisterwerk. Eine harmonische, inszenierte Raumtrennung zwischen Ess- und Wohnbereich. „Thomas war ein wirklich brillanter Architekt. Er hatte ein sehr feines Gespür für Details."
„Ja, das hatte er", stimmte Vera ihm zu. „Es gibt keinen Raum in diesem Haus, der nicht die Handschrift von Thomas trägt. Das macht es nicht unbedingt leichter", sagte Vera. „Aber", fügte sie hinzu, „ich fühle mich ihm immer noch sehr nahe, wenn ich durch das Haus gehe. Hältst du mich für verrückt, wenn ich dir sage, dass ich ab und zu mit ihm rede?"
„Ein wenig verrückt warst du ja schon immer. Aber ich kann dich beruhigen. Ich halte dich nicht für klinisch verrückt. Ich verrate dir ein Geheimnis." Vera sah ihn erwartungsvoll an. „Auch ich rede hin und wieder mit ihm. Er war mein bester Freund. Es wird niemals aufhören, dass ich ihn vermissen werde. Aber aus dem Schmerz ist inzwischen eine liebevolle Erinnerung geworden. Das würde ich mir auch für dich wünschen."

„Ich weiß!“ Vera setzte sich zu ihm. Diesmal war sie es, die seine Hand nahm. „Da ist immer noch dieser schlimme Schmerz in mir, den ich nicht bereit bin zu zeigen. Weil ich keine Worte dafür habe. Ich kann ihn weder erklären noch möchte ich darüber reden. Es ist einer dieser Schmerzen, die mein Herz jeden Tag aufs Neue in tausend Stücke reißen. Meine Seele weint längst nicht mehr nur um das, was geschehen ist. Ich habe schon lange keine Tränen mehr übrig. Und ich bin müde. Ich bin lebensmüde, Jonathan. Das, was einmal mein Leben gewesen war, habe ich verloren. Lass mir wenigstens meine Arbeit, auch die Sache mit der Fallanalytik. Wenn Hauptkommissar Brandes nichts gegen eine Mitarbeit einzuwenden hat, dann lass mich das verdammt noch mal machen. Ich verspreche dir, ich werde auf mich aufpassen. Aber wenn ich nicht langsam anfange, wieder etwas für mich zu tun, dann drehe ich noch durch.“

Jonathan war immer noch nicht davon überzeugt, dass Vera den Weg als Fallanalytikerin einschlagen sollte. Er wusste aber auch, je mehr er dagegen war, umso mehr war sie dafür. Das war schon auf der Uni so gewesen. Wählte er einen Kurs ab, war es Vera, die sofort zur Stelle war, um den Kurs zu belegen. Sie war eigen und sie war stur. Aber genau das machte sie auch aus. „In Ordnung! Du machst ja sowieso, was du willst. Aber ich werde ein Auge oder besser beide Augen auf dich haben. Wenn ich der Meinung bin, dass du dich überforderst, hörst du auf damit. Das musst du mir versprechen.“
„Ich verspreche dir überhaupt nichts. Wir sind doch keine kleinen Kinder mehr. Ich bin ein großes Mädchen.“ Vera lachte und wuschelte Jonathan liebevoll durch seinen blonden Schopf. „Du machst dir viel zu viele Gedanken. Das macht nur Falten und die lassen dich alt aussehen.“ Wieder lachte Vera und diesmal kniff sie ihn liebevoll in beide Wangen.
„Okay, ich habe dich ja verstanden. Du willst also wieder jeden Morgen aufstehen und so tun, als würdest du dich auf einen zehn- bis zwölfstündigen Tag freuen. Wenn du einsteigst, dann nur zu hundert Prozent. Dann gibt es keinen Schongang für dich. Du weißt, unser Job ist hart.“
„Willst du mir jetzt meinen Job erklären?“ Vera war nicht mehr zum Lachen zumute. Langsam wurde sie sogar leicht wütend. „Wenn du

gehst“, sagte sie ganz beiläufig, „dann lass bitte die Unterlagen, die du wieder eingesteckt hast, auf dem Küchentisch liegen. Ich werde sie mir anschauen und in den nächsten Tagen auch immer mal wieder in der Praxis vorbeikommen, um mir weitere Unterlagen anzusehen. Ich werde mir mein Büro wieder herrichten und ich werde auch ohne deine Zustimmung in zwei Wochen meine volle Tätigkeit wieder aufnehmen. Und jetzt entschuldige mich bitte, ich habe viel zu tun.“

Jonathan ging ohne ein Wort des Abschieds in die Küche. Diesmal stellte er seinen leeren Kaffeebecher in das Spülbecken. Er ließ etwas Wasser in den Becher laufen. Dann legte er die Unterlagen auf den Küchentisch, so wie Vera es wollte. Er blieb kurz im Rahmen der Küchentür stehen. Seine Augen folgten dem langen Flur Richtung Wohnzimmer. Er sah Vera mit gesenktem Kopf und hängenden Schultern am Fenster stehen. Er rief ihr etwas zu. Doch Vera blieb ohne jede Regung. Unschlüssig, ob er gehen oder bleiben sollte, folgte er seiner ersten Eingebung. Nur wenige Sekunden später war er wieder im Wohnzimmer. Er stand direkt hinter ihr. Er wollte sie nicht erschrecken.
Noch bevor er ihr die Hand auf die Schulter legen konnte, sagte sie: „Ich dachte, du wärst einfach gegangen.“
„Das würde ich niemals tun. Ich hasse es nur, wenn wir uns streiten.“
Sie drehte sich um und sagte: „Ich auch!“ Sie legte ihren Kopf auf seine breite Schulter.
„Darf ich dich um einen Gefallen bitten?“
Vera hob den Kopf und sah Jonathan fest in die Augen. „Du kannst es versuchen. Danach sehen wir weiter.“
„Sei bitte ernst. Es ist mir wirklich wichtig.“
„In Ordnung! Dann sag mir doch einfach, was du auf dem Herzen hast.“
Er hielt sie immer noch fest an seine Brust gedrückt.
Vera ging einige Schritte zurück, ohne dass sie ihn losließ.
„Behandle mich nicht immer wie ein rohes Ei. Ich bin nicht aus Glas. Und ich zerbreche bestimmt auch nicht, wenn du mal nicht in meiner Nähe bist. Versteh mich doch! Ich brauche wieder einen geregelten Alltag und ich brauche das Gefühl von Normalität. Und es wäre einfach nur großartig, wenn ich meinen besten Freund dabei an meiner

Seite hätte, statt nur einen besorgten Therapeuten. Kannst du das für mich tun?“
„Du hast Recht! Aber es war auch nicht immer leicht für mich in den letzten Jahren. Wann war was das Beste für dich? Brauchtest du mehr den guten, alten Freund oder doch eher den fachmännischen, geschulten Therapeuten? Ich habe gehofft, dass ich für dich beides sein könnte. Aber da habe ich mich wohl geirrt. Als Freund weiß ich genau, was du willst und ich verstehe dich nur zu gut.“
„Das hört sich wie vorhin wieder nach einem großen Aber an.“ Vera war sichtlich enttäuscht. Sie verließ das Wohnzimmer und ging Richtung Terrasse. Sie brauchte dringend etwas frische Luft.

„Was ist bloß mit diesem schwarz verhangenen Fenster in Julias Zimmer los? Und was hast du mit dem verdammten Baumhaus vor?“ Jonathan bereute sofort jedes einzelne Wort, das er seiner Freundin so taktlos an den Kopf warf. Sie waren nicht nur falsch und unangebracht. Er wusste auch, dass er Vera damit zutiefst verletzte. „Es tut mir leid! Entschuldige bitte! Es ist wohl besser, wenn ich jetzt gehe. Ich habe die Mappe mit den Unterlagen auf den Küchentisch gelegt, so wie du es wolltest.“
„Es ist bereits das zweite Mal, dass du dich verabschiedest. Und doch bist du immer noch hier. Du kannst einfach nicht loslassen“, scherzte Vera. „Wir haben wohl beide ein Problem damit.“
Jonathan schaute auf seine Uhr. Es war höchste Zeit für ihn zu gehen, wenn er nicht zu spät zu seinem nächsten Termin kommen wollte.
„Erinnerst du dich noch an unsere erste Fallstudie an der Uni?“, fragte Vera. „Ist es nicht fast schon makaber, dass du dieser Studie damals den klangvollen Titel 'Das schwarze Fenster' gegeben hast?“
„Ich erinnere mich sehr gut“, antwortete Jonathan. „Aber bei diesem schwarzen Fenster handelte es sich um eine Metapher. Dein schwarzes Fenster ist real und liegt im ersten Stock eines Hauses. Ich spreche von dem schwarz verhangenen Fenster in Julias Zimmer. Ich konnte es ganz deutlich von der Straße aus sehen.“ Jonathans Handy vibrierte. Er sah kurz auf das Display. Es war eine Erinnerung an seinen nächsten Termin. Er ignorierte die Nachricht und steckte das Handy zurück in seine Jackentasche. Jonathan setzte sich auf das große, dunkelbraune Sofa und bat Vera, sich zu ihm zu setzen. „Erzähle mir die

Geschichte“, bat er Vera. „Es ist eine halbe Ewigkeit her, aber ich weiß noch, dass diese Geschichte ein richtig gutes Ende genommen hat.“
„Ja, das hat sie.“ Vera schaute ein wenig angestrengt. Sie suchte in ihrem Kopf nach der richtigen Schublade. „Da war dieser junge Mann“, begann Vera sich zu erinnern. „Er war sehr unzufrieden. Sein Leben verlief nicht so, wie er es sich vorgestellt hatte. Jeden Tag tat er immer wieder das Gleiche, fast auf die Minute genau. Aufstehen, anziehen und so tun, als freue er sich auf den bevorstehenden Tag. Was war er noch mal von Beruf?“ Vera sah Jonathan fragend an.
Der zuckte nur mit den Schultern.
„Ist ja auch nicht so wichtig für die Geschichte.“ Vera sammelte sich einen Moment, dann fuhr sie in ihrer Erzählung fort. „Die Arbeit, die er seit Jahren Tag ein, Tag aus antrat, erledigte er nur sehr widerwillig. Sie hat ihm nie wirklich Freude gemacht. Er versuchte, mit schlechten Witzen über den Tag zu kommen. Und dann passierte es. Da war auf einmal diese Frau. Sie schien sich auf dem Bahnsteig zu verstecken. Als suchte sie Schutz oder Halt, stand sie hinter dieser riesigen Werbetafel. Er würde sie gerne ansprechen, aber er traute sich nicht. Sie waren nur zwei Fremde, die sich jeden Morgen ein paar unbequeme Minuten an Fahrzeit teilten. Ihre Strecke schien länger als seine. Aber sehr schnell wurden es die schönsten fünfzehn Minuten am Tag für ihn. Er stand jetzt wieder viel lieber morgens auf. Und er achtete auch mehr auf sein Äußeres. Die schöne Unbekannte, wie er sie nannte, war der Lichtblick seines Tages. Er sah ihr zu, wie sie jeden Morgen in das letzte Abteil einstieg. Sie setzte sich auf ihren Platz, wie jeden Morgen. Erst dann betrat er die Bahn. Er blieb in ihrer Nähe, auf sicherer Distanz. Er wollte nicht, dass sie sich beobachtet oder unwohl fühlte. Sie hatte feste Regeln, so wie er. Man konnte die Uhr nach ihr stellen und Schritt für Schritt ihren Ablauf verfolgen. Die Bahn fuhr an und er folgte ihrem Duft. Er streifte durch die Abteile und hielt inne. Süß und warm strömte ein Hauch ihres Duftes zu ihm. Immer dann, wenn sich die Türen öffneten und schlossen, war er versucht, für einen Moment die Augen zu schließen, um ihr ganz nah zu sein.
Ihr Blick, so stellte er fest, war starr, genau wie ihre ganze Haltung. Fast schon krampfhaft umschloss sie mit ihren kleinen, perfekt manikürten Fingern ihre Tasche, sodass ihre Handknöchel leicht sichtbar hervortreten. Was schaute sie sich nur an, fragte er sich. Ein suchender

Blick in ihre Richtung zeigte ihm nur ein tiefschwarzes Fenster. Um diese Tageszeit und bei dieser Witterung um fünf Uhr morgens, sah man nichts. Außer ein leichtes Aufblitzen der hellerleuchteten Fenster der vorbeifliegenden Umgebung. Menschen, die auch gerade dabei waren aufzuwachen und sich für den Tag fertig machten. Jeder einzelne von ihnen mit einem anderen Ziel. Sein Ziel stand seit Wochen fest. Er wollte diese Frau unbedingt kennenlernen. Aber dazu fehlte ihm einfach der Mut. Er hauste seit längerem in einer schäbigen Zwei-Zimmer-Wohnung. Seinen Job als Bauleiter hatte er schon vor Jahren verloren. Die Firma machte damals Bankrott, und nicht nur er stand von heute auf morgen auf der Straße. Die Firma wurde aufgekauft und jetzt arbeitete er als Hilfsarbeiter für die Konkurrenz. Er verdiente nur noch einen Bruchteil von dem, was er einmal verdient hatte. Von hundert auf null, das war sein Weg gewesen. Steil und schnell ging es für ihn bergab. Das Geld wurde knapp und seine Freundin verließ ihn. Sein Kampfgeist war gebrochen. Bis diese unbekannte Frau in sein Leben trat. An der nächsten Haltestelle musste er raus. Wieder hatte er die Chance vertan, sie anzusprechen. Er ging an ihr vorbei und erhoffte sich, einen letzten Hauch ihres Duftes erhaschen zu können, damit sein Tag angefüllt war mit ihr.“

„Weißt du noch den Namen von unserem Psychologieprofessor?“

„Professor Rupert! Gerold Rupert“, half Jonathan Vera.

„Ja, genau“, sagte sie. „Er war so ein großer, hagerer Mann. Sein Sakko war alt und sein Hemd hing immer an der gleichen Stelle heraus. Ständig kratzte er sich am Kopf. Nach jedem seiner Kurse hatte ich das dringende Bedürfnis nach einer Dusche. Unweigerlich juckte es einen, ganz ohne Grund.“

Beide mussten lachen.

„Er stellte uns die Frage nach einer ersten Einschätzung des Patienten. Ich war damals noch, sagen wir mal, sehr übereifrig.“

Jonathan wusste genau, was sie meinte. „Ja! Du hast wie eine Irre durch den ganzen Hörsaal gebrüllt: 'Der Dummkopf hat Liebeskummer. Man sollte ihm sagen, dass sich der ganze Aufwand nicht lohnt.' Der Professor war ganz schön sauer“, sagte Jonathan.

„Er hat mich angeschaut mit seinen kleinen, zugekniffenen Augen und gesagt, es wäre wohl besser, wenn ich den Rest der Vorlesung auf dem Flur verbringen würde. Nach der Vorlesung wollte er mich aber in seinem Büro sehen. Das war mein erster, aber auch letzter Verweis", erinnerte sich Vera. „Unserem liebeskranken Freund aus der Geschichte ging es aber leider noch lange nicht gut. Er fuhr endlose Wochen mit dieser Unbekannten in der Bahn, ohne sie jemals anzusprechen. Er wusste, dass es irgendwann zu spät sein würde. Wieder war es ein nächster Morgen. Ein sehr kalter Tag kündigte sich an. Wieder einmal hieß es: Aufstehen, Anziehen und einem Job nachgehen, der ihm verhasst war. Doch heute hatte er ein klares Ziel vor Augen. Heute musste es ihm gelingen, die schöne Unbekannte anzusprechen. Seine Bettwäsche roch muffig, als er die Decke zur Seite schlug. Ihm kam ein modriger Geruch entgegen. Auf dem Boden lag seine Kleidung vom Vortag. Er ging in die Küche, fand aber keine einzige saubere Tasse. Er nahm sich eine aus dem Stapel Geschirr, das seit Tagen auf Wasser wartete. Er stellte die nur leicht ausgespülte Tasse unter die Vorrichtung der Kaffeemaschine und ließ den Dingen ihren Lauf. Er ging ins Bad. Hier war das Chaos noch überschaubar. Er duschte, putzte sich die Zähne und rasierte sich sogar. Er sprühte sich etwas Aftershave in die Hände und verrieb es gleichmäßig in seinem Gesicht. Es war ein letztes Geschenk seiner letzten Freundin gewesen. Warum wegwerfen, dachte er sich. Er hatte etwas zu viel aufgetragen und musste sein Gesicht erneut waschen. Dann ging er zurück in die Küche. Der Kaffee war fertig. Die Zeit drängte. Nicht dass er am Ende noch die Bahn verpasste. Nur noch wenige Augenblicke und er würde sie wiedersehen. Er hatte sein bestes Hemd angezogen. Sein Glückshemd, das er früher, als er noch Bauleiter war, oft getragen hatte, wenn es um einen Abschluss ging. Seinen Kaffee ließ er unberührt stehen, was wohl auch besser für ihn war. Die Kaffeekanne hatte er seit Tagen nicht mehr gespült. Kein Wunder, dass seine Wohnung wie eine Müllhalde roch. Wie armselig war sein Leben inzwischen geworden. Er nahm sich fest vor, nach der Arbeit groß Reine zu machen. Er hatte die Haltestelle inzwischen erreicht und sah sich suchend um. Wo war sie? Der Platz an der Werbetafel war verwaist. Er stieg in die einfahrende Bahn ein und suchte jeden Platz nach ihr ab. Aber nirgends konnte er sie entdecken. Sein Blick raste durch die Abteile. Sie war nicht da. Sein größter Albtraum war wahr geworden. Bevor sich die Türen schließen konnten, war er versucht, einfach rauszuspringen. Er war nicht bereit für einen Tag ohne sie. Das schnelle Heraneilen von

Schritten ließ ihn aufhorchen. Sie war es wirklich. Er war erleichtert, und als sei es das Selbstverständlichste der Welt, reichte er ihr die Hand und zog sie in die Bahn. Fast wäre seine Hand ins Leere gelaufen. Aber er packte sie ganz fest am Arm und zog sie an sich. Die Tür schloss sich und ein Stück ihres Mantels blieb in der Tür hängen. Wieder zog er, ohne sie dabei loszulassen. Sie war bei ihm, näher als er es sich je hätte vorstellen können. Sie keuchte und rang nach Luft, als ein deutliches und klares „Danke" zu ihm drang. Er ließ sie los, leicht schwankend tastete sie sich an ihm vorbei. Erst jetzt bemerkte er ihre dunkle Brille. „Was soll das?", fragte er sich. Draußen war es immer noch stockdunkel. Sie setzte sich auf einen der freien Plätze und er glaubte es nicht, dass er es wirklich tat, aber er setzte sich zu ihr und suchte den Blickkontakt. Doch sie schaute nur in das schwarze Fenster, so wie immer.

„Entschuldigen Sie bitte, darf ich Sie etwas fragen?" Seine Stimme war leise, aber kontrolliert. Sie drehte sich zu ihm um. Und dann war es ganz deutlich zu erkennen. Sie war blind. „Sind Sie das? Der Mann, der mich wochenlang aus der Ferne beobachtet hat, aber nie etwas gesagt hat. Ich dachte schon, Sie seien ein Stalker oder Schlimmeres. Aber jetzt weiß ich, dass ich mich geirrt habe. Ihre Stimme ist sanft. Sie würden nie jemandem etwas antun. Ich weiß aber, dass Sie mein Parfüm mögen. Immer, wenn Sie aussteigen, kommen Sie in meine Richtung gelaufen. Dabei könnten Sie auch auf Ihrer Seite aussteigen." Ihre Stimme war zart, so wie sie selbst. Ein Lächeln huschte über ihr schönes Gesicht, das umrahmt von kurzen braunen Haaren war. „Sonst bin ich immer sehr pünktlich. Aber heute Morgen wollte ich einfach nicht aufstehen. Nur Ihnen habe ich es zu verdanken, dass ich die Bahn nicht verpasst habe. Danke! Das war wirklich sehr nett von Ihnen. Verraten Sie mir auch Ihren Namen?"

„Ich heiße Martin."

„Angenehm! Ich heiße Lilly." Sie reichte ihm die Hand.

„Ich wusste ja nicht, dass Sie blind sind", hörte er sich sagen und war im selben Moment entsetzt über seine plumpe Ausdrucksweise. „Ich meine, ich hätte Sie dann nicht so grob am Arm gezogen", versuchte er die Situation irgendwie noch zu retten.

„Ich sehe so viel mehr, als die meisten Menschen vermuten würden. Hier zum Beispiel." Sie sah in oder sah sie durch das schwarze Fenster

der Bahn. Ich versuchte, ihrem Blick zu folgen. Etwas zu sehen, das wahrscheinlich nur sie sehen konnte. „Dort drüben, dort sollten wir hingehen.“ Sie nahm seine Hand und sagte: „Lass uns hier aussteigen.“
Sicher führte sie ihn weit weg von den Bahngleisen und kehrten nur wenige Minuten später in eine kleine Bäckerei ein. Sie bestellte Kaffee und belegte Brötchen. Gemeinsam saßen sie den ganzen Tag dort und redeten.
Am frühen Abend lud er sie zu sich nach Hause ein. „Hier lebst du also! Durch das schwarze Fenster der Bahn habe ich immer nur kleinste Umrisse wahrgenommen und mir vorgestellt, dass du irgendwo da unten lebst. Jetzt sehe ich so viel mehr als ich mir vorgestellt habe. Du hast dir wirklich Zeit gelassen, um mich anzusprechen. Bist du immer so schüchtern?“
Lilly wartete nicht auf seine Antwort. Sie ging durch jedes Zimmer in der kleinen Wohnung, und Martin folgte ihr, wie er glaubte, unauffällig. „Du solltest mal wieder aufräumen und auch spülen“, sagte sie und tastete sich Schritt für Schritt zurück zum Sofa. „Eine typische Junggesellenbude“, schloss sie aus ihrem ersten Eindruck.

„Bis hierhin, schön und gut“, sagte der Professor. „Die Geschichte könnte hier eigentlich enden. Oder hat jemand eine andere Idee?“ Der Professor sah sich suchend in seinem Hörsaal um. Es wurde getuschelt, aber keiner meldete sich. „Also gut, dann erlöse ich Sie mal von Ihren Qualen.“
„Ein Jahr später“, sagte der Professor. Wieder hieß es: „Wir sollten aufstehen und uns anziehen und unserer Arbeit nachgehen.“ Man sah den Professor nicht oft lächeln, aber dieses Mal strahlte er nahezu über das ganze Gesicht. Lilly und Martin waren aufgestanden. Sie waren angezogen, und Martin gab Lilly einen zärtlichen Abschiedskuss auf die Stirn. War das alles wahr oder träumte er das nur? Er schlug die Bettdecke auf, und es duftete immer noch nach ihr. Er ging barfuß in die Küche, öffnete den Schrank und holte zwei saubere Kaffeebecher heraus. Der Kaffee duftete nach Kaffee, und die Butter, die er über den noch warmen Toast strich, zerschmolz mit der Erdbeermarmelade.
„Wieder könnte die Geschichte hier enden“, sagte der Professor. Er sah in erwartungsvolle Gesichter. Ihm gefiel, was er sah. Der Professor

erzählte diese Geschichte jedem neuen Studenten, der bei ihm Psychologie studierte, mit einem Ende, das seine Studenten so nicht erwartet hätten.
„Lilly erzählte nun Martin ihre Geschichte. Sein Selbstmitleid, das ihn klein und hilflos erscheinen ließ, gefiel ihr nicht. Sie sah so viel mehr in ihm. Es machte sie traurig, dass er sich aufgegeben hatte und darüber hinaus sogar seelisch erkrankt war. Ihm war für eine sehr lange Zeit so gut wie alles gleichgültig geworden. Der Job, die wenigen Freunde, die er hatte. Das Leben überhaupt kotzte ihn an. Schlimmer hätte es für ihn kaum kommen können. Das war lange, zu lange seine unumstößliche Meinung gewesen. Bis zu dem Zeitpunkt, als er von Lillys Geschichte erfuhr. Sie erzählte, ohne auch nur einmal ihr strahlendes Lächeln zu verlieren. Sie öffnete zum ersten Mal ihr ganz persönliches schwarzes Fenster einem fast Fremden.
Sie erzählte von einem Exfreund. Einem Typen, der immer grundlos und rasend vor Eifersucht war. Er unterstellte ihr ständige Untreue und sah Dinge, die einfach nicht da waren. Nicht mal ein halbes Jahr später trennte Lilly sich von ihm. Vielmehr versuchte sie es. Er bedrängte sie Tag und Nacht. Er terrorisierte sie regelrecht. Zum Schluss bat er sie noch einmal um ein letztes, klärendes Gespräch. Sie hätte es eigentlich besser wissen müssen. Es kam zu einem heftigen Streit in ihrer Wohnung. Er verlor vollkommen die Kontrolle über sich. Immer wieder schlug er auf sie ein. Trat ihr in den Bauch und ins Gesicht. Halb bewusstlos fiel sie zu Boden. Sie rührte sich nicht von der Stelle in der Hoffnung, dass er endlich von ihr abließ. In ihrer Verzweiflung und als sie sah, dass er erneut zum Schlag ausholte…
Dieses kleine nachtschwarze Fenster, das nach draußen zum Hof führte. Es war nur der Bruchteil einer Sekunde, die Lilly zu ihrer Flucht hatte. Sie hatte keine Zeit, um lange zu überlegen. Glas ging zu Bruch. Sie erinnerte sich nur noch, dass sie um ihr Leben gerannt war. Als sie wieder zu sich kam, war sie alleine. Blutüberströmt lag sie auf dem nassen Asphalt im Hinterhof und weinte bitterlich. Eine Nachbarin hatte alles mitbekommen und sofort die Polizei alarmiert. Ihr Ex war inzwischen längst über alle Berge. Man brachte sie in ein Krankenhaus. Prellungen, Schnittwunden an den Händen und Füßen und sogar mehrere angebrochene Rippen waren nur die sichtbaren Verletzungen. Sehr viel größere Sorgen bereiteten den Ärzten Lillys Augen.

Bei dem Sprung durch das Fenster hatten kleinste Glassplitter ihre Netzhaut so stark verletzt, dass es hoffnungslos war. Sie verlor noch in derselben Nacht ihr Augenlicht. Achtzig Prozent waren es in dieser Nacht. Die Prognose für die Zukunft verhieß nichts Gutes. Es war sehr wahrscheinlich, dass sie mit der Zeit auch noch ihr restliches Augenlicht verlor. Lillys Schicksal war besiegelt. Sie hätte allen Grund gehabt, mit ihrem Schicksal zu hadern. Ihren Ex anzuzeigen und ihn hinter Schloss und Riegel zu bringen. Aber von alledem tat sie nichts.
Lilly nahm ihr Schicksal an und gründete sogar ein paar Jahre später eine Selbsthilfegruppe namens „Das schwarze Fenster." Noch heute findet sie dort Kraft für jeden einzelnen Tag in ihrem Leben. Denn dieses Fenster machte sie wieder sehend.
Nicht nur der Professor schluckte jedes Mal an dieser Stelle. Einige Mädels, aber auch hartgesottene Kerle hatten ganz leicht feuchte Augen bekommen."

Jonathan stand auf. „Eine wirklich schöne Geschichte. Die du mir nicht zum ersten Mal erzählst. Aber du solltest dich endlich um dein eigenes schwarzes Fenster kümmern. Nicht nur das im Obergeschoss. Aber es wäre ein Anfang. Wenn du willst, helfe ich dir auch dabei. Nur nicht heute. Ich bin längst schon viel zu spät. Mein nächster Termin wird bereits ungeduldig auf mich warten." Er gab ihr einen liebevollen Kuss auf die Stirn und war dann auch schon weg.
Vera blieb noch einen Moment sitzen. Sie überlegte ihre nächsten Schritte. In der Küche stellte sie ihre Kaffeetasse in das Spülbecken, gleich neben die von Jonathan. Sie nahm die Mappe mit den Unterlagen vom Tisch und legte sie auf ihren Schreibtisch. Dann ging sie in den großen Flur hinaus. Sie durfte nicht zu lange überlegen, sie musste einfach nur einen Fuß vor den anderen setzen, und dann waren es nur wenige Stufen. Eins, zwei, drei, vier, fünf, sechs… Sie zögerte! Sieben! Sie stand jetzt vor dem Zimmer ihrer Tochter. Den Gang hinunter und dann rechts, dort lag ihr ehemaliges Schlafzimmer. Auch in diesem Raum war sie seit Ewigkeiten nicht mehr gewesen. Sie vermied es eigentlich so gut wie immer, die obere Etage überhaupt zu betreten. Nach dem Verschwinden ihrer Tochter bezog sie die unteren Räume. Thomas blieb bis zu seinem Tod hier oben. Es waren schwierige Jahre, die auch Spuren in ihrer Ehe hinterlassen hatten. Thomas versuchte

seine Frau zu verstehen und sie zu unterstützen, wo er nur konnte. Aber als sie das Fenster ihrer Tochter mit schwarzer Folie verdunkelte, ging ihm das zu weit. Sie verließ das Zimmer ihrer Tochter ansonsten unangetastet. Sie sagte nur, „Julia mag es nicht, wenn man ihre Sachen anfasst. Wenn sie wieder kommt, dann soll sie alles so vorfinden, wie sie es verlassen hat." Den Schlüssel zu Julias Zimmer hielt sie jetzt in ihren zittrigen Händen. Sie musste sich jetzt nur darauf einlassen. Das Neue zulassen, damit das Unmögliche endlich passieren konnte. Vera musste anfangen, hinter ihrer Angst zu schauen. Denn dort lagen sie, die vielen neuen Möglichkeiten. Kleine Dinge, die ihr vielleicht mal wieder ein Lächeln ins Gesicht zaubern würden.

Sie steckte den Schlüssel in das Türschloss und drehte dann zweimal herum. Ihre Hand legte sie auf den Türgriff und drückte ihn langsam hinunter. Sie gab der Tür einen Stoß und sah, wie die Tür aufflog. Der kurze Windstoß setzte einen sehr unschönen Geruch frei. Vera schaltete das Licht in Julias Zimmer an. Ohne weiter nachzudenken, ging sie einmal quer durch den Raum und blieb erst stehen, als sie vor dem schwarzen Fenster stand. Sie riss die schwarze Folie mit beiden Händen herunter. Dabei liefen ihr Tränen über das Gesicht. Vera traute ihren Augen nicht.
Erst als sie aus ihrer Eskalation erwachte, sah sie das ganze Ausmaß. Vieles in Julias Zimmer lag unter einer dicken Decke aus Staub. Spinnweben hatten sich gebildet, wenn auch nur im Ansatz. Die Jahre, in denen sie nicht hier oben war, hatten ihre Spuren hinterlassen. Die Bettwäsche roch nicht nur muffig, sie fühlte sich auch klamm an. Das Licht im Zimmer fing plötzlich an zu flackern, wie in einem alten, sehr schlechten Horrorfilm. Vera war entsetzt. Wie konnte sie es nur so weit kommen lassen. Julia liebte ihr Zimmer und jetzt war es nur noch ein vermoderter Raum, in dem es sich Spinnen gemütlich gemacht hatten. Vera öffnete das Fenster, soweit es ging, und atmete einmal tief durch. Noch immer flatterten Reste der schwarzen Folie am Fensterrahmen. Vera wusste, was als Nächstes zu tun war. Sie stürmte aus dem Zimmer, durch den langen Flur hinunter in die erste Etage, und in der Küche schnappte sie sich alles an Putzutensilien, die sie finden konnte. Wieder oben angekommen, ging sie in das angrenzende Badezimmer und ließ heißes Wasser in einen Eimer laufen. Das Wasser war so heiß,

dass sie es immer noch durch die dicken Gummihandschuhe spüren konnte. Sie ließ das Wasser noch etwas abkühlen. In der Zwischenzeit entsorgte sie nicht nur die Bettwäsche, sondern auch die Decken. Die Matratze desinfizierte sie und stellte sie raus auf den kleinen Balkon zum Lüften. Vera war viel zu oft und viel zu streng mit Julia gewesen. Jetzt würde sie sich für ihr Mädchen wünschen, dass sie nur noch einmal die Chance hätte, sich nachts aus dem Haus zu schleichen. Dass sie ihre Pubertät in vollen Zügen ausleben könnte. Julia hätte es verdient, alle Dummheiten machen zu dürfen, die man als pubertierender Teenager ebenso macht. Wie zum Beispiel vom Balkon zu klettern, um sich heimlich im Garten mit ihrer ersten großen Liebe zu treffen. Oder sich auf eine verbotene Party zu schleichen. Vera hatte all diese Dinge einmal selbst getan. Warum wollte sie Julia um diese Erfahrungen betrügen?
Sie putzte, scheuerte und fegte bis zum frühen Abend. Dann sah das Zimmer wieder so aus wie vor fast sieben Jahren. Es fehlte noch etwas, eine Kleinigkeit. Sie ging zu dem frisch bezogenen Bett, das jetzt leicht nach Lavendel duftete, und legte Julias rosa Dino mitten auf das Bett. Das schwarze Fenster in Julias Zimmer war nur ein Symbol. Es existierte nach wie vor noch in Veras Kopf und in ihren Alpträumen. Für Julia aber sollte die Sonne ab sofort wieder hell erleuchten, ganz gleich, wo sie auch war. Und wenn sie eines Tages doch noch zurückkommen sollte, ab sofort würde ihr Fenster von nun an immer ein Stück weit offen stehen. Vera verließ das Zimmer. Sie ließ die Tür ein Stück weit offen. Julia hasste verschlossene Türen.

In der Psychologie gab es so einige symbolische Fenster. Es handelte sich dabei um eine unterstützende Methode, die man in der Notfallpsychologie anwendet. Sie unterstützte die Verarbeitung eines isolierten, traumatischen Erlebnisses in einem Zeitfenster von ein bis zwei Tagen bis hin zu etwa zwei bis drei Wochen nach einem traumatischen Ereignis. Ihr eigenes Zeitfenster war noch immer tiefschwarz. Sie hatte inzwischen keine Angst mehr vor dem Tod, nachdem sie alles verloren hatte. Ihr Leben musste irgendwie weitergehen. Sie würde bald wieder arbeiten gehen. Vielleicht irgendwann mal wieder reisen oder eine Party feiern. Und vielleicht sogar den frostigen Winter im tiefen Schnee genießen können. Ihre Schuld, die sie tief in sich trug, war die Schuld eines Überlebenden. Sie konnte und wollte viele Jahre mit dem Geschenk des Lebens nichts mehr zu tun haben. Erst, wenn sich ein Zeitfenster schließt und ein Leben abrupt zerstört wird, erst dann besinnen wir uns wieder auf das Wesentliche. Das Leben selbst! Wir beginnen jeden neuen Tag, ohne an das Böse zu denken, das uns passieren könnte. Menschen sterben täglich. Ob bei Flugzeugabstürzen, Autounfällen oder sie stürzen von Baumhäusern oder werden einfach so aus dem Leben gerissen. Die Symptome eines Traumas können unterschiedlich sein und kommen oft sehr langsam und schleichend. Alles ist wie immer. Wäre da nur nicht dieser Schmerz. Man trauert um eine Angehörige oder um seine Freunde, und das Tag für Tag. Wie lange, das weiß keiner. Irgendwann glaubt man, dass man bereit ist und in den normalen Alltag zurückkehren kann. Aber dann überrollen einen wie aus dem Nichts die ersten körperlichen Symptome. Beginnend mit Einschlafstörungen. Dann folgt schnell eine Übererregbarkeit, hinzu kommt ein Gefühl der Überwachtheit. Man reagiert auf alles und jeden sehr überempfindlich. Einige reagieren mit erhöhter Schreckhaftigkeit, während andere sich in sich zurückziehen. Das Drama nimmt seinen Lauf, so oder so. Manchmal erwischt es einen so heftig und unerwartet, dass man an Gedächtnisstörungen mit schwersten Konzentrationsschwächen leidet. Der finale Höhepunkt sind dann immer wiederkehrende Alpträume mit nachhaltigen Erinnerungen von traumatischen Ereignissen. Die meisten gehen erst zu einem Therapeuten, wenn sie bereits in einer tiefen Depression stecken.

Es gibt alte, ja fast schon antike Fenster. Ganz helle, graue und die schwarzen Fenster. Es gibt solche, die gerade erst in Planung sind. Und letztlich diese, die kaum geöffnet wurden. Seien wir also klug und vergessen nicht diejenigen, deren Zeitfenster nie wieder geöffnet werden kann. Wir sollten uns nicht darauf verlassen, dass wir automatisch ein langes und glückliches Leben führen können. Akzeptieren wir stattdessen, dass Zeit nur ein kleines Faktum dessen ist, was Leben ausmachen kann. Julias Zeitfenster war weder offen noch geschlossen. Aber es war nicht mehr schwarz. Thomas Fenster hingegen war für immer geschlossen. Und ihr eigenes? Sie wusste es nicht.

Der Tag neigte sich langsam dem Ende zu. Vera machte sich nur ein leichtes Abendbrot und setzte sich in den Wintergarten. Der Sommer war längst vergangen, und der Herbst hatte ihren Garten in einen bunten Blumenteppich verwandelt. Es sah sehr hübsch aus. Julia liebte den Herbst. Sie würde jetzt über die Wiese rennen und ihre Eltern mit Laub bewerfen. Mit Sicherheit würde sie Kastanien sammeln wollen, um daraus lustige Figuren zu basteln. Vera stand auf. Ihr Abendbrot hatte sie kaum angerührt. Sie ging über die Wiese, spielte mit den Blättern unter ihren Füßen. Die Dämmerung setzte langsam ein, und es wurde empfindlich kalt. Sie ging zurück ins Haus und schaltete die Außenbeleuchtung an. Aus dem Flur holte sie ihre Jacke und zog sie an. Sie ging zum Schuppen und holte einen großen Rechen und Thomas geliebten Laubbläser heraus. Es würde niemanden stören, wenn sie jetzt noch etwas im Garten arbeiten würde. Ihr Grundstück war so weitläufig. Der nächste Nachbar würde sich nicht gestört fühlen. Es war fast neun Uhr abends, als sie die Geräte wieder zurück in den Schuppen stellte. Julia würde nie wieder mit Laub spielen oder Kastanien sammeln, um daraus lustige Figuren zu basteln. Sie sah sich noch einmal um, bevor sie ins Haus ging. Der Garten sah großartig aus. Vera war zufrieden. Sie hatte mehr geschafft, als sie sich vorgenommen hatte. Es ging ihr ganz gut, als sie sich nach einer ausgiebigen heißen Dusche ins Bett legte. Es war nur ein kleiner Etappensieg für heute. Morgen wollte sie nachlegen. Sie hatte gerade einen guten Lauf. Das musste sie nutzen, solange es anhielt. Das Leben meinte es schon lange nicht mehr gut mit ihr. Seit Jahren stand ihr Leben irgendwie auf dem Prüfstand. Nicht einmal annähernd hatten sich ihre Wünsche erfüllt.

Zum Beispiel hatte sie sich so sehr ein weiteres Kind mit Thomas gewünscht. Thomas wollte lieber weiter an seiner Laufbahn als Immobilienmakler arbeiten. Er träumte davon, sein Netzwerk international auszubauen. Veras Praxis war längst ein Selbstläufer, dank Jonathan. Sie hatte sich mehr Unterstützung von ihrem Mann gewünscht. „Lass uns noch ein, zwei Jahre warten“, bat er sie immer wieder aufs Neue. Keiner konnte ahnen, dass er nicht einmal ein Jahr später tot sein würde. Sie hatte irgendwann einfach damit aufgehört, ihre Wünsche zu verfolgen. Vera legte das Buch zur Seite und stand auf. Sie öffnete die Balkontür und ging ein paar Schritte hinaus. Sie atmete die frische, kühle Luft ein. Gerade noch im Garten hatte sie gefroren, und jetzt war es fast schon mild. Für Ende Oktober waren die Temperaturen noch recht hoch. Auch heute waren es über Tag noch dreizehn Grad gewesen. Sie hatte sogar leicht geschwitzt. Erst gegen Abend, als sie mit den Laubarbeiten im Garten anfing, wurde es frischer. Der warme Südwind, der über die Felder zog, verursachte starke Föhnwinde, die ihr wiederum Kopfschmerzen bereiteten. Die Folge waren schlaflose Nächte. Für Vera nichts Neues. Der Anblick des Baumhauses, der im Dunkeln der Nacht wie ein hölzernes Gespenst wirkte, war ihr nach wie vor ein Dorn im Auge. Tagtäglich kämpfte sie mit dem Gedanken, das Teil endlich abreißen zu lassen. Es hatte schon vor langer Zeit an seiner Schönheit verloren. Julia wäre jetzt, wenn sie noch leben würde, eine junge Frau. Sie würde in drei Monaten siebzehn Jahre alt werden. Sie scherzten immer, dass sie fast ein Neujahrskind geworden wäre. Ihr Geburtstag war der zweite Januar. Errechnet hatte man aber damals den einunddreißigsten Dezember. Aber Julia hatte es nie eilig. Nur, wenn sie etwas wollte, konnte es nie schnell genug gehen. Wie sie heute wohl aussehen mag, wenn…?

Vera schloss die Tür und kroch zurück ins Bett. Ihre Gedanken wollten einfach keine Ruhe geben. Vera schlief sehr unruhig ein, und die Nacht war mal wieder viel zu kurz. Am nächsten Morgen fühlte sie sich matt, kraftlos und gerädert. Hinzu kam ein noch schwerer Muskelkater, den sie besonders in beiden Armen spürte. Vor dem Frühstück gab es deshalb eine doppelte Dosis an Magnesium. Erst dann machte sie sich einen großen, extra starken Kaffee. Sie hatte keinen Hunger, nicht einmal Appetit verspürte sie. Aber da sie heute wieder Vergangenheitsbewältigung betreiben wollte, brauchte sie eine feste Grundlage. Der Kühlschrank war voll. Sie hatte freie Auswahl. Sie entschied sich für einen Bio-Jogurt mit frischen Beeren und eine Handvoll Haferflocken und Nüssen. Sie aß, ohne wirklich zu essen. Obwohl die Portion klein war, stellte sie die Hälfte zurück in den Kühlschrank. Nach getaner Arbeit würde sie bestimmt hungriger sein. Vera hatte alle Putzutensilien vom Vortag in der oberen Etage stehen lassen. So hatte sie keine Wahl und musste wieder rauf.

Den Gang hinunter und diesmal hieß es rechts abbiegen. Jetzt war es an der Zeit, auch hier die Geister der Vergangenheit loszulassen. Mehr als drei Jahre waren inzwischen vergangen seit dem schrecklichen

Unfall. Anfangs war sie so wütend auf Thomas gewesen. Sie konnte lange Zeit nicht einmal um ihn trauern. Hatte er ihr doch an dem Tag ihrer Hochzeit versprochen, sie niemals alleine zu lassen. Veras Augen füllten sich mit Tränen, als sie die Tür zu ihrem gemeinsamen Schlafzimmer öffnete. Auch hier war es stockfinster. Das Fenster war zwar nicht wie bei Julia mit schwarzer Folie beklebt worden, aber sie hatte die schweren Vorhänge seit Jahren nicht ein einziges Mal bewegt. Auch hier roch es leicht muffig. Sie ging wie ferngesteuert zu dem großen Panoramafenster. Die Vorhänge ließen sich nur mühsam zur Seite schieben. Ihre Arme hatten nicht die notwendige Kraft. Sie schmerzten von der Arbeit am Vortag.

Angst, Wut und Schmerz hatten sie lange genug kontrolliert. Sie wollte endlich ihr Leben zurück. Sie wollte heute auf keinen Fall an schmerzenden Armen scheitern. Sie biss also die Zähne zusammen, und dann war es auch geschafft. Das große Panoramafenster gab die Sicht frei auf eine Weitsicht über den Garten hinweg. Und da war es wieder, dieses Baumhaus, dieses Mahnmal. Sie hatte weder Zeit noch Lust, sich damit auseinanderzusetzen. Sie war nur froh, dass Julia nicht mit ansehen musste, wie ihr Vater starb. Sie schaute sich um und brauchte einen Moment, um sich zu orientieren. Ihre Augen tasteten den Raum Zentimeter für Zentimeter ab. Eine tiefe Traurigkeit überkam sie. Sie verspürte den Wunsch, einfach nur raus zu rennen. Ein leichter Wind zog durch den Raum und streifte Veras Nacken. Sie atmete mehrere Male tief ein und aus und dann tat sie das, was sie schon vor Jahren hätte machen müssen. Sie öffnete die Schränke und stopfte alle Kleidung von Thomas in blaue Säcke. Später würde sie auch noch das Sweatshirt, das unten im Gästezimmer lag, entsorgen. Sie klammerte sich an Erinnerungen und log sogar ihren allerbesten Freund an. Zu Jonathan hatte sie gesagt, dass sie das alles längst hinter sich gelassen hatte. Julias Zimmer und auch das gemeinsame Schlafzimmer. Sie hatte ihm in die Augen geschaut und ohne nur einmal mit der Wimper zu zucken, geradewegs ins Gesicht gelogen. Sie würde ihm bei nächster Gelegenheit die Wahrheit sagen müssen. Es nagte bereits jetzt schon an ihr, ihn so hintergangen zu haben. Sie war sich aber fast zu hundert Prozent sicher, dass Jonathan sie längst durchschaut hatte. Er hätte sonst mit größter Wahrscheinlichkeit die Zimmer anschauen wollen. Und er hätte ihr seine Hilfe angeboten. Er schwieg nur, um seine Freundin nicht in Verlegenheit zu bringen. Jonathan war einer von den Guten. Bei Gelegenheit würde sie ihm ihre Schummelei, denn mehr war es am Ende nicht, beichten. Jonathan und sie kannten dieses Verhaltensmuster nur zu gut. In ihrer Praxis gehörten diese kleinen Notlügen praktisch zur Therapie. Es war nur eine Frage der Zeit, bis der Patient irgendwann sagte: „Ich muss Ihnen noch etwas beichten." Meistens erreichte man diesen Punkt immer erst dann, wenn man das Trauma so gut wie überwunden hatte.

Vera stellte drei volle Säcke mit Kleidung in den Flur. Mit einem kleinen Schuhkarton ging sie zurück in das Zimmer und setzte sich auf das abgezogene Bett. Das letzte Bettlaken, das sie miteinander geteilt hatten, hatte sie mit seiner Kleidung entsorgt. Sie öffnete jetzt seine Nachttischschublade. Alles, was Thomas noch am Abend in seiner Hosentasche bei sich trug, landete automatisch in dieser Schublade. Vera hatte sich schon sehr oft darüber aufgeregt. Sie hatte es sich zur Aufgabe gemacht und mistete einmal pro Woche seine Schublade aus. Sie konnte ihm einfach nicht böse sein. Vielmehr musste sie lachen, wenn sie Dinge wie Schrauben, ein Maßband, Tubenkleber, diverse Notizzettelchen und vieles mehr fand. Statt sich am nächsten Morgen seine Taschen wieder mit dem Krimskrams zu bestücken, suchte Thomas oftmals stundenlang nach den Teilen, die hier oben liegen gelassen hatte. Es amüsierte sie immer wieder aufs Neue. Behutsam legte sie alles, was sie fand, in den Karton und verschloss ihn. Sie stellte ihn in den Flur zu den blauen Säcken. Auch hier ging sie noch einmal durch den Raum. Alles war sauber, alles war in bester Ordnung. Das große Fenster schloss sie. Das kleinere Fenster im Erker stellte sie auf Kipp. Die schweren Vorhänge würde sie demnächst reinigen lassen. Auch hier ließ sie die Tür ein Stück weit offen. Eine Stunde später waren dann auch die Säcke und der kleine Karton in der Garage. Sie fuhr ihren Wagen von der Auffahrt bis vor die Garage. Alle Säcke landeten im Kofferraum. Auch die von Julia mit all ihren tausend Plüschtieren. Sie hatte ja noch ihren rosa Dino, wenn sie wiederkam. Was nicht in den Kofferraum passte, warf sie auf den Rücksitz. Der kleine Karton stand am Schluss auf der grauen Mülltonne. Es war nicht leicht, es war aber ein notwendiger, längst überfälliger Abschluss, als sie die Tonne öffnete und den Karton hineinwarf. Sie setzte sich in ihren Wagen. An den Füßen trug sie nur leichte Hauspantoffeln, als sie die Straße hinunterfuhr. Es waren nur wenige Minuten bis zum nächsten Kleidercontainer. Vera ließ ihren Gefühlen freien Lauf. Es tat so entsetzlich weh zu sehen, wie ein Sack nach dem anderem in dem hässlichen grauen Container verschwand. „Nur nicht nachdenken. Jetzt nur nicht schwach werden", sagte sie und sah dabei in den klaren, tiefschwarzen Sternenhimmel. Sie wollte nur noch schnell weg von hier. Sie stieg in ihren Wagen und fuhr mit aufheulendem Motor zurück. Erst als sie das Haus wieder betrat, konnte sie sich langsam wieder beruhigen. „Du bist noch lange nicht in Ordnung. Wem willst du was vormachen", sagte sie laut zu sich selbst. In nicht einmal zwei Wochen wollte sie wieder arbeiten gehen. Ihr Makeup war tränenverschmiert, als sich ihr Spiegelbild im Badezimmer betrachtete. Sie entfernte ihr restliches Makeup und cremte sich ein. Sie ging ins Gästezimmer, das auch seit Jahren ihr Schlafzimmer war, und schlüpfte in einen bequemen Jogginganzug. Jetzt fühlte sie sich wieder einigermaßen wohl in ihrer Haut. Auch heute hatte sie mehr geschafft, als sie sich vorgenommen hatte. Sie konnte durchaus zufrieden mit sich sein.

Sie war noch nicht müde und ging wieder hinunter ins Wohnzimmer. Sie setzte sich an ihren Schreibtisch und öffnete die Mappe, die Jonathan ihr dagelassen hatte. Vera blätterte in den alten Patientenakten. Es ärgerte sie, dass Jonathan sie einmal mehr durchschaut hatte. Natürlich wäre es vernünftiger, in kleinen Schritten wieder mit der Arbeit in der Praxis anzufangen. Schließlich arbeitete sie mit Menschen mit teils schweren seelischen Störungen. Was hatte sie sich nur dabei gedacht. War sie wirklich schon so weit, oder war ihr Wunsch größer als ihr Können.

Der zirkuläre Prozess einer Fallanalyse bedeutete eine umfangreiche und zeitintensive Vorbereitung verschiedenster Arbeitsabläufe. Hier durfte sie sich keinen noch so kleinen Fehler erlauben. Sie würde Seite an Seite mit der Polizei zusammenarbeiten müssen. Und man würde ihr ganz genau auf die Finger schauen. Da war sie sich sicher! Gemeinsam würde man dann versuchen, den Fall zu rekonstruieren. Das machte man am besten anhand von bereits gesammelten und ermittelten Persönlichkeitsmerkmalen eines potenziellen Täters. Gutachten werden erstellt und weitere wichtige Unterlagen dem Fall hinzugefügt. Es würde ihr so viel bedeuten, wenn man sie als operative Fallanalytikerin einsetzen würde. Als OFA-Spezialistin wäre sie dann für die Analyse von menschlichem Verhalten und deren Handlungen zuständig. Ihre Aufgabe würde es sein, herauszufinden, warum sich bestimmte Personen, Täter so verhalten. Sie würde ein Täterprofil anhand des Tatablaufs erstellen. Und, wenn es Opfer gab, die überlebt hatten, dann brauchten diese Personen ganz schnell psychologische Hilfe. Aber auch genauso wichtig war die Zusammenarbeit zwischen Opfer, Polizei, Psychologin und Fallanalytikerin. Sehr hilfreich konnten auch Gespräche mit Angehörigen des Opfers sein. Denn für sehr lange Zeit würde nichts mehr so sein, wie es einmal gewesen war. Vera würde mit den Eltern, aber auch mit Geschwistern und Freunden des Opfers reden. Sie würde versuchen, anhand der bereits vorhandenen objektiven Fakten wie Fotos, Berichten und Protokollen eine gezielte Behandlung für das Opfer zu erstellen. Vera schloss die Mappe mit ihren alten Fallakten, ohne auch nur einen einzigen Blick darauf geworfen zu haben.

Sie fragte sich, warum Hauptkommissar Brandes sich noch nicht bei ihr gemeldet hatte. Wie zeitintensiv konnte es schon sein, sich ein paar Unterlagen anzuschauen? Zweifelten etwa genauso an ihr wie Jonathan? Um sich abzulenken, überflog sie den Abschlussbericht. Jonathan hatte seine Hausaufgaben sehr gründlich gemacht, das musste sie ihm schon zugestehen. In einem Satz konnte man zusammenfassend sagen, dass von Frau Bender nach wie vor eine konstante Verweigerung ausging. Auch zur Einnahme eines leichten Psychopharmakons war sie nicht zu bewegen. Die Therapie wurde nach nur fünf von zwanzig Stunden bereits abgebrochen. Eine weitere Therapie wird aber nach wie vor dringend empfohlen. Die Kontaktdaten von Frau Bender hatten sich in den letzten Jahren nicht geändert. Vera schrieb sich die Telefonnummer auf einen Notizblock mit dem Vermerk: Dringend Anrufen! Neugierig geworden, sah sie sich nun doch die Mappe mit den verbleibenden zwei Patienten an. Sie konnte sich sehr gut an beide erinnern. Uwe Wenzel war damals so um die zwanzig Jahre alt gewesen. Er hatte seine Mutter durch einen tragischen Unfall verloren. In seiner Partnerschaft fing er unweigerlich an zu klammern und

entwickelte einen immer stärker werdenden Kontrollzwang. Er war laut Jonathan auf einem guten Weg. Auch an Timo Lehmann konnte sie sich lebhaft erinnern. Ein Mittdreißiger, der alles hasste, was er tat, und sich nach dem sehnte, was er nicht haben konnte. Er lebte seinen Konflikt wahrhaftig, wahnhaft aus. Es wurde mit der Zeit so schlimm, dass er Realität und Wunschdenken nicht mehr voneinander unterscheiden konnte. Er verlor schließlich sogar seinen Job. Jetzt, nach fast zwei Jahren Therapie, ging es ihm sehr viel besser. Auch hier ging Jonathan von einer positiven Prognose aus. Ihr Blick fiel auf den Notizblock. So spät war es noch nicht. Einen Versuch! Wenn sie nicht abnahm, würde sie es halt morgen erneut versuchen. Sie tippte die Nummer in ihr Handy und wartete. Die Leitung war frei. Und es dauerte auch nicht lange, bis sich eine leichte, weinerliche Stimme meldete.
„Bender!“
„Guten Abend, Frau Bender. Ich hoffe, ich störe Sie nicht. Ich bin es, Frau Wagner-Kausch. Ich wollte mich einfach mal bei Ihnen melden und fragen, wie es Ihnen so geht. Mein Kollege Herr Altmann hat mir mitgeteilt, dass Sie Ihre Therapie vorzeitig abgebrochen haben. Da wollte ich mal nachfragen, ob Sie vielleicht Lust hätten, Ihre Therapie bei mir fortzusetzen. Wir haben uns doch schon früher sehr gut verstanden. Zum nächsten Ersten werde ich wieder in der Praxis sein. Was halten Sie davon?“
„Meine Katze ist tot“, sagte sie so beiläufig, dass Vera vermutete, dass Frau Bender ihr nicht wirklich zugehört hatte. Ihre Stimme klang nicht nur weinerlich, sie weinte tatsächlich.
„Das tut mir leid“, sagte Vera und meinte es aufrichtig.
„Sie wäre heute dreizehn geworden und jetzt ist sie einfach nicht mehr da.“
„Wann ist Ihre Katze denn gestorben?“, wollte Vera wissen.
„Vor sieben Jahren“, schrie sie. „Das sollten Sie eigentlich wissen. Ihr Mann ist doch auch in diesem Jahr gestorben. Haben Sie das etwa schon vergessen? Sie sind kein sehr guter Mensch. Warum sollte ich gerade zu Ihnen zurückkommen? Sie haben Ihren Mann und meine Katze bereits vergessen. Ich brauche Ihre Hilfe nicht. Und erst recht nicht von diesem Herrn Altmann. Er hat mich weggestoßen, nur weil ich etwas Trost und Nähe gesucht habe. Und Sie schaffen es nicht einmal, auf Ihr Kind und Ihren Mann aufzupassen. Aber Sie wollen mir

sagen, wie ich zu leben habe. Es ist ganz alleine meine Sache, wann ich was esse und wann nicht. Und es ist meine Entscheidung, ob ich mich danach übergeben muss oder nicht. Herr Altmann wollte mich nicht, selbst als ich auf dem Weg war, für ihn gesund zu werden, hat er mich einfach so weggestoßen. Also kann ich weiterhin auch so viel fressen und kotzen, wie ich will."
Vera war schockiert. Ihrer ehemaligen Patientin ging es gar nicht gut. Es ging ihr sogar sehr schlecht. Vera vermutete bereits damals eine beginnende und jetzt fortgeschrittene Persönlichkeitsstörung. Ihre Essstörung und auch das Ritzen in Armen und Beinen waren nur weitere schwerwiegende Begleiterscheinungen. Vera war sich sicher, dass Frau Bender ganz dringend Hilfe benötigte. Warum hatte Jonathan ihr nicht von dem Vorfall mit Frau Bender erzählt? War es ihm unangenehm oder vertraute er ihr nicht mehr? Hatte er vielleicht sogar Angst, dass sie den Vorfall falsch interpretieren könnte? Er sollte sie nach all den Jahren und nach dem, was sie in den letzten Jahren miteinander durchgestanden hatten, eigentlich besser kennen. Vera machte es traurig, dass Jonathan eventuell so denken könnte.

Im Moment konnte Vera nichts für Frau Bender tun. „Ich würde mich einfach nur sehr freuen, wenn wir uns nach so langer Zeit mal wiedersehen würden. Was würden Sie davon halten, wenn wir den ersten Kaffee in meiner Praxis gemeinsam trinken würden? Wir könnten uns einfach nur unterhalten. Was meinen Sie?" Vera hoffte, von ihrer altbewährten Überredungskunst nichts verloren zu haben. Ihr Einfühlvermögen und ihre Fachkenntnisse waren immer ein Garant, nur das Beste für ihre Patienten herauszuholen. Frau Bender brauchte jetzt jemanden an ihrer Seite, dem sie blind vertrauen konnte und der sie nicht wieder enttäuschen würde. Als Frau Bender nichts sagte, hatte Vera schon die Befürchtung, dass sie zu forsch vorgegangen war.
„Ich habe im Moment nicht viel zu tun, also, wenn Sie unbedingt darauf bestehen, können wir Kaffee zusammen trinken."
Vera war erleichtert. Frau Bender kam ihr einen ersten, wichtigen Schritt entgegen. „Der neunzehnte November ist ein Mittwoch. Was halten Sie von vierzehn Uhr?" Vera war überrascht, wie schnell Frau Bender zustimmte.
„In Ordnung, aber ich habe eine Bedingung."

„Und die wäre?“
„Ich will Herrn Altmann nicht über den Weg laufen. Ich mag ihn nicht mehr.“
„Er wird nicht da sein, das verspreche ich Ihnen. Nur Sie und ich. Versprochen.“
„In Ordnung.“
Dann wurde das Gespräch abrupt beendet. Frau Bender hatte einfach so mitten im Gespräch aufgelegt. Vera war sich nicht sicher, ob der Termin auch wirklich wie vereinbart stattfinden würde. Sie hatte im Moment keine andere Wahl, als abzuwarten und zu hoffen.

Vera schloss die Mappe. Ihr Magen knurrte verdächtig laut. Verspürte sie tatsächlich so etwas wie Hunger? Die Uhr zeigte bereits halb neun. Warum nicht? Ein kleines verspätetes Abendessen war jetzt genau das, was sie brauchte. Sie hatte einige Stunden intensiv gearbeitet und in dieser Zeit musste sie nicht einmal an Julia oder Thomas denken. Bis auf diesen einen kurzen Moment, als Frau Bender ihre unbedarfte Bemerkung von sich gab. Für einen kurzen Augenblick war alles wieder da. Ganz besonders dieser kleine Stich, der sie mitten ins Herz traf, und das schon so viele Jahre. Sie schaltete das Licht im Wohnzimmer aus und ging in die Küche. Sie wollte gleich am Montagmorgen in die Stadt zu Jonathan fahren. Vera wollte seine Seite der Geschichte hören. Was war zwischen ihm und Frau Bender vorgefallen?

Sie ließ den späten Abend mit einer heißen Gemüsesuppe ausklingen. Vera aß sogar noch das restliche Müsli, das sie am Morgen übrig gelassen hatte. Mit einem frischen Ingwertee setzte sie sich vor den Fernseher und machte es sich gemütlich. Wenn Thomas jetzt hier wäre, würde er sie fragen, ob er den Kamin für sie anmachen sollte. Er wusste, wie sehr sie das Knistern der lodernden Flammen liebte. Die Aufgaben in ihrer Ehe waren von Anfang an klar verteilt. Vera war der kreative Part. Jedes Stück in diesem Haus hatte sie liebevoll ausgesucht. Thomas Part war es, alles aufzubauen, zu montieren und in Gang zu setzen. So auch den Kamin, der einen wirklich traurigen Anblick bot. Sie würde wohl einen Fachmann beauftragen müssen, der den Kamin wieder instand setzte und ihr zeigte, wie man damit umging. Es waren immer sehr schöne, intime Stunden, die sie hier mit

Thomas verbracht hatte. Ganz klischeehaft gab es sogar mal einen weißen Bärenfellteppich, auf dem sie nicht nur saßen und zusammen Wein tranken. Wenn es die Stimmung zuließ und Julia schon lange schlief, dann liebten sie sich darauf. Das Teil hatte Vera schon vor Jahren entsorgt. Könnte sie doch nur ihre Gedanken auch so schnell entsorgen.

Es war spät geworden. Vera hatte nur noch eine einzige Sache heute Abend zu erledigen, bevor sie bereit war, ihr neues, altes Leben wieder aufzunehmen. Sie ging ins Gästezimmer. Auch hier war sie am Wochenende sehr fleißig gewesen. Das Gästezimmer war wieder ein Gästezimmer. Vor der Tür stand ein kleiner Karton. Ihr Schlafanzug, ein Buch, ihr Wecker und noch einiges mehr. Sie schaute sich zufrieden um und ging dann hinauf in den ersten Stock in ihr Schlafzimmer. Seit Jahren hatte sie hier, in ihrem alten Ehebett, nicht mehr geschlafen. Es war jetzt an der Zeit, die alten Geister endgültig zu verbannen. Vera hatte wirklich sehr, sehr lange darüber nachgedacht, ob sie sich ein neues Bett kaufen sollte. Eins, das von Anfang an nur ihr gehörte. Das sie niemals vorher mit jemand anderem geteilt hatte. Als Psychologin hätte sie jedem anderen dazu geraten. Aber für sie würde ein neues Bett nichts ändern. Ein Bett war am Ende

nur ein Bett. Und sie liebte es. Sie hatte es schon so lange. Schon seit ihrer Uni-Zeit.

Als sie mit dem Studium begann, teilte sie sich damals noch ein Zimmer mit einer Studienkollegin. Tonja war ihr Name. Aber Tonja hatte dann doch andere Pläne und war nach nur wenigen Tagen schon wieder weg. Sie beschloss, für ein Jahr nach Australien zu gehen und dann erst zu studieren. Zeit für Vera, ihren Plan in die Tat umzusetzen. Sie kaufte sich dieses monströse Bett, das sie bei einem Stadtbummel gesehen hatte, und seitdem nicht mehr aus dem Kopf bekam. Vera sah es als ein Zeichen. Sie liebte es, viel Platz zu haben, auch im Bett. Wenn sie nicht gerade im Hörsaal saß oder sich mit Freunden traf, fand alles andere in ihrem Zimmer statt. Sie büffelte für Klausuren, vergoss so manche Träne, wenn sie selbige verhaut hatte. Auch Jonathan verbrachte so manche Stunde bei ihr. Nicht nur zum gemeinsamen Lernen bis tief in die Nacht. Über so manchen trockenen Stoff schliefen sie dann einfach ein. Aus einer anfänglichen Unifreundschaft entstand schnell eine Freundschaft fürs Leben. In diesem Bett entstand auch die Idee für ihre spätere Gemeinschaftspraxis. Und in diesem Bett hatte sie auch ihre erste gemeinsame Nacht mit Thomas. Wenn es auch strengstens verboten war, Jungs mit aufs Zimmer zu nehmen. Vera hielt schon damals nichts von steifen Regeln und Verboten. Ihre Veränderung kam erst Jahre nach ihrem Studium. Als sie mit Julia schwanger wurde, änderte sich manches in ihrem Leben. Und einiges einfach nie. So wie diese absurde Liebe zu diesem Bett. Sie kroch in dieser Nacht unter ihre Decke und war eingehüllt von vielen guten Erinnerungen. Sie schlief seit langem mal wieder eine Nacht durch. Und es war ihre erste Nacht ohne Alptraum. Kein schwarzes Fenster, durch das sie springen musste, um dem Feuertod zu entkommen. Kein schwarzes Fenster, durch das sie nicht zu Julia kam, um sie zu retten. Und auch kein schwarzes Fenster, das sie mit bloßen Händen zunageln musste, um Thomas daran zu hindern, auf das Baumhaus zu klettern. Alles Traumata, die sie seit Jahren in sich trug. Für eine Nacht hatte Vera alles vergessen können.

Sie wachte ungewöhnlich frisch und ausgeruht auf. Nach Jahren benutzte sie auch zum ersten Mal wieder das Bad mit Dusche im angrenzenden Schlafzimmer. Erst dann ging sie runter in die Küche. Sie hatte nicht nur Appetit, sondern richtigen Hunger. Vera machte sich zwei Scheiben Toast mit Käse und Schinken, ein Schälchen Quark mit Erdbeergelee dazu und einen doppelten Espresso. Nach dem Frühstück räumte sie alles sorgfältig in die Spülmaschine und ging dann mit dem restlichen Kaffee ins Wohnzimmer zu ihrem Schreibtisch. Sie nahm die Unterlagen ihrer alten und hoffentlich bald wieder neuen Patienten vom Tisch und steckte sie in ihre große Arbeitstasche. Das gute Stück war ein Geschenk von Thomas. Es gab keinen Grund, sie mit den anderen Sachen zu entsorgen. Sie liebte die Tasche ebenso wie ihr Bett. Und sie war ein richtiges Raumwunder. Vera konnte gar nicht mehr aufhören. Aus den Schubladen ihres Schreibtisches wanderte so manches Teil direkt in ihre Tasche. Jetzt passte wirklich kein Blatt mehr dazwischen. Sie klemmte sich die Tasche unter den Arm und ging zurück in die Küche. Der letzte Schluck Espresso war noch warm. Die

Tasse stellte sie ins Becken. Im Flur zog sie ihren Mantel an. Irgendwo musste noch ein Schal liegen. Sie durchsuchte die Schubladen der Kommode im Flur und wurde schnell fündig. Zu ihrem khakifarbenen Trenchcoat passte der rote Feinstickschal besonders gut. Ansonsten trug sie dunkle Jeans und einen beigen Rollkragenpullover. Der Schmuck, den sie an diesem Morgen angelegt hatte, war von schlichter Eleganz. Vera trug nie sehr viel Schmuck. Sie kam sich schnell wie ein Tannenbaum vor, den man zu sehr zuhängte. Sie bevorzugte echten Goldschmuck. Der Goldton unterstrich ihre kastanienfarbenen Haare und brachte ihre grünen Augen zum Leuchten.

Aus der Messingschale, die im Flur auf der Kommode stand, nahm sie den Wohnungsschlüssel und den Autoschlüssel heraus. Sie schloss die Haustür zweimal ab und ging dann ein Stück die Auffahrt entlang. Von Weitem sah sie schon, dass der Briefkasten fast schon überquoll. Auf dem Boden lagen bereits Zeitungen. Wohin damit jetzt? Ihre Arbeitstasche war randvoll mit Arbeitsunterlagen. Sie leerte den Briefkasten und warf zuerst alle Werbeprospekte gleich in den Müll. Es blieb ihr nichts anderes übrig, sie ging noch einmal zurück ins Haus. Die restliche Post legte sie in die Messingschale. Wenn sie nach Hause kam, würde sie sich darum kümmern.

Sie erreichte die Stadt schneller als gedacht. Sie fuhr diesmal direkt in die Tiefgarage. Sie wollte sehen, ob ihr alter Parkplatz, der zur Praxis gehörte, noch frei war. Und siehe da, er war es. Jonathan war auch schon da. Das sah sie, weil sein Parkplatz gleich neben ihrem lag. Sie ging durch die schwere Eisentür mit der Aufschrift Ausgang. Der Aufzug kam, ohne dass sie den Knopf hatte drücken müssen. Eine junge Frau stieg aus. Beide nickten stumm.
Vera ging in den Aufzug und drückte den Knopf für die vierte Etage. Diesmal klingelte sie nicht. Sie benutzte ihren eigenen Schlüssel. Heute Morgen war auch der Empfang besetzt.
„Guten Morgen, Frau Winkler", begrüßte Vera die Frau, die ganz vertieft in ihre Unterlagen zu sein schien. Erst als sie aufsah, erkannte Frau Winkler ihre alte Chefin, Frau Wagner-Kausch. Frau Winkler gehörte von Stunde Eins an zum Praxisteam. Inzwischen musste sie so um die fünfzig sein. Aber sie sah immer noch großartig aus. Sie kam

hinter dem Tresen hervor. Vera fand, dass sie sich kaum verändert hatte. Vielleicht ein paar graue Haare mehr hier und da. Aber ansonsten war es Frau Winkler, so wie Vera sie in all den Jahren in Erinnerung hatte.
„Lassen Sie sich anschauen“, sagte Frau Winkler und nahm Vera ungefragt in die Arme.
Vera war gerührt von ihrer überschwänglichen Freude. „Ich freue mich auch, Sie zu sehen“, sagte Vera und ließ es zu, dass Frau Winkler sie mehr als nötig festhielt.
„Wie geht es Ihnen, meine Liebe? Was für eine Freude, Sie wieder hier zu haben.“ Frau Winkler trug ihr Herz auf der Zunge. Das war manchmal gut für die Patienten. Für Vera aber war es manchmal doch etwas zu viel. Sie schaffte es, sich aus der Umarmung zu befreien. Mit etwas Abstand betrachtet, sah Vera, dass sich die Augen von Frau Winkler leicht mit Tränen gefüllt hatten. Die große, schon immer zu dünne Frau mit den viel zu rot geschminkten Lippen drückte Vera erneut an sich. „Sie haben uns ja so gefehlt“, seufzte sie.
„Danke“, sagte Vera. „Machen Sie mir bitte einen Kaffee und bringen Sie ihn mir in das Büro von Herrn Altmann. Danke!“
„Natürlich, sehr gerne.“ Frau Winkler beruhigte sich nach und nach wieder und ging dann in die kleine Küche, die direkt hinter dem Empfang lag.
Vera klopfte indessen an Jonathans Bürotür. Ein deutliches, jedoch recht mürrisches „Herein“ war zu hören.
„Wer ist dir denn heute Morgen schon auf die Füße getreten?“ Vera sah, dass Jonathan telefonierte. Sie legte ihren Zeigefinger an die Lippen und flüsterte ein „Entschuldigung“. Im selben Moment hatte Jonathan das Gespräch aber auch schon beendet. „Ärger im Paradies oder einfach nur Arbeitsstress?“ Vera ging zu ihm und gab ihm einen Kuss auf die Wange.
„Womit habe ich mir den denn verdient?“, scherzte Jonathan.
Vera legte ihren Mantel ab und setzte sich. Frau Winkler kam herein, diesmal ganz professionell. Sie stellte den Kaffee auf den Tisch und verließ das Büro ohne weiteren Gefühlsausbruch. Frau Winkler hatte die Tür geschlossen und so konnte Vera mit ihrem eigentlichen Überfall auf Jonathan beginnen.
„Ich war letzte Woche nicht ganz ehrlich zu dir gewesen. Eigentlich

war alles, was ich gesagt habe, eine einzige, riesige Notlüge. Du hast in letzter Zeit sehr den Psychologen raushängen lassen. Ich brauche aber meinen Freund. Jedenfalls außerhalb unserer Sitzungen. Ich wollte dich auch eigentlich nicht so überfallen. Bestimmt kommt gleich schon dein erster Patient."
Jonathan saß nur da, sagte nichts. Er sah sie nur aufmerksam an. Vera fühlte sich plötzlich wieder klein und unsicher. Dabei war sie gerade noch so voller Tatendrang und Energie. Es ärgerte sie, dass sie so schnell ihre Kontrolle verlor. Sie trank ihren Kaffee, während Jonathan aufstand und zu ihr kam. Das tat er immer, wenn sie nicht weiter wusste.
„Du kennst mich. Ich habe es nicht so mit dem Paradies. Hier und da mal eine gesunde Ablenkung. Mehr brauche ich nicht. Bei dem Telefonat gerade ging es übrigens um Frau Bender. Da muss ich noch mit dir reden. Ganz ehrlich war ich auch nicht."
„Das trifft sich gut", sagte Vera. „Ihretwegen bin ich nämlich hier. Ich weiß von dem Zwischenfall. Und ich nehme vorweg, dass ich mir zu hundert Prozent sicher bin, dass du weder ihr noch irgendeiner anderen Patientin jemals unprofessionell zu nahegekommen bist. Ich habe mit Frau Bender gesprochen. Mir war sofort klar, dass dich keinerlei Schuld trifft. Ich habe versucht, sie wieder ins Boot zu holen und mit ihr einen Termin vereinbart. Jetzt bin ich gespannt, ob sie den auch wahrnehmen wird. Ihre einzige Bedingung war es, dir nicht über den Weg zu laufen. Ich denke, das werden wir hinbekommen. Oder?"
„Da sehe ich kein Problem", stimmte Jonathan ihr freudestrahlend zu. Er reichte ihr einen Zettel. „Das ist die Telefonnummer der Krankenkasse von Frau Bender. Ich habe es vergessen, sie den Unterlagen beizulegen. Frau Bender hat zum wiederholten Male ihre Therapie nicht beendet. Die Kasse macht jetzt Schwierigkeiten. Zumal ich auch keinen Grund für den Abbruch genannt habe."
„Ich kümmere mich darum", sagte Vera. „Ist schon so gut wie erledigt." Sie steckte die Telefonnummer in ihre Handtasche. „Und jetzt zu meiner Beichte. Oder bist du gar nicht neugierig?"
„Du weißt doch, ich verzeihe dir alles. Aber erzähle mir deine Gräueltaten. Ich bin ganz Ohr."
„Kannst du auch mal ernst sein. Du weißt, dass mir sowas nicht leichtfällt. Aber ich ersticke daran, wenn ich es nicht loswerde. Also, ich

habe etwas geschummelt, bezüglich der Sache mit den Zimmern von Julia und Thomas. Wahr ist nur der Teil mit der Sporttasche. Und das auch nur, weil ich selbst immer wieder darüber gestolpert bin. Aber jetzt ist alles wahr und erledigt. Das Wochenende war sehr produktiv für mich. Ich habe sogar das erste Mal nach Jahren wieder im Schlafzimmer geschlafen. Und stell dir vor, ganz ohne Alpträume. Und in Julias Zimmer fällt wieder strahlend helles Tageslicht. Das schwarze Fenster gehört der Vergangenheit an. Ich habe diesmal wirklich alles entsorgt. Keine sentimentalen Erinnerungen mehr. Ich habe Julias Dino dorthin gebracht, wo er hingehört. Er sitzt jetzt wieder auf ihrem Bett. Ich bin bereit für den nächsten Schritt. Es sieht wohl ganz danach aus, als würde meine Julia nicht wieder kommen." Vera fiel es immer noch schwer, von Julia in einer absehbaren Endlichkeit zu sprechen. „Du kennst mich. Es wird immer ein ‚Aber' geben. Solange man Julias Leiche nicht findet, wird sie für mich irgendwo weiterleben. Ich weiß, wie klein die Chance ist, sie noch zu finden. Selbst, wenn ich mich zum tausendsten Male wiederhole. Sie ist mein Kind. Ich werde sie niemals aufgeben. Julias Zimmer bleibt, solange bis ich das Haus einmal verkaufen werde. Das lass ich mir auch nicht von dir wegtherapieren. So, das war jetzt auch genug Wahrheit für einen Morgen." Vera atmete erleichtert auf. Dann sah sie auf ihre Uhr. „Es wundert mich, dass noch kein einziger Patient da war. Es ist Montag, sollte man dir da nicht die Praxis regelrecht einrennen?"
„Ich habe schon vor Jahren die Sprechzeiten geändert. Vor zehn Uhr mache ich keine Termine mehr. Seitdem ich alles alleine stemme, brauche ich Zeit für den Papierkram. Da sind mir zwei Stunden am Morgen mit einem klaren Kopf sehr willkommen. Du kannst dich aber darauf einstellen, dass du demnächst deinen Papierkram wieder selbst erledigen wirst."
„Klar doch." Vera fühlte sich für einen Moment zurückversetzt in die guten alten Zeiten. „Dann sehen wir uns am Donnerstag ganz offiziell zur Therapiestunde."
„Ja", sagte Jonathan. Auch er schien erleichtert zu sein. „Es ist übrigens absolut in Ordnung, dass du Julias Zimmer so lässt, wie es ist. Ich würde es genauso machen." Jonathan stand auf und begleitete Vera hinaus. Am Empfang vorbei, wo Frau Winkler Vera sehnsuchtsvoll hinterherschaute.

Sie konnte es sich nicht verkneifen. „Ich freue mich so sehr, dass sie wieder zurückkommen.“ Sie haben uns gefehlt. Sie winkte aus ihrer Ecke heraus.
Vera winkte zurück und Jonathan warf ihr einen leicht mahnenden Blick zu. „Sie wird alt und langsam schrullig, aber sie gehört nun mal zum Inventar“, sagte Jonathan mit liebevoller Strenge.
„Dann bis Donnerstag.“ Vera umarmte ihren Freund und stieg dann in den Aufzug.

Es war nicht einmal halb zehn. Sie entschloss sich, nach Köln Weiden zu fahren. Vielleicht hatte sie ja Glück und konnte dem verunglückten Gespräch mit Herrn Brandes neuen Wind einhauchen. Ohne Termin, ein fast unmögliches Vorhaben. Aber sie wollte es wenigstens versuchen. Er hatte sich immer noch nicht gemeldet. Vera hasste es, warten zu müssen. Sie nahm die Dinge viel lieber selbst in die Hand.

Sie fuhr einmal quer durch die Stadt. Den stockenden Berufsverkehr hatte sie inzwischen hinter sich gelassen. Ihr Weg führte sie ein kleines Stück stadtauswärts. Vera glaubte sich zu erinnern, dass Herr Brandes nicht nur im Hauptpräsidium von Köln arbeitete, sondern dass er auch die Polizeiwache in Köln Weiden betreute. Wenn ihre Vermutung richtig war, dann müsste er dort jetzt anzutreffen sein. Sie wollte ihm wirklich nicht auf die Füße treten, aber sie brauchte eine Entscheidung. Sie war gerade dabei, hinter sich aufzuräumen und nach vorne zu schauen. Endlich gab es einen kleinen Lichtblick. Sie wollte unbedingt mehr davon.

Sie hatte ihr Ziel erreicht. Vera parkte auf einem der vielen Besucherparkplätze direkt vor dem Gebäude. Es war ein flaches, unscheinbares Gemäuer aus braunem Backstein. Wenn vor dem Treppenaufgang nicht dieses massive Schild mit der Aufschrift Polizei gehangen hätte, wäre man vermutlich daran vorbeigefahren. Sie stieg aus. Es ging ihr gut. Sie war bereit für ein klärendes Gespräch. Sie sah sich um, bevor sie das Gebäude betrat. Vera war nicht zum ersten Mal hier. Nach Julias Verschwinden war es Hauptkommissar Brandes, der ihr von Anfang an zur Seite stand. Er war der Erste, der ihre Wohnung samt Grundstück zum Tatort erklärte. Alles wurde in wenigen Minuten abgesperrt und jeder Winkel im Haus durchsucht. Jeder Raum, jede Ecke. Nichts blieb den Beamten verborgen. Von einer auf die andere Sekunde gab es keinerlei Privatsphäre mehr. Vera war froh, dass ihre Gäste bereits gegangen waren. Bis auf Jonathan natürlich. Er war immer da. Auch in dieser ersten Nacht ohne Julia war er ihr Fels in der Brandung. Thomas wollte alleine sein. Nachdem man ihn verhört hatte wie einen Schwerverbrecher. Von Stunde eins an bewahrheitete sich das Klischee, der Täter wurde erst einmal im familiären Umfeld vermutet. Sie hatte Thomas oft hinter verschlossener Tür weinen gehört. Er wusste nicht, dass sie es wusste. Und Vera hatte es ihm nie gesagt. Seine Nerven lagen blank. Noch nie zuvor hatte sie Thomas so hilflos gesehen. Es war nur eine erste, lange Nacht von hunderten, die noch folgen sollten.

„Guten Morgen“, begrüßte Vera den Beamten, der hinter einer Trennwand aus extra dickem Panzerglas saß. Der Beamte grüßte freundlich zurück. Mit einer Handbewegung deutete er an, dass sie näherkommen sollte. Erst jetzt sah Vera die Sprechanlage und den Knopf, den sie dafür drücken musste, um mit dem Beamten zu sprechen. „Ich hätte gerne Hauptkommissar Brandes gesprochen. Mein Name ist Vera Wagner-Kausch. Er weiß, um was es geht. Ich habe leider keinen Termin, aber vielleicht hat er ja fünf Minuten Zeit für mich.“
Wieder deutete der Beamte eine Handbewegung an. Sie hatte den Knopf doch gedrückt. Der Beamte wurde deutlicher. Auch er hatte einen Knopf auf der anderen Seite. „Warten Sie bitte nebenan im Besucherraum. Ich schaue mal, ob ich Hauptkommissar Brandes für Sie ausfindig machen kann.“
Vera bedankte sich und folgte der Aufforderung des Beamten. Sie sah, wie er hinter der Glastrennwand hervorkam und in ein anderes Büro ging. Vera setzte sich auf einen nicht mehr ganz so neuen grauen Kunststoffstuhl. Sie blätterte gedankenverloren in einer der Zeitungen, die auf dem kleinen Beistelltisch lagen.
„Kommen Sie bitte mit, Frau Wagner-Kausch. Hauptkommissar Brandes erwartet Sie in seinem Büro. Wenn Sie mir bitte folgen würden, dann bringe ich Sie zu ihm.“
Vera stand sofort auf. Sie legte die Zeitung zurück auf den Tisch und folgte dem Beamten. Gemeinsam gingen sie einen kleinen Gang

hinunter. Mit einer Karte, die der Beamte durch ein Lesegerät zog, öffnete sich die gegenüberliegende Tür automatisch.
„Zweite Tür auf der linken Seite“, sagte der Beamte.
„Danke!“ Vera hörte die Tür hinter sich wieder zufallen. Für einen Moment blieb Vera vor der besagten Tür stehen. Sie klopfte und betrat nach einem freundlichen „Herein“ das Büro.
Herr Brandes kam ihr sofort entgegen und steuerte sie mit ausgestreckter Hand in die kleine Sitzecke. „Nehmen Sie bitte Platz“, sagte er. „Was kann ich für Sie tun? Lassen Sie mich raten.“ Er schob ihr eine Tasse zu und bot ihr Kaffee an. Vera lehnte dankend ab, aber Herr Brandes schenkte sich eine Tasse ein. „Ich vermute mal, Sie wollen wissen, wie ich mich entschieden habe, bezüglich Ihrer Bewerbung für uns als Fallanalytikerin zu arbeiten.“ Er sah sie nicht an, während er sprach, sondern rührte bereits seinen dritten Löffel Zucker in seinen Kaffeebecher ein. Als er den Löffel auf einer Serviette ablegte, sah man noch deutlich eine leicht klebrige Zuckerspur anhaften. Während Vera innerlich damit kämpfte, wie ein Mensch sich so etwas nur antun konnte, war Hauptkommissar Brandes inzwischen aufgestanden, um etwas aus seinem Aktenschrank zu holen. „Was ich jetzt machen werde, ist nur zu Ihrem Besten. Ich hoffe, dass Sie verstehen, was ich damit erreichen möchte.“ Er legte ihr gleich drei Akten fein säuberlich auf den Tisch. „Öffnen Sie bitte alle drei Fallakten und schauen Sie sich jeweils das erste Foto an“, forderte er sie auf. „Sagen Sie mir dann bitte genau, was Sie sehen.“
Vera sah ihn an und folgte dann, wenn auch leicht irritiert, seiner Anweisung. Im ersten Moment wäre sie am liebsten davongelaufen. Sie spürte, wie ihr Adrenalin durch ihre Adern schoss. Ihr Herz begann zu rasen, und gleichzeitig verschlug es ihr den Atem. Hauptkommissar Brandes zog seinen Stuhl etwas näher zu ihr herüber. Vorsichtig legte er eine Hand auf ihre Schulter. „Es tut mir leid, aber das, was Sie hier sehen, das wäre zukünftig Ihr Alltag, mit dem Sie sich immer wieder aufs Neue auseinandersetzen müssten. Und das am besten ganz frei von jeglichen Emotionen. Was für einen gesunden, empathischen Menschen kaum möglich ist. Ich habe hartgesottene Männer mit sehr viel mehr Erfahrung beim Anblick dieser Fotos zusammenbrechen sehen. Für mein Empfinden sind Sie auch nach all den Jahren immer noch zu nah dran. Ich glaube, Sie wissen, was ich meine. Zweimal

habe ich es in der Vergangenheit verhindern können, dass man die Fallakte Ihrer Tochter schließt. Ein drittes Mal, und das wird bald sein, werde ich es nicht mehr verhindern können. So leid es mir auch für Sie tut, Frau Wagner-Kausch."

Vera war schockiert von dem Anblick der Fotos. Dennoch konnte sie ihren Blick nicht abwenden. „Erzählen Sie mir von den Fällen", bat Vera Hauptkommissar Brandes. Noch immer ruhte fast schon beschützend die Hand des Hauptkommissars auf Veras Schulter. Er nahm sie runter und zog die erste Akte näher zu sich.

„Ein Junge", sagte er. „Sieben Jahre alt zum Zeitpunkt seiner Entführung. Ein klassischer Fall, wie aus dem Lehrbuch. Die Eltern mussten sich nicht so lange quälen wie Sie." Er sah sie von der Seite an. Versuchte anhand ihrer Mimik herauszufinden, wie es ihr augenblicklich ging. „Man fand ihn schon nach wenigen Tagen. Und auch den Täter konnte man sehr schnell fassen. Es war der liebe Onkel. Der Bruder der Mutter. Die Familie hütete das Geheimnis, dass er auf kleine Jungs stand, aus falschem Scham. Man wollte nicht, dass man über sie sprach. Das kostete dem Jungen das Leben. Man fand das Kind verscharrt im Kölner Stadtwald. Der liebe Onkel ging, wenn Sie mich fragen, mit einer zu milden Strafe aus der ganzen Sache raus. Psychiatrische Klinik und das ohne Sicherheitsverwahrung. Nicht einmal zehn Jahre, und er ist wieder auf freiem Fuß. Er lebt sogar wieder bei seiner Schwester. Sie hat ihm verziehen. Für den Vater des Jungen war das jedoch zu viel." Hauptkommissar Brandes blätterte eine Seite weiter. „Er hat sich erhängt." Er schloss die Akte und schob sie über den Tisch. Dann nahm er die zweite Akte an sich.

„Eine Frau! Evelyn Burckhard. Einunddreißig, verheiratet, keine Kinder. Ihr Mann war krankhaft eifersüchtig. Er sperrte sie manchmal sogar tagelang ein. Zur Arbeit ging sie nur, wenn er sie begleiten konnte. Natürlich verlor sie irgendwann den Job. Auch sie hat aus Scham zu lange geschwiegen. Eines Tages, ohne ersichtlichen Grund, ist er mal wieder ausgerastet. Er hat sie zu Tode geprügelt. Als er erkannte, was er getan hatte, erschoss er sich. In dem Haus fand man einen Schrank voller Gewehre und Waffen. Er war leidenschaftlicher Jäger und Mitglied in einem Schützenverein. Alles ganz legal. Seinen Gemütszustand hatte wohl keiner im Visier gehabt."

Vera starrte auf die Tatortfotos. Das Gesicht der jungen Frau war kaum

noch zu erkennen. Es war blutüberströmt. Und ihr Körper lag in einer unnatürlichen Haltung auf dem Boden. Vera beugte sich leicht vor.
„Ja, Sie sehen richtig, und ich vermute, Sie können eins und eins zusammenzählen. Er hat sich an ihrem Leichnam sexuell vergangen. Es sind nicht nur Entführungsfälle, mit denen wir es Tag ein Tag aus zu tun haben. Häusliche Gewalt kommt sehr viel öfter vor, als man denkt. Leider sind uns gesetzlich viel zu oft und zu lange die Hände gebunden. Bis wir eingreifen können, ist es wie in diesem Fall schon zu spät. Und die Opfer, die das überleben, die schweigen. Viele, die so ein Martyrium überstanden haben, gehen freiwillig zu ihrem Peiniger zurück. Diese Frauen verlieren in der Gesellschaft an Glaubwürdigkeit. Die meisten sagen, dass sie selber schuld sind, wenn sie sich das gefallen lassen. Die wenigsten sehen, so wie Sie und ich, die kranke Seele, die dahintersteckt." Auch diese Akte schloss er. „Zum Schluss habe ich noch diesen Fall. Er ähnelt dem Ihrer Tochter. Franka Zimmermann! Sie verschwand vor vierzehn Jahren. Damals war sie zehn. Sie war mit dem Fahrrad auf dem Weg zu einer Freundin gewesen. Ein Weg von nicht einmal zehn Minuten. Entlang der Hauptstraße und dennoch kam sie nie dort an. Es gab von Anfang an keinerlei Hinweise für eine gewaltsame Entführung. Man stufte sie sogar zu Anfang als eine Ausreißerin ein. Ihr ganzes Umfeld wurde natürlich gründlich auf den Kopf gestellt. Ihre Eltern waren sehr lange im Fadenkreuz der Justiz gewesen. Die Eltern steckten mitten im Scheidungskrieg und beschuldigten sich irgendwann sogar gegenseitig. Da haben wir vielleicht unnötigerweise zu lange in die falsche Richtung agiert. Auch wir machen Fehler. Die Eltern von Franka sind bis heute zusammen. Der Verlust ihrer Tochter hat sie nach und nach wieder zusammengebracht. Von Franka fehlt jedoch bis heute jegliche Spur. Auch diese Familie gibt die Hoffnung nicht auf, auch wenn sie mittlerweile ihr Leben neu geordnet haben. Sie haben einen Verein in Rodenkirchen für Angehörige von vermissten und missbrauchten Kindern gegründet. Sie haben vielleicht schon einmal davon gehört?"
„Ja, ich kenne den Verein. Aber ich selbst war noch nie dort gewesen. Habe ich jetzt Ihre Prüfung bestanden?" Vera schloss diesmal die dritte und damit die letzte Akte. Dann sah sie in das verwirrte Gesicht des Hauptkommissars.
„Das war keine Prüfung. Wie kommen Sie nur darauf? Ich wollte

Ihnen lediglich vor Augen führen, was auf Sie zukommen würde, sollten Sie sich für diesen Teil der Arbeit entscheiden. Ich versichere Ihnen, dass ich keinerlei Hintergedanken dabei hatte."
„In Ordnung! Dann möchte ich mich bei Ihnen in aller Form entschuldigen. Ich hatte vermutet, dass Herr Altmann Sie eventuell dazu angestiftet haben könnte, mich auf Herz und Nieren zu prüfen. Wie Sie vielleicht wissen, unterstützt er mein Vorhaben nicht zu hundert Prozent. Aber ich bin durchaus in der Lage, meine Entscheidungen selbst zu treffen."
„Das tue ich auch", versicherte Hauptkommissar Brandes. „Da wir jetzt das Missverständnis geklärt haben, sehe ich keinen Grund, warum Sie nicht als Fallanalytikerin arbeiten sollten. Ich werde die aktuellen Fälle durchgehen und gründlich prüfen. Danach entscheide ich, welchen Fall ich Ihnen übertragen kann. Einverstanden?"
Vera stand auf. „Einverstanden", sagte sie. Vera reichte ihm die Hand und verabschiedete sich. Mehr als zufrieden, sogar ein wenig siegessicher fuhr sie nach Hause.

Der Vormittag hatte ihr einiges abverlangt. Das Gespräch mit Hauptkommissar Brandes wirkte immer noch nach. Die Tatortfotos gingen ihr einfach nicht aus dem Kopf. Sie würde heute Nacht bestimmt kein Auge zumachen können. Zu groß war die Angst vor wiederkehrenden Alpträumen. Jonathan hatte sie mal wieder durchschaut. Vor ihr lag noch ein langer Heilungsprozess. Sie konnte den Prozess nicht erzwingen. Auch wenn schon viele Jahre vergangen waren, in denen sie gegen ihre Dämonen kämpfte. Ihr graute jetzt schon vor Donnerstag. Jonathan würde sie nicht mit Samthandschuhen anfassen. Ganz im Gegenteil. Wenn er erfuhr, dass sie die Zusage von Hauptkommissar Brandes bekommen hatte, um endlich auch als Fallanalytikerin zu arbeiten, würde er sie noch härter rannehmen als je zuvor. Sie machte sich ein wenig Gedanken um ihre Freundschaft. Sie könnte erneut auf eine harte Probe gestellt werden. Aber ein anderer Therapeut als Jonathan kam für sie nicht in Frage.
Vera hatte die Post aus der Messingschale im Flur mit reingenommen. Sie setzte sich an ihren Schreibtisch. Es waren die üblichen Rechnungen. Und weitere Werbeprospekte, die sie am Morgen übersehen hatte. Ihr Blick fiel wieder auf den trostlosen Kamin. Vera begann im

Internet nach einem Fachmann zu suchen. Nicht einmal zehn Minuten später hatte sie einen Kamin- und Ofenbauer gefunden. Sie wählte die Nummer der Firma von Lenzen und Dürren. Der Anrufbeantworter teilte ihr mit, dass am Montag geschlossen war. Sie hinterließ eine Nachricht mit ihrer Telefonnummer und bat um Rückruf.

Die kommenden Tage verbrachte Vera damit, das Haus weiter auf Vordermann zu bringen. Hier und da waren im Laufe der Jahre keine Reparaturen angefallen. Ein Haus zu besitzen, hieß ständig in Arbeit zu sein. Thomas liebte es, sich darum zu kümmern. Seit seinem Tod hatte sie vieles einfach schleifen lassen. Jetzt war es an der Zeit, auch im Haus einiges wieder in Ordnung zu bringen. Was sie selbst reparieren konnte, das erledigte sie sofort. Wie zum Beispiel den tropfenden Wasserhahn in der Küche. Das ständige Tropfen hatte sie schon solange genervt. Dabei genügte ein neuer Dichtungsring, und das Problem war in wenigen Minuten behoben. Im Waschkeller stand ihre Waschmaschine. Das Sieb musste dringend gereinigt werden. Und die Wäscheleine, die quer durch den Raum gespannt war, hing schon lange nicht mehr so stramm, wie es eigentlich hätte sein sollen.

Je länger sie sich im Keller aufhielt, umso strenger entfaltete sich ein unangenehmer Geruch. Es roch sehr streng säuerlich. Vera ging auf Spurensuche. Die Ursache war schnell gefunden. Die Kartoffeln, die sie hier unten lagerte, keimten nicht nur, sie hatten bereits weiche und faulige Stellen gebildet. Vera schnappte sich einen leeren Karton aus dem Regal und warf den ganzen Sack mit allen Kartoffeln hinein. Sie nahm den Karton mit nach oben und entsorgte ihn sofort in die Biotonne. Der Karton hatte auch einiges abbekommen und landete ebenfalls im Müll. Noch einmal ging sie in den Keller hinunter, um eine Glühbirne auszutauschen. Sie holte sich einen Besen aus der Ecke und entfernte einige Spinnenweben samt Spinnen von der Decke sowie hinter so mancher alter Kiste auf dem Boden und den Regalen. Unter anderen Umständen wäre sie längst schreiend davongelaufen und hätte nach Thomas gerufen. Er war ihr ganz persönlicher Kammerjäger. Es amüsierte ihn köstlich, wie seine sonst so taffe Frau wegen ein paar kleinen, harmlosen Kellerspinnen so hysterisch werden konnte. Jetzt hatte sie keine andere Wahl. Vera war sich sicher, dass sie unter keiner

Spinnenphobie litt. Es war schlicht und ergreifend der Ekel, der überwog. Zu viele eklige und behaarte Beine, die auf ihren Arm herumkrabbeln könnten. Sie schüttelte sich und warf ihre Haare hin und her. Erst dann ging sie wieder zurück ins Haus. Sie hatte genug von ihren Hirngespinsten. Im wahrsten Sinne des Wortes. Jetzt half nur noch eine lange, heiße Dusche.
Eine halbe Stunde später machte sie es sich auf dem Sofa gemütlich. Sie schloss für einen Moment die Augen, als das Klingeln an der Haustür sie aufschrecken ließ. Vera überlegte kurz. Sie erwartete niemanden mehr um diese Zeit. Seitdem sie ganz alleine in dem riesigen Haus lebte, waren es oft die einfachsten Geräusche, die sie schneller aus der Fassung bringen konnten als früher. Es war bereits nach siebzehn Uhr. Sie hatte die Alarmanlage für das Haus und die Außenanlage längst eingeschaltet. Sie schlüpfte in ihre Hauspantoffeln und zog den Reißverschluss ihres Hoodies ganz nach oben. Dann ging sie zur Tür. Das Haus war videokameraüberwacht. Also konnte sie sehen, wer draußen stand.

Es waren zwei Männer. Beide trugen einen Blaumann über ihre dicken Strickpullover. Der eine Mann war schon etwas älter. Vera schätzte ihn so um die fünfzig. Der andere war noch recht jung. Vielleicht gerade mal zwanzig.
Vera drückte auf die Gegensprechanlage. „Ja bitte!"
„Entschuldigen Sie die Störung. Wir sind von der Firma Lenzen und Dürren", sagte der ältere der beiden. „Wir waren gerade hier in der Nachbarschaft und dachten, wir versuchen einfach unser Glück und schauen bei Ihnen vorbei. Sie wollten doch jemanden, der nach Ihrem Kamin schaut, oder?"
Vera trug ihren Designerhausanzug in Mausgrau. Eine Sweathose und dazu einen passenden Hoody. Beides von Armani. „Einen Moment bitte!" Vera schaltete die Alarmanlage aus und öffnete den Männern die Tür. „Kommen Sie herein. Geradeaus bitte." Vera schloss die Tür und folgte den Männern ins Wohnzimmer. „Sie haben mich wirklich überrascht. So schnell habe ich mit Ihnen nicht gerechnet. Und dann auch noch ganz ohne Termin. Das nenne ich mal einen fixen Service."
„Lenzen, mein Name." Der ältere Mann stellte seine schwere Metallkiste ab und reichte Vera die Hand. „Das ist Karl, wir nennen ihn aber

alle nur Kalle. Er ist mein bester Azubi." Er lachte und klopfte dem Jungen auf dic Schulter.
„Karl, Kalle", sagte der junge Mann leicht verlegen. Auch er reichte Vera die Hand.
„Dann wollen wir uns das gute Stück einmal anschauen." Herr Lenzen öffnete seine Kiste und gab Kalle hier und da Anweisungen. V
Vera schaute den Männern eine Weile zu. Dann ging sie in die Küche. Sie machte eine Kanne Tee. Sie stellte alles auf ein Tablett und ging damit zurück ins Wohnzimmer. Kalle stand am Kamin, aber wo war Herr Lenzen? Kalle bemerkte den fragenden Blick von Vera.
„Mein Chef ist kurz draußen. Ich soll Sie fragen, wo es zum Speicher oder zum Dach rauf geht."
„Im ersten Stock im Flur gibt es einen Zugang zum Speicher. Von da aus geht es rauf zum Dach."
Der Junge verschwand und Vera hörte wenig später beide Männer auf dem Dach herumlaufen. Es dauerte nicht lange, und beide kamen wieder zu ihr ins Wohnzimmer. Während der Junge alles wieder zusammenpackte und nach draußen ging – natürlich nicht ohne sich zu verabschieden – bekam Vera noch eine kurze Einweisung von Herrn Lenzen.
„Wenn man erst einmal weiß, wie alles funktioniert", sagte Vera, „dann ist es halb so schlimm. Ich danke Ihnen und Ihrem jungen Kollegen, dass Sie auch nach Feierabend noch Zeit für mich hatten." Sie gab Herrn Lenzen noch eine Unterschrift auf seinem Klemmbrett. Dann begleitete sie ihn zur Tür. Sie drückte ihm zwei Zehn-Euro-Scheine in die Hand. „Haben Sie noch einen schönen Feierabend."
Herr Lenzen bedankte sich und Vera ging direkt nach oben ins Schlafzimmer, nachdem sie erneut die Alarmanlage eingeschaltet hatte. Im Badezimmer lagen noch ihre Sachen auf dem Boden, die sie bei den Aufräumarbeiten im Keller getragen hatte. Sie nahm alles mit, auch die nassen Handtücher, und legte den Berg an Wäsche in den Flur. Aus dem Schlafzimmerschrank holte sie frische Handtücher und legte sie ins Bad. Eigentlich wollte sie nicht mehr in den Keller, aber die Handtücher wollte sie nicht so nass liegen lassen, sondern sofort in die Waschmaschine geben. Schließlich war die Wäscheleine wieder voll einsatzbereit. Warum also warten?

Die Männer hatten den Tee nicht einmal angerührt. Sie brachte das Tablett zurück in die Küche und füllte den Tee in eine Karaffe. Die Wäsche lief auch ohne sie. Und bis sie fertig war, gönnte sie sich ein kleines Abendbrot und ein Glas lauwarmen Tee. Sie schaute sich nach dem Essen die Nachrichten an und wäre fast eingeschlafen. Noch einmal hieß es, sich aufzuraffen. Die Wäsche war in wenigen Minuten aufgehängt. Das Geschirr vom Abendessen hatte sie längst in der Spülmaschine verstaut. Sie würde heute Nacht bestimmt gut schlafen können. Ein rundum gelungener Tag ging zu Ende. Ein wenig Alltag war eingekehrt und tat ihr unerwartet gut. Bevor Vera wusste, wie ihr geschah, flogen die Tage nur so dahin.

Es war mittlerweile Donnerstag. Heute hatte sie ihre erste offizielle Therapiestunde. Sie war gespannt, wie Jonathan die erneute Therapie angehen würde. Schubste er sie kopfüber gleich ins kalte Wasser und würde sie gleich mit all ihrem angestauten Schmerz konfrontieren? Oder erwies er sich als ihr Freund und würde ihr das Tempo überlassen? Sie war bereits im Gebäude. Gleich würde sie alle ihre Fragen beantwortet bekommen. Sie fuhr mit dem Aufzug nach oben. Wie es sich für eine brave Patientin gehörte, meldete sie sich bei Frau Winkler am Empfang an. Sie wollte sich gerade setzen, als Jonathan aus seinem Büro kam.
„Guten Morgen, Vera", begrüßte er sie. „Du kannst gerne schon reingehen und deinen Mantel ablegen. Mach es dir gemütlich. Ich bin sofort bei dir."
Vera folgte Jonathans Aufforderung. Ihren Mantel legte sie auf ihren Schoß. Sie wusste, wo sie Platz nehmen musste. Es war nicht ihre erste und auch mit Sicherheit noch lange nicht ihre letzte Stunde. Wenn sie auf die vergangenen Jahre zurückschaute, war sie wirklich keine gute Patientin. Nicht einmal eine gute Freundin. Als Privatpatientin erlaubte sie sich zu kommen und zu gehen, wie es ihr gerade passte. Und meistens passte es ihr so gar nicht. Und als Freundin hoffte sie, dass Jonathan es ihr nachsah. Auf dem Tisch vor ihr stand eine Flasche Wasser und eine Thermoskanne mit Tee. Es brannte sogar eine Duftkerze. Orange, stellte Vera zufrieden fest. Sie hasste zu süße Vanille. Davon bekam sie Kopfschmerzen. Sie schenkte sich ein Glas Wasser ein und trank einen Schluck. Jonathan kam herein. Er nahm ihr den

Mantel ab und legte ihn über einen der anderen Stühle. Dann setzte er sich ihr gegenüber.
„Ich freue mich wirklich sehr, dass du gekommen bist. Ich war mir ehrlich gesagt nicht sicher, ob du diesmal dein Versprechen halten würdest. Wenn ich mir deine alten Unterlagen anschaue, mit all den Ausfällen und Ausreden, wird mir ganz schummrig vor Augen."
„Ich weiß, ich weiß", unterbrach sie ihn. „Vergiss die Akte und lass uns von vorne beginnen. Ich werde es diesmal durchziehen. In jeder Hinsicht werde ich mich professionell verhalten. Ich werde eine vorbildliche Patientin sein. Und in nicht einmal mehr zwei Wochen werde ich eine noch vorbildlichere Kollegin sein. Du kannst mir übrigens gratulieren. Ich habe das Okay von Hauptkommissar Brandes bekommen. Ab sofort kann ich als Fallanalytikerin arbeiten. Er hat mir zwar noch keinen Fall zugeteilt, aber das wird noch kommen."
„Ich gratuliere dir."
Vera hörte zwar seine Worte, aber sie wusste, dass er seine Einstellung nicht geändert hatte. Vera sagte nichts. Sie war fest entschlossen, ihn eines Besseren zu belehren.
Jonathan nahm seinen schneeweißen Block zur Hand. „Lass uns anfangen", sagte er. „Erzähle mir von dem Abend, als Julia verschwand. Sag mir, woran du dich erinnerst. Wie war der Tag mit ihr, bevor sie in der Nacht verschwand? War sie in der Schule oder zu Hause? Habt ihr miteinander geredet? Gab es Streit oder habt ihr miteinander gelacht? Lass deine Erinnerungen lebendig werden."
Es war nicht möglich, sich nicht an den wohl schwärzesten Tag ihres Lebens zu erinnern. Nach all den Jahren hatte ihr Schmerz immer noch kein Erbarmen mit ihr. Früher wäre sie sofort in Tränen ausgebrochen, nur beim Erwähnen von Julias Namen. Jetzt über sie zu sprechen, ohne gleich davonzulaufen, war ein sehr großer Fortschritt für sie.
„Wir haben uns an dem Tag ihres Verschwindens gestritten. Und auch dem Tag davor. Eigentlich haben wir uns damals fast nur noch gestritten. Für die Pubertät war es wohl noch zu früh, aber ich dachte oft, Julia sei mitten in dieser Phase. Ich habe lange, sehr lange überlegt, um was es bei diesem Streit überhaupt gegangen ist. Es muss etwas sehr Banales gewesen sein, sonst hätte ich es nicht vergessen. Irgendwann habe ich mich dann erinnert. Sie kam aus der Schule und wollte gleich nach dem Mittagessen zu einer Freundin. Ich habe mit

erhobenem Zeigefinger den Erziehungsberechtigten raushängen lassen und ihr gesagt, dass sie zuerst ihre Hausaufgaben erledigen muss. Es war ein Freitag. Thomas war in der Stadt in seinem Büro. Wir hatten damals schon unsere kleinen Schwierigkeiten. Er hat nur noch gearbeitet und kam nicht einmal mehr zum Mittagessen nach Hause. Früher hatte er das regelmäßig und sehr gerne getan. Eine Zeit lang habe ich sogar vermutet, dass er mir fremdgehen würde. Thomas war aber nicht so. Er hätte uns nie verraten. Aber er hasste es, wenn er nach Hause kam und es Streit gab. Und noch mehr hasste er es, wenn es dabei um seine Kleine ging. Er fand immer, dass ich zu streng war. Und ich fand, dass Julia keinen weiteren Freund brauchte, sondern einen Vater. Ich denke, dass er deshalb lieber im Büro geblieben ist. Es war seine Art, den Problemen aus dem Weg zu gehen. Auch am Tag ihres Verschwindens war Julia mal wieder sauer auf mich. Sie weigerte sich, ihre Hausaufgaben zu machen. Sie schrie mich immer wieder an. Selbst ihre heißgeliebten Spaghetti rührte sie an diesem Tag nicht an. Julia wurde immer lauter, richtig hysterisch. Sie tobte und stampfte mit den Füßen auf. „Wo ist Papa?“, schrie sie immer wieder. „Er würde mir sofort erlauben, zu meiner Freundin zu gehen. Ich hasse dich“, hat sie damals zu mir gesagt. Irgendwann haben dann im ganzen Haus die Türen geknallt. Ich war inzwischen auch sehr wütend und noch mehr verletzt. Es war das erste Mal, dass sie zu mir gesagt hat, dass sie mich hasst.

Dann bin ich ihr hinterhergelaufen. „Du hast Hausarrest“, habe ich ihr nachgerufen. „Geh in dein Zimmer und mach gefälligst deine Hausaufgaben. Ich werde später alles kontrollieren, darauf kannst du dich verlassen. Wenn du doch noch Hunger bekommen solltest, dann kannst du gerne nach unten kommen.“

Sie ist nicht runtergekommen. Aus ihrem Zimmer dröhnte stundenlang laute Musik. Ich war müde, ich war erschöpft. Ich habe es einfach gut sein lassen. Außerdem musste ich an diesem Tag noch einmal in die Praxis. Ein Termin jagte den nächsten. Ich rief von unterwegs aus Thomas an. Sagte ihm, dass ich mich mit Julia mal wieder gestritten hatte. Er sollte bitte nach ihr schauen, wenn er nach Hause kam. Das tat er auch. Am späten Nachmittag kam ich nach Hause. Thomas war auf dem Sofa eingeschlafen. Und von Julia fehlte jede Spur. Ich weckte ihn. Obwohl ich bereits ahnte, was passiert war, wollte ich es

von ihm hören.
„Wo ist Julia? Hast du mit ihr gesprochen? Und hast du ihre Hausaufgaben kontrolliert?“
„Hallo Liebling“, sagte er immer noch leicht schläfrig. „Ich bin wohl kurz eingenickt. Ich hatte einen echt schwierigen Kunden heute. Aber ein gutes Buch und eine Tasse Tee haben mich schnell wieder runtergebracht. Und dann bin ich wohl kurz eingeschlafen.“
Er setzte sich auf. Er wollte mich zu sich auf das Sofa ziehen. Aber ich war wieder einmal so wütend. Wenn ich es mir recht überlege, dann war ich sehr oft, sehr schnell, sehr wütend. „Wo ist Julia?“, wiederholte ich mich und diesmal wurde ich richtig laut.
„Welche Laus ist dir denn über die Leber gelaufen? Julia geht es gut. Sie ist bei ihrer Freundin Lia.“
„Hat sie ihre Hausaufgaben gemacht?“
„Ich habe sie gefragt, sie sagte, sie hätte keine auf. Was ist los mit dir? Julia hat mir von eurem Streit erzählt. Warum streitet ihr zwei euch nur ständig? Hast du irgendwelche Probleme, von denen ich nichts weiß? Wenn dem so ist, dann solltest du mit mir reden und deine Aggressionen nicht an Julia und mir auslassen.“
Ich konnte mich kaum beherrschen, so wütend war ich. Auf Julia und auch auf Thomas. Julia hatte uns wieder einmal gegeneinander ausgespielt. Ich musste mich an diesem Nachmittag schwer zusammenreißen. Eine Stunde lang habe ich mit Thomas diskutiert. Immer wieder habe ich versucht, ihm den Ablauf mit Julia vom Vormittag zu erklären. Habe ihm gesagt, wie sie reagiert hat und was sie zu mir gesagt hat. Dass sie mich hasst!
„Ich habe es versucht dir bereits am Telefon zu erklären, aber du hast mir mal wieder nicht richtig zugehört.“
„Es tut mir leid, Vera, entschuldige bitte. Ich hatte diesen schwierigen Kunden und war wohl nicht ganz so aufmerksam“, rechtfertigte Thomas sich.
„Das kann nicht so weitergehen, Thomas. Du der liebe Daddy und ich die böse Hexe.“
Thomas wollte nur Frieden und Harmonie für seine Familie. Er bot mir an, zusammen mit ihm Julia bei ihrer Freundin abzuholen und noch einmal in aller Ruhe gemeinsam mit ihr zu reden. Das taten wir dann auch. In einer Eisdiele. Eine halbe Stunde vor dem Abendessen.

Lach nicht. Thomas konnte seiner Prinzessin nie einen Wunsch abschlagen. Julia wusste genau, welche Knöpfe sie bei ihrem Vater zu drücken hatte."
„Hattet ihr Eheprobleme?" Jonathan sah Vera mitfühlend an. Er sah, dass sie lange darüber nachdenken musste.
„Nein! Eigentlich nicht", sagte sie voller Liebe und Überzeugung. „Die Kabbeleien und dass uns Julia immer wieder gegeneinander ausspielte, das gehört doch irgendwie zum Erwachsenwerden dazu. Sie wird oder sie würde, wie auch immer. Ihr siebzehnter Geburtstag steht vor der Tür. Wusstest du das eigentlich? Mit Sicherheit würde sie den Führerschein machen wollen. Vielleicht hätte sich auch ihr Umweltbewusstsein weiter durchgesetzt und ihr wäre ein Fahrrad viel lieber. Ob sie immer noch auf Pink steht, stehen würde?" Vera räusperte sich, aber sie weinte nicht. Auch Jonathan war sichtlich berührt.
„Vermutlich würde sie gerne alles auf einmal haben wollen. Und mit Sicherheit hätte sie sehr gute Argumente vorzubringen, um sie durchzusetzen. Ich vergesse übrigens nie einen ihrer Geburtstage", sagte er kaum hörbar. „Ich bin ihr Patenonkel und das werde ich auch immer bleiben. Erzähle weiter. Was ist noch an diesem Tag passiert. Ich weiß, du hast das alle schon tausendmal erzählen müssen. Der Polizei, mir und bestimmt hast du jeden einzelnen Schritt immer wieder durchgespielt. Ihr habt also noch einmal miteinander gesprochen. Damals hast du gesagt, dass du in der Küche warst."
„Ja, es war einer dieser Abende, wo wir mal wieder das Haus voller Gäste hatten. Ich war in der Küche und habe mit den Leuten vom Gathering gesprochen. Häppchen, Champagner. Du warst selbst da, du weißt, wovon ich rede."
„Ja, und es war lustig und köstlich wie immer. Aber wo war Julia?"
„Sie kam erst am späten Abend runter. Sie hatte Hunger. Fast hätten wir uns erneut gestritten. Sie langte einfach an eine der Platten vom Catering und wollte sich eines der Häppchen nehmen. Ich sah sie nur mahnend an. Sie ging dann an den Kühlschrank und holte sich den Teller mit den kalten Spaghetti heraus. Ich weiß nicht einmal mehr, ob sie sich die Spaghetti warm gemacht hatte, bevor sie wieder gegangen ist. „Es tut mir leid", sagte sie zu mir. „Ich gehe wieder nach oben. Ich wünsche dir noch einen schönen Abend." Das waren ihre letzten Worte an mich. Ich habe mich nicht einmal nach ihr umgedreht. Ich habe sie

ignoriert und einfach so gehen lassen. Ich erinnere mich jetzt. Der Teller, den ich vom Tisch nahm, um ihn in die Spülmaschine zu stellen, war eiskalt. Was bin ich nur für eine Mutter. Pädagogisch wertvoll habe ich gedacht, sei meine Handlung gewesen. Ich wollte ihr etwas zum Nachdenken mit auf den Weg geben.“ Vera stand auf. Sie lief einen Moment hin und her, dann setzte sie sich wieder.
„Du konntest doch nicht wissen, dass sie am nächsten Morgen nicht mehr da sein würde.“
„Nein, das konnte ich nicht. Aber ich hätte es auch einfach mal gut sein lassen können. Und jetzt ist mein Kind, mein Mädchen, Julia für immer verschwunden. Oder vielleicht haben alle anderen recht und Julia ist bereits seit vielen Jahren tot. Irgendwo verscharrt, wo sie niemand bisher finden konnte. Wann hören diese Fragen in meinem Kopf, diese nicht endende Ungewissheit, endlich auf.“ Vera weinte auch diesmal nicht. Es war vielmehr die Wut, die sie übermannte. Der Schmerz über den Verlust ihrer Tochter drohte, sie zu zermürben. Sie hatte längst keine Tränen mehr, die sie weinen konnte. Der letzte rettende Strohhalm war vor Jahren schon versiegt. Das Spiegelbild von Julia begann mehr und mehr zu verblassen. Für Vera würde ihre Tochter in ihrer Erinnerung immer das kleine hübsche, wenn auch leicht aufsässige zehnjährige Mädchen bleiben. Sie konnte sich Julia unmöglich als Teenager vorstellen. Wenn sie noch leben würde, würde sie wahrscheinlich an ihrer eigenen Tochter vorbeilaufen. Was wäre, wenn?
„Vera, Vera, wo bist du mit deinen Gedanken?“ Jonathan sah, wie blass seine Freundin geworden war. Er reichte ihr ein Glas Wasser. „Trink und atme ganz ruhig tief ein und aus.“
Jetzt weinte Vera doch noch. „Es geht schon wieder, danke.“ Sie trank das Wasser in einem Zug leer. „Ich war nur so erschrocken über meine eigenen Gedanken. Für einen Moment habe ich mir gewünscht, dass Julia wirklich tot wäre. Dass ich endlich nach all den Jahren eine Gewissheit hätte. Der Gedanke, dass sie vielleicht an wer weiß wen geraten ist. Dass sie gequält wird und das vielleicht schon seit Jahren. Oh mein Gott, was bin ich nur für ein schlechter Mensch.“
„Du bist kein schlechter Mensch, und das weißt du auch. Julia wurde geliebt. Und das wusste sie auch.“
„Sie hat mich gehasst. Das waren ihre Worte, bevor sie verschwunden

ist. Sie hat mich gehasst. Sie ist mit dem Gefühl gegangen, dass ihre eigene Mutter, eine Platte mit Häppchen und Champagner ihr jederzeit vorziehen würde. Ich kann ihr diese Enttäuschung niemals mehr nehmen.“ Vera schaute auf ihre Uhr. Am liebsten wäre sie aufgestanden und gegangen. Aber sie hatte Jonathan ein Versprechen gegeben. Vera wusste aus so vielen Erzählungen ihrer früheren Patienten, wie anstrengend solche Therapiesitzungen sein konnten. Viele ihrer Patienten berichteten von plötzlich auftretenden Kopfschmerzen. Bei einigen sogar so heftig, dass sie sich übergeben mussten. Vera versuchte, sich nichts anmerken zu lassen. Aber langsam begann es auch in ihrem Kopf wie wild zu hämmern.
„Ich will ja nicht ständig darauf herumreiten“, sagte Jonathan behutsam. „Du bist selbst eine hervorragende Therapeutin. Du weißt, dass du es eigentlich besser wissen solltest. Dich trifft keinerlei Schuld, auch wenn es sich anders anfühlt. Julia ist sehr beschützt aufgewachsen. Sie ist einfach so aus ihrem Elternhaus entführt worden.“
„Oder weggelaufen“, sagte Vera fassungslos. „Es gab keinerlei Spuren. Nichts sprach für eine gewaltsame Entführung. Hauptkommissar Brandes wusste nicht, wo er überhaupt ansetzen sollte. Für ihn sprach alles für eine Entführung im Affekt. Nichts wurde in Julias Zimmer angefasst, verändert oder entwendet. Keine Kampfspuren. Also hat Julia ihren Entführer, wenn es denn einen gegeben hat, gekannt oder ihm zumindest vertraut. Mein Mädchen war nicht dumm, sie wäre nicht einfach mitten in der Nacht mit einem Fremden mitgegangen. Ganz egal, wie wütend sie auch auf mich gewesen sein mag. Ich war zu Anfang der Meinung, dass wir durch unseren finanziellen Erfolg für gewisse Menschen zur Zielscheibe wurden. In dieser Gegend ist wirtschaftlicher Wohlstand Voraussetzung. Selbst jetzt noch, bin ich nicht gerade arm. Manche würden mich sogar für reich halten. Wer im angesagtesten Villenviertel von Köln lebt, muss wohl mit Neidern rechnen. Wir haben Julia aber von klein auf mit den möglichen Gefahren vertraut gemacht. Als wir aus dem Fokus der Ermittlungen endlich raus waren, richtete sich die Tätersuche auf eventuell verärgerte Kunden von Thomas oder geistig labile und gestörte Patienten aus meiner Arbeit als Psychotherapeutin. Alle Ermittlungen endeten immer wieder in einer Sackgasse. Das erste Jahr war besonders hart für uns. Wir haben Freunde verloren, die sich durch die dauerhafte Befragung

durch die Polizei falsch behandelt fühlten. Sie wollten uns doch nur helfen und gerieten dann ins Fadenkreuz der Polizei." „

Ich erinnere mich sehr gut", sagte Jonathan. Seine Erinnerungen schienen auch für einen Moment wieder lebendig zu werden. „Ich habe noch ganz böse Erinnerungen daran. Auch ich war der liebe, vielleicht aber auch der böse Onkel für die Polizei. Wir alle wurden durchleuchtet wie Schwerverbrecher. Unser Leben wurde für eine lange Zeit mächtig auf den Kopf gestellt. Ich hoffe, du weißt, dass ich dir und auch Thomas das niemals nachgetragen habe."

„Das weiß ich. Und Thomas wusste es auch. Du warst und du bist bis heute mein bester Freund. Ohne dich hätte ich das alles nicht überstehen können. Es klingt immer sehr abgedroschen, aber genauso war es. Du hast mich gerettet. Es gab da diesen einen Moment. Ich war so unendlich traurig und müde und dachte mir: Warum nicht ich auch? Ich habe einmal oder auch zweimal an Selbstmord gedacht." Die Worte kamen trocken, fast schon beiläufig bei Jonathan an, er wusste nicht, wie er darauf reagieren sollte. Vera sah, wie erschrocken ihr Freund über ihre Aussage war. Sie versuchte es für den Moment zu ignorieren und fuhr mit ihren Ausführungen fort. Sie ließ ihn dabei aber nicht aus den Augen.

„Es war der Geburtstag von Julia. Der erste nach ihrem Verschwinden. Ich war absolut paranoid. Stell dir vor, ich habe Kuchen gebacken. Ich habe ihr sogar ein Geschenk gekauft. Erst als ich auf dem Weg war, um sie von der Schule abzuholen, um mit ihr wie immer an ihrem Geburtstag ein Eis essen zu gehen, da war alles wieder da. Die Angst, die einen jeden Tag ein wenig mehr verrückt werden lässt. Die Hilflosigkeit, die einen in den Wahnsinn treibt. Die Hoffnungslosigkeit, an der man trotz allem festhält. Du wirst mich für verrückt erklären, aber als dieser Wahn(sinn) endlich zu Ende ging, stand ich tatsächlich vor Julias alter Schule. Das Läuten der schrillen Schulglocke katapultierte mich mit einem Schlag zurück in die Realität. Dann hämmerte plötzlich Lia, Julias ehemalige und beste Freundin, an das Fenster meines Wagens. Ihre Augen waren weit aufgerissen. Fast schon ängstlich fragte sie mich, als ich die Scheibe der Beifahrerseite hinunterließ. „Guten Tag, Frau Wagner-Kausch. Was machen Sie denn hier?" Das Mädchen schien verwirrt und erschrocken zugleich, mich zu sehen. In ihrem Gesicht zeichneten sich leichte rote, hektische Flecken ab, die

bis zum Hals hinunterliefen. Es waren typische Stressflecken. Sie tat mir so leid. Ich musste die Kleine doch irgendwie beruhigen. Mir fiel nichts Besseres ein, als ihr eine kleine Notlüge aufzutischen.
„Ich war gerade in der Stadt unterwegs. Viele Baustellen und Umleitungen. Ich habe mich total verfahren. Aber jetzt weiß ich wieder, wo es lang geht. Da ich schon einmal da bin, soll ich dich nach Hause fahren?"
„Klar! Warum nicht", sagte Lia und warf ihre Schultasche auf den Rücksitz. „Darf ich vorne sitzen?"
Bevor ich antworten konnte, saß sie schon neben mir. „Schnall dich an." Ich fuhr los und setzte sie schließlich zu Hause ab. Ich half ihr und setzte ihr den Schulranzen wieder auf den Rücken und sah in das hübsche, lachende Gesicht von Lia. Sie sah mich an und dann sagte sie, wie es nur ein Kind sagen kann: „Julia hat heute Geburtstag. Ich habe es nicht vergessen. Es tut mir so leid, dass sie nicht da ist." Ich konnte nicht anders, als sie in den Arm zu nehmen.
„Ich danke dir, Lia."
„Hallo Vera, wir haben uns ja eine Ewigkeit nicht gesehen. Ist was passiert?" Frank, Lias Vater, stand auf einmal neben uns. Und Elsa, ihre Mutter, beobachtete uns vom Hauseingang aus. Sie winkte mir zu. Wieder bemächtigte ich mich einer Notlüge. „Es ist sowas von kalt und ich war zufällig in der Nähe. Da habe ich Lia an der Schule stehen sehen und ihr angeboten, sie nach Hause zu fahren."
„Danke, das war sehr nett von dir." Frank bat mich, mit reinzukommen. „Komm doch kurz rein und trink einen Kaffee mit uns", bot er mir an. Und auch Elsa winkte mich zu sich rein. „Wir würden uns wirklich freuen", betonte Frank mit Nachdruck.
„Nein, danke. Ich bin schon viel zu spät. Ich muss jetzt auch wirklich los."
Ich bin geradezu geflohen. Ich fuhr so schnell ich konnte nach Hause. Ich habe mindestens eine Stunde lang geheult." Vera wischte sich damals über die Augen. Aber heute weinte sie nicht. Sie war nur ein wenig verlegen und leicht aufgewühlt. „Ich lief in dieser Nacht wie ein Gespenst im Haus herum. Um zwei Uhr morgens entschied ich mich dann, eine Schlaftablette zu nehmen. Für einen Moment dachte ich, es wäre doch so leicht, auch zwei, drei oder auch alle zu nehmen. Aber hier sitze ich und bin am Leben." Vera wusste, dass Jonathan nichts

sagen würde. In dieser Phase eines Gesprächs war es fatal, den Patienten mit guten Ratschlägen zu belehren. Ein guter Therapeut wartete eine Zeit lang und wenn er Glück hatte, redete der Patient einfach weiter und die Therapie konnte irgendwann anschlagen. Auch Vera ließ sich darauf ein. Sie erzählte weiter.
„Mein zweiter Gedanke, mir das Leben zu nehmen, war nach Thomas' Beerdigung. Ich schaffte es nicht, zurück in unser Haus zu gehen. Erst Julia und dann auch noch Thomas. Ich ahnte bis zu diesem Zeitpunkt nicht, wie viel Schmerz man fühlen kann. Ich wollte nur noch, dass das endlich aufhört. So unendlich viele Menschen waren zu Thomas' Beerdigung gekommen. Einen Großteil von ihnen habe ich nicht einmal gekannt. Es waren Kunden und Geschäftsleute, die ihm die letzte Ehre erweisen wollten. Noch nie habe ich so viele Hände geschüttelt wie an diesem Tag. Es war wie bei einem Staatsbegräbnis. „Es tut mir leid. Es tut mir so unendlich leid. Mein herzlichstes Beileid. Wenn ich was für Sie tun kann. Er war ein so guter Mensch." Ich habe diese Worte immer und immer wieder gehört und es wollte einfach kein Ende nehmen. Selbst als wir den Empfang in unserem Haus hatten. Es war alles so surreal und so befremdlich. Aber auch dieser Tag ging irgendwann zu Ende. Und dann stand ich da, alleine in diesem riesigen Haus. Keine Träne habe ich vergossen, in diesem Augenblick, wo ich so alleine war, dass es schon weh tat. Ich habe nur noch geschrien. Immer und immer wieder. Erst dann habe ich geweint. Ich saß im Wohnzimmer, vor diesem monströsen Kamin, der einfach nicht brennen wollte. Du glaubst gar nicht, auf welche verrückten Gedanken man so kommt, wenn man nicht weiterweiß. Warum nicht einfach den Gashahn aufdrehen und abwarten, was passiert, dachte ich mir. Aber stattdessen bin ich mal wieder wie so oft auf dem Sofa eingeschlafen.
„Du bist so still. Hat es dir etwa die Sprache verschlagen?" Vera fühlte sich erleichtert. Fast so wie nach einer Beichte. Leicht beschämt über das, was sie getan hatte. Aber auch froh, dass es endlich raus war. Vera versuchte, ihrem Freund ein kleines Lächeln ins Gesicht zu zaubern. „Mir ist doch nichts passiert. Ich bin hier, wie du sehen kannst. Und es geht mir gut."
„Warum hast du mir nie gesagt, wie schlecht es dir in Wirklichkeit ging? Ich wäre doch für dich da gewesen. Ich hatte ja keine Ahnung." Jonathan war hin und her gerissen. Als Therapeut war er heute ein

großes Stück vorangekommen. Vera hatte sich endlich geöffnet. Doch als Freund war er zutiefst erschüttert. Er hätte es doch sehen müssen, in welcher unmittelbaren Gefahr sie sich befand.
„Es waren doch nur ganz dumme Gedankengänge“, sagte Vera einfühlsam. „Niemals war es ein echter Suizidversuch. Hier und jetzt kann ich dir sagen, dass ich niemals in Gefahr war. Es war nur dieser unerträgliche Schmerz, der mich ab und an hat durchdrehen lassen.“
„Trotzdem wäre ich gerne für dich da gewesen.“ Jonathan nahm ihre Hand, ließ sie aber sofort wieder los. Vera tat das Gleiche. Sie nahm seine Hand, ließ sie aber nicht wieder los. Sie sah ihm in die Augen. So als wollte sie die Worte, die sie an ihn richtete, direkt in sein Herz pflanzen.
„Du weißt, ich würde mir nie etwas antun. Das verspreche ich dir.“ Erst jetzt ließ sie seine Hand wieder los und lehnte sich zurück in den Sessel. „Du kennst mich besser als irgendjemand anderes. Und du weißt, dass man so manches Drama mit sich alleine ausmachen muss.“
„Jetzt spricht die Therapeutin aus dir und nicht meine beste Freundin“, sagte Jonathan immer noch leicht gequält. „Wir haben noch eine Viertelstunde. Lass uns kurz über schwarze Fenster sprechen. Was hat es eigentlich damit auf sich? Glaubst du nicht, dass du dich da ein wenig verrannt hast? Düstere schwarze Metaphern sind schon sehr seltsam für dich. Ich kenne dich eher als klaren und strukturierten Menschen.“
„Schwarze Fenster und Alpträume, lass uns ein anderes Mal darüber reden.“

Beide fühlten sich wohl und waren vollkommen entspannt. Vielleicht lag es daran, dass sich die Stunde tatsächlich dem Ende zuneigte. Vielleicht aber auch, weil beiden ein echter Neuanfang gelungen war. Jeder verweilte ganz professionell in seiner jeweiligen Rolle. Es war mehr, als Jonathan je zu hoffen gewagt hatte. Es war nicht sein erster Versuch, Vera therapeutisch zu helfen. Mindestens drei Anläufe lagen hinter ihnen. Als Therapeut hätte er längst eine Patientin wie sie es lange Zeit war, für nicht therapierbar eingestuft. So wie bei Monika Bender. Aber Vera war anders. Sie stand lange unter emotionalem Schock. Das Verschwinden ihrer Tochter brachte sie an den Rand des Möglichen. Sie entschloss sich, in dieser Schockstarre zu verharren. Nur so konnte sie überhaupt funktionieren. Erst waren es Tage,

Wochen, dann Monate und schließlich Jahre, die vergingen. Vera hoffte immer noch auf eine Lösegeldforderung. Aber nichts dergleichen geschah. Julia blieb verschwunden. Es gab nicht einen einzigen brauchbaren Hinweis, was mit ihrer Tochter geschehen war. Irgendwann musste auch Vera begreifen, dass alle Mittel ausgeschöpft waren. Aber das konnte sie nicht. Sie wurde selbst aktiv. Tat über die Jahre immer wieder aufs Neue die gleichen Dinge.

Jeder Anruf, ob Freunde, Bekannte, Julias Schulkameraden, sogar entfernte Bekannte und Verwandte. Vera telefonierte sich die Finger wund. Sie druckte Flyer. Verteilte sie in der ganzen Stadt und darüber hinaus. Selbst ein Aufruf im Internet blieb ohne Erfolg. Die für sie schlimmste Erfahrung, die Vera in dieser Zeit machen musste, war, als Thomas die Medien begann hinzuzuziehen. Thomas war so verzweifelt und fühlte sich noch viel hilfloser. Er wusste sich einfach nicht anders zu helfen. Er bot hunderttausend Euro Belohnung für denjenigen, der ihm oder der Polizei eine brauchbare Spur zum Verschwinden oder zum derzeitigen Aufenthaltsort seiner Tochter geben konnte. Thomas hätte es natürlich besser wissen müssen. Hauptkommissar Brandes war außer sich, als er davon erfuhr. Eine solche Aktion war geradezu fahrlässig. Es kam, wie es kommen musste. Die Belohnung förderte den größten menschlichen Abschaum herauf. Die Telefone bei der Polizei standen nicht mehr still.

Auf einmal wusste jeder, was geschehen war. Vor der Polizeiwache bildete sich tagelang eine Menschenschlange. Wirklich jeder glaubte, Julia gesehen zu haben. Es gab sogar die ganz Dreisten, die ein Mädchen mitbrachten und steif und fest behaupteten, dass es Julia sei. Das entführte Mädchen sah zwar jetzt anders aus, aber der Entführer hatte ihr die Haare geschnitten und gefärbt und überhaupt wurde gelogen und die skurrilsten Geschichten erfunden, nur um irgendwie an die Belohnung zu gelangen. Der Spuk hielt mehrere Wochen an. Thomas entschuldigte sich nicht nur bei der Polizei, sondern auch bei mir. Es wurde zum Teil so schlimm, dass wir Personenschutz bekamen. Einige waren so dreist und lauerten uns sogar zu Hause auf. „Unser Haus wurde regelrecht belagert. Mitten in der Nacht hämmerte es an der Tür. Unser Grundstück wurde geradezu besetzt. Wir mussten damals sogar für ein paar Tage in ein Hotel ziehen. Es fühlte sich wie eine Ewigkeit an, bis sich die Lage einigermaßen wieder normalisiert hatte.

Wir waren das Stadtgespräch. Und die Medien hypten uns, als wären wir Popstars. Schwarze Fenster, schwarze Fenster“, wiederholte Vera immer wieder. „Diese Zeit war voll mit schwarzen Fenstern. Und dann erinnerte ich mich wieder an diese Fallstudie. Damit hat alles angefangen. Das schwarze Fenster in der Straßenbahn. Die plötzliche Erblindung von Lilly. Ich habe einfach all diese Erinnerungen warum auch immer mit Julia assoziiert. Ich konnte mich einfach nicht dagegen wehren. Ich musste ihre Fenster schwarz bekleben. Ich habe keine vernünftige Erklärung dafür. Es war ein Zwang, dem ich gefolgt bin. Nur ein paar Tage später fingen die Alpträume an. Noch bevor sich der Unfall mit der Feuerstelle im Garten ereignete. Und noch sehr viel früher, als Thomas diesen schrecklichen Unfall hatte.
Ich träumte bereits von all diesen Dingen, die sich noch gar nicht ereignet hatten. Das schwarze Fenster von Julias Zimmer war nur der Anfang. Ich sehe immer wieder dieses lodernde Feuer, durch das ich muss, um Julia zu retten. Es war so intensiv. Ich brauchte nicht einmal mehr meine Augen zu schließen. Das Ende des Alptraums ist immer gleich. Meine Hände sind verbrannt und statt Julia halte ich nur ein verkohltes Stück Holz in den Händen. Ich schreie und dann werde ich wach, schweißgebadet und mit Phantomschmerzen in meinen Händen. Das alles sind meine schwarzen Fenster. Meine Dämonen. Um sie zu bekämpfen, habe ich mir oft vorgestellt, ob es Sinn machen würde, das Pärchen aus der Fallstudie ausfindig zu machen. Warst du nie neugierig? So eine Geschichte bleibt einem doch für immer in Erinnerung.“

Jonathan war in seine Notizen vertieft. Er antwortete ihr nicht. Vera stand auf und ging ein paar Schritte durch den Raum. „Du hast in all den Jahren nichts verändert.“ Sie sah sich das Bücherregal an. Sie kannte jedes einzelne Buch, das dort stand. Es waren überwiegend Bücher aus der Fachliteratur. Sie selbst hatte in ihrem Büro fast identische Exemplare. Sie sah sich weiter um. Auf seinem Tisch stand nur eine Flasche Wasser und frische Gläser. Während auf ihrem Tisch Kerzen und Duftöle standen. An seinen Wänden hingen seine Urkunden und Diplome. Sie hingegen liebte Kunst und ihre Wände zierten einen Druck von Edvard Munchs „Schrei“ und dann hingen noch zwei weitere Bilder an ihrer Wand von ehemaligen Patienten. Ein Bild zeigte einen Lebensbaum oder auch Wunschbaum. Die damalige Patientin

hatte nach einem schweren Verkehrsunfall ein Bein verloren. Sie war damals erst dreiundzwanzig gewesen und nicht einmal selbst schuld an dem Unfall. Es war ihr Freund, der seine Fahrtüchtigkeit an diesem Tag überschätzt hatte. Und wie so oft bei solchen Unfällen bleibt der Verursacher des Unfalls unversehrt, während sich für die Beifahrerin schlagartig das ganze Leben ändert. Ihr Freund war ein richtiges Arschloch. Er trennte sich von ihr, als klar war, was geschehen war. Er wollte keine Krüppelfreundin. Das waren seine Worte. Veras Patientin zeigte ihn an. Die Polizei konnte nach ihrer Aussage zumindest noch feststellen, dass der Fahrer Alkohol und auch andere Substanzen im Blutkreislauf hatte. Der Führerschein war erst einmal weg. Dazu kam ein empfindliches Bußgeld und drei Punkte in Flensburg. Eine Haftstrafe gab es nicht. Ein Jahr auf Bewährung, entschied später ein Richter. Das brachte der jungen Frau weder ihr Bein noch neuen Lebensmut zurück. Aber am Ende einer fast zweijährigen Therapie hatte sie es endlich geschafft. Sie hatte sich mit ihrem Schicksal ausgesöhnt und Frieden geschlossen."
Vera schaute zu Jonathan. Er hatte sie wohl schon eine ganze Weile beobachtet.
„Erwischt! Wo bist du mit deinen Gedanken?", fragte er Vera, die sich das zweite Bild vor Augen führte, das in ihrem Büro hing.
„Ich musste gerade an zwei ehemalige Patienten denken. Wie sehr doch eine Maltherapie helfen kann. Die Seele beginnt zu sprechen, wenn der Patient anfängt zu malen. Nicht jeder redet mit Worten, gerne und viel. Für diese Menschen ist Malen ein Hilfsmittel, sich auf eine andere Art ausdrücken zu können. Gerade bei Kindern finde ich diesen Therapieansatz sehr hilfreich. Kinder können Geschehenes oft nicht in Worte fassen. Aber ihre Bilder sprechen umso deutlicher. Ganz besonders hat sich die Maltherapie bei Trauma-Patienten bewährt. Ich musste gerade an die Bilder in meinem Büro denken. An eine junge Frau, die mir einen Lebensbaum gemalt hatte. Es war ein Abschiedsgeschenk für mich und für sie symbolisierte er ihren Neuanfang. Ich habe noch ein Bild in meinem Büro hängen. Auch von einem Patienten, dem ich mit Maltherapie helfen konnte."
Vera zog ihren Mantel an und hängte sich ihre Tasche über die Schulter. „Stimmt, ich erinnere mich."
Jonathan stand auf, um Vera zu helfen. „War das andere Bild nicht eine

Darstellung von einem Heißluftballon?“ Er reichte Vera einen kleinen Zettel. „Unser nächster Termin. Du kommst doch wieder und diesmal beendest du deine Therapie erst nach geleisteten fünfzig Stunden. Denn genau so viele Stunden habe ich für dich geplant. Keine halben Sachen mehr.“

„Versprochen.“ Vera steckte den Zettel in ihre Handtasche. „Erinnerst du dich denn auch an den Jungen, der das Bild gemalt hat?“, fragte Vera Jonathan, der sich wieder hinter seinem Schreibtisch setzte.

Er blickte auf und schien einen Moment zu überlegen. „Ja, ich erinnere mich gut an ihn. Er kam von der Fürsorge, anfangs war er noch bei mir. Ein Heimkind, wenn man so will.“

„Der Junge war fast siebzehn“, korrigierte Vera ihn. „Und er war schwer verhaltensauffällig.“ Vera legte noch einmal ihren Mantel ab und setzte sich zu Jonathan an den Schreibtisch. „Was glaubst du, ist aus ihm geworden? Meinst du, er konnte sich seinen sehnlichsten Wunsch erfüllen?“

Vera wurde ein wenig traurig, als Jonathan leicht auflachte und sagte: „Der Junge wollte fliegen. Sehr unwahrscheinlich, dass er das bei seiner Vorgeschichte geschafft hat. Es sei denn, ihm sind über Nacht Flügel gewachsen.“ Er lachte weiter und Vera kniff ihn scherzhaft in die Wange.

„Du bist doof“, sagte sie. Aber auch sie konnte sich ein Lächeln nicht verkneifen. „Ich bin dann mal weg und überlasse dich deiner Arbeit. Nur noch neun Tage und wir sind wieder ganz offiziell Kollegen. Ach, da fällt mir noch ein. Mein erster Termin habe ich mit Frau Monika Bender. Ich erteile dir hiermit für diesen Tag Hausverbot.“ Vera sah, dass Jonathan nicht nur einverstanden, sondern auch erleichtert war. Sie griff zu Bleistift und Papier. „Neunzehnter November, vierzehn Uhr, da hast du frei.“ Sie machte ein dickes Ausrufezeichen hinter ihrer Notiz. Sie konnte nicht anders und grinste, als sie ihm den Zettel über den Schreibtisch schob. „Ich wollte eigentlich erst im neuen Jahr den Praxisbetrieb wieder aufnehmen“, sagte Vera und zog sich erneut ihren Mantel über. Ihre Tasche behielt sie diesmal in der Hand. „Du weißt ja selbst, wie es um diese Jahreszeit ausschaut. Die Vorweihnachtszeit. Die ganzen Feiertage. Das Fest der Liebe. Die ganze Familie kommt zusammen. Das ist für viele von uns mit sehr viel Schmerz und Einsamkeit behaftet.“

„Wir können Weihnachten zusammen feiern und wenn du magst auch gemeinsam ins neue Jahr starten. Du musst es nur wollen.“ Jonathan kam um den Schreibtisch herum und umarmte Vera liebevoll. „Manche Wunden heilen nur sehr langsam.“
„Und manche auch nie“, konterte Vera.
„Das heißt wohl, dass du mein Angebot ausschlägst und mal wieder auf Sylt sein wirst.“
„Ja, nach Thomas' Unfall und den ersten Jahren ohne ein Zeichen von Julia war Sylt genau das Richtige für mich. Nenne es Zufall, für mich war es ein Zeichen. Ich war kurz vor einem Zusammenbruch. Da fiel mir dieser Artikel über Sylt in die Hände. Ich war sofort hin und weg. Es war seit Jahren die erste Entscheidung, die ich nur für mich alleine getroffen habe. Und inzwischen ist Sylt so etwas wie mein zweites Zuhause geworden. Es tut mir einfach nur gut, das Jahr auf diese Weise zu beenden. Ich habe sogar hin und wieder mal mit dem Gedanken gespielt, das Haus hier in Köln zu verkaufen und mir etwas Kleineres auf Sylt zu kaufen. Vielleicht aber auch erst einmal nur etwas dauerhaft mieten. Das ist aber alles noch absolute Zukunftsmusik. Bis es irgendwann mal soweit ist, begnüge ich mich sehr gerne mit meinem alljährlichen und altbewährten Weihnachtsurlaub. Bereits die Anreise mit dem Zug über den Hindenburgdamm ist das reinste Vergnügen. Und erst meine kleine Ferienwohnung direkt am Meer gelegen. Besser geht es doch nicht. Und das gesamte Programm für die Feiertage steht bereits auch. Ich habe so liebe Gastgeber, die sich auch um mein leibliches Wohl sorgen. Der Kühlschrank ist randvoll, wenn ich ankomme. Ich esse aber auch gerne mal außerhalb. Ein Besuch bei Gosch ist ein Muss. Man kann nicht auf Sylt gewesen sein, ohne ein Fischbrötchen bei Gosch gegessen zu haben.
Ich werde mir ausgedehnte Spaziergänge entlang der Dünen gönnen. Und ich werde Standsaunen und anschließend einen kleinen Tauchgang im Meer machen. Ich freue mich schon auf das traditionelle Weihnachtsschwimmen. Vor zwei Jahren habe ich sogar am Eisbaden teilgenommen.“ Vera schüttelte sich für einen Moment. „Ich werde den besten Kuchen in der Kupferkanne essen. Einem sehr schönen Künstlerlokal auf Sylt. Du kennst bestimmt, zumindest vom Hörensagen, das Sansibar. Ein Kultrestaurant mitten in den Dünen gelegen. Da soll es nur so von prominenten Gästen wimmeln. Ich selbst habe noch

nie jemanden Berühmtes dort zu Gesicht bekommen. Aber ich habe auch nie wirklich danach Ausschau gehalten. Dort gibt es übrigens den besten Pharisäer weit und breit. Falls du nicht wissen solltest, was ein Pharisäer ist, verrate ich es dir gerne. Es handelt sich dabei um einen süßen Kaffee mit braunem Rum und einer ordentlichen Portion Schlagsahne. Ein Träumchen, sage ich dir.“ Vera kam aus dem Schwärmen gar nicht mehr raus. „Wusstest du, dass es auf Sylt kein Silvesterfeuerwerk gibt? Da ist es sogar zum Teil verboten. Aber ein Lichtermeer aus Wunderkerzen ist so was von schön. Ich werde auch an dem Fackellauf auf der Kliffmeile wieder teilnehmen und mitlaufen. Mein Highlight wird aber die Silvesterparty sein. Ein Open-Air-Konzert auf der Promenade. Und im Hintergrund das Rauschen des Meeres.
Darf ich fragen, wie deine Pläne für die Feiertage aussehen? Welche Dame darf sich denn dieses Jahr in deinem Glanze sonnen?“
Jonathan verzog leicht die Miene. „Dieses Jahr werde ich ganz artig sein. Ich habe mich für ein paar freiwillige Bereitschaftsstunden im Krankenhaus eintragen lassen. Du weißt ja, dass da immer chronischer Personalmangel herrscht. Fahr du ruhig auf deine Insel und lass mich hier mutterseelenallein.“ Jonathan zog eine Schnute.
Und Vera bekam tatsächlich für einen kurzen Moment ein schlechtes Gewissen. Aber dann siegte doch die Vorfreude. „Du bist selber schuld. Dein Heiligenschein steht dir so gar nicht. Komm doch einfach mit nach Sylt. Ich werde schon ein Plätzchen für dich finden.“
„Sylt ist nicht so meins“, sagte Jonathan. „Ich brauche mindestens dreißig Grad, Palmen und einen weißen Sandstrand. Dazu noch ein paar Bikini-Girls und einen kühlen Cocktail in der Hand. Der nächste Sommer kommt und dann tauche ich für mindestens drei Wochen unter. Dann kannst du gerne mal hier die Stellung halten“, lachte er. „Und jetzt mach, dass du rauskommst. Du hältst mich nur von der Arbeit ab.“ Er schob Vera liebevoll durch die Tür. Frau Winkler saß wie immer am Empfang und telefonierte. Sie winkte und Vera schenkte ihr ein Lächeln.

„Ich werde dieses Mal nicht weglaufen“, sagte Vera mit fester Stimme zu Jonathan. „Ich habe keine Angst mehr. Falsche Rücksicht ist nicht mehr angemessen. Ich zerbreche nicht mehr am Schmerz. Ich fühle

ihn zwar immer noch allgegenwärtig, besonders zu Hause. Aber er zerreißt mich nicht mehr.“ Sie gab ihrem Freund einen Kuss auf die Wange.
„Das hört sich doch nach einem richtig guten Plan an. Jetzt geh endlich. Und hab noch einen schönen Tag.“

Vera hatte bereits einen guten Tag und den setzte sie mit einer ausgedehnten Shoppingtour fort. Wenn sie nach Sylt wollte, dann doch bitte mit Stil. Ihr Kleiderschrank zu Hause gab alles her, was sie für einen winterlichen Urlaub an der Nordsee brauchte. Trotzdem kaufte sie, als gäbe es kein Morgen. Sie hatte sich schon lange nichts mehr gegönnt. Sie kaufte sich eine vollständige Garderobe. Zwei neue Jeanshosen, zwei Pullover und ein Sweatshirt. Ein Paar Stiefel, die brauchte sie wirklich. Sie wollte durch die Dünen laufen. Zum roten Kliff und vielleicht war auch eine Wattwanderung drin. Sie kaufte sich neue Unterwäsche. Nicht die feinen zarten, sie griff zu der warmen Angora-Wäsche mit halbem Arm und Beinansatz. Dicke Socken fanden ihren Weg in ihre Einkaufstüte und auch einen neuen Friesennerz mit herausnehmbarem Fleece kaufte sie sich. Ihre Bankkarte glühte. Aber Vera war noch lange nicht am Ende ihrer Shoppingtour angelangt. Sie ging in eine Parfümerie. Thomas mochte keine fremden Gerüche an ihr. Er sagte immer, dass er allergisch auf Duftstoffe reagierte. Für sie war es kein großes Opfer gewesen, auf Parfüm zu verzichten. Die Zeiten hatten sich jetzt geändert. Sie hatte sich verändert. Es war Zeit, neue Wege zu gehen. Sie bat die freundliche Verkäuferin, die ihr sofort zur Hilfe eilen wollte, sich erst einmal in Ruhe umschauen zu dürfen. Die Auswahl war einfach zu riesig. Sie brauchte etwas Zeit, um sich zu entscheiden. Sie wählte zwei Düfte aus ihrer Erinnerung. Sie kaufte sich eine kleine Flasche Trésor von Lancôme und den limitierten Duft, den es nur noch in einer hundert Milliliter Flasche gab und erst noch bestellt werden musste, Dolce Vita von Dior. Ein kostspieliges Unterfangen, aber heute war ihr Tag. Und Weihnachten stand so gut wie vor der Tür. Sich selbst zu beschenken, war jetzt genau das, was sie brauchte. Den Duft würde man ihr nach Hause schicken. Nur zwei, drei Tage musste sie sich gedulden. Sie kaufte sich zu beiden Düften jeweils noch die passende Bodylotion und ein Duschgel dazu. Sie probierte einen roten Lippenstift aus und dabei entdeckte sie ein paar

kleine graue Strähnen, als sie ihr Spiegelbild näher betrachtete. Sie fragte die freundliche Verkäuferin nach einem guten Friseur in der Nähe, der auch ohne Termin arbeitet. Die Verkäuferin konnte ihr helfen und schickte sie nur zwei Straßen weiter. Vera sah sich den Laden von außen an. Sie war sich nicht sicher, ob sie hier wirklich richtig war. Sie zögerte, aber dann kam eine Dame aus dem Laden mit einer sehr frechen und pfiffigen Kurzhaarfrisur heraus. Die Frau griff sich verlegen in den kurzen Nacken. Vera war begeistert. Sie zeigte der Frau im Vorbeigehen ihren Daumen, den sie ganz nach oben hielt. Die Frau lächelte und ihre vorherige Unsicherheit wich aus ihrem Gesicht. Jetzt strahlte sie und Vera wusste genau, was sie jetzt wollte.
Sie ging in den Laden und ein junger Mann kam ihr sofort entgegen. „Was kann ich für Sie tun?“, begrüßte er sie und Vera sah im ersten Moment nur eine Reihe strahlend weißer Zähne.
„Ich hätte gerne genau die Frisur wie die Dame, die gerade Ihren Laden verlassen hat“, sagte Vera aus voller Überzeugung. „Und ich würde gerne etwas Farbe in dieses Grau bringen, wenn das geht.“ Vera schüttelte ihre Haare.
„Das lässt sich machen“, sagte der junge Mann und führte Vera zu einem der freien Plätze. Er nahm ihr den Mantel ab, hängte ihn in die Garderobe und war sofort wieder bei Vera. Der junge Mann stellte sich als Amir vor und kam aus der wunderschönen Türkei. Er war aber in Deutschland aufgewachsen und führte den Laden mit seinen beiden Schwestern bereits in dritter Generation. Schnell stellte sich heraus, Amir war ein echter Künstler. Er liebte, was er tat. Sein Beruf war Berufung. Genauso wie bei ihr. Wenn sie nach Hause kam, würde sie Frau Bender anrufen. Einfach nur so, um sich nach ihr zu erkundigen. Aber jetzt schloss sie erst einmal die Augen und ließ sich verwöhnen. Die Kopfmassage war ein wahrgewordener Traum. Fast wäre sie eingeschlafen. So entspannt hatte sie sich schon lange nicht mehr gefühlt. Bevor Amir die Haare zu schneiden begann, gab es für Vera noch eine ausführliche Farbberatung. „Ich möchte mich einfach überraschen lassen. Ich werde die Augen schließen und erst wieder aufmachen, wenn Sie fertig sind. Ich habe absolutes Vertrauen in Ihr Können“, sagte Vera und sah Amir mit großen Augen an.
„Dann machen wir das so“, sagte Amir und trug als erstes die Farbe auf.

Vera hielt Wort. Erst nach einer guten Stunde erlöste Amir sie. „Fertig! Du kannst jetzt die Augen wieder aufmachen." Sie hatte Amir das Du angeboten. Sie vertraute ihm nicht nur auf Anhieb. Er war ihr auch äußerst sympathisch. Vera öffnete die Augen. Das Licht, das über den Spiegel hing, blendete sie für einen Moment. Ihr Spiegelbild war undeutlich, aber dann wurde es immer klarer. „Ich habe mich nicht getäuscht in dir. Das sieht einfach nur großartig aus. Die Farbe und erst der Schnitt. Ich danke dir so sehr." Vera beugte sich näher zum Spiegel und betrachtete sich von allen Seiten. Amir holte noch einen weiteren Spiegel. So konnte sie ihren Hinterkopf in aller Ruhe betrachten. „Das ist echt kurz", stellte Vera fest. Ihr Herz schlug schneller als sonst. Aber sie fühlte sich auf eine seltsame Art neu und besonders.
„Ich wusste, dass es dir gefallen würde. Das leichte Rot der Strähnen lässt deine grünen Augen noch mehr zur Geltung kommen. Sie strahlen jetzt richtig. Die Entscheidung mit dem Pixie Cut, wirklich genial. Du siehst wunderschön aus. Noch ein bisschen Rouge auf deine Wangen und, da wir jetzt per Du sind: Ein paar Kilos mehr auf deine zarten Rippen würden dir auch gutstehen."
„Ich hatte in letzter Zeit sehr viel zu tun. Da kam das Essen schon mal zu kurz."
„Sieh mich an", sagte Amir. „Ich arbeite von morgens bis abends, aber im Traum würde mir nicht einfallen, auf Essen zu verzichten. Kennst du die türkische Küche? Sie kann sehr süß, aber manchmal auch sehr fettig sein. Aber sie ist immer gut. Meine Frau macht die beste Baklava, die du je gegessen hast. Eine türkische süße Spezialität mit viel, viel Sirup und Pistazien in Blätterteig gebacken. Was du unbedingt mal probieren solltest, ist Dolma. Das sind Weinblätter, die mit Reis, feingehackten Zwiebeln, Nüssen und Gewürzen gefüllt werden. Sie werden anschließend in Brühe oder Wein gekocht. Man kann sie auch kalt essen und mit Olivenöl oder Zitronensaft beträufeln."
Vera hätte Amir nicht älter als zwanzig, höchstens zweiundzwanzig geschätzt.
Und jetzt sprach er von einer Frau. „Du bist verheiratet? Du wirkst noch so jung."
„Ich bin jung und verheiratet. Ich habe auch bereits einen zweijährigen Sohn. Ich bin siebenundzwanzig." Er sah Vera fragend an. „Eine so schöne Frau wie du muss einfach verheiratet sein."

Vera schluckte und versuchte, der Frage auszuweichen, was ihr nicht wirklich gelang. „Ich kenne die türkische Küche ein wenig. Baklava und auch Dolma habe ich immer im Urlaub gegessen. Da kommt man einfach nicht daran vorbei.“ Vera wurde immer leiser, während ihre Erinnerungen immer lebendiger wurden. „Mein Mann Thomas hat mir die türkische Küche nähergebracht. Unsere Tochter liebte Dolma. Sie ist immer nach dem Essen der klebrigen Süßspeise sofort ins Meer gesprungen. Sie waren so glücklich gewesen.“ Vera stand auf. Ihr Umhang, den sie immer noch trug, fiel zu Boden.
Amir bückte sich und hob ihn auf. „Habe ich etwas Falsches gesagt oder getan?“ Amir ging mit Vera nach vorne zur Kasse.
„Nein, ganz und gar nicht. Ich habe mich nur an etwas erinnert, das schon so lange vorbei ist. Ich hatte es fast vergessen. Was bekommst du von mir für dein Meisterwerk?“ Vera holte ihre Geldbörse aus ihrer Tasche.
Amir sah Vera lange an. In seinem Kopf arbeitete es. Er tippte irgendetwas in die Kasse. Dann sagte er mit leicht entsetzter Stimme: „Du bist die Psychologin Wagner, Wagner Kausch“, und jetzt war es seine Stimme, die immer leiser wurde. „Du hast erst deine Tochter verloren und ein paar Jahre später ist dein Mann verunglückt. Beides stand ganz groß in der Presse. Und dann komme ich daher und mache meine dummen Sprüche. Es tut mir sehr leid.“ Amir legte beide Hände vor seiner Brust und verneigte sich tief vor ihr. Immer wieder sagte er, wie leid es ihm tat.
Vera ging um den kleinen Tresen herum und nahm ihren neuen Freund in die Arme. „Es ist in Ordnung. Alles ist gut. Es sind inzwischen sehr gute Erinnerungen. Glaub mir! Seit ein paar Jahren gibt es schon keine Baklava oder Dolma mehr. Ich verbringe jetzt die Weihnachtszeit bis Neujahr auf der schönen Insel Sylt. Das mache ich bereits seit einigen Jahren. Und ich bin sehr glücklich dort.“
„Das freut mich für dich“, sagte Amir und gab Vera ihr Wechselgeld zurück. Vera steckte einen Zehn-Euro-Schein in jedes der drei Schweinchen, die auf dem Tresen standen, für Amir und seine beiden Schwestern. „Ich komme nächstes Jahr wieder. Versprochen!“ Vera ging nicht, ohne Amir noch einmal in den Arm zu nehmen. Was für ein feiner Mensch, dachte Vera und verließ den Laden. Ein rundum gelungener Tag neigte sich langsam dem Ende zu.

Sie wollte nur noch nach Hause, ihre neuen Sachen auspacken, duschen und etwas essen. Vielleicht würde sie sich ja etwas beim türkischen Lieferservice bestellen. Ihr Handy klingelte, kaum dass sie in ihrem Wagen saß. Es war Jonathan. Sie überlegte, ob sie rangehen sollte oder erst nach Hause fahren sollte, um ihn dann zurückzurufen. Sie ließ die Mailbox rangehen und fuhr nach Hause. Es dauerte eine Weile, bis sie alle ihre Einkäufe und Tüten ins Haus gebracht hatte. Der Flur stand voll, als sie ihre letzte Tasche abstellte und ihren Mantel aufhing. Erneut klingelte das Handy. Diesmal war es nicht Jonathan, sondern Hauptkommissar Brandes. Ihn wollte sie nicht auf die Mailbox auflaufen lassen. Wie oft war sie in der Vergangenheit erstarrt vor Angst, nur beim Anblick dieser Nummer. Auch jetzt spürte sie immer noch einen leichten Kloß im Hals. Doch der war lange nicht mit dem zu vergleichen, was sie damals fühlte. Sie schluckte ihren Kloß und die damit verbundene Angst einfach hinunter.

Was war so wichtig, dass Hauptkommissar Brandes nach Dienstschluss noch bei ihr anrief? Julia, schoss es ihr durch den Kopf. Sie wollte den Anruf gerade entgegennehmen, als ihre Hände heftig zu zittern begannen. Bestimmt hatte der Anruf nichts mit Julia zu tun. Vielleicht gab es einen ersten Auftrag für sie als Fallanalytikerin. Das Klingeln hatte aufgehört, bevor der Anruf automatisch auf die Mailbox lief. Vera war immer noch damit beschäftigt, ihren Einkauf aus dem Flur zu räumen. Zur Feier des Tages hatte sie sich ein Glas Wein eingeschenkt. Sie wollte sich eine türkische Pizza bestellen und ganz nebenbei in aller Ruhe ihren Schrank neu sortieren. Jetzt, da alles für sie im Moment so gut lief, sollte sich das ihrer Meinung nach auch in ihrem Erscheinungsbild widerspiegeln. Auf ihrem Bett lagen bereits blaue Säcke für die spätere Altkleidersammlung. Mühsam und mit wackeligen Beinen bahnte sie sich einen Weg durch alle ihre Tüten und Taschen, die überall auf dem Boden verteilt waren. Sie konnte den Anruf nicht länger ignorieren. Sie musste wissen, was Hauptkommissar Brandes von ihr wollte. Sie ging entschlossen hinunter ins Wohnzimmer und wählte die Wahlwiederholung.
„Guten Abend, Herr Brandes. So spät noch im Büro? Ich war eben noch im Badezimmer und konnte deshalb das Gespräch von vorhin nicht annehmen.“ Vera stellte mit leichtem Unbehagen fest, wie leicht

es ihr fiel, zu lügen. Und es war nicht ihre erste Lüge, der sie sich bediente, um unschönen Fragen aus dem Weg zu gehen. Sie musste unweigerlich an Jonathan denken. „Was kann ich für Sie tun?“
„Guten Abend, Frau Wagner Kausch. Bitte entschuldigen Sie den späten Anruf. Ich hoffe, dass ich Sie nicht gestört habe. Ich würde nicht anrufen, wenn es nicht wirklich dringend wäre. Aber ich kann Sie beruhigen, es geht nicht um Julia.“
Vera wusste nicht, ob sie enttäuscht oder doch erleichtert sein sollte. Der Kloß in ihrem Hals war wieder da. „Es ist nach neunzehn Uhr. Sollten Sie da nicht längst Feierabend haben?“
„Wir von der Polizei sind doch immer im Einsatz“, scherzte er. „Ich habe versucht, zuerst Ihren Kollegen Herrn Altmann zu erreichen. Was mir auch gelungen ist. Er wollte Sie eigentlich informieren. Aber er hat Sie wohl nicht erreichen können.“
Wie sollte er auch, dachte Vera. Sie hatte ihn ja auf die Mailbox verwiesen. Sie hatte weder inzwischen ihre Mails abgerufen noch hatte sie Jonathan zurückgerufen. „Es tut mir leid. Er hat angerufen, aber ich kam gerade erst aus der Stadt zurück. Ich wollte ihn später zurückrufen.“
„Ich verstehe“, sagte Hauptkommissar Brandes, und seine Stimme klang irgendwie anders als sonst. Etwas lag in der Luft, von dem Vera noch nicht wusste, was es war.
„Herr Altmann hat mich dann zurückgerufen und informiert, dass er Sie nicht erreichen konnte. Er wird sich inzwischen auf den Weg gemacht haben.“
„Schön und gut, aber ich verstehe immer noch nicht, um was es eigentlich geht. Und wohin hat sich Herr Altmann auf den Weg gemacht?“
Es war ganz und gar nicht die Art von Hauptkommissar Brandes, so in Rätseln zu sprechen. Er brauchte einen Moment, bis er sich wieder gefangen hatte. „Es geht um eine Frau Monika Bender. Vor ungefähr einer Stunde erreichte uns ein Anruf. Anfangs hörte es sich nach einer einfachen Ruhestörung an. Man berichtete dem Beamten, dass eine Frau in ihrer Wohnung wohl randalierte. Es war eine Streife vor Ort. Als der Beamte eintraf, war es jedoch sehr ruhig im Haus. Auch nach mehrfachem Klingeln und Klopfen öffnete niemand die Türe. Der Beamte sprach noch einmal mit der Nachbarin, die uns angerufen hatte.

Er wollte wissen, ob Frau Bender die Wohnung inzwischen verlassen haben könnte. Die Nachbarin verneinte vehement. Sie sagte, die Frau sei verrückt und mit Sicherheit noch in der Wohnung. Bei Gefahr im Verzug kann die Polizei eine Wohnung auch gewaltsam öffnen. Was mein Kollege dann auch tat. Man fand Frau Bender im Badezimmer, bewusstlos und mit mehrfachen Schnitten an den Unterarmen. Sie hat sehr viel Blut verloren. Sie ist jetzt im Krankenhaus. Aber es sieht nicht gut aus. Der Beamte hat mit einem Kollegen die Wohnung durchsucht. Er fand auf einem Kalender mehrere Einträge von Ihrem Kollegen Herrn Altmann. Sie war wohl mal seine Patientin. Und dann fand er noch eine Notiz mit Ihrem Namen darauf: ‚Kaffee trinken mit Frau Wagner Kausch.' Sie hat diese Notiz dreimal unterstrichen. Es war ihr wohl sehr wichtig."
Vera musste sich zusammenreißen. Damit hatte sie nicht gerechnet. Vera versuchte, sich zu konzentrieren. „Ich nehme an, dass Herr Altmann auf dem Weg in die Klinik ist. Darf ich fragen, wo man Frau Bender hingebracht hat?"
„Man hat sie in die Notaufnahme nach Köln-Lindenthal gebracht. Sie war nicht ansprechbar. Wir suchen immer noch nach Verwandten oder irgendeiner anderen Kontaktperson, die wir informieren können."
„Da gibt es niemanden", sagte Vera traurig. „Frau Bender hat niemanden, soweit ich das weiß. Ich fahre gleich los. Ich bin in einer halben Stunde in der Klinik."
„Ich werde auch dort sein", sagte Hauptkommissar Brandes. Seine Stimme klang jetzt wieder vertraut. „Der Kollege ist noch ein junger Anwärter bei der Polizei. Ich werde mich persönlich um den Fall kümmern."
„Dann bis gleich", sagte Vera und legte auf. Sie trug, wenn sie zu Hause war, ihren Wohlfühl-Jogginganzug, aber das war ihr jetzt egal. Sie war froh, dass sie noch keinen Wein getrunken hatte.

Es war eisig kalt, als sie die Auffahrt entlangging. Sie knöpfte ihren Mantel zu und zog die Mütze ein Stück tiefer ins Gesicht. Ihre Hände wurden sofort steif, so kalt war es. Wann hatte das Wetter so umgeschlagen? Es hatte sogar angefangen zu regnen. Und zu ihrem Entsetzen mischte sich leichter Schnee dazu. Der Wind peitschte ihr ordentlich ins Gesicht. Stellenweise konnte sie nicht einmal mehr die

Hand vor Augen erkennen. Unter anderen Umständen wäre sie sofort zurück ins Haus gegangen. Sie hätte ihren Wein getrunken und sich an ihren neuen Sachen erfreut. Stattdessen war sie bei Schneesturm auf dem Weg zu einer ehemaligen Patientin, die wohl versucht hatte, sich das Leben zu nehmen. Vera hatte endlich ihren Wagen erreicht. Sie öffnete das elektronische Garagentor und ließ den Motor erst einmal warmlaufen. Sie stellte die Sitzheizung an. Dann schloss sie die Tür und fuhr vorsichtig auf die Auffahrt. Ihre Tasche hatte sie achtlos auf den Beifahrersitz geworfen. Sie fuhr den Wagen die lange Auffahrt hinunter. Es war stockdunkel und dazu kam noch der anhaltende Schneeregen. Bis sie das dunkle Waldstück hinter sich gelassen hatte, fuhr sie mit Fernlicht. Erst als sie sicher die hellerleuchtete Straße erreicht hatte, schaltete sie es wieder aus. Die Fahrt zur Klinik gestaltete sich recht mühsam. Sie schien mitten im Feierabendverkehr festzustecken. Leicht genervt und mit einer Viertelstunde Verspätung erreichte sie endlich die Klinik. Am Empfang wartete man bereits auf sie. Hauptkommissar Brandes und Jonathan waren in ein Gespräch vertieft.
„Guten Abend zusammen“, begrüßte Vera die beiden Männer. Nicht nur Jonathan, sondern auch Hauptkommissar Brandes sahen sie länger an, als eigentlich angemessen war. Vera hatte ganz vergessen, dass sie durch ihre neue Frisur und die doch sehr eigenwillige Haarfarbe einen ganz neuen Anblick bot. „Es war Zeit für etwas Neues“, sagte sie und sah in die doch recht bewundernden Gesichter der Männer.
„Du siehst fantastisch aus.“ Jonathan kam ihr die wenigen Schritte entgegen und drückte sie herzlich.
„Dem kann ich mich nur anschließen“, räusperte sich Hauptkommissar Brandes.
Vera sah, dass er leicht verlegen wurde. „Gibt es Neuigkeiten von Frau Bender? Kann ich zu ihr?“ Vera knöpfte ihren Mantel auf. Jonathan nahm ihr die Tasche ab und Hauptkommissar Brandes half ihr aus dem Mantel.
„Sie ist immer noch ohne Bewusstsein und liegt auf der Intensivstation.“ Hauptkommissar Brandes sah in auf seinen Notizblock. „Die Ärzte sagen, dass sie erst einmal nichts weiter tun können, außer abzuwarten. Sie hat sehr viel Blut verloren.“
„Geht man von einem Selbstmordversuch aus, oder war es ein Unfall?

Ich frage", sagte Vera, „denn Frau Bender ist krank. Sie ritzt sich und das schon seit Jahren. Ich habe vor ein paar Tagen mit ihr telefoniert. Wir wollten uns demnächst treffen. Ich wusste, dass sie depressiv war. Ich hätte etwas merken müssen. Sie erzählte mir immer wieder von ihrer verstorbenen Katze, die bereits längere Zeit tot ist, wohlbemerkt. Ich gehe davon aus, dass sie einen schweren Schub hatte. Lassen Sie mich zu ihr. Bitte."
„Das kann nur ein Arzt entscheiden", sagte Jonathan. „Wenn du willst, begleite ich dich nach oben und zeige dir, wo sie liegt."
„Ja bitte, lass uns das machen." Vera sah sich um und entdeckte die Aufzüge. Sie hakte sich bei Jonathan unter und ging mit ihm zu den Aufzügen. „Wir telefonieren", rief Vera dem Hauptkommissar zu. Die Aufzugstür schloss sich und Vera wurde leicht unruhig.
„Beruhige dich! Frau Bender liegt isoliert auf einer Intensivstation. Sie wird mich nicht zu Gesicht bekommen."
„Nein, das ist es nicht." Vera fuhr sich nervös durch das kurze Haar.
„Du siehst wirklich überragend aus. Diese Farbe und der Schnitt, volle Punktzahl."
„Danke, das hattest du bereits erwähnt." Vera war nervös.
Jonathan nahm kurz ihre Hand. „Du wirst sehen, alles wird am Ende wieder gut."
„Denkst du nicht auch, dass wir das hätten verhindern können?" Vera spürte sofort, wie Jonathan eine ablehnende Haltung einnahm. Sie versuchte, sich zu erklären. „Ich meine, nachdem sie bei dir, sagen wir mal, einen Korb bekommen hat. Du weißt selbst, wie labil solche Menschen dann sind und dass sie damit nicht umgehen können. Das ist schon für gesunde Menschen nicht leicht."
Jonathan wurde richtig wütend. „Irgendwo muss man doch auch mal anfangen und eine Grenze ziehen."
„Aber nicht heute und nicht bei ihr." Vera gab Jonathan Recht. Eigentlich hätten sie beide nicht hier sein müssen. Eigentlich ging es sie beide nichts an, was Frau Bender tat oder was auch nicht. Außerhalb der Therapie galt für jeden die absolute Privatsphäre. Aber eben nur eigentlich! Vera betrat die Station und schaute sich suchend um.
„Wir müssen hier entlang", sagte Jonathan. Er führte sie einen langen Gang hinunter. Veras Schritte wurden immer größer und schneller, als sie von Weitem die Aufschrift an der Glastür zu entziffern begann.

„Intensivstation“. „Warte hier“, sagte Jonathan. „Bevor du klingelst, verabschiede ich mich. Ich fahre zurück auf die Wache zu Hauptkommissar Brandes und mache dort noch meine schriftliche Aussage. Viel kann ich ja nicht erzählen. Soll ich dort auf dich warten?“
„Nein! Ich weiß nicht, wie lange ich hierbleiben werde. Ich würde gerne mit einem Arzt sprechen. Sie hat doch niemanden und irgendjemand muss doch für sie da sein.“
„Das solltest aber nicht du sein. Sie braucht jetzt sehr viel mehr als eine Therapeutin.“
„Was meinst du damit?“ Vera sah ihn fragend an. Sie drückte auf den Knopf „Bitte klingeln“.
Jonathan warf ihr nur einen vielsagenden Blick zu. Vera war klar, dass sie die Antwort selbst erkennen musste. Eine Schwester kam und öffnete die Tür. Jonathan war bereits im Aufzug verschwunden. Sie sah, wie er noch einmal die Hand zum Abschied hob. Dann schloss sich die Tür. Und auch bei ihr fiel nun eine Tür hinter ihr zu. Die Schwester führte sie durch einen Raum, der nur durch mehrere weiße Vorhänge unterteilt war. Vera konnte nur erahnen, dass hinter jedem dieser Vorhänge ein anderes trauriges Schicksal lag.
„Wir haben für Hauptkommissar Brandes mal eine Ausnahme gemacht. Sie wissen sicherlich, dass es nur Angehörigen gestattet ist, Patienten auf der Intensivstation zu besuchen. Er hat ein gutes Wort für Sie eingelegt. Auch wir konnten niemanden ausfindig machen. Frau Bender scheint wohl alleinstehend zu sein. Wissen Sie vielleicht, ob es noch Eltern oder Geschwister gibt, die man benachrichtigen kann?“ Die Schwester sah Vera hoffnungsvoll an.
Umso mehr tat es Vera leid, sie enttäuschen zu müssen. „Da gibt es niemanden“, sagte Vera.
„Nicht mal einen Partner oder Freund?“
„Nein! Auch in dieser Richtung gibt es niemanden.“
„Das ist traurig“, sagte die junge Frau.
„Können Sie mich bitte jetzt zu Frau Bender bringen?“
„Natürlich! Aber sie ist immer noch ohne Bewusstsein. Hat man Ihnen das nicht gesagt?“
„Das hat man. Dennoch möchte ich sie gerne sehen.“ Vera wurde langsam ungeduldig. „Ich würde gerne kurz mit dem behandelnden Arzt sprechen.“

„Das ist Doktor Hoffmann. Er müsste noch bei der Patientin sein. Bitte hier entlang. Sie müssen sich nur noch sterile Kleidung überziehen."
Vera ließ sich von der jungen Krankenschwester, die auf den schönen Namen Anja hörte, nur zu gerne helfen. Als sie die Schutzkleidung angezogen hatten, mussten beide noch durch eine sterile Schleuse, die sie dann direkt in das Zimmer von Frau Bender führte. Schwester Anja ging zu dem Arzt, der am Bett von Frau Bender stand, und flüsterte ihm etwas ins Ohr. Der Arzt drehte sich zu Vera um und kam ihr mit ausgestreckter Hand entgegen. „Hallo", sagte der Mann, von dem Vera nichts sah, als seine großen braunen Augen. Er war noch steriler verpackt als Schwester Anja und sie. „Ich bin Doktor Hoffmann. Ich habe mit Hauptkommissar Brandes gesprochen. Ich war auch der Arzt, der Frau Bender in der Aufnahme in Empfang genommen hat. Wie ich hörte, ist sie eine ehemalige Patientin von Ihnen."
„Ja, und mit etwas Glück hatte ich gehofft, dass sie es wieder werden könnte. Sie haben ihre Verletzungen, die sie sich zugefügt hat, gesehen. Aus meiner früheren Praxiserfahrung weiß ich, dass sie sich häufig geritzt hat. Kann es also sein, dass es ein Unfall gewesen ist?"
„Davon gehe ich nicht aus", sagte Doktor Hoffmann unbeeindruckt. „Die Schnitte waren präzise gesetzt. Sie hat nur überlebt, weil sie nicht tief genug geschnitten hat. Die Wunden, die ich gesehen habe, gehen weit über das normale Ritzen hinaus. Deshalb habe ich auch veranlasst, dass sie, falls sie wieder aufwacht, gleich in die Geschlossene kommt, wo man sich besser um sie kümmern kann."
„Aber ich bin doch jetzt hier. Ich kann ihr helfen. Sie kennt mich und sie vertraut mir. Eine Psychiatrie wird alles nur noch schlimmer machen."
„Ich bin der behandelnde Arzt und ich habe mich auch an Regeln zu halten. Es ist meine Pflicht, einen versuchten Suizid zu melden. Eine vierundzwanzigstündige Überwachung in der Psychiatrie halte ich für angemessen. Ich kann Sie in dem Zustand nicht wieder alleine in ihre Wohnung schicken. Das wäre grob fahrlässig. Und noch einmal wird sie nicht so viel Glück haben."
„Ich verstehe!" Vera wollte sich mit dem Arzt nicht streiten. Sie ging an ihm vorbei und trat an das Bett von Frau Bender. Im Hintergrund hörte sie, wie die Tür geschlossen wurde. Doktor Hoffmann war gegangen. Vera musste mehrmals tief ein- und ausatmen. Der Anblick

der jungen einst so und schönen Frau war erschreckend. Was war nur mit ihren Haaren geschehen? Vera kannte Frau Bender nur mit wunderschönen langen braunen Haaren. Sie trug sie meistens zusammengebunden zu einem geflochtenen Zopf. Der Anblick, der sich ihr jetzt bot, war einfach nur verheerend. Kurze, abgehackte Haarsträhnen, das war alles, was von ihrer früheren Haarpracht übriggeblieben war. Ihr Gesicht war fahl und eingefallen. Die Lippen trocken und leicht aufgeplatzt. Deutlich sah man dunkle Augenringe, die sich über ihr ganzes Gesicht zogen. Überall an ihr hingen Schläuche. Und unentwegt piepste es. Das monotone Geräusch zerrte an Veras Nerven. Die schwere Decke zeichnete den zarten Körper der jungen Frau malerisch ab. Vera konnte nicht anders und schaute unter die Decke. Frau Bender trug eins dieser berüchtigten OP-Hemden. Das Hemd lag mehr auf ihr drauf, als dass sie es trug. Wenn sie das vorhergesehen hätte, dann hätte sich die Frage nach einem Unfall erübrigt. Beide Arme waren verbunden. Es gab sogar deutliche Ritzspuren an ihren Fußgelenken und Oberschenkeln. Vera hatte genug gesehen. Sie deckte Frau Bender wieder zu. Vera trat noch ein Stück näher heran. Sie beugte sich zu der Frau hinunter, die dort so geschunden und regungslos vor ihr lag. „Es tut mir so leid", flüsterte Vera dem fast leblosen Körper ins Ohr. Nur wenn man genauer hinsah, konnte man die Atmung erkennen. Die Decke hob und senkte sich. Aber es war kein ruhiger, gleichmäßiger Atem. Hier kämpfte ein Mensch mit jedem Atemzug um sein Leben. Vera nahm den kleinen Hocker aus der Ecke. Das Kissen, das darauf lag, legte sie an das Fußende des Bettes. Sie schob den Hocker so nah es ging zu Frau Bender ans Bett und setzte sich zu ihr. Vera nahm ihre Hand, die kalt und regungslos in ihrer lag.
„Ich bin es", sagte Vera. „Frau Wagner Kausch. Ich bin hier. Öffnen Sie bitte Ihre Augen. Sie haben mir versprochen, einen Kaffee mit mir zu trinken. Und Sie wissen ganz genau, wie ich zu Versprechen stehe. Versprochen ist versprochen und wird nicht gebrochen. Aber, wenn Sie noch müde sind und deshalb noch etwas Ruhe brauchen, dann will ich mal nicht so sein. Wir verschieben unseren Termin einfach. Hauptsache ist doch, dass Sie wieder ganz gesund werden. Ich verspreche Ihnen, dass ich dann für Sie da sein werde." Vera stand auf. Sie stellte den Hocker zurück in die Ecke. Und auch das Kissen legte sie an seinen Platz. Alles war wieder in Ordnung, als Vera das Zimmer verließ.

Auf dem Flur traf sie erneut auf Doktor Hoffmann.
„Sie haben Recht und es tut mir leid, wenn ich mich vorhin im Ton vergriffen habe. Ich kann Frau Bender zurzeit nicht helfen. Das sehe ich jetzt ein, nachdem ich sie gesehen habe. Ich wäre Ihnen aber sehr dankbar, wenn Sie mir Bescheid geben könnten, wenn sie wieder aufwacht. Ich würde gerne mit ihr sprechen, bevor man sie wegbringt. Wäre das möglich?"
Vera sah den Arzt an. Ihr gegenüber stand ein Mann Anfang fünfzig. Sein noch volles Haar war mit grauen Strähnen durchzogen. Seine Brille hing leicht schräg in seinem Gesicht. Am liebsten hätte sie danach gegriffen und das spießige Kassenmodell selbst geradegerückt. Seine kleinen Augen, die leicht nervös zuckten, waren braun. Er musste schon lange im Dienst sein, so abgekämpft, wie er wirkte. Sein Bartwuchs wirkte ungepflegt. Vera wartete ungeduldig auf eine Antwort.
„Ihr Kollege Herr Altmann und auch Hauptkommissar Herr Brandes haben mir schon gesagt, dass Sie sich für Frau Bender sehr stark einsetzen würden. Da die Patientin scheinbar auch niemanden hat, habe ich kein Problem damit. Ich werde Sie also wissen lassen, wenn sich der Zustand von Frau Bender ändern sollte. Aber alles zu seiner Zeit. Im Moment ist nicht einmal sicher, ob sie überhaupt noch einmal aufwachen wird. In ihrem Blut haben wir Spuren von Barbituraten und jede Menge Alkohol gefunden. Ein Selbstmordversuch steht für mich also außer Frage. Hinterlassen Sie Ihre Telefonnummer bei Schwester Anja. Wie gesagt, wenn sich der Zustand von Frau Bender ändert, informiere ich Sie umgehend. Jetzt müssen Sie mich aber entschuldigen, ich habe noch andere Patienten." Doktor Hoffmann reichte ihr nicht die Hand. Er deutete eine leichte Verbeugung an und ging.
Auch Vera ging Richtung Ausgang. In ihrer Tasche fand sie noch eine ihrer alten Visitenkarten. Sie schaute sich suchend um und entdeckte Schwester Anja am anderen Ende des Flures. Vera ging zu ihr und reichte ihr die Karte. „Doktor Hoffmann meinte, dass Sie mich anrufen könnten, wenn Frau Bender wieder aufwacht."
Schwester Anja steckte die Karte, ohne einen Blick darauf zu werfen, in ihre Kitteltasche. „Wenn Doktor Hoffmann das so gesagt hat, dann werde ich dem auch so nachkommen."
Vera verließ die Station. Sie fand das Verhalten der jungen

Krankenschwester etwas eigenartig. Anfangs dachte Vera noch, in der jungen Frau eine Verbündete gefunden zu haben. Bei ihrer ersten Begegnung strahlten ihre großen blauen Augen. Unter der ganzen Verkleidung sah man, dass sie sehr schlank war. Aber gesund schlank. Nicht so wie Frau Bender. Aus hygienischen Gründen trug Schwester Anja eine OP-Haube. Trotzdem sah man deutliche blonde Haarsträhnen hervorblitzen. Ihre Ausbildung lag höchstens ein paar wenige Jahre zurück. Ihr zartes Erscheinungsbild täuschte über ihr konsequentes Handeln hinweg.
Vera wartete ungeduldig auf den Aufzug, als Schwester Anja mit schnellen Schritten zu ihr kam. Sie schaute sich verstohlen um, so als wollte sie sich vergewissern, dass niemand in der Nähe war, der sie hören konnte. „Ich habe ganz genaue Anweisungen von Doktor Hoffmann. Nur durch Ihre Beziehung zu Hauptkommissar Brandes und in Verbindung mit Ihrer eigenen Geschichte durften Sie zu Frau Bender. Es ist eine absolute Ausnahme, dass Sie Informationen zu dem Zustand einer Patientin bekommen, mit der Sie in keinerlei familiärer Verbindung stehen. Sie als Therapeutin sollten es eigentlich besser wissen. Doktor Hoffmann verstößt gegen alle bestehenden Regeln nur, weil Sie mit Vitamin B um die Ecke kommen. Sie spielen mit der Karriere und dem guten Ruf eines angesehenen Arztes, nur um Ihr eigenes Ego zu befriedigen. Beschweren Sie sich ruhig über mich. Ich werde nicht zu Kreuze kriechen. Ich sage immer, was ich denke."
Der Aufzug kam und Schwester Anja drehte sich um und lief davon. Vera wollte sie aufhalten und rief ihr hinterher: „Bitte warten Sie, Schwester Anja." Doch die eilte davon um gleich darauf in Begleitung wieder aufzutauchen.
„Was ist denn hier los?" Doktor Hoffmann kam den Flur entlang. An seiner Seite Schwester Anja. Vera stieg nicht in den Aufzug. Sie ging den beiden entgegen. Von weitem sah Vera, wie angespannt Schwester Anja war. „Wir sind hier auf einer Intensivstation und nicht auf einem Jahrmarkt. Schwester Anja, sollten Sie nicht bei der Patientin sein? Und Sie, Frau Wagner Kausch, sollten eigentlich nicht länger hier sein. Zehn Minuten, nicht mehr und nicht weniger, habe ich mit Hauptkommissar Brandes vereinbart. Ich bitte Sie jetzt zu gehen und Sie, Schwester Anja, Sie kommen mit mir."
„Doktor Hoffmann", rief Vera dem aufgebrachten Arzt hinterher, der

sie einfach stehen ließ. „Lassen Sie mich das bitte erklären. Schwester Anja trifft keinerlei Schuld. Sie hat mich mehrmals aufgefordert zu gehen. Frau Bender so zu sehen, hat mir doch mehr zugesetzt, als ich erwartet habe. Ich würde gerne so viel mehr für sie tun. Sie hat doch niemanden."
„Wie ich Ihnen bereits versucht habe zu erklären", lenkte Doktor Hoffmann ein, „jetzt ist nicht die Zeit dafür." Er sah die beiden Frauen an. Jede von ihnen lächelte leicht verlegen. Doktor Hoffmann wusste, dass er hier nicht weiterkam. Die Frauen schienen sich gegen ihn verbündet zu haben. Der Aufzug öffnete sich erneut und diesmal stieg Vera ein. „Frau Bender ist hier in den allerbesten Händen, das weiß ich jetzt." Sie zwinkerte Schwester Anja zu und formte mit den Lippen ein stilles Danke.
Schwester Anja erwiderte mit ihren Augen ebenfalls ein Danke.
„Ich fahre jetzt noch zur Wache, um dort meine Aussage zu machen. Alles Weitere erfahre ich dann, wenn es soweit ist." Vera sah, wie Anja an der Seite von Doktor Hoffmann zurück zur Station ging. Der Aufzug schloss sich und Vera fuhr zur Wache, so wie sie es gesagt hatte.

Sie wollte sich gerade anmelden, als Jonathan aus dem Büro von Hauptkommissar Brandes kam. Die Männer schüttelten sich zum Abschied die Hand.
Hauptkommissar Brandes winkte Vera zu sich, als er sie entdeckte.
„Wir telefonieren", sagte Jonathan im Vorbeigehen zu ihr.
„Kommen Sie rein, Frau Wagner Kausch, und nehmen Sie bitte Platz. Ich bin sofort wieder bei Ihnen. Ich brauche dringend einen Kaffee. Kann ich Ihnen auch einen anbieten?"
„Gerne!" Vera ließ den Mantel an. Sie spürte, dass sie müde wurde und sich kaum noch dagegen wehren konnte. Und immer, wenn sie müde wurde, wurde ihr auch schneller kalt. Sie musste gähnen und noch war sie alleine im Büro. Sie streckte sich und gähnte erneut.
Es dauerte dann auch nicht mehr lange und Hauptkommissar Brandes kam mit zwei großen Bechern heißen Kaffees zurück. Er reichte Vera einen der Becher und setzte sich dann hinter den großen, alten Schreibtisch aus massivem Holz. Die ersten Sekunden genossen beide das heiße Getränk. Vera spürte ein wenig ihre Energie zurückkommen. Aber wichtiger war es, dass sie nicht mehr fror. Den Mantel behielt sie

trotzdem an. Sie wollte eigentlich nur noch so schnell wie möglich nach Hause. Deshalb übernahm sie jetzt auch das Gespräch. „Wie kann ich Ihnen behilflich sein? Wie Sie wissen, war Frau Bender seit Jahren nicht mehr meine Patientin. Ich weiß also so gut wie nichts über ihren derzeitigen Gesundheitszustand. Sie hat, wie Sie bereits mein Kollege Herr Altmann informiert hat, jede Therapie bisher abgebrochen. Ich dachte, ich könnte ihr vielleicht helfen und bot ihr deshalb vor ein paar Tagen erneut meine Hilfe an. Anscheinend ging es ihr da schon schlechter, als ich es vermutet habe. Wir haben nur einmal kurz miteinander telefoniert. Ich wollte wissen, wie es ihr geht, und sie dann zu einem Kaffee in meine Praxis eingeladen. Sie sagte zu. Aber jetzt habe ich das Gefühl, etwas übersehen zu haben."
„Sie stehen hier nicht vor Gericht, Frau Wagner Kausch", versuchte der Kommissar Vera zu beruhigen. „Ich habe sehr ausführlich mit Herrn Altmann gesprochen. Ich möchte seine Aussage nur mit der Ihren abgleichen und falls notwendig ergänzen. Herr Altmann war noch bis vor kurzem der behandelnde Therapeut von Frau Bender. Wenn also jemand den Gesundheitszustand und ihre seelische Verfassung beurteilen kann, dann doch wohl Ihr Kollege."
Vera überlegte, ob Jonathan Hauptkommissar Brandes alles erzählt hatte. Sie wollte nicht, dass Jonathan für den Suizid von Frau Bender verantwortlich gemacht wurde. Er hatte absolut professionell gehandelt. Er hatte ihr auch, was der einzige logische nächste Schritt war, einen neuen Therapeuten vorgeschlagen. Doch dann kam alles ganz anders. Zwischen dem Vorfall der Annäherung und dem Suizid lagen mehrere Wochen. Vera glaubte nicht, dass Jonathans Abweisung der Auslöser für den Suizid gewesen war.

Es hatte angefangen zu regnen. Am Himmel zogen immer mehr schwarze Wolken auf. Vera blickte aus dem Fenster. Sie liebte es, wenn es regnete. Mit dem Regen, so fand sie, kam die Ruhe.
Hauptkommissar Brandes stand auf und ging zum Fenster. „So ein Sauwetter", schimpfte er und schloss es mit einem kräftigen Ruck.
„Entschuldigen Sie bitte. Ich war für einen Moment abgelenkt. Ich liebe den Regen. Er macht alles wieder sauber und frisch. Wo waren wir stehen geblieben? Ach ja! Mein Kollege Herr Altmann." Vera wandte sich dem Hauptkommissar wieder zu. „Mein Kollege ist ein

wirklich sehr guter Therapeut und hat sich in all den Jahren, in denen wir zusammenarbeiten, nie etwas zu Schulden kommen lassen. Es trifft ihn keinerlei Schuld, dass Frau Bender die Therapie erneut abgebrochen hat. Und mit Sicherheit trifft ihn auch keine Schuld für ihren Suizid."
„Es geht nicht um Ihren Kollegen. Machen Sie sich da keine Sorgen. Herr Altmann hat mir von dem Vorfall erzählt. Und er hat den Sachverhalt ordnungsgemäß geschildert und der Krankenkasse somit den Abbruch der Therapie seinerseits erklärt und bestätigt."
Vera war erleichtert. „Was anderes habe ich auch nicht erwartet", sagte sie und nahm einen großen Schluck Kaffee aus ihrem Becher.
„Sie kommen doch gerade aus dem Krankenhaus und haben Frau Bender gesehen und auch mit dem Arzt Doktor Hoffmann gesprochen. Teilen Sie seine Ansicht, dass Frau Bender in eine geschlossene psychiatrische Klinik verlegt werden soll?"
„Ich muss gestehen", sagte Vera, „dass ich am Anfang dagegen war. Ich habe meine Bedenken geäußert. Aber da hatte ich Frau Bender auch noch nicht gesehen. Danach musste ich meine Meinung revidieren und Doktor Hoffmann zustimmen. Frau Bender ist in einer psychiatrischen Klinik besser aufgehoben."
„Das freut mich sehr zu hören. Wenn alle an einem Strang ziehen, erledigt sich meine Arbeit fast wie von selbst." Hauptkommissar Brandes stand erneut auf. Er sah jetzt auch aus dem Fenster. „Es hat aufgehört zu regnen", sagte er und schien erleichtert zu sein. Er ging ein paar wenige Schritte durch den Raum. Dann lehnte er sich gegen den massiven Schreibtisch. Er verschränkte die Arme und überkreuzte auch seine Beine. „Was ist Ihre Theorie? Warum hat Frau Bender versucht, sich das Leben zu nehmen?"
Vera schob ihren Stuhl zurück und stand ebenfalls auf. Sie knöpfte ihren Mantel zu und holte ihre Autoschlüssel aus der Handtasche. „Darüber mag ich nicht spekulieren. Warten wir doch einfach ab, was die Zeit bringt. Es ist nicht einmal sicher, ob Frau Bender überhaupt noch einmal aufwacht." Vera trank einen letzten Schluck Kaffee, was sie sofort bereute. Der Kaffee war inzwischen eiskalt und hinterließ einen bitteren Geschmack auf der Zunge. „Wenn das alles war, dann würde ich jetzt gerne gehen. Es ist spät geworden."
Hauptkommissar Brandes öffnete Vera die Tür. Sie verabschiedeten

sich. Vera war froh, endlich nach Hause fahren zu können. Ihr war kalt und sie war müde wie schon lange nicht mehr. Und hungrig war sie auch. Sie dachte an Amir, an Dolma und an Baklava.

Sie fuhr den Wagen die Auffahrt hinauf und steuerte geradewegs die Garage an. Es dauerte einen Moment, aber dann stand der Wagen sicher an seinem Platz. Das Tor schloss sich automatisch und Vera verschwand durch die Zugangstür, die sie direkt in den Hausflur führte. Sie schloss hinter sich ab und kontrollierte jeden ihrer vorher getätigten Handgriffe zum wiederholten Male. Als Therapeutin wusste sie, dass sie über die Jahre eine leichte Zwangs- und Kontrollstörung entwickelt hatte. Obwohl sie längst bereit war, über ihre Traumata zu sprechen, hatte sie Jonathan davon nichts erzählt. Sie war sich sicher, dass sie damit selbst fertig werden würde. Vera hatte längst den Punkt in ihrer Trauer erreicht, an dem sie sich entscheiden musste: Loslassen oder weiter in ihrem Schmerz verharren. Die Vorstellung, Julia und Thomas nach so vielen Jahren loszulassen, war für sie immer noch unerträglich. Dabei kannte sie die Zauberformel als Therapeutin nur zu gut. Loslassen heißt niemals aufgeben oder vergessen. Loslassen hieß in ihrem Fall Akzeptanz! Tränen füllten sich in ihren Augen. Sie ging in die Küche. Ihr Mund fühlte sich ganz trocken an.
Den Mantel hatte sie immer noch an, als sie sich ein Glas aus dem Schrank holen wollte. Ihre Augen waren leicht tränenverhangen. Gleich zwei Gläser fielen schallend zu Boden. In wenigen Sekunden waren die Glasscherben in der ganzen Küche verteilt. Vera wischte sich über die Augen. Sie streifte sich den Mantel ab und warf ihn über einen der Küchenstühle. Unter der Spüle holte sie Kehrblech und Handfeger hervor. Das größte Chaos war schnell beseitigt. Sie ging aber lieber auf Nummer sicher. Aus dem Keller holte sie den Staubsauger. Für das Auge kaum sichtbar, aber mit Sicherheit lagen noch irgendwo kleinste Glassplitter herum. Sie lief viel zu gerne barfuß. Auch im Winter steckten ihre Füße in dicken Socken. Weitere fünf Minuten später stand der Staubsauger schon wieder an seinem Platz im Keller. Sie spülte das Glas kurz durch, aus dem sie heute Morgen getrunken hatte. Sie würde die restlichen Gläser eine Etage nach unten stellen und die Dinge, die sie weniger bis gar nicht braucht, nach oben stellen. Im Keller hatte sie noch eine alte kleine Trittleiter gesehen.

Die würde sie raufholen und in den Abstellraum im Flur stellen. So hatte sie immer eine schnelle Hilfe zur Hand und ihr Geschirr würde in Zukunft heil bleiben.

Vera hatte keinen Hunger mehr. Vorhin träumte sie noch von Dolma und Baklava und jetzt war ihr der Tag nachträglich auf den Magen geschlagen. Sie trank für den Magen und gegen die Kälte eine heiße Tasse klare Gemüsebrühe. Dann hängte sie ihren Mantel auf, der immer noch auf einem der Küchenstühle lag. Sie wollte jetzt nur noch ins Bett und alles für ein paar Stunden vergessen. Vera ging nach oben ins Schlafzimmer. Vor dem Schlafengehen liebte sie es, noch einmal intensiv für zehn Minuten zu lüften. Im Sommer schlief sie gerne bei offenem Fenster. Im Winter immer ohne Heizung und mit frischer klarer Luft, die sie vor dem Zubettgehen reichlich reinließ. Manchmal war es eine echte Herausforderung, bei Minusgraden die Fenster weit aufzureißen. Aber wenn sie dann in ihrem molligen Schlafanzug steckte und sich unter ihrer Daunendecke verkroch, wusste sie, dass sie das Richtige getan hatte. Nur ein einziges Mal hatte sie in der Vergangenheit die Heizung in der Nacht angestellt. Draußen waren es minus zwölf Grad gewesen. Alles in ihrem Schlafzimmer fühlte sich kalt und eisig an. Sie konnte in dieser Nacht einfach nicht einschlafen. Erst als sie die Heizung hochdrehte, schlief sie endlich ein. Am nächsten Morgen wachte sie mit riesigen Kopfschmerzen auf. Die Fenster hatten über Nacht ordentlich Schwitzwasser gezogen. Der ganze Raum war eine einzige Sauna gewesen. Seitdem schlief sie, ganz egal wie kalt es draußen auch wurde, immer ohne Heizung und bei gut gelüfteter Zimmertemperatur.

Sie ließ das Licht im Schlafzimmer aus. Von draußen fiel genug Licht ins Zimmer, um sicher zu den großen Fenstern zu gelangen. Es war Vollmond. Der Mythos, dass man bei Vollmond besonders schlecht schlief, traf auf sie nicht zu. Sie öffnete gleich beide Seiten und atmete die kalte Luft tief ein. Für einen kurzen Moment brannte ihre Lunge. Es war herrlich. Bitterkalt, aber belebend. Da stand sie nun inmitten ihrer tausend Einkaufstüten vom Vormittag. Wo sollte sie nur anfangen? Auf ihrem Bett lagen neue und alte Sachen. Blaue Säcke, die halb gefüllt waren, lagen auf dem Boden. Sie schlüpfte wieder in ihren

Wohlfühljogginganzug, den sie auf dem Boden fand. Dann hieß es, Ärmel hochkrempeln und die Nacht zum Tag machen. Ihre Gedanken ließ sie los, ohne an etwas Bestimmtes zu denken, warf sie sich in die Arbeit.

Ihr Handy ließ sie nach kurzer Zeit aufhorchen. Es war Jonathan. Bestimmt wollte er sich nur vergewissern, ob sie bei dem Wetter gut nach Hause gekommen war. Er machte sich immer Sorgen um sie. Es war an der Zeit, ihm diese Last wieder zu nehmen. Es war gerade so gemütlich. Sie und ihr Wäschechaos fühlten sich rundum wohl.

„Einen wunderschönen guten Abend wünsche ich dir", trällerte Vera in ihr Handy. „Es ist Freitagabend. Solltest du da nicht in irgendeinem Club sein und einer unbekannten Schönen das Herz brechen?"
„Da hat aber jemand mal richtig gute Laune." Jonathan war verwirrt, aber erfreut zugleich. „Ich bin noch in der Praxis. Nach der ganzen Sache heute konnte ich einfach nicht nach Hause fahren. Es geht mir so vieles durch den Kopf. Ich muss immer daran denken, dass wenn ich die Therapie nicht abgebrochen hätte. Wenn ich vielleicht ein wenig einfühlsamer gewesen wäre, dann wäre es vielleicht nicht zu diesem Suizidversuch gekommen. Es war meine Ablehnung, die das Fass zum Überlaufen gebracht hatte. Ich hätte ihre Verzweiflung sehen müssen." Ihr Freund klang ungewöhnlich klein und weinerlich. So kannte sie ihn überhaupt nicht. Jonathan war immer und jederzeit allen Situationen gewachsen. Oder doch nicht? Es war für sie schon zur Normalität geworden, dass er sich um alles kümmerte. Er war doch ihr Fels in der Brandung. Er hielt sogar ihre Ehe am Leben, als sie drohte, an dem Verlust von Julia zu zerbrechen. Manchmal war er tagelang bei ihnen gewesen, hatte jedem nur zugehört. Und dann, als Thomas verunglückte, war er wieder für sie da. Er half ihr bei der Organisation der Beerdigung. Er stützte sie zum Gang an sein Grab. Und als sie nicht mehr konnte, übernahm er auch noch ganz alleine ihre gemeinsame Praxis. Erst jetzt wurde ihr schlagartig klar, welcher Dauerbelastung sie Jonathan seit Jahren ausgesetzt hatte. Das schlechte Gewissen stellte sich sofort ein. „Es ist nicht deine Schuld, dass Frau Bender versucht hat, sich das Leben zu nehmen. Du hast alles richtig gemacht. Das sagt auch Hauptkommissar Herr Brandes. Es ist nicht unsere

Schuld, dass Frau Bender sich nicht helfen lässt. Manchmal denke ich, dass sie wirklich nicht therapierbar ist. Die psychiatrische Klinik ist vielleicht ihre letzte Rettung. Warten wir doch erst einmal ab, was sie sagt, wenn sie wach wird. Vielleicht war es wirklich nur ein dummer Unfall.“
„Das glaubst du doch nicht wirklich.“ Jonathans Stimme hatte wieder ihre gewohnte Kraft zurück.
„Nein, das glaube ich auch nicht. Aber wir können nichts anderes tun, außer zu warten.“
„Ich hasse es, wenn ich mich so hilflos fühle.“
„Ich auch! Magst du vielleicht noch auf einen Schlummertrunk vorbeikommen? Wir könnten die Nacht zum Tag machen. So wie früher. Wie in den guten alten Zeiten“, sagten beide wie aus einem Mund. „Du kannst gerne hier übernachten. Was meinst du?“
„Ein anderes Mal sehr gerne. Ich werde auch nicht jünger. Ich mache jetzt Feierabend und fahre nach Hause. Auch, wenn du mich für einen tollen Hecht hältst, die langen Partynächte sind schon lange vorbei.“
„Ja, ich weiß. Du hast in den letzten Jahren dein Leben zu oft nach mir ausgerichtet. Es wird Zeit, dass ich mein Leben wieder selbst in die Hand nehme. Es geht mir wirklich gut. Ich kann wieder arbeiten. Bin voll belastbar. Das habe ich sogar schriftlich. Und ich sehe auch wieder nach vorne. Du kannst gerne zwei Gänge zurückschalten und dich wieder mehr auf dich und deine Wünsche konzentrieren. Du hast mehr als genug getan. Das kann ich nie wieder gutmachen.“ Jetzt klang ihre Stimme klein und weinerlich.
„Rede keinen Unsinn. Ich habe nichts getan, was du auch nicht für mich getan hättest. Dafür sind Freunde doch da. Weswegen ich eigentlich angerufen habe: Du bist ja demnächst auf Sylt und viele meiner Patienten machen auch Weihnachtsurlaub. Es stehen zurzeit keine akuten Fälle an. Und deshalb dachte ich, warum schließen wir die Praxis nicht einfach bis Neujahr? Ich muss zugeben, dass ich doch ziemlich ausgelaugt bin. Die Sache mit Frau Bender hat mir den Rest gegeben. In der Klinik ist man mir auch nicht böse. Für die anfallenden Bereitschaftsstunden wird sich eine Lösung finden lassen.“
Vera hatte Jonathan aufmerksam zugehört. Sie war froh und dankbar, dass er ihr immer noch vertraute. „Bei mir steht auch nichts an. Mein erster offizieller Termin war der mit Frau Bender. Der fällt ja nun aus.

Warum nicht? Schließen wir die Praxis bis Neujahr. Ich komme am Montag in die Praxis. Dann machen wir den Jahresabschluss. Und im neuen Jahr starten wir dann frisch und ausgeruht gemeinsam durch. Wie hört sich das für dich an?“
„Gut, aber du musst nicht vorbeikommen. Wie gesagt war ich bis jetzt in der Praxis. Es ist alles erledigt, auch der Jahresabschluss. Ich brauche nur noch das Schild rauszuhängen: ‚Geschlossen!‘ Online habe ich bereits eine Abwesenheitsnotiz hinterlegt und aktiviert. Wir können also ganz entspannt Ende nächster Woche in den wohlverdienten Weihnachtsurlaub starten.“
„Das hört sich großartig an. Du scheinst an alles gedacht zu haben. Wohin soll es denn gehen, wenn ich mal neugierig sein darf? Hast du überhaupt noch etwas bekommen? Aus Erfahrung weiß ich, dass eine gute Planung und ein gewisser Vorlauf von ein paar Wochen wichtig ist, um etwas Gutes für sein Geld zu bekommen.“
„Du kennst mich. Bei meinem Charme. Aber Spaß beiseite. Ja, ich habe tatsächlich etwas gefunden. Ich habe mir ein wunderschönes Wintersportressort in der Schweiz ausgesucht. Skifahren, Après-Ski und vielleicht ein kleiner Skihase hier und da. Bevor meine Knochen für all den Spaß zu alt werden, dachte ich mir, wage ich mich mal auf die Piste.“ Jonathan lachte und Vera war froh, dass er die Dinge sofort in Angriff nahm, bevor sie zum Problem wurden.
„Sehen wir uns vorher noch?“ Vera überschlug in ihrem Kopf die endlosen langen Wochen, die sie sich nicht sehen würden. Ohne ihren Freund ins neue Jahr zu starten, fühlte sich jedes Mal befremdlich an.
„Du musst unbedingt noch mit mir shoppen gehen“, sagte Jonathan. „Ich brauche so einiges und ich brauche vor allem den Rat einer Frau mit mehr Geschmack, als ich ihn habe. Was hältst du von Montag? Wir plündern einen Laden nach dem anderen. Wir könnten mittags etwas essen gehen. Wir machen uns einfach mal einen faulen Tag.“
„Das hört sich nach einem guten Plan an. Also komme ich doch am Montag in die Stadt.“
„Aber nur, um dich zu amüsieren.“
„Ich freue mich!“
„Ich mich auch.“ Als sie das Gespräch beendet hatten, ging Vera zurück ins Schlafzimmer.

Sie war hellwach, fühlte sich sogar aufgekratzt und motiviert. Sie war jetzt genau in der richtigen Stimmung, um ihre neuen Klamotten in ihren fast leeren Kleiderschrank zu sortieren. Im Hintergrund ließ sie leise Musik laufen und tanzte durch ihr kleines Reich. Sie hatte sich richtig viel Zeit gelassen. Aber jetzt war alles an seinem Platz. Aus den hundert Tüten war nur noch eine einzige übrig geblieben. In ihr steckten alle die leeren Tüten und Kartons. Da Vera Unordnung hasste, ging sie noch einmal hinunter in den Keller. Es war ein richtig gutes Gefühl, wenn man seine Arbeit getan hatte. Zurück im Schlafzimmer ging sie ins angrenzende Badezimmer. Sie duschte nicht. Sie ließ das heiße Wasser einfach nur über ihren Körper laufen. Der erwünschte Effekt stellte sich schnell ein. Sie legte sich mit ihrem flauschigen Bademantel unter ihre Decke und schlief sofort ein.

Vera erwachte sehr früh an diesem Morgen. Sie hatte in der Nacht zuvor vergessen, einen Rollladen herunterzulassen, und wurde von dem Licht der aufgehenden Sonne geweckt. Es waren nur wenige, leicht durchblitzende Lichtreflexe, die sich hinter einer grauen Nebelwand versteckt hatten, aber sie reichten aus, um sofort hellwach zu sein. Vera begann das Wochenende mit einer kleinen Joggingrunde auf dem Gelände. Danach duschte sie und ging hinunter in die Küche. Sie machte sich ein ausgiebiges Frühstück, für das sie sich richtig viel Zeit nahm. Mit wenigen geübten Handgriffen war die Küche schnell wieder hergerichtet. Sie ging ins Wohnzimmer und setzte sich an ihren Schreibtisch. Vera schmunzelte innerlich. Sie freute sich auf den Einkaufsbummel mit Jonathan. Sie nahm Block und Bleistift und begann, sich einige Notizen zu machen. Was brauchte ein Mann wie Jonathan für einen Ski-Trip in die Schweiz?
Gerade als sie den Bleistift ansetzen wollte, klingelte ihr Handy. Die Nummer war ihr unbekannt. „Wagner Kausch“, meldete sich Vera ganz förmlich.
„Guten Morgen, Frau Wagner Kausch. Hier spricht Schwester Anja. Ich verbinde Sie mit Herrn Dr. med. Hoffmann.“ Bevor Vera den Gruß erwidern konnte, knackte es bereits in der Leitung und dann ertönte ein Freizeichen. Vera wartete. Sie wartete fast schon zu lange. Am liebsten hätte sie aufgelegt. Die Versuchung war groß. Aber dann wurde sie erlöst.

„Entschuldigen Sie bitte, Frau Wagner Kausch, dass Sie so lange warten mussten. Es ist Wochenende und wir sind mal wieder unterbesetzt. Weshalb ich Sie anrufe: Es geht um Frau Bender. Sie ist aufgewacht. Gestern Nacht noch. Wir haben sie heute Morgen gleich auf die Normalstation verlegt. Aber seitdem sie erfahren hat, dass sie zur weiteren Behandlung in die Psychiatrie muss, randaliert sie. Sie hat sich einem regelrechten Wutanfall hingegeben und schlägt unkontrolliert um sich. Dabei hat sie sich bereits alle ihre Zugänge gezogen. Zu ihrer eigenen Sicherheit mussten wir sie mit leichten Bandagen an ihr Bett fixieren. Ich habe ihr ein leichtes Beruhigungsmittel spritzen können. Wir werden sie noch heute Nachmittag in die Psychiatrie verlegen. Wenn Sie also noch vorher mit ihr sprechen wollen, dann sollten Sie sich auf den Weg machen. Sie wollten doch, dass man Sie über alles auf dem Laufenden hält."
„Ich danke Ihnen, Doktor Hoffmann. Geben Sie mir eine Stunde und sagen Sie Frau Bender, dass ich unterwegs bin."
„Das mache ich gerne. Dann sehen wir uns später." Er gab ihr die Stations- und Zimmernummer, dann legte er auf.

Vera saß zwanzig Minuten später in ihrem Wagen und fuhr stadteinwärts. Die Straßen waren frei. Und so erreichte sie das Krankenhaus früher als erwartet. Sie ging zügig an dem Krankenhausempfang vorbei, der laut Schild vorübergehend sowieso nicht besetzt war. Sie steuerte das Treppenhaus an. Vera war voller Adrenalin. Sie sollte in den vierten Stock, Gang B, in Zimmer 111 kommen. Sie flog die Stufen geradezu hinauf. Dass ihre Beine im dritten Stock bereits zu brennen begannen, bemerkte sie kaum. Als sie durch die Glastür im vierten Stock trat, musste sie erst einmal wieder zu Atem kommen. Ihre Kondition war auch schon mal besser gewesen. Im neuen Jahr, so beschloss sie, würde sie wieder mehr Sport machen.

„Ist der Aufzug etwa mal wieder außer Betrieb?", fragte Schwester Anja, als sie Vera hilfreich zur Seite stand. „Kann ich Ihnen etwas abnehmen? Ihren Mantel oder die Tasche vielleicht? Sie sind ja ganz außer Atem. Möchten Sie vielleicht ein Glas Wasser?"
„Nein, alles in Ordnung", sagte Vera. „Ich hatte einfach nur zu viel Adrenalin in mir und den musste ich loswerden. Das Treppenlaufen

hat mir gutgetan. Auch, wenn es nicht danach aussieht. Ich würde jetzt gerne sofort zu Frau Bender. Doktor Hoffmann hat mich angerufen und mir mitgeteilt, dass Sie nach mir verlangt hat."
„Das ist richtig, aber…"
„Warum dann dieses aber? Was ist los?" Vera sah, dass Schwester Anja zögerte.
„Sie ist weg! Wir suchen Sie bereits seit einer halben Stunde. Sie wollte nur kurz auf die Toilette und dann…"
„Was dann? Sie haben eine Patientin verloren, die sich noch vor vierundzwanzig Stunden das Leben nehmen wollte. Ist das wirklich Ihr Ernst?" Vera war außer sich. „Wo ist Doktor Hoffmann? Ich möchte sofort mit ihm sprechen."
„Ich weiß nicht, wo er ist. Er sucht bestimmt selbst nach Frau Bender. Es tut mir so leid. Ich hätte besser aufpassen müssen."
„Es ist nicht Ihre Schuld", versuchte Vera, Schwester Anja zu beruhigen. „Wer verschwinden will, der schafft das auch irgendwie. Machen Sie sich also keine Vorwürfe. Und entschuldigen Sie bitte meinen forschen Ton vorhin. Lassen Sie uns gemeinsam nach ihr suchen. Wo haben Sie denn schon überall nach ihr gesucht? Sie wird wohl kaum im Nachthemd die Klinik verlassen haben." Vera sah sich ratlos um.
„Am Empfang würde sie nicht einfach so vorbeikommen", meinte Schwester Anja. „Nicht in einem Nachthemd", war sie sich sicher.
„Als ich reinkam, war der Empfang nicht besetzt. Auch den Tag davor nicht. Vielleicht sollte man das einmal ansprechen. Wer das mitbekommt, kann ohne Weiteres rein und raus, wie es ihm beliebt", bemerkte Vera. Sie konnte einen leichten Unterton nicht verhindern. Sie ging zurück in Richtung des Treppenhauses. „Ich schaue mich unten etwas genauer um. Sollten Sie hier oben mehr Glück haben als ich, dann rufen Sie mich bitte sofort an. Noch sehr viel länger sollten wir nicht warten. Wenn wir sie in einer halben Stunde nicht gefunden haben, informiere ich persönlich Kommissar Brandes."
Vera ließ die entsetzt dreinschauende Schwester einfach stehen und lief die ganzen vier Stockwerke wieder hinunter. Nicht ohne sich jede Ecke und jeden Notausgang genauestens anzuschauen. Am Empfang stand jetzt ein Mann, der aussah, als würde er selbst auf etwas warten.
„Sind Sie hier zuständig?", fragte Vera den Mann, der sich ungeduldig umschaute.

„Ja, eigentlich schon. Aber wenn Sie sich noch ein wenig gedulden könnten, bis meine Kollegin kommt. Wir müssen nur noch schnell die Übergabe machen. Das dauert auch nicht lange. Setzen Sie sich doch bitte so lange dort drüben in den Wartebereich.“ Der Mann zeigte ihr den Weg mit ausgestrecktem Arm. „Sie können aber auch in die Kantine gehen. Die hat bereits geöffnet.“
Kantine! schoss es Vera blitzartig durch den Kopf. Keiner würde Frau Bender dort vermuten. „Danke!“, sagte Vera und lief davon. Vor der großen Anzeigetafel blieb sie kurz stehen. Sie überflog die vielen Hinweise. „Zentrale, Empfang, Ambulanz, Röntgen“ und da stand es „Kantine“. Vera lief erneut los. Sie musste zwei Flure und jede Menge Türen hinter sich lassen. Um hier einen Kaffee oder ein Stück Kuchen zu bekommen, müsste man einige Meter hinter sich lassen. Auf einer großen grauen Tür stand in schwarzen Buchstaben „Kantine“. Vera zögerte nicht, sie ging hinein. Es duftete nach frischem Kaffee und Brötchen. Vera bekam sofort Appetit. Ihre Augen suchten hektisch den Raum ab. Und mit jedem Schritt verflog ihre letzte Hoffnung, Frau Bender noch rechtzeitig zu finden. Es würde ihr wohl nichts anderes übrig bleiben, als Hauptkommissar Brandes zu informieren. Vielleicht hatten seine Leute und er mehr Glück als sie und das Krankenhauspersonal. Sie wollte sich gerade umdrehen und gehen, als sie eine Person entdeckte, die ganz gemütlich an einem der hinteren Tische saß und sich begann zu strecken. Vera musste ein zweites Mal hinschauen, um sicher zu sein.
Es war wirklich Frau Bender. Sie zückte sofort ihr Handy. Aber entschied sich dann doch dagegen. Es war inzwischen viel Zeit vergangen. Wenn sie jetzt Doktor Hoffmann oder Schwester Anja informieren würde, war sie sich sicher, dann würde man die Einweisung von Frau Bender in die Psychiatrie sofort voranlassen. Vera brauchte nur ein wenig mehr Zeit. Sie ging an die Theke und bestellte zwei Kaffee und ging damit an den Tisch, an dem immer noch Frau Bender saß. Vera setzte sich unaufgefordert zu ihr und schob eine der Tassen in ihre Richtung.
„Sie sind schlauer als der Rest der Bande“, sagte Frau Bender und hob ihren Kaffee zu einem Prost in Veras Richtung. Beide ließen ihre Tassen hörbar aneinanderschlagen. Frau Bender lächelte und trank einen kleinen Schluck.

„Sie haben mich ganz schön erschreckt. Wir hatten doch miteinander telefoniert. Und Sie hatten meine Nummer. Warum haben Sic mich nicht angerufen? Ich wäre für Sie da gewesen. Sagen Sie mir, warum Sie sich das Leben nehmen wollten.“ Vera sah in ein Gesicht, das sehr gealtert aussah, obwohl Frau Bender noch recht jung war. Ihr Gesicht war gezeichnet von einem sehr langen Kampf, den sie schon seit Jahren gegen sich selbst führte. Bisher war es Vera nicht gelungen, das alte Vertrauen zurückzugewinnen. Immer, wenn sie glaubte, ein Stückchen weiter gekommen zu sein, zog sich Frau Bender wieder in ihr Schneckenhaus zurück. Auch Jonathan hatte alles versucht und schlussendlich resigniert. Und jetzt sollte diese gebrochene Frau auch noch in die Psychiatrie. Vera war immer noch gegen diese Maßnahme. Aber ihr waren die Hände gebunden. Sie hatte jetzt nur noch diese eine Chance, bevor man sie beide hier unten finden würde. Bestimmt würde sie großen Ärger bekommen, weil sie nicht frühzeitig Bescheid gesagt hatte. Und Frau Bender, sie würde man umgehend abschieben. Man würde nach diesem Vorfall nicht einmal bis zum Nachmittag warten.
„Sie wissen, was jetzt auf Sie zukommt?“ Vera beobachtete jeden noch so winzigen Gesichtsausdruck der Frau, die ihr gegenübersaß und nervös mit ihren Haaren spielte.
„Ich bin sowas von kaputt, aber ich bin nicht dumm“, konterte Frau Bender.
„Wir haben vielleicht nicht mehr ganz so viel Zeit. Im Moment sind wir noch ungestört. Aber das kann sich sehr schnell ändern. Sagen Sie mir, was Sie zu sagen haben“, bat Vera die Frau, die einfach nicht aufhören konnte, mit ihren Haaren zu spielen. Vera nahm ihr beide Hände vom Kopf und legte sie vorsichtig auf den Tisch. „Sie haben nichts mehr zu verlieren. Ich bin nur ihretwegen hier. Das wollten Sie doch. Schauen Sie sich um. Es ist so gut wie niemand hier. Sie können ganz offen reden. Ich werde Sie nicht ein einziges Mal unterbrechen. Ich werde nur zuhören. Das verspreche ich!“
„In Ordnung! Viel Zeit bleibt uns sowieso nicht mehr. Irgendwann wird man mich hier unten finden. Sie haben mich schließlich auch gefunden.“
„Wir werden so lange miteinander reden, wie Sie es möchten. Ganz gleich, wer hier auch runter kommt.“ Vera hoffte inständig, dass Frau

Bender sich ihr endlich öffnen würde. Dass sie ihr etwas in die Hand gab, das ihr weiterhelfen würde. Vera wollte ihr nach wie vor helfen. Aber dazu musste sie wissen, was eigentlich vorgefallen war.
„Können Sie dafür sorgen, dass sie mich nicht in die Klapse stecken? Ich bin nicht verrückt!“ Frau Bender sah Vera direkt in die Augen. Vera konnte sehen, dass die Frau viel und lange geweint hatte. „Nein, es tut mir leid, aber das kann ich nicht. Sie haben versucht, sich das Leben zu nehmen. Die Ärzte hier handeln nur vorschriftsmäßig. Hier kann man Ihnen nicht helfen. Bei Ihrer Vorgeschichte gibt es leider zurzeit keine andere Möglichkeit, als Sie für ein paar Tage zur Beobachtung in die Psychiatrie einzuweisen. Dort wird man sich bestens um Sie kümmern. Es wird Ihnen dort sehr gut gehen. Es ist doch nicht für immer.“
„Woher wollen Sie das wissen? Waren Sie schon einmal in einer Psychiatrie? Hat man Sie schon einmal behandelt wie ein unmündiges Kind? Hat man Sie weggesperrt und hätte dann am liebsten noch den Schlüssel weggeworfen?“ Frau Bender begann zu weinen.
Vera schaute sich um. Noch war niemand zu sehen. Aber sie saßen schon eine ganze Weile hier und noch hatte Vera nichts Wesentliches erfahren können. „Erzählen Sie mir, was passiert ist.“ Vera wartete weiterhin geduldig. Dann begann die junge Frau endlich zu erzählen. Zwar etwas wirr und nicht immer ganz nachvollziehbar, aber Vera hielt ihr Versprechen und unterbrach sie nicht. Sie hörte ihr einfach nur zu.

„Ich war nie ein sehr glücklicher Mensch. Und ich war nie richtig gesund. Schon als Kind war ich äußerst labil und kränklich. Meine Mutter wusste nichts mit mir anzufangen. Und mein Vater schämte sich für mich. Als sich meine Eltern trennten, war ich gerade mal sieben. Meine Mutter war mir ähnlicher, als sie es wahrhaben wollte. Oder war ich ihr ähnlicher, als sie es wollte? Egal. Sie verkraftete auf jeden Fall nicht die Trennung von meinem Vater. Sie gab mir die Schuld, dass er sie verlassen hatte. Sie hat sich dann einem Typen nach dem anderen an den Hals geworfen. Irgendwann ist sie an einen geraten, der sie windelweich geprügelt hat. Ich erinnere mich gut an diese eine Nacht. In dieser Nacht kam ich das erste Mal in ein Heim. Und irgendwie habe ich es da nie wieder rausgeschafft. Eine Nachbarin hatte

damals die Polizei gerufen, wegen Ruhestörung. Der Typ wurde abgeführt und eingesperrt. Und mich brachte man einfach so weg. Meine Mutter war so betrunken gewesen. Sie hat sich nicht einmal dagegen gewehrt, dass man mich ihr weggenommen hatte. Ich denke, dass sie sogar froh war, mich losgeworden zu sein. Zwei Pflegefamilien haben es eine Weile dann mit mir versucht. Aber ich habe es immer irgendwie verbockt. So irrational es auch gewesen sein mag. Ich wollte zurück zu meiner Mutter. Ich war dreizehn und bereits ein richtiges Frack. Ich trank, rauchte Gras und ließ jeden über mich steigen, der es wollte und dafür bereit war zu zahlen. Die Schule war längst egal. Alles war mir egal. Auch als man mir erzählte, dass meine Mutter gestorben war. An einer Überdosis versteht sich. Ich hätte die Wette verloren, ich hätte auf Alkohol als Todesursache getippt. Zumindest hatte ich immer eine sehr gute Erklärung, wenn ich mal wieder was verbockt hatte. Ich hatte meinen gesunden Menschenverstand längst in billigem Fusel ertränkt. Ein stinknormales Leben frei von Angst, das war einfach nicht mein Ding. Jeder verdammte Tag, ob damals als Kind oder heute als Erwachsene, endete immer in einer einzigen Katastrophe. Alles in meinem Leben war sinnlos und nichts war irgendwie erstrebenswert. Ich spürte irgendwann, dass ich mir selbst immer fremder wurde. Wenn ich nichts hatte, so konnte ich mich wenigstens auf mich selbst verlassen. Keiner passt auf dich auf, wenn du es selbst nicht tust. Ich war nie weit entfernt von dem Wahnsinn, den man mir immer wieder unterstellt hat. Denn alles, was ich bin und fühle, das bin nicht ich. Ganz tief in mir, da wollte ich immer jemand ganz anderes sein."
Vera hätte am liebsten gefragt, wer sie gerne gewesen wäre. Aber sie hatte ihr Wort gegeben, sie nicht zu unterbrechen.

Langsam begann sich die Kantine zu füllen. Die Leute kamen entweder zum zweiten Frühstück oder zum verfrühten Mittagessen. Vera konnte beobachten, wie nervös Frau Bender auf die neue Situation reagierte. Sie trommelte mit den Fingerkuppen beider Hände auf dem Tisch. Erst langsam, dann immer schneller. Ganz plötzlich hörte sie wieder auf und erzählte weiter, als wäre nichts gewesen. „Ich sehe, dass Sie mich genauso anschauen wie all die anderen. Die haben mir ein wirklich gutes Zeug gespritzt. Ich habe mich lange nicht mehr so gut und klar im Kopf gefühlt wie im Moment. Obwohl ich mir sicher

bin, dass ich mit meinen Aussagen bei Ihnen nur erneut Verwirrung hervorrufe." Frau Bender fixierte Vera geradezu. „Verwirre ich Sie?" Vera antwortete nicht. „Sie können gerne Monika zu mir sagen, wenn Sie möchten. Das macht alles doch gleich viel leichter. Finden Sie nicht auch?"
Vera fiel es schwer, nicht zu antworten, aber sie erhoffte sich so, noch mehr zu erfahren. Wenn sie sich jetzt an dem Gespräch beteiligte, würde Monika ganz schnell wieder zumachen und in ihr Schneckenhaus verschwinden. Vera hatte jetzt schon mehr erfahren als in den Jahren zuvor. Warum redete sie auf einmal ohne Punkt und Komma? War es wirklich das Medikament, das ihr die Zunge löste, oder war sie dabei, sich zu verabschieden? Hatte Monika vielleicht erneut vor, sich das Leben zu nehmen? Wollte sie am Ende ihres Lebens womöglich reinen Tisch machen? Sie musste ihren Verdacht unbedingt Doktor Hoffmann mitteilen.

„Langweile ich Sie?", fragte Monika, die leicht enttäuscht zu Vera hinüberschaute.
„Nein, ganz und gar nicht. Ich höre Ihnen gerne zu. Was halten Sie davon, wenn wir uns in meinen Wagen setzen? Ich habe Angst, dass es nicht mehr lange dauern wird, bis man uns hier unten findet. Ich möchte doch noch so gerne Ihre ganze Geschichte hören. Kommen Sie, hier entlang." Vera packte Monika an die Hand und zog sie mit sich. Sie gingen durch die kalten, sehr langen Flure und Vera hoffte, dass sie von hier aus irgendwie in die Tiefgarage kamen. Und tatsächlich hatten sie Glück. „Wir sind gleich da. Nur noch ein paar wenige Schritte. In meinem Wagen habe ich auch eine Jacke und eine Decke für Sie." Vera zog die frierende Frau weiter hinter sich her. Was tat sie da nur? Sie hätte längst Schwester Anja oder am besten gleich Doktor Hoffmann informieren müssen, dass sie Frau Bender gefunden hatte. Stattdessen folgte sie nur ihrem Ego, um noch mehr herauszubekommen, warum Monika sich das Leben nehmen wollte. Sie hatte das Gefühl, dass sie heute alles auf einmal erfahren könnte, was über Jahre nicht einmal im Ansatz möglich gewesen war. Diese Chance durfte sie nicht ungenutzt verstreichen lassen. „Wir sind da." Vera schloss den Wagen auf und half Monika auf den Beifahrersitz. Auf dem Rücksitz lag eine Jacke und aus dem Kofferraum holte sie eine Decke. Sie

packte die zitternde Frau ganz fest ein und nahm neben ihr auf dem Fahrersitz Platz. „Gleich wird es Ihnen wieder warm werden. Ich habe eine sehr gute Standheizung.“ Vera drehte die Heizung voll auf. Sie schaute zu der jungen Frau. Es schien ihr gut zu gehen. Sie löste sich ein wenig aus der Decke und auch die Jacke öffnete sie einen Spalt. Vera reagierte sofort und drehte die Heizung ein gutes Stück herunter. Auch ihr war es zwischenzeitlich schon fast zu warm.

„Möchten Sie weitererzählen? Hier unten wird uns bestimmt so schnell niemand stören.“
„Warum bringen Sie mich nicht einfach ganz von hier weg? Sie müssten nur den Wagen starten und ich wäre der Freiheit ein ganzes Stück näher.“ Monika sah, dass Vera nach den richtigen Worten suchte. „Das war nur ein Scherz“, sagte Monika und lachte aus vollem Herzen. „Keine Angst, ich werde mich meinem Schicksal fügen. Wenn Sie wirklich noch Zeit und Lust haben, dann erzähle ich weiter aus dem Nähkästchen. Sagt man das so? Aus dem Nähkästchen?“ Monika wartete auf eine Antwort.
Vera überlegte kurz, bevor sie antwortete. „Sie sagten zuletzt, dass Sie jemand anderes sein wollten. Wissen Sie denn, wer oder wie Sie gerne gewesen wären?“
„Nein, das habe ich nie herausgefunden. Anscheinend war es wohl doch nicht so wichtig, wie ich dachte.“ Monika sah ihrem Gegenüber fest in die Augen, womöglich in der Erwartung einer Zustimmung oder mindestens einer Stellungnahme. Aber nichts geschah. Der lautstarke Protest, auf den Monika hoffte, kam nur von ihr selbst. Vera schwieg eisern. Monika hätte sich so gerne geirrt. Schon viel zu lange wartete sie auf die rettende Eingebung, diesen kleinen letzten Funken an Hoffnung. Aber nichts von alledem geschah. Nichts brachte sie zurück in ein sicheres, sich normal anfühlendes Leben. Normalität war ihr fremd und so wie es aussah, würde sich wohl auch in Zukunft nicht viel daran ändern.
Monika schaute sich um. „Ich glaube, ich war noch nie in einer Tiefgarage. Es gefällt mir hier. Es ist so ruhig. Ich könnte es noch eine ganze Weile hier unten aushalten. Bestimmt bekommen Sie Ärger, wenn herauskommt, dass Sie sich mit mir hier unten verstecken.“
„Das ist kein Problem. Da wird mir schon noch etwas einfallen.“ Vera

lächelte. „Wie fühlen Sie sich? Geht es Ihnen gut?“
„Ja, es geht mir gut! Warum fragen Sie?“
„Nun ja, ich habe Sie quasi entführt und wollte einfach mal nachfragen, ob alles in Ordnung ist.“
„Ich bin gerne mitgegangen. Das kann ich auch später so bestätigen, wenn Ihnen das weiterhilft. Dann ist Ihr Ärger, den Sie vielleicht wegen mir bekommen werden, weniger groß.“
„Lassen Sie uns über etwas anderes reden“, versuchte Vera, das Gespräch wieder in die vorherige Richtung zu lenken.
„Sie wollen wissen, warum ich mich umbringen wollte und ob ich es vielleicht noch einmal versuchen werde?“
„Ja, genau das möchte ich gerne von Ihnen erfahren.“ Vera entdeckte eine ganz neue Seite an Monika. Ihre Bereitschaft, etwas von sich preiszugeben, war neu und ungewöhnlich. In ihrer gemeinsamen therapeutischen Vergangenheit war Monika bisher vollkommen verschlossen gewesen. Was hatte sich geändert, dass sie plötzlich so redselig war?
„Wissen Sie, Frau Wagner Kausch, es ist eine gefährliche und teuflische Gratwanderung zwischen gesund und wahnsinnig. Glauben Sie mir. Ich weiß, wovon ich spreche, denn ich lebe immer mal wieder in beiden Welten. Mein Leben ist so gut wie vorbei. Ich bin einfach nur noch so schrecklich müde. Aber ich kann dennoch nicht schlafen. Und irgendwann, wenn die Dämonen wieder anfangen miteinander zu kämpfen, dann macht man auch schon mal ein paar Dummheiten. Ob ich es wieder tun würde? Oh, ja, das würde ich. Der Gedanke, dass ich in nur wenigen Stunden gegen meinen Willen in die Psychiatrie gebracht werde. Was würde das mit Ihnen machen? Würden Sie als gesunder Mensch es auch nur einen Tag lang in einer solchen Anstalt aushalten?“
„Halten Sie sich denn für normal und gesund?“ Vera konnte nicht anders, als ihr diese Frage zu stellen.
„Was heißt das schon, gesund!“, sagte Monika. In ihrer Stimme war ein deutlicher Unterton aus Spott und leichter Verachtung zu hören. „Ist man verrückt, krank oder sogar wahnsinnig, nur weil man einsam ist? So einsam, dass man irgendwann anfängt, Selbstgespräche zu führen? Ich war schon so oft am Ende. Mehr als einmal an dem Punkt, an dem ich bereit war, mir das Leben zu nehmen. Warum sollte ich es

nicht wieder tun? Da ist nichts und niemand, den ich zurücklasse. Keiner, dem ich fehlen würde oder der nur eine einzige Träne um mich weinen würde. Einsamkeit ist irgendwann nicht mehr auszuhalten. Mein Absturz war mir schon als Kind in die Wiege gelegt worden. Wenn selbst meine Mutter mich nicht einmal wollte. Man mich als Jugendliche gemobbt und gehänselt hat. Als Frau war ich nie genug für einen Mann. Glauben Sie mir, ich habe versucht zu leben."
Vera konnte kaum ihre Tränen zurückhalten. Sie sagte es nicht laut, aber sie konnte Monika durchaus verstehen.
„Mein Leben war bisher nicht wirklich gut. Und auch diesmal lässt es mich wieder im Stich. Ich stehe erneut an diesem Abgrund, der mich runterzieht. Warum sich länger wehren? Ich möchte mich endlich fallen lassen. Ich will, dass es aufhört. In meinem Kopf steht schon lange fest: Es gibt für mich nur noch diese eine Antwort. Je länger ich auf mein Leben zurückschaue, umso mehr wird der Wunsch in mir stärker, dass der Tod die Antwort auf alle Fragen ist. Diese Sehnsucht nach Erlösung ist mir näher als ein erneuter, nichtsbringender Versuch, dem Leben wieder und wieder die Stirn zu bieten. Sie müssten mich doch eigentlich verstehen", forderte Monika, Vera heraus. „Ihr Schmerz muss ähnlich unerträglich gewesen sein."
Vera war versucht, ihren Schmerz mit Monika zu teilen. Mit Sicherheit ließen sich Parallelen ziehen. Aber Vera zögerte. Monika hatte ihre Geschichte noch lange nicht zu Ende erzählt.
„Mein Kopf ist voll und gleichzeitig leer." Monika hämmerte mit beiden Händen, die zu Fäusten geballt waren, gegen ihre Schläfen. Vera wollte schon einschreiten, aber Monika beruhigte sich genauso schnell wieder. Sie sackte ein wenig in sich zusammen. Vera hatte Mitleid mit ihr. Und dann überraschte Monika sie wieder. Nur Sekunden später saß sie wieder kerzengerade auf ihrem Beifahrersitz. Es sprudelte aus ihr heraus, so als ob sie nur darauf gewartet hätte, hier und jetzt ihre Geschichte zu erzählen.
Im Wageninneren wurde es zunehmend ungemütlicher. Die Atemluft von gleich zwei erwachsenen Personen erhöhte die Luftfeuchtigkeit sehr schnell. Beschlagene Fensterscheiben waren das Resultat. Eine freie Sicht nach draußen war kaum noch gegeben. Monika ließ sich davon aber nicht beirren. Sie war die Ruhe selbst und sehr klar in ihren weiteren Ausführungen.

„Wissen Sie, Frau Wagner Kausch, manchmal öffnete sich hier oben etwas.“ Sie tippte mit den Fingern gegen ihre Stirn. „Für einen kurzen Augenblick herrscht dann absolute Klarheit in meinen Gedanken. Dann ist es wunderbar. Es offenbart sich mir eine Flut an längst verblassten Erinnerungen aus relativ sorgenfreien Tagen. Aber so ist es leider mit den schönen Dingen. Sie bleiben nicht und gehören irgendwann der Vergangenheit an. Sie verschwinden aus deinem Leben schnell und flüchtig wie ein Atemzug. Ganz anders verhält es sich mit den schmerzhaften Erinnerungen. Die bleiben, hinterlassen ihre Spuren und das ein Leben lang. Sie können mir glauben, ich habe es immer wieder versucht, mich an diese letzten schönen Erinnerungen festzuhalten. Aber da hatte ich längst keine Kraft mehr. Ich ließ also meine letzten schönen Erinnerungen einfach los.“
Vera konnte nicht anders, als nachzufragen. „Sagen Sie mir, Monika, was waren Ihre letzten schönen Erinnerungen?“
„Meine Katze!“
Für Vera schloss sich der Kreis langsam. Sie begann, Monika nicht nur zu verstehen. Sie bewunderte die Frau sogar ein wenig. Wie lange hatte sie es geschafft, ihr qualvolles Leben auszuhalten? Der einzige, maßgebliche Unterschied zwischen ihnen war das soziale Netz. Vera hatte alles: eine wunderbare Kindheit, liebevolle Eltern, jede Menge Freunde, eine sehr gute Ehe, und sie hatte ein Kind. Sie hatte einmal alles. Und Monika hatte nicht mal eine Chance auf irgendetwas davon. Sie wurde zur falschen Zeit am falschen Ort von der falschen Person geboren.

„Möchten Sie, dass ich noch weitererzähle? Sie können mich aber auch, wenn Sie wollen, zurückbringen. Mir ist das inzwischen vollkommen egal.“ Monika holte Vera aus ihrer kurzen Abwesenheit zurück.
„Entschuldigen Sie, Monika. Ich war wohl für einen Moment mit meinen Gedanken ganz woanders. Ja, bitte, erzählen Sie weiter.“
„In Ordnung, wie Sie wollen. Wie gesagt, meine letzten schönen Erinnerungen hatte ich an meine Katze. Sie starb! Es fühlt sich an, als wäre es gerade eben erst passiert. Aber es ist schon eine ganze Weile her.“ Monika versuchte zu lächeln. Es gelang ihr aber nicht. Ihr Mund begann leicht zu zittern. Wenn ihnen die Zeit nicht so sehr im Nacken

gesessen hätte.
Vera verspürte den unbändigen Drang, Monika zu retten. Sie hätte sie am liebsten einfach mit nach Hause genommen und wieder aufgepäppelt wie eine streunende Katze, die man am Straßenrand gefunden hatte. Doch die Zeit drängte nach wie vor. Vera war noch nie so sicher, dass Monika ihr noch so viel mehr erzählen wollte.
„Versagerin, Versagerin." Immer wieder wiederholte Monika dieses eine Wort. „Ich bin ein Nichts, ein Niemand. Alles, was ich jemals versucht habe in meinem Leben, war schon im Ansatz zum Scheitern verurteilt. Am Schluss habe ich nur noch versucht, den Schein zu wahren. Ich sorgte für einen geregelten Alltag. Nichts Großes. Nichts, worüber ich nachdenken musste. Aber Sie ahnen es bereits."
Die beiden Frauen sahen sich ganz offen an. „Die einzige Routine, die mein Alltag zuließ", sagte Monika mit spöttischem Unterton, während ihre Augen unkontrolliert zu zucken begannen, „war das Liebäugeln mit dem Tod. Ich war müde, erschöpft und ich wollte nicht länger nur noch funktionieren. Aber!" Monika machte eine kurze Pause. „Trommelwirbel", sagte sie und ihre Stimme klang ein wenig hysterisch. Sie tat so, als würde sie mit Taktstöcken auf ihren Beinen einen Rhythmus schlagen. „Wussten Sie eigentlich, dass ich mal als Tierpflegerin in einer Tierarztpraxis gearbeitet habe?" Ihre Augen waren das sprichwörtliche Spiegelbild ihrer Seele. Ihre Augen funkelten, als sie von den Tieren zu erzählen begann.

In ihren Erzählungen wechselte sie von Euphorie in Lethargie schneller, als ich glaubte atmen zu können. „Irgendwann", sagte sie, „konnte ich es nicht mehr ertragen, wenn ein Tier, auch wenn es alt war, eingeschläfert wurde. Ich habe den Leuten vorgeworfen, was unsinnig war, dass sie für die Tiere nicht genug getan hätten. Ich verlor den Job schon nach wenigen Wochen, weil ich irgendwann einfach nicht mehr hingegangen bin. Es hat auch niemand nach einem warum gefragt. Ganz zu schweigen, dass jemand nach mir gefragt hätte. Meine Papiere lagen irgendwann im Briefkasten. Einen neuen festen Job gab es danach nie wieder. Ein weiterer Abstieg meines traurigen Daseins. Jetzt war ich nicht nur wahnsinnig, sondern auch noch arm dazu. Die Krönung meines stumpfsinnigen Lebens bestand darin, dass ich eine Katze aus dem Tierheim mitgehen ließ. Man hat sie nicht einen Tag lang vermisst. Ich dachte wirklich, wenn ich mich um jemanden oder um etwas kümmern würde, dass mich das wieder auf die Beine bringen würde. Eine Zeitlang schien es auch so, als würde es funktionieren. Die Verantwortung für ein Tier ist nicht zu unterschätzen. Aber Sie wissen schon, was jetzt kommt. Ich kann es in Ihrem Gesicht sehen. Diese kleine verrückte Frau schafft es noch nicht einmal, eine Katze am Leben zu erhalten. Sie haben Recht. Alle haben Recht. Nicht ein Jahr und meine süße Mimi war tot. Ich habe das Fenster offengelassen. Sie ist auf die Fensterbank gesprungen und hat dort gespielt. Gerade als ich sie dort wegholen wollte, fiel sie. Mimi hatte keine sieben Leben. Ich habe ihr nicht mal das eine geben können. Wenn Mimi im Tierheim geblieben wäre, vielleicht wäre sie heute noch am Leben."

Vera musste dringend etwas unternehmen, bevor Monika noch in ihrem Selbstmitleid ertrank. „Ja, Sie haben Recht", begann Vera ihr Plädoyer. „Sie sind ein Nichts, ein Niemand. Eine Versagerin! Ihr Leben ist keinen Dreck wert. Ich bitte Sie daher inständig, erlösen Sie mich und alle anderen. Springen Sie von einem Dach. Oder schneiden Sie sich erneut die Pulsadern auf." Vera sah Monika direkt in ihre glasigen Augen. Dann beugte sich Vera noch ein Stück näher zu Monika. Beide Atem rochen nach abgestandenem, kaltem Kaffee. Vera redete weiter, aber ihre Augen ließen nicht von Monika ab. Ihre Worte trafen Monika genau dort, wo Vera sie platziert hatte. Mitten ins Herz! „Sie können auch", und Vera legte noch etwas mehr Verachtung in ihre Worte, „Sie sind doch ein Feigling. Das Leben hat Sie doch längst schachmatt gesetzt. Also, wie wäre es? Mein letzter Vorschlag für Sie: „Werfen Sie doch einfach ein paar Pillen ein und ehe Sie wissen, wie Ihnen geschieht, ist auch alles schon vorbei. Was meinen Sie?"
Monika war verwirrt. Vera konnte nur hoffen, dass sie den Bogen des Guten nicht zu weit gespannt hatte. Ihre Hoffnung war es, weit genug gegangen zu sein, um den letzten entscheidenden Knoten in Monikas Kopf endlich zu lösen. Die Augen der jungen Frau waren weit aufgerissen. Ihr Blick wirkte irre, wenn man das so sagen konnte. Im Wageninneren war es unangenehm ruhig geworden. Vera folgte mit ihren Augen nervös zwischen der Tiefgaragentür und der völlig überforderten Frau neben ihr hin und her. Sie war wohl wirklich zu weit

gegangen. Monika wirkte wie erstarrt in ihrem Sitz. Behutsam legte Vera eine Hand auf die Schulter von Monika. „Ich bringe Sie jetzt wieder auf Station. Und ich verspreche Ihnen, wenn man Sie aus der Psychiatrie wieder rauslässt, werde ich für Sie da sein. Ganz großes Ehrenwort." Vera wollte schon die Tür öffnen, als Monika sie zurückhielt.
„Sie haben mich bewusst provoziert. Warum?" Vera ließ die leicht geöffnete Tür los und wandte sich Monika zu.
„Ich habe gehofft, von Ihnen zu hören, dass Sie trotz allem, was Sie erlebt haben, leben wollen. Ich weiß es aus eigener Erfahrung. Das Leben ist oft nicht gut zu uns. Und manchmal müssen wir mehr ertragen, als wir glauben, jemals überwinden zu können. Glauben Sie mir! Ich habe mir mein Leben auch anders vorgestellt. Aber wir wissen alle, das Leben ist kein Wunschkonzert. Ein abgedroschener Spruch, aber im Kern steckt sehr viel Wahrheit. Die erneute Stille, die sie plötzlich wieder einholte, verursachte Vera leichte Bauchschmerzen. Warum sagte Monika nichts? Am liebsten wäre sie ausgestiegen, um sich die Beine etwas zu vertreten. Sie hatte inzwischen jegliches Gefühl für Zeit verloren und den Rahmen ihrer Kompetenz weit überzogen. Mit jeder weiteren Minute, die verging, wurde es geradezu unmöglich, ihren Alleingang zu rechtfertigen. Endlich erlöste Monika sie.
„Natürlich will ich leben. Nur nicht so. Wissen Sie, warum ich mich Ihrem Kollegen Herrn Altmann so angebiedert habe?" Wirr fuhr Monika mit ihren Fingern durch ihr Haar. Sie zerzauste es mehr, als dass sie es sich aus dem Gesicht strich. „Ich hatte doch tatsächlich gehofft, ihn für mich zu gewinnen. Er war immer so freundlich zu mir. So verständnisvoll. Er hatte immer ein Lächeln für mich übrig. Ich weiß, was ich getan und gesagt habe, war falsch. Können Sie ihm das von mir ausrichten?"
„Irgendwann werden Sie so weit sein und es ihm selbst sagen können", sagte Vera lächelnd. „Er wird Sie anlächeln und sagen, dass er es versteht. Und er wird Ihnen nichts nachtragen. Sie aus der Behandlung zu entlassen, war sein professioneller Weg. Er musste so handeln. Es ging nie gegen Sie persönlich."
„Das weiß ich", sagte Monika und Vera glaubte ihr. „Ich bin froh, dass ich noch lebe. Aber die Aussicht auf einen Aufenthalt in der Psychiatrie macht mir Angst. Können Sie mich da nicht irgendwie rausholen?

Ich verspreche hoch und heilig, mir nie wieder etwas antun zu wollen."
„Diese Entscheidung treffe nicht ich", sagte Vera und fühlte mit der jungen Frau. Auch Vera glaubte, dass eine Einweisung in die Psychiatrie nicht unbedingt notwendig war. „Ich kann versuchen, noch einmal mit Doktor Hoffmann zu sprechen. Aber ich kann Ihnen nicht versprechen, dass er seine Meinung ändern wird. Er richtet sich strikt nach den gesetzlichen Vorgaben."
„Danke", flüsterte Monika. Bevor Vera reagieren konnte, lag Monika ihr bereits in den Armen.
„Ist schon gut", sagte Vera.
„Tut mir leid! Manchmal reagiere ich einfach, ohne nachzudenken."
„Das sollten Sie in den Griff bekommen", lächelte Vera. „Kontrolle zu haben ist wichtig. In manchen Bereichen sogar lebensnotwendig." Vera wollte nicht den mahnenden Lehrer raushängen lassen. Und schon gar nicht wollte sie Monika zurückweisen. Aber sie durfte ihr nicht das Gefühl geben, dass sie jetzt beste Freundinnen waren. Sie war Therapeutin und Monika bald wieder ihre Patientin. Eine gewisse Grenze und Distanz mussten eingehalten werden. Vera zog sich in ihrem Sitz zurück, soweit es der kleine Innenraum ihres Wagens zuließ.
„Haben Sie denn Ihr Leben wieder unter Kontrolle?"
Vera war überrascht über diese doch sehr persönliche Frage, die Monika ihr so unverblümt stellte. Sie wollte ehrlich sein und musste länger als gedacht darüber nachdenken. Hatte sie ihr Leben wieder unter Kontrolle? Was bedeutete es, sein Leben unter Kontrolle zu haben?
„Ich weiß es nicht", war Veras aufrichtige Antwort. „Ich weiß es wirklich nicht. Ich lebe seit dem Verschwinden meiner Tochter und dem Unfalltod meines Mannes nur noch von einem auf den anderen Tag. Das ist nicht immer einfach, aber es wird mit der Zeit immer ein wenig besser. Es ist unmöglich, solche Schicksalsschläge, wie Sie und ich sie erleben mussten, zu vergessen. Man kann nur hoffen, dass sie einen nicht ganz aus der Bahn werfen und man muss lernen, damit irgendwann zu leben. Auch negative und schmerzhafte Erfahrungen gehören zu unserem Leben. Irgendwann müssen wir loslassen."

Monikas Gesichtsausdruck wirkte sehr angestrengt. So als müsste sie lange über das nachdenken, was Frau Wagner Kausch soeben gesagt

hatte. Dann sagte sie, und das in einem sehr harten Tonfall: „Wenn ich Sie richtig verstanden habe, dann versuchen Sie also, Ihr Kind und auch Ihren Mann Tag für Tag immer ein bisschen mehr zu vergessen. So als wären sie nie dagewesen und jetzt nur noch ein unangenehmes Problem, das man irgendwann beiseiteschiebt. Habe ich Sie da richtig verstanden?“ Monika war enttäuscht. Man sah ihr an, dass sie etwas anderes erwartet hatte.
„Sie wissen, dass ich es so nicht gemeint habe.“ Vera versuchte die gekränkte Frau zu beruhigen. „Kommen Sie, es wird Zeit, dass wir gehen. Wir können auch noch in Ihrem Zimmer reden. Es wird langsam ungemütlich hier unten.“ Vera schaute auf die beschlagenen Fenster. Das Schwitzwasser tropfte mittlerweile ins Innere des Wagens.
„Nur noch einen Augenblick“, bat Monika. „Da wäre noch etwas, das ich Ihnen sagen muss. Es liegt mir schon länger auf der Seele. Aber ich habe mich nicht getraut, es laut auszusprechen. Was, wenn ich mich getäuscht habe? Was, wenn es nur ein Trugbild meiner Fantasie war? Was weiß ich schon. Ich bin nicht ganz gesund. Das weiß ich. Am besten, Sie vergessen es. Lassen Sie uns gehen.“
Vera ließ erneut die Fahrertür los, aber diesmal schloss sie die Tür wieder. „Sie haben mir in den letzten zwei Stunden mehr erzählt als in den vergangenen Jahren unserer Therapiesitzungen. Sie hätten mir auch gleich sagen können, dass Sie Parkhäuser für ein offenes Gespräch vorziehen.“ Vera lachte alleine. Monika verzog keine Miene. „Sie sollten inzwischen wissen, dass Sie mir alles, wirklich alles sagen können. Also, raus damit. Was liegt Ihnen noch so schwer auf der Seele?“
„Es geht nicht um mich.“ Ihre Worte kamen nur sehr zögerlich über ihre Lippen.
„Wenn es um Herrn Altmann geht, das hatten wir doch besprochen. Ich werde ihm sagen, wie leid es Ihnen tut. Bis Sie es ihm in ein paar Wochen selbst sagen können.“
„Es geht nicht um Herrn Altmann.“
„Jetzt machen Sie mich aber richtig neugierig.“
„Vielleicht ist es doch nicht der richtige Moment, um jetzt darüber zu reden“, meinte Monika verlegen.
Vera ließ die Aussage von Monika unkommentiert. „Kommen Sie, lassen Sie uns gehen.“ Diesmal stieg Vera aus. Und auch Monika ließ die

Wagentür hörbar hinter sich zuschlagen. Vera hatte sich schon ein Stück weit vom Wagen entfernt, als Monika ihr etwas zurief.
„Ich glaube, ich habe Ihre Tochter gesehen. Aber ich kann mich auch getäuscht haben. Bestimmt habe ich mich getäuscht, sonst wäre Julia ja längst bei Ihnen.“ Monika ging ein paar Schritte auf Vera zu. Abrupt blieb sie wie erstarrt stehen.
Vera reagierte so schnell sie konnte und rannte zu der verängstigten Frau. Es wurde laut und hektisch. Die schwere Eisentür schlug heftig gegen die Betonwand. Einige Männer stürmten die Tiefgarage. Monika versteckte sich hinter Vera. Sie traute ihren Augen nicht. Sie sah, wie Männer mit Gewehren im Anschlag bedrohlich näher kamen. Unter ihnen erkannte sie auch Hauptkommissar Brandes. Vera richtete sich auf, hielt Monika aber sicher weiter hinter sich.
„Was ist denn hier los?“, schrie Vera und rief nach Hauptkommissar Brandes.
„Entwarnung, Waffen runter. Es ist alles unter Kontrolle. Ziehen Sie Ihre Leute ab“, sagte Hauptkommissar Brandes zu einem der Beamten, der von Kopf bis Fuß verhüllt war, mit Sicherheitsweste, Sturmhaube und dem Gewehr immer noch im Anschlag. „Was machen Sie hier unten und das auch noch mit einer flüchtigen Patientin, die man seit mehr als drei Stunden sucht? Was haben Sie sich nur dabei gedacht? Ich entziehe Ihnen hiermit bis auf Weiteres jegliche Kompetenz als Fallanalytikerin. Sie sind bis auf Weiteres nicht befugt, für mich oder für eine andere polizeiliche Behörde zu arbeiten. Und jetzt übergeben Sie die Patientin an Schwester Anja und Doktor Hoffmann. Und Sie kommen mit mir auf die Wache. Sie können froh sein, wenn das Krankenhaus Sie nicht anzeigt. Was haben Sie sich nur dabei gedacht?“

Schwester Anja und Doktor Hoffmann drängten sich an Vera vorbei. Wenn Blicke töten könnten, wäre sie gleich zweimal gestorben. Monika kauerte immer noch hinter ihrem Rücken. Schwester Anja war die erste, die an ihr zog, um sie von Vera wegzureißen. Doktor Hoffmann kam zur Hilfe, als er sah, dass Monika sich mit Händen und Füßen wehrte.
„Lassen Sie sie los“, schrie Vera und versuchte sich aus dem festen Griff von Hauptkommissar Brandes zu befreien. Es brach ihr das Herz,

Monika wieder so klein und verletzlich zu sehen. Sie schrie und weinte. Und auch Vera traten Tränen in die Augen. Man führte sie aus der Tiefgarage, drehte ihr beide Arme hinter den Rücken. Sie wurde abgeführt wie eine Schwerverbrecherin.
„Lassen Sie es gut sein“, mahnte sie Hauptkommissar Brandes. „Sie hatten Ihre Chance. Jetzt lassen Sie die Ärzte ihre Arbeit machen.“
„Sie verstehen nicht! Frau Bender hat Julia gesehen. Ich muss wissen, wann und wo das gewesen ist. Bitte, nur zwei Minuten.“
Hauptkommissar Brandes sagte nichts. Aber sein Blick sagte alles. Vera sah, wie Doktor Hoffmann Monika etwas in den Oberarm spritzte. Sofort schlossen sich ihre Augen und Monika sank leblos zu Boden. Zwei Pfleger kamen mit einer Trage herein. Alles ging ganz schnell. Sie legten Monika auf die Trage. Dicke Gurte schnürten ihren schmächtigen Körper. Wieder trafen Vera missbilligende Blicke. Dieses Mal waren es Schwester Anja und Doktor Hoffmann. Vera wusste, dass sie fahrlässig gehandelt hatte. Sie hätte sich gerne entschuldigt, aber dafür war es noch zu früh. Wut und Ärger standen beiden ins Gesicht geschrieben. Schwester Anja und auch Doktor Hoffmann folgten den Pflegern zurück auf Station.

Plötzlich war es ganz still geworden. Vera löste sich aus ihrer Anspannung. Es war vorbei. Was hatte sie getan? Sie fühlte sich schuldig, ohne sich einer Schuld bewusst zu sein. Es fehlte nur noch, dass Hauptkommissar Brandes sie in Handschellen abführte.
„Sie begleiten mich zur Wache.“
Das klang nicht nach einer Bitte. Vera versuchte, ruhig zu bleiben. Schweigend und ohne Handschellen folgte sie ihm.
Es kam Vera wie eine Ewigkeit vor, bis sie endlich die Wache erreicht hatten. Hauptkommissar Brandes machte einen sehr mitgenommenen Eindruck auf sie. Er sprach kurz mit einem Kollegen. Wenige Minuten später brachte der junge Beamte ihnen zwei große Becher Kaffee. Dann schloss er die Tür. Es wurde weiter geschwiegen. Hauptkommissar Brandes hatte inzwischen an seinem Schreibtisch Platz genommen. Er trank seinen Kaffee und schrieb sich irgendetwas auf. Er würdigte Vera keines Blickes.
Es klopfte an der Tür. Es war Jonathan. Er ging sofort auf Vera zu und umarmte seine Freundin. „Geht es dir gut?“, fragte er sichtlich besorgt.

„Natürlich geht es mir gut. Was machst du hier?“
„Man hat mich angerufen und gebeten, hierher zu kommen, um dich abzuholen. Was ist passiert? Hast du wirklich versucht, Frau Bender zu entführen?“
„Was, wer erzählt denn so einen Unsinn?“ Jonathan begrüßte erst jetzt Hauptkommissar Brandes. „Können Sie vielleicht etwas Licht in diese Angelegenheit bringen?“ Jonathan reichte dem Mann, der mit finsterer Miene auf seine Unterlagen starrte, die Hand.
„Entschuldigen Sie bitte meine Manieren. Ich war nur so in Sorge um Frau Wagner Kausch.“
„Setzen Sie sich.“ Hauptkommissar Brandes zeigte auf den Stuhl gleich neben Vera. Jonathan legte seine Jacke ab.
„Darf ich Ihnen auch einen Kaffee bringen lassen?“
„Nein, danke, ich möchte nichts.“
„In Ordnung, dann werde ich Ihnen mal das Protokoll von heute Nachmittag vorlesen und Sie Punkt für Punkt über das Vergehen Ihrer Freundin, Frau Wagner Kausch, aufklären.“ Hauptkommissar Brandes würdigte Vera keines Blickes. Sie musste ruhig bleiben, auch wenn es ihr schwerfiel. Sollte Hauptkommissar Brandes doch seine Standpauke über sie abhalten. Nur Frau Bender und sie kannten die Wahrheit. Niemand anderes. Es ärgerte Vera nur maßlos, dass dies alles in Anwesenheit ihres besten Freundes stattfand. Langsam fühlte sie sich leicht unbehaglich, so als sei sie wieder Studentin an ihrer alten Uni. Als sie durch ihre oft sehr aufmüpfigen Äußerungen schon fast regelmäßig aus den Vorlesungen ihres damaligen Professors Herrn Rupert des Hörsaals verwiesen wurde. Die Erinnerungen daran reichten bereits aus, um ihr die Schamesröte ins Gesicht zu treiben. Vera begann sich noch unwohler zu fühlen. Wenn sie jetzt noch Juckreiz bekam, dann würde sie aufstehen und einfach gehen.

„Man hat mich vor zwei Stunden aus dem Krankenhaus angerufen“, begann Hauptkommissar Brandes seinen Vortrag. „Und man berichtete mir von einer vermissten Patientin und einer ebenfalls nicht wiederauffindbaren Besucherin namens Frau Wagner Kausch. Als man besagte Besucherin nicht einmal mehr über ihr Handy erreichen konnte, schlug man bei mir Alarm. Schließlich habe ich mich für Frau Wagner Kausch eingesetzt. Nichtsahnend, dass sie sich bereits mit der

Patientin in der Tiefgarage des Krankenhauses versteckt hatte. Obwohl sie wusste, dass man die Patientin Frau Monika Bender seit geraumer Zeit bereits suchte. Erschwerend kommt noch hinzu, dass Frau Wagner Kausch in Gegenwart von Doktor Hoffmann geäußert hat, nicht damit einverstanden zu sein, die Patientin in die Psychiatrie einzuweisen. Eigentlich sollten Sie es doch besser wissen. Was haben Sie sich nur dabei gedacht?“ Hauptkommissar Brandes sah erst jetzt zu Vera, die eher gelangweilt als beeindruckt dem Vortrag gefolgt war. Vera wartete einen Moment. Sie wollte sicher sein, dass Hauptkommissar Brandes mit seiner Rede wirklich fertig war. Innerlich zählte sie von zehn an rückwärts. Und erst dann versuchte sie, ihr Handeln irgendwie sinnvoll zu erklären.

„Was Sie gesagt haben, stimmt alles und irgendwie stimmt es auch wieder nicht. Ich habe Frau Bender nicht entführt. Es hat sich einfach so ergeben, dass wir in der Tiefgarage gelandet sind. Wir haben zu Anfang alle nach ihr gesucht. Ich fand sie schließlich in der Krankenhauskantine. Wir haben uns richtig gut unterhalten. Ich bin fest davon ausgegangen, dass, wenn man sie gegen ihren Willen in die Psychiatrie steckt, sie sich wieder versuchen wird, umzubringen. Aber dann hat sie irgendwann angefangen zu erzählen. Von ihrem Leben, ihren Wünschen. Von all ihren Sorgen und Ängsten. Ich spürte, dass sie reden wollte. Aber ich wusste auch, dass es nur eine Frage der Zeit war, bis man uns entdecken würde. Also ging ich mit ihr in die Tiefgarage und wir setzten uns in meinen Wagen. Sie hat geredet und geredet. Ich habe in den zwei Stunden mehr über sie erfahren als in den ganzen Jahren, in denen sie bei mir in Therapie war. Fragen Sie meinen Kollegen. Fragen Sie Herrn Altmann.“ Vera schaute hilfesuchend zu Jonathan.
„Wir beide sind irgendwann zu demselben Entschluss gekommen, nämlich dass Frau Bender nicht therapierbar ist. Und dann plötzlich hört sie gar nicht mehr auf zu reden. Das war meine Chance, ihr endlich zu helfen.“ Vera richtete jetzt ihre Worte ganz gezielt an Hauptkommissar Brandes. „Frau Bender war inzwischen bereit, freiwillig in die Psychiatrie zu gehen. Und wir waren auf dem Weg zurück ins Krankenhaus, als Sie mit Ihren Männern die Tiefgarage stürmten, als ginge es um Terrorismus. Mit Gewehren im Anschlag bedrohten Ihre Leute zwei harmlose Frauen. Was haben Sie sich nur dabei gedacht?

Und wie konnten Sie es zulassen, dass man Sie wegschleppte wie eine Schwerverbrecherin. Sie hat mir gesagt, dass sie Julia gesehen hat. Und ich glaube ihr. Sie war so klar wie nie zuvor. Und jetzt ist sie weg. Ich muss mit ihr reden, bevor man sie in die Psychiatrie bringt."
Jetzt war es Hauptkommissar Brandes, der darauf wartete, dass Vera ihren Vortrag beendete.
Jonathan hatte bisher eisern geschwiegen. Aber jetzt brach es aus ihm heraus. „Du wirst doch nicht ernsthaft glauben, dass ausgerechnet Frau Bender Julia gesehen hat. Sie kennt sie nicht einmal. Sie hat sie höchstens mal auf einem Foto in deiner Praxis gesehen. Und das ist Jahre her. Entschuldige bitte, aber selbst wir wissen nicht, wie Julia jetzt aussehen würde, wenn sie wirklich noch leben würde. Sei vernünftig. Wenn Julia irgendwo hier in der Nähe gewesen wäre, glaubst du nicht, dass sie nach Hause gekommen wäre? Oder dass sie zur Polizei gegangen wäre?" Behutsam legte Jonathan einen Arm schützend um seine Freundin. Vera war wütend. Am liebsten wäre sie sofort aufgestanden und hinausgerannt. Aber für heute hatte sie genug Unheil angerichtet. Sie dachte an Frau Bender. Alles geschah wieder einmal gegen ihren Willen. Monika würde, wenn sie in der Psychiatrie aufwachen würde, das Gefühl haben, von ihr verraten worden zu sein. Vera sah auf ihre Uhr. Bestimmt war Monika bereits auf dem Weg in die Psychiatrie. Ohne die Hilfe von Hauptkommissar Brandes würde sie wohl kaum eine Möglichkeit haben, mit ihr noch einmal sprechen zu können.
„Schon gut", sagte Vera sichtlich genervt. Sie schüttelte Jonathans Umarmung weit von sich. Er sollte wissen, wie sehr seine Worte sie verletzt hatten.
„Sie müssen mir helfen", flehte Vera Hauptkommissar Brandes an. „Sie müssen mir umgehend einen Besuchstermin in der Psychiatrie, in die man Frau Bender gebracht hat, genehmigen. Nur fünf Minuten. Nur um herauszubekommen, wann und wo sie Julia gesehen haben will. Es ist nicht verrückter, ihrer Spur nachzugehen als die der anderen Verrückten in den vergangenen Jahren."
„Da hat sie Recht", sagte Jonathan und warf seiner Freundin einen Blick zu, der sagen sollte: Es tut mir leid.
„Selbst wenn ich wollte, im Moment ist da nichts zu machen. Vielleicht in ein paar Tagen, wenn sich die Gemüter etwas beruhigt haben.

Aber jetzt kann selbst ich nichts machen. Sie haben den Bogen wirklich weit überspannt. Sie können froh sein, dass Sie das Krankenhaus nicht angezeigt hat. Ich habe mit Doktor Hoffmann gesprochen und ihm Ihre Ausnahmesituation erklärt. Er war trotz der Umstände sehr verständnisvoll. Und dabei belassen wir es jetzt auch. Und Sie“, er richtete sich jetzt an Jonathan, „sorgen dafür, dass Frau Wagner Kausch sicher nach Hause kommt. Ihren Wagen habe ich abholen lassen. Er müsste bereits in Ihrer Auffahrt stehen. Ich war mir nicht sicher, ob das Krankenhaus nicht doch noch ein Hausverbot gegen Sie ausspricht. Also, noch einmal. Halten Sie die Füße still, bis Sie von mir hören. In ein paar Tagen werde ich versuchen, bezüglich der Aussage von Frau Bender einen Termin zu bekommen.“
„Kann ich dann bitte mitkommen? Bitte! Ich werde mich auch zurückhalten. Versprochen!“
„Nein“, sagte Hauptkommissar Brandes, und sein Gesichtsausdruck ließ keinen weiteren Widerspruch zu. „Sie können jetzt gehen. Alle beide. Sofort, bevor ich es mir noch anders überlege.“

Jonathan stand auf. Er wollte Vera in den Mantel helfen. Aber sie wehrte ihn ab. Stattdessen stand sie auf und nahm Jonathan den Mantel aus der Hand. Sie warf sich den Mantel nur locker über die Schultern. Vera konnte nicht gehen, ohne Hauptkommissar Brandes noch einmal zu versuchen zu überzeugen. „Sie wissen, dass ich das nicht so stehen lassen kann. Es geht hier um mein Kind. Da lasse ich mir weder von Ihnen reinreden und schon gar nicht lasse ich mir etwas verbieten. Ich brauche diesen Termin! Mit oder ohne Ihre Hilfe.“ Vera wartete, aber Hauptkommissar Brandes hatte ihr wohl nichts mehr zu sagen. Sie stand jetzt Jonathan gegenüber. Ihre Enttäuschung war deutlich in ihren Augen zu sehen. Die Tränen, die sie kaum noch zurückhalten konnte, funkelten verdächtig. „Ich nehme mir ein Taxi.“ Dann ging sie auf leicht wackligen Beinen durch das Büro. Sie schloss die Tür hinter sich. Keiner machte den Versuch, sie aufzuhalten. Jonathan wollte ihr schnellstens hinterhereilen.
„Lassen Sie sie gehen“, sagte Hauptkommissar Brandes. „Irgendwie kann ich sie sogar sehr gut verstehen. Das war kein leichter Tag für sie. Geben wir ihr etwas Zeit, um das alles zu verarbeiten.“
„Sie haben Recht. Auf Wiedersehen und noch einen schönen Abend.“

Die Männer reichten sich die Hände, und dann verließ auch Jonathan die Polizeiwache.
Er war sich nicht ganz sicher, was wirklich das Richtige war. Sollte er vielleicht nicht doch nach Vera schauen? Er entschied sich nach längerem Überlegen schließlich dagegen. Vera brauchte etwas Zeit, um das Geschehene zu verarbeiten. Er war sich sicher, wenn sie soweit war, würde sie sich bei ihm melden. Eigentlich waren sie ja für morgen verabredet. Gemeinsam wollten sie durch die Einkaufsstraßen bummeln. Letzte Einkäufe erledigen, bevor es für beide in den wohlverdienten Winterurlaub ging. Jonathan war sich aber nicht mehr sicher, ob Vera ihre Verabredung unter diesen Umständen einhalten würde. Er würde sich einfach überraschen lassen und morgen in der Stadt wie verabredet auf sie warten. Er nahm die nächste Ausfahrt und fuhr nach Hause.

Vera bezahlte den Taxifahrer und sah, dass ihr Wagen wie versprochen in der Auffahrt stand. Ein Polizist stand neben dem Fahrzeug. Er schien auf sie gewartet zu haben. Mit schnellen Schritten kam er den Weg heruntergelaufen, als er sie sah. „Hölliger, mein Name." Der Beamte berührte mit der ausgestreckten flachen Hand den Rand seiner Kopfbedeckung zum Gruß. Er überreichte Vera die Autoschlüssel. Wieder wanderte seine Hand Richtung Stirn. „Auf Wiedersehen! Ich wünsche noch einen schönen Abend."
Vera nickte nur stumm. Der Beamte war schon fast außer Sichtweite, da rief Vera noch ein halblautes „Dankeschön" hinterher. Der Beamte hatte sie gehört. Er drehte sich zwar nicht um, aber seine Hand streckte er gegen den Himmel und winkte. Vera musste schmunzeln. Sie ging die Auffahrt hinauf und stellte den Wagen in die Garage.
Der Abend endete vor dem Fernseher. Ihr Abendessen, das sie sich noch schnell zubereitet hatte, blieb unberührt. Sie ging früh schlafen. Sie wollte es wenigstens versuchen. Schließlich hatte sie ja morgen eine Verabredung mit Jonathan. Sie hatte sich sehr auf diesen Tag gefreut. Und jetzt lag dieser unangenehme Vorfall zwischen ihnen. Jonathan kannte sie lange genug. Sie war weder dumm noch war sie leichtgläubig. Die Wahrscheinlichkeit, dass gerade Frau Bender Julia gesehen haben soll, ging auch ihrer Meinung nach gegen Null. Auch Vera war sich sicher, dass Julia nach Hause gekommen wäre. Es sei

denn, dass etwas oder jemand sie daran gehindert hätte. Sie musste der Spur einfach nachgehen, ganz gleich wie unsinnig sie auch sein mag.

Vera schlief in dieser Nacht sehr unruhig. Ihre Gedanken wechselten ständig zwischen Julia und Monika hin und her. Am nächsten Morgen bestand ihr Frühstück ausschließlich aus zwei großen Bechern Kaffee. Sie duschte anschließend und machte sich dann fertig für ihren Tag mit Jonathan. Auf ihrem Schreibtisch lag noch die halbfertige Liste, die sie für Jonathan erstellt hatte. Sie steckte sie mit Haus- und Autoschlüssel in ihre Tasche. Dann fuhr sie Richtung Innenstadt. Der Kaffee zeigte so langsam seine Wirkung. Sie fühlte sich frisch und leicht aufgekratzt. Es war nicht ihre erste Shoppingtour, die sie mit ihrem besten Freund unternahm. Im Laufe ihrer jahrelangen Freundschaft hatten sie so manchen Laden auf den Kopf gestellt. Und sie wusste ganz genau, wo Jonathan jetzt bestimmt schon ungeduldig auf sie wartete.
„Guten Morgen, wie schön dich zu sehen“, begrüßte Jonathan Vera, und seine Umarmung war stürmisch. Er ließ sie gar nicht mehr los.
„Ist ja schon gut“, sagte Vera. „Ich freue mich auch, dich zu sehen.“ Sie hakte sich bei ihm unter und gemeinsam steuerten sie das erste Geschäft an. „Bevor wir da rein gehen, lass uns für heute einen Deal machen.“ Vera sah Jonathan an und sah, dass er bereit war, ihr heute jeden Wunsch zu erfüllen. „Wir werden heute einfach mal nur Spaß haben. Kein Wort über das, was gestern gewesen ist. Kein Wort über Hauptkommissar Brandes. Kein Wort über Frau Bender und wir reden auch nicht über Julia.“ Vera musste leicht schlucken. Ihr Mund war plötzlich ganz trocken. Aber sie meinte, was sie sagte. „Wir werden jetzt da rein gehen und unsere Kreditkarten zum Glühen bringen. Was meinst du?“
„Ich habe nichts anders vorgehabt.“ Jetzt hakte er sich bei ihr ein.
Sie betraten gemeinsam das Kaufhaus „Galerie Lafayette.“ Hier bekam man wirklich alles, was das Herz begehrte. Zielstrebig steuerten sie eine der oberen Etagen an. In der Sportabteilung für Männer wollten sie nach einer Ski- oder Outdoorjacke für Jonathan suchen. Die Auswahl war riesig. Schnell fanden sie auch das Passende. Aber Jonathan konnte sich einfach nicht entscheiden. Er hatte sich gleich in zwei wirklich tolle Jacken verliebt. Eine schwarzweiße Softshell-

Jacke von Versace für zweihundert Euro hatte es ihm genauso angetan wie die blaue Skijacke von O'Neill für zweihundertneunundfünfzig Euro.
„Du stellst dich an wie ein Mädchen", schmunzelte Vera. „Ich habe ganz vergessen, wie unentschlossen du sein kannst, wenn es um Klamotten geht."
„Du hast gut reden. Du bist von Natur aus schön", schmollte Jonathan. „Selbst in einem Kartoffelsack würdest du noch umwerfend aussehen. Schau mich nur an. Ich habe mindestens drei Kilo zu viel." Sie kniff ihn in den Bauch.
„Aua", rief er. „Das hat weh getan. Und schau dir das an." Er trat noch näher an den Spiegel. „Siehst du das, ein graues Haar. Ich bin fett und alt."
Vera brach in schallendes Gelächter aus. „Nach den Feiertagen kommst du zu mir auf die Couch. Wir müssen dringend an deiner beginnenden Midlife-Krise arbeiten, bevor das noch ausartet."
„Lach du ruhig über mich. Und sowas nennt sich Freundin."
Vera fuhr mit beiden Händen durch sein dichtes Haupthaar. „Hier oben ist alles in Ordnung", sagte sie sichtlich amüsiert. „Weißt du was, du nimmst einfach beide Jacken. Es ist Weihnachten und wir sehen uns eine ganze Weile nicht. Ich möchte dir gerne die Versace-Jacke schenken. Und ich will keine Widerworte hören."
„Danke! Und wie immer bist du mir mal wieder zwei Schritte voraus. Ich habe nämlich auch noch ein Geschenk für dich. Aber das bekommst du erst später. Wenn wir essen gehen." Sie umarmten sich und setzten ihren Einkauf fort.
Nach drei Stunden hatten sie zwei weitere Rollkragenpullover für Jonathan gefunden. Eine Sonnenbrille, Socken, Schuhe und Einlagen sowie ein paar Handschuhe. Seine Augen strahlten immer mehr, mit jedem Teil, das in eine neue Einkaufstüte landete. Auch Vera ging an diesem Vormittag nicht leer aus. Sie fand einen rosa Sweater von der Marke „Zwillingsherz", auf dem der Spruch „Moin" stand. Dazu gab es noch die passende Mütze. Das passte doch perfekt nach Sylt. Es war fast Mittag, als sie ihre Einkäufe in die Autos verstauten.
„Dann lass uns mal zum gemütlichen Teil des Tages übergehen", sagte Jonathan und nahm seine Freundin liebevoll an die Hand. Gemeinsam verließen sie das Parkhaus. „Worauf hast du Lust? Italienisch,

Griechisch, Sushi, Burger oder doch lieber eine Bratwurst vom Stand gleich hier um die Ecke."

„Nichts von alledem. Was hältst du davon, wenn wir was einkaufen und zu mir fahren und dann selbst kochen. Ich möchte noch etwas mit dir besprechen. Und das möchte ich lieber in einer ruhigeren und vertrauteren Atmosphäre tun als in einem lauten Restaurant."

„Ich habe mich schon gefragt, was mit dir los ist." Jonathan blieb stehen. Er führte sie zurück zum Parkhaus.

„Was hast du vor?" Vera sah Jonathan fragend an.

„Wie lange kennen wir uns jetzt schon." „So etwa zwanzig Jahre, denke ich. Warum?"

„Vertrau mir und lass dich überraschen." Sie standen jetzt in der Tiefgarage des Parkhauses, und Jonathan öffnete seinen Kofferraum. „Schau her, ich kann zaubern." Er zog eine Decke, die in seinem Kofferraum lag, vorsichtig zur Seite, und Vera war sprachlos und gleichzeitig tief berührt. Vor ihr stand ein Korb mit lauter Köstlichkeiten. Pasta, Schinken, Wein. Jonathan hatte sogar an ein Dessert gedacht.

„Dann lass uns mal losfahren." Er half Vera in ihren Wagen. „In einer halben Stunde dann bei dir", sagte er und ging zurück zu seinem Wagen. Beide Motoren heulten fast gleichzeitig auf. Vera fuhr vor und Jonathan war immer eine Sicherheitslänge hinter ihr.

„Ich vergesse manchmal, wie schön du es hier draußen hast." Jonathan sah sich um, als er aus seinem Wagen stieg, den er gleich hinter dem von Vera geparkt hatte. Er streckte sich und dann holte er den Korb aus dem Kofferraum. Er folgte Vera ins Haus.

„Dann mal ran an die Töpfe." Vera stellte einen Topf mit Wasser für die Pasta auf den Herd. Sie waren ein eingespieltes Team. Auch in der Küche. Es war fast so wie früher. Jetzt musste nur noch Thomas um die Ecke kommen. Mit einem seiner schlechten Witze. Und im Schlepptau Julia, die mal wieder nörgelte, weil es mit dem Essen nicht schnell genug ging.

„Woran denkst du?" Jonathan kümmerte sich um den Salat. Es gab Parmaschinken, Rucolasalat, Gurke und Tomaten, eine kleine Knolle Fenchel. Das alles richtete er mit Balsamico-Essig an. Die Himbeeren, die er naschte, waren eigentlich für das weiße Schokoladenmousse gedacht.

„An nichts Bestimmtes“, schummelte Vera. Sie wollte die gute Stimmung nicht trüben. „Die Pasta ist gleich fertig. Wie weit bist du mit dem Salat?“ Vera sah kurz zu Jonathan, der einfach nicht die Hände von den Himbeeren lassen konnte. „Hey, lass noch was übrig. Das wird dir alles vom Nachtisch abgezogen“, neckte sie ihn. Vera deckte den Tisch, während Jonathan den Wein öffnete. Sie aßen eine ganze Weile schweigend. Dann war es Jonathan, der das Gespräch mit seiner Freundin suchte.

„Glaubst du Frau Bender?“ Er schob sich ein großes Stück Schinken in den Mund, während Vera an ihrem Glas Wein nippte.

„Hatten wir für heute nicht einen Deal?“

Jonathan schluckte schwer an seinem Stück Schinken. Er schenkte sich noch einmal Wein nach und trank dann das ganze Glas auf einmal aus.

„Ich glaube ihr! Nicht dass sie Julia wirklich gesehen hat. Aber, dass sie es wirklich glaubt, das glaube ich ihr. Du hättest sie erleben müssen. Ich habe sie noch nie so klar und verständlich reden gehört. Sie ist ein sehr trauriger und sehr einsamer Mensch und das verkraftet sie nur schwer. Was ihr fehlt, ist etwas Glück und ein wenig Stabilität in ihrem Leben. Ihr Selbstmordversuch war eine verzweifelte und dumme Affekthandlung. Irgendetwas muss an diesem Tag vorgefallen sein, das sie wieder an ihre Grenzen gebracht hat. Ich werde mich um sie kümmern, auch außerhalb der professionellen Ebene. Natürlich nur, wenn sie es will. Wenn sie aus der Psychiatrie rauskommt, werde ich mich bei ihr melden.“

Jonathan hatte endlich den Kampf Schinken gegen Mensch gewonnen. Er schob seinen leeren Teller zur Seite und trank bereits sein drittes Glas Wein. „Damit habe ich jetzt nicht gerechnet. Ich sah dich vielmehr die Psychiatrie stürmen. Seit deinem heldenhaften Einsatz in der Tiefgarage des Krankenhauses.“

„Ich glaube, du hast für den Moment genug Wein getrunken.“ Sie nahm die fast schon leere Flasche Wein vom Tisch und stellte sie zu dem Geschirr, das sie in die Küche brachte.

Als sie zurückkam, saß Jonathan bereits auf dem Sofa. Er starrte in die zuckenden Flammen des Kamins. „Wir machen es uns jetzt so richtig gemütlich. Hier ein Espresso für dich. Der wird dir guttun. Dir ist doch klar, dass du heute Nacht bei mir übernachten wirst. Du hast schon früher nicht viel Alkohol vertragen. Genauso wie Thomas. In der Uni habe ich euch locker unter den Tisch getrunken." Vera setzte sich zu ihm. Auch sie hatte sich einen Espresso gemacht. Sie liebten beide nach dem Essen diesen kleinen heißen, schwarzen Schluck, der sofort wieder alle Lebensgeister in einem erweckte.

„Danke, ich bleibe gerne. Der Wein war einfach zu süffig. Aber ich habe nicht so viel getrunken, dass sich mir nicht die Frage stellt, warum du so ruhig und friedlich bist. Du führst doch irgendwas im Schilde."

„Nun ja." Vera tat sich etwas schwer, mit der Wahrheit herauszurücken. Aber schließlich tat sie es dann doch. „Ich habe nur etwas herumtelefoniert."

„Wann? Wir waren doch rund um die Uhr zusammen."

„Ich war aber nicht mit dir in der Umkleide. Und ich war auch nicht mit dir auf der Toilette. Egal! Ich kenne da jemanden. Und der kennt wiederum auch jemanden. Auf jeden Fall weiß ich, dass Frau Bender in der geschlossenen, psychiatrischen Abteilung der Uniklinik hier in Köln ist. Schau nicht so entrüstet. Ich bin nur gut vernetzt. Robert Daun ist, wie es der Zufall so will, nicht nur Leiter der Abteilung. Er hat auch mein psychologisches Gutachten zur Wiedereingliederung erstellt. Ich weiß, dass Frau Bender bei ihm also in den allerbesten Händen ist. Ich kann also ganz entspannt nach Sylt fahren."

„Und natürlich hält er dich mit allem auf dem Laufenden."

„Genauso sind wir verblieben. Möchtest du vor dem Schlafengehen noch einen Schluck Wein?" Vera stand auf, um eine neue Flasche zu holen. Aber sie kam nicht weit.

„Für mich bitte nicht mehr. Der Espresso war wirklich gut. Es ist gleich elf Uhr. Wenn es dir nichts ausmacht, würde ich jetzt gerne schlafen gehen."

„Natürlich! Komm, ich bringe dich nach oben." Vera streckte beide Hände nach Jonathan aus, um ihm beim Aufstehen zu helfen. „Hoch mit dir, du alter Mann." Vera lachte, während Jonathan schmollend ihre Hilfe annahm. Sie hakte sich bei ihm unter, so wie sie es heute schon öfter getan hatte, als sie jetzt gemeinsam die Treppe zur oberen Etage hinaufgingen.

„Also, es gibt sie doch", stichelte Jonathan. „Gästezimmer in der oberen Etage. Wer hätte das gedacht. Meine gute alte Freundin hat sich

tatsächlich verabschiedet von düsteren schwarzen Fenstern."
Vera warf ihm einen leichten missbilligenden Blick zu. „Bin ich mal wieder zu weit gegangen?" Der Mann an ihrer Seite schwankte ein wenig. Und seine Augen waren leicht glasig.
„Da hattest wohl doch ein Glas Wein zu viel. Zeit für dich, ins Bett zu gehen, bevor du dich noch um Kopf und Kragen redest." Vera brachte Jonathan in ihr altes Schlafzimmer. Es war ein wirklich sehr schönes Gästezimmer geworden. Sie liebte den skandinavischen cleanen Stil. Beige, Creme und sanfte Erdtöne dominierten den Raum. „Muss das denn sein?" Jonathan kniff die Augen zusammen. Das Licht brannte hell von der Decke.
„Einen Moment!" Vera ließ ihn sanft auf das Bett fallen und schaltete gleichzeitig die kleine Lampe an, die neben dem Bett auf einem Beistelltisch stand. Dann ging sie zur Tür zurück, um das große Licht auszuschalten. „Die Schuhe ziehe ich dir noch aus. Und auch das Jackett. Aber für den Rest bist du selbst zuständig. Also, schlaf gut."
Jonathan war schon fast im Reich der Träume, als Vera die leichte Decke über ihn legte und ihm einen Kuss auf die Stirn drückte. Sie war so froh, dass sie sich in all den Jahren nie aus den Augen verloren hatten. Ohne ihn hätte sie die letzten Jahre nicht überstanden. Er war wie ein Schatten. Immer an ihrer Seite, ohne sie jedoch zu bedrängen. Er hielt sie fest in seinen Armen und er ließ sie los, damit sie stolpern konnte, wenn es nötig war. Sie konnte sich nicht vorstellen, ohne ihn zu sein. Sie ließ das kleine Licht an und verließ das Zimmer. Es war kurz nach Mitternacht, als sie ins Bett ging. Ihre Gedanken waren weder bei Frau Bender, auch nicht bei ihrem Mann. Und nicht einmal bei Julia. Ihre Gedanken waren weit, weit weg. Sie sah sich am Meer spazieren gehen. Spürte den Wind, der durch ihre Haare wehte. Sie konnte es fast schon schmecken, ihr erstes Fischbrötchen. Natürlich musste es von Gosch sein. Dann würde sie einen Spaziergang machen. Zum roten Kliff und dort die Seele baumeln lassen. Und kurz vor Sonnenuntergang würde sie in die Sansibar gehen, um den Tag bei einem eisgekühlten Glas Weißwein ausklingen zu lassen. Sie schlief ruhig in dieser Nacht, mit einem leichten salzigen Geschmack auf ihrer Zunge.

„Du bist schon auf. Und wie ich sehe, machst du bereits Frühstück. Habe ich irgendetwas verpasst?" Vera stand noch halb schlaftrunken an der Küchentür gelehnt, als sie sah, wie Jonathan bereits frisch geduscht und anscheinend bei allerbester Laune Frühstück für sie beide zubereitete.

„Setz dich!" Er zog ihr einen Stuhl zurück und goss ihr einen Kaffee ein. Sekunden später landete eine frische Scheibe Toast auf ihrem Teller. „Das ist meine Art zu sagen, sollte ich mich gestern Abend danebenbenommen haben, dann muss dieses Frühstück – selbst wenn alles aus deinem Kühlschrank kommt – dafür herhalten, um mich bei dir zu entschuldigen. Sollte aber alles im Rahmen geblieben sein, dann bedanke ich mich für den schönen Abend, den erfolgreichen Einkaufsbummel, und hier wäre noch eine Kleinigkeit für dich." Jonathan war richtig aufgekratzt. Sie hatte ganz vergessen, dass er im Gegensatz zu ihr ein absoluter Frühaufsteher war. Seine gute Laune und sein Redefluss waren eine echte Qual für einen Morgenmuffel wie sie es war.

„Ein Geschenk für mich, und das so früh am Morgen? Womit habe ich das verdient?"

„Schon vergessen, dass wir uns Weihnachten nicht sehen werden? Geschenke, Heiligabend, klingelt da etwas bei dir?"

„Jetzt, wo du es sagst." Vera brauchte unbedingt einen Kaffee, sonst würde sie die nächste Runde an guter Laune ihres Freundes nicht überstehen. Er schien ihre Gedanken zu lesen.

„Hier, trink erst einmal einen Kaffee. Jetzt erinnere ich mich auch. Du warst schon in der Studienzeit ein unausstehlicher Morgenmuffel." Während Vera schweigend ihren Kaffee trank, brutzelten Spiegeleier mit Speck in der Pfanne. Es duftete so gut, dass selbst sie langsam Appetit bekam. Vera beobachtete Jonathan. Er war sehr geschickt in der Küche. Sie erinnerte sich nicht mehr daran, wann ihr jemand mal das Frühstück gemacht hatte.

„Was ist das?" Erst jetzt bemerkte sie die Schachtel in Form eines Briefes neben ihrem Frühstücksteller. Ihr Name stand darauf. Sie schüttelte und roch sogar daran. Aber nichts raschelte und nichts duftete verdächtig.

„Das ist meine Überraschung für dich. Dein Weihnachtsgeschenk", betonte er nachdrücklich, als er sah, wie ungläubig sie auf die Schachtel starrte.

„Darf ich es jetzt schon auspacken oder muss ich bis Heiligabend warten?" Sie rüttelte erneut an der Schachtel und drehte sie hin und her.

„Es wäre unfair, wenn ich es erst am Heiligen Abend auspacken dürfte. Schließlich hast du mein Geschenk bereits bekommen. Mit der Versace-Jacke wirst du jede Piste rocken, glaub mir."
„Überredet", lachte er. Vera begann zuerst die Schleife an der Schachtel zu lösen.
„Den Knoten hast du wohl extra so fest gemacht", lachte sie. „Das kann dauern!" Sie wollte schon zum Brotmesser greifen. „Ich habe da mal eine Frage." Vera ließ die Schachtel für einen Moment auf dem Tisch liegen. Der Knoten nervte sie einfach nur. „Hast du nicht erst vor kurzem gesagt, dass du für den perfekten Urlaub Sonne, Strand und Meer brauchst? Und dazu jede Menge heiße Bikini-Girls. Was ist daraus geworden?"
„Die Schweiz, wie du weißt. Ich wollte mal was ganz Neues ausprobieren. Solltest du auch mal versuchen. Immer dieses Sylt."
„Einmal Sylt, immer Sylt. Du würdest mich verstehen, wenn du mal mitkommen würdest."
„Nächstes Jahr vielleicht. Aber auch nur, damit du endlich Ruhe gibst. Und jetzt mach endlich dein Geschenk auf. Die Eier sind fertig, wir können essen."
Vera gab den Kampf mit der Schleife auf. Der Knoten wollte sich einfach nicht lösen. In einem unbeobachteten Moment nahm sie das Frühstücksmesser und schnitt das Band einfach durch. Jonathan deckte den Frühstückstisch fertig ein. Die Eier richtete er auf die jeweiligen Teller an. Der Toast kam nahezu gleichzeitig aus dem Toaster. Er schenkte noch einmal frischen Kaffee nach, dann setzte er sich zu ihr an den Tisch.
„Du Barbarin", scherzte Jonathan, als er das zerschnittene Geschenkband entdeckte.
„Keiner macht mehr heutzutage solche Doppelknoten", rechtfertigte sich Vera und warf Jonathan spielerisch das Geschenkband in Richtung seines Tellers. „Spiegeleier mit rosa Schleife, das hatte ich noch nie zum Frühstück." Beide waren ausgelassen wie schon lange nicht mehr.
Vera zögerte einen Moment, dann hob sie den Deckel der Schachtel an. „Ein Wellnessgutschein für das Sylter Hotel Hahn in Westerland. Du bist verrückt, das kostet doch ein Vermögen."
„Für dich ist mir nichts zu teuer, allerliebste Freundin."

Vera sprang auf, ging zu ihm und drückte ihn so fest, wie sie nur konnte. Sie bedeckte sein Gesicht mit vielen kleinen Küssen. „Du bist der Beste. Du glaubst nicht, wie sehr ich mich freue.“
„Lass mich los, du Verrückte!“

Sie aßen gemeinsam. Beide hatten jetzt richtigen Hunger. Sie schwiegen sich nicht an, sondern sie plapperten drauflos. Es wurde gelacht, es wurde diskutiert. Man erinnerte sich gemeinsam. Es flossen Tränen des Schmerzes. Aber sie lachten auch Freudentränen. Vera hatte das Gefühl, einen riesigen Berg an Schmerz endlich hinter sich zu lassen. Es gab durchaus in der Vergangenheit diese Momente, in denen sie glaubte, ihre Liebsten zu verraten, wenn sie lachte, und das ohne sie tat. Wenn sie neue Pläne machte für eine Zukunft ohne sie. Das Leben langsam wieder großartig fand, auch ohne sie. Es fühlte sich sehr lange falsch an. Aber sie war auf einem guten Weg.
Sie räumten gemeinsam den Tisch ab und dann hieß es Abschied nehmen. Sie brachte Jonathan zu seinem Wagen. „Es war so wunderbar, dich hier zu haben.“ Vera umarmte ihren Freund und wollte ihn gar nicht mehr loslassen. „Ich danke dir für das tolle Frühstück und das ultramonströse Geschenk. Mit Sicherheit werde ich herausbekommen, was du dafür bezahlt hast, und dann werden wir uns noch einmal unterhalten müssen.“ Vera hielt Jonathan immer noch fest umklammert.
„Wenn du mich nicht endlich loslässt, dann verpasse ich noch die ersten heißen Skihasen. Das willst du doch nicht. Oder?!“
„Wann geht es denn los für dich?“
„Heute Abend! Ich muss noch einiges packen. Also, Hände weg.“ Er schüttelte sich, als wollte er sich endlich aus ihrer Umarmung befreien. Aber dann war er es, der sie ganz fest wieder an sich drückte und ihr einen dicken Kuss auf die Lippen drückte. „Du weißt, dass ich dich liebe, wie eine Schwester – eine große Schwester“, scherzte er und zwinkerte ihr zu. „Aber so schön du auch bist, du bist einfach nicht mein Typ. Ich muss jetzt wirklich los. Es dürstet mich nach weiblicher Gesellschaft.“
„Du verrückter Spinner. Ich liebe dich auch, kleiner Bruder. Aber bilde dir ja nichts darauf ein, nur weil du vier Tage jünger bist als ich. Man sieht es dir nämlich nicht an. Und jetzt mach, dass du wegkommst. Wir telefonieren! Weihnachten und Silvester und dann sehen wir uns

auch schon bald wieder.“
Er stieg in seinen Wagen und fuhr davon. Für den Bruchteil einer Sekunde wollte die Traurigkeit Vera übermannen. Aber dann sagte sie einfach: „Nein!“

Es war immer noch leicht dunkel, als Jonathan die Auffahrt hinunterfuhr und langsam aus ihrem Blickfeld verschwand. Die Wolken hingen schwer und tief. Mit Sicherheit würde es heute noch heftig anfangen zu schneien. Das Chaos hier am Waldrand wäre perfekt, deshalb hatte sie schon vor Tagen beschlossen, die Nacht vor ihrem Urlaub in der Stadt zu verbringen. Sie war bestens vorbereitet. Ganz anders als Jonathan. Ihren Koffer hatte sie schon vor Tagen gepackt. Sie brauchte nur noch ihr Handgepäck, das samt ihren neuen Sachen aus ihrem Shoppingtag im Flur stand. Praktisch war sie schon so gut wie weg. Vera ging in die obere Etage. Ihr Schlafzimmer und das Gästezimmer waren schnell wieder hergerichtet. Sie ließ die Rollläden in den oberen Etagen herunter. Dann ging sie wieder nach unten. Auf dem Tisch lag noch ihr Gutschein für das Wellnesshotel auf Sylt. Leicht melancholisch legte sie den Umschlag zurück in die Schachtel. Sie nahm das zerschnittene rosa Band, das neben Jonathans Teller lag, und legte es mit hinein. Mit wenigen geschickten Handgriffen war die Küche schnell wieder auf Hochglanz gebracht. Jetzt brauchte sie nur noch die Alarmanlage einzuschalten, bevor sie ging. Wenn jemand versuchen sollte, hier einzubrechen, würde der stille Alarm losgehen und sofort würde eine Meldung an die Polizei rausgehen. Sie schaute sich ein letztes Mal um, dann schloss sie hinter sich zu. Ihr Handgepäck landete auf dem Rücksitz. Sie fuhr den Wagen aus der Garage. Dann stieg sie noch einmal aus. Das schwere Tor war bereits wieder unten. Mit dem Garagenöffner gab sie über die Fernbedienung einen Code ein. Auch hier würde ein stiller Alarm ausgelöst, wenn jemand versuchen würde, durch die Garage ins Haus zu gelangen. Alles war erledigt. Vera konnte endlich losfahren. Sie hatte Glück. Der Himmel erstrahlte an diesem Morgen stahlblau und klar. Selbst die kalte Dezembersonne versuchte ihr Bestes zu geben. Aber es war bitterkalt. Vera drehte die Heizung in ihrem Wagen auf und auch die Sitzheizung wurde langsam angenehm warm. So ließ es sich aushalten. Die Straßen waren trocken und frei.

Auf Sylt würde das Wetter aller Wahrscheinlichkeit auch nicht viel besser sein als hier in Köln. Hinzu kam noch der eisige Nordwind, der vom Meer heraufstieg. Für Vera war Keitum das schönste Dorf auf Sylt. Das ehemalige Kapitänsdorf mit reetgedeckten Friesenhäusern und prächtigen Kapitänshäusern war umringt von idyllischen Gärten. Es gab kleine Cafés, die zur Einkehr einluden, und eine sehr sehenswerte Kirche mit einem sehr alten Friedhof. Ihr Ferienhaus „Moni" lag nur fünf Gehminuten vom Wattenmeer entfernt. Mit dem Auto war sie auch schnell mal in Rantum, Westerland oder Wenningstedt. Das Nötigste wie einen Bäcker und einen kleinen Supermarkt – selbst ein Café und ein Restaurant – lagen in unmittelbarer Umgebung. Auf Sylt lag alles irgendwie immer um die Ecke. Ihr kleines Ferienhaus war eigentlich gar nicht so klein. Immerhin waren es 50 Quadratmeter auf zwei Ebenen. Es war modern und komfortabel eingerichtet. Die Erdgeschosswohnung war liebevoll eingerichtet und lag seelenruhig mitten im grünen Dorf von Keitum. Es gab Kabel-TV und WLAN. Eine Küchenzeile im Landhausstil mit Geschirrspüler, Mikrowelle und einer wunderschönen Sitzecke. Der Schlafraum war separat und sehr gemütlich eingerichtet. Im Souterrain gab es einen weiteren Schlafraum mit einem Duschbad mit WC. Sie nutzte nur den oberen Bereich. Auch hier hatte sie einen kleinen Waschraum mit Duschbad. Die Terrasse mit kleinem Garten lud zum Verweilen ein. Sie liebte den Strandkorb, in dem sie schon so manche Stunde mit einem guten Buch verbracht hatte. Es gab eine Granit-Feuerstelle für die Terrasse. So konnte sie auch bei kühleren Temperaturen noch ein wenig draußen bleiben und den Sternenhimmel genießen.

Sie war inzwischen vier Stunden und einundzwanzig Minuten unterwegs. Die Straßen waren frei, und so musste sie nur einmal anhalten, um zu tanken. Ihr Herz schlug plötzlich ein wenig schneller. Denn vor ihr lag, wunderschön und endlos weit, der Hindenburgdamm. Der Eisenbahndamm war die Verladestation vom Festland zur Insel. Der Autozug würde sie die rund 11 Kilometer in circa 35 Minuten nach Sylt bringen. Von dort aus war es dann nur noch ein Katzensprung zu ihrem Ferienhaus. Endlich! Ihr Urlaub nahm Fahrt auf.

Inzwischen hatte auch Jonathan sein Urlaubsziel in der Schweiz erreicht. Er war bereits seit gestern Nachmittag in Davos, Graubünden angekommen. Das Arthaus Hotel lag gleich im Zentrum von Davos und ließ keine Wünsche offen. Hier herrschte internationales Ambiente. Eine faszinierende Winter-Hotspot-Metropole für jeden Ski- und Snowboard-Fan. Wer es jedoch lieber ruhiger angehen mochte, der genoss eine Pferdeschlittenfahrt abseits der verschneiten Seitentäler. Jonathan stand heute Morgen seit langem mal wieder auf Skiern. Von einem Guide begleitet, startete er seine erste Wintertour. Später beim Après-Ski wollte er sich einen Flying Hirsch gönnen. Ein Mischgetränk bestehend aus Jägermeister und Red Bull. So manch einer, und dazu zählte sich auch Jonathan, bevorzugten Wodka statt Jägermeister. So oder so, der Drink hatte ordentlich Wumms. Er würde ein lustiges Selfie von sich machen und es dann Vera schicken. Er hoffte sehr, dass es seiner Freundin ebenso gut ging wie ihm.

Nicht ganz so gut wie auf Sylt oder in Davos lief es in Köln für Frau Bender. Sie fühlte sich im Stich gelassen. Sie saß traumatisiert und isoliert in einem nicht wirklich schönen Zimmer. Sie verweigerte jegliche Art der Kommunikation. Sie bekam wieder Medikamente, die sie nicht sie selbst sein ließen. Bald war Weihnachten, bald war das Jahr vorbei und vergessen. Sie musste nur ein wenig länger durchhalten. Frau Wagner Kausch würde zu ihr kommen. Sie hatte es ihr versprochen.

Vera war immer wieder fasziniert. Ihre Augen konnten sich nicht satt sehen. Sie schweiften über den Hindenburgdamm und folgten ihm vom Festland nach Westen zur Insel Sylt. In diesem Moment wünschte sich Vera, die Welt würde für einen Augenblick stillstehen. Aber das Leben kannte keinen Stillstand. Die Zeit flog nur so dahin. Genauso schnell und unaufhaltsam wie diese wunderbare Landschaft immer mehr aus ihrem Blickwinkel verschwand. Sie war angekommen. Die Fahrzeuge donnerten über die alten Gleise und fuhren an Land. Jetzt trennten sie nur noch knapp wenige Kilometer bis zu ihrem Ferienhaus.

Vom Weiten tauchten zwei noch recht unscheinbare Gestalten am Horizont auf. Doch Vera erkannte schnell, dass es ihre Gastgeber waren.

Alva und Sönke Vosen hießen sie willkommen. Sie standen vor dem Gartentor des Ferienhauses. Vera fühlte sich sofort zu Hause. Sie parkte den Wagen und schloss beide herzlich in die Arme.
„Willkommen“, oder doch lieber „Moin?“
„Wie schön, dich wieder hier zu haben.“ Alva wollte Vera gar nicht mehr loslassen. Aber Sönke wusste sich Platz und Gehör zu verschaffen.
„Jetzt lass mich auch mal.“ Sönke schob seine Frau sanft zur Seite. Vera bekam kaum noch Luft, so fest war die Umarmung des stattlichen Mannes. „Lasst uns reingehen. Du warst lange nicht mehr hier. Aber du wirst sehen, dass sich so gut wie nichts verändert hat. Wir trinken erst einmal einen guten Kaffee. Sönke wird sich inzwischen um dein Gepäck kümmern.“
Vera hatte keine Chance. Alva hakte sich bei Vera unter und ging mit ihr zügig ins Haus.
„Gib mir deine Jacke und setz dich, ab jetzt hast du Urlaub. Wie geht es dir?“ Vera fühlte sich ein wenig überfahren. Sie wusste, dass Alva es nur gut meinte. Aber am liebsten wäre sie jetzt allein gewesen. Erst einmal ankommen. In Ruhe alles anschauen und das Meer riechen.
„Da rede ich und rede ich und vielleicht möchtest du viel lieber allein sein. Und erst einmal in aller Ruhe ankommen. Ich kann sofort gehen. Dein Gepäck steht bereits schon in der Stube.“
„Alles in Ordnung“, sagte Vera und inzwischen meinte sie es auch so. „Ich freue mich, euch zu sehen, und ich trinke gerne einen Kaffee mit dir. Kommt Sönke auch noch dazu?“
„Der ist bestimmt schon wieder weg. Er hat immer nur die Arbeit im Kopf. Du weißt doch, wie er ist. Er hat sich nicht ein bisschen geändert.“
„Grüße ihn später ganz lieb von mir. Sag ihm Danke für das alles hier und natürlich für das Rauftragen meiner Sachen.“
„Nicht einmal ordentlich verabschieden kann sich dieser sture Bock von einem Mannsbild.“ Alva und Sönke gehörten zu der Sorte Menschen: Harte Schale, weicher Kern.
Vera legte ihre Jacke über einen der Stühle, die in der Stube standen, und sah Alva dabei zu, wie sie den Kaffee für sie zubereitete. Vera sah sich um. Es hatte sich tatsächlich nicht viel verändert.
„Hier, bitteschön“, unterbrach Alva Veras Gedankengang und stellte

ihr einen großen Becher mit frischem, heißem Kaffee auf den Tisch. Sie schob ihr auch einen großen Teller Gebäck in ihre Richtung. „Ich muss leider auch gleich wieder los. Sönke wird bestimmt schon auf mich warten“, begann Alva – ihre eigentliche Frage war aber eine ganz andere. „Du kannst es mir sagen, wenn es dir zu viel ist oder es mich auch überhaupt nichts angeht, aber …!“
„Du willst wissen, ob es etwas Neues in Bezug auf Julia gibt? Nein, nicht eine einzige Spur. Obwohl!“
Alva wurde ganz hellhörig. „Obwohl was?“, fragte sie, und ihre Neugier war nicht zu übersehen.
„Eine ehemalige Patientin von mir meinte, Julia gesehen zu haben. Aber ich weiß nicht wann und wo. Eine ewig lange Geschichte. Naja!“
Vera schaute in das spannungsgeladene Gesicht der Frau, die seit ihrem letzten Besuch sichtlich gealtert war. Hier auf Sylt wurde aber auch noch richtig hart gearbeitet. Und dazu das raue Klima. Vera ahnte, dass sich Alva keinen einzigen Zentimeter wegbewegen würde, bevor sie ihr nicht die ganze Geschichte erzählt hatte. „Ich kann dir nur so viel sagen, wegen des Patientengeheimnisses und so, dass die junge Frau nicht unbedingt sehr glaubwürdig ist. Sie kannte Julia nicht einmal, nur von einem Foto aus meiner Praxis. Und selbst das ist Jahre alt gewesen. Die Polizei wird dem Hinweis natürlich nachgehen. Die Frau ist leider krank und sie hat versucht, sich umzubringen. Jetzt ist sie in der Psychiatrie zur Beobachtung und weiteren Behandlung. Vor Ende Januar wird sie nicht entlassen werden.“
„Und du, du hast ihr auch nicht geglaubt?“
Vera suchte nach den richtigen Worten. Sie horchte für einen Moment tief in sich hinein. Vera räusperte sich, mehr als einmal, bevor sie Alva antwortete.
„Ich suche schon so lange nach Julia. Ich bin Tausenden von Spuren nachgegangen. Allein und mit der Polizei. In all den Jahren, inzwischen sind es fast sieben Jahre, gab es nicht eine einzige verwertbare Spur von meinem Mädchen. Entweder sie will nicht gefunden werden oder sie ist bereits schon seit vielen Jahren tot. Es wird wohl nie die eine richtige Antwort auf diese Fragen geben. Ich kann nur jeden Tag immer wieder aufs Neue versuchen, damit zu leben. Ob ich glaube, dass sie Julia gesehen hat? Vielleicht. Für den Bruchteil einer Sekunde bestimmt. Julia wäre jetzt eine junge Frau. Ihr Geburtstag ist am

zweiten Januar. Sie würde jetzt siebzehn Jahre alt werden, fast erwachsen." Vera fasste sich ans Herz. „Ich bin doch ihre Mutter. Ich hätte es gefühlt, wenn sie in meiner Nähe gewesen wäre.
„Oh mein Gott", jammerte Alva, „das ist ja so traurig." Sie stand auf, umarmte Vera stürmisch und ging zur Tür. „Ich muss jetzt wirklich los. Ich wünsche dir einen wunderschönen Urlaub. Telefonnummern hängen wie immer am Kühlschrank in der Stube. Wenn du was brauchst, dann melde dich. Tschüs!"
Alva war auf einmal so schnell verschwunden, dass Vera keine Zeit mehr blieb, auf das Gesagte zu reagieren.

Sie schaute aus dem Fenster. Das Haus lag traumhaft schön, unmittelbar am Meer. Ein kurzer Spaziergang nach der langen Autofahrt war genau das, was sie jetzt brauchte. Es waren nur wenige Minuten bis zum Strand. Auspacken konnte sie auch noch später. Sie zog ihre Jacke wieder an und ging einfach los. Immer weiter, bis sie ans Wattenmeer kam und durch die wunderschöne Braderuper Heide ging. Die Natur zeigte sich von ihrer allerschönsten Seite. Die Landschaft ergoss sich ins Meer und das Meer verschmolz mit dem Horizont. Die Augen konnten einem hier am Wattenmeer schnell einen Streich spielen. Die Dämmerung setzte langsam ein, als Vera den Heimweg antrat. Sie war leicht durchgefroren, als sie ankam. Aber es war ein anderes Frieren als in Köln. Sie konnte es nicht erklären, es war einfach so. Vor dem Essen wollte sie noch heiß baden. Sie ließ das Wasser ein und dann ging sie in die Küche und bereitete schon einmal das Abendessen vor. Alva hatte mal wieder an alles gedacht. Nicht einen einzigen Zentimeter Platz hatte sie im Kühlschrank ungenutzt gelassen. Es fehlte an nichts. Natürlich war alles hausgemacht und vom Allerfeinsten. Aus der Kammer holte sie sich Brot, aus dem Kühlschrank etwas Lachs und Meerrettich. Alva hatte sogar an ihre geliebte Tomatencreme gedacht. Der Kühlschrank war gefüllt mit allerlei Sylter Spezialitäten. Bevor sie ins Bad zurückging, brühte sie sich noch schnell einen echten Sylter Früchtetee mit Zimt und braunem Kandis auf. Das Leben konnte manchmal so leicht und einfach sein. Der erste Tag auf Sylt endete mit einem Schaumbad und einem gemütlichen Essen am hauseigenen Kamin. Vera hatte sich schon lange nicht mehr so gut aufgehoben gefühlt wie heute Abend. Nur eine Stunde später ließ sie sich satt und zufrieden ins Bett fallen. Sie musste sich nicht einmal anstrengen, um sofort einzuschlafen. Alles geschah ganz von selbst.

Als Vera am nächsten Morgen aufstand, fühlte sie sich vollkommen entspannt und ausgeruht. Sie ging hinunter in die Küche. Sie verspürte nicht nur Appetit, sie hatte regelrecht Hunger. Dementsprechend üppig fiel auch ihr Frühstück aus. Hausgemachte Brötchen wanderten zum Aufbacken in den Ofen. Zwei Eier brutzelten in der Pfanne und die selbstgemachten Hagebutten- und Apfelmarmeladen gesellten sich zum Pflaumenmus. Sie holte die frischen Brötchen nach nur zehn Minuten wieder aus dem Ofen und legte sie in ein extra dafür vorgesehenes Körbchen. Die Eier waren auch fertig. Sie waren so zubereitet, wie Jonathan sie zuletzt für sie gemacht hatte. Später würde sie ihm ein paar Fotos schicken. Er sollte sehen, wie schön sie es hier hatte. Ihr Handy begann zu vibrieren. Da war wohl jemand schneller als sie. Es war eine Nachricht von Jonathan. „Wie geht es meiner allerliebsten Freundin? Bist du gut auf deiner Insel angekommen? Hier ist es einfach nur fantastisch. Ich kann dir Davos nur wärmstens für deinen nächsten Urlaub empfehlen. Vielleicht fahren wir aber auch einfach mal gemeinsam hierher. Schau dir nur diese Fotos an.“ Sie öffnete den Anhang. Gleich zwei Fotos hatte er ihr geschickt. Einmal stand er auf Skiern. Er strahlte und trug die Jacke, die sie ihm geschenkt hatte. Das zweite zeigte ihn wohl beim Après-Ski, aber ohne Skihasen. In der Hand hielt er ein Glas. Es sah so aus, als prostete er ihr zu. Vera stand auf und machte schnell ein paar Fotos. Der Blick aus dem Fenster war atemberaubend. Die Sonne ging gerade auf und der Wind wehte durch die Dünen. Man sah, wie jede einzelne Windböe den Sand am Strand aufwirbelte. Sie schoss in diesem Moment das perfekte Foto. Sie setzte sich wieder an den Frühstückstisch und schrieb Jonathan zurück. „Gut schaust du aus. Davos, das Mekka der Reichen und Schönen. Da kann ich doch locker mithalten. Gemeinsamer Urlaub! Klar, hier auf Sylt in meiner Ferienwohnung ist immer ein Plätzchen für dich frei.“ Auch sie schickte ihm zwei Fotos. Natürlich das perfekte Foto von ihrem eingefangenen Sonnenaufgang mit den Dünen im Hintergrund. Und dann noch ein Selfie, das sie am üppigen Frühstückstisch zeigte, mit all ihren wunderbaren Sylter Spezialitäten. In solchen Momenten, in denen sie mit Jonathan sogar am Handy herumalbern konnte, vermisste sie ihn ganz besonders. Wäre er nicht ihr bester Freund und das schon seit Uni-Zeiten, würde sie sofort über ihn herfallen. Aber irgendwie waren sie immer in der Friends-Zone stecken geblieben, obwohl es durchaus Momente gab, die sie als prickelnd bezeichnen würde. Und dann war da ja auch noch Thomas. Sie wollte nicht traurig werden. Also schob sie alle Gedanken an ihn beiseite. Sie startete in den Tag, indem sie ihre Sachen endlich ausräumte und in die Schränke einsortierte. Auch im Bad fand einiges seinen Platz. Den leeren Koffer und die Tasche packte sie unter das Bett. Jetzt war sie bereit für ihren ersten offiziellen Urlaubstag. Sie ging zum angrenzenden Schuppen hinter dem Haus. Das letzte Mal, als sie hier war, stand noch ein altes Fahrrad darin. Sie hoffte, dass es noch da war. Vera hatte Lust auf eine Radtour rund um die Insel. Und sie hatte Glück. Das Fahrrad war tatsächlich noch da. Und es schien fahrtüchtig zu sein. Alva und Sönke hatten wirklich an alles gedacht. Sie wollte von unterwegs ein paar Blumen für Alva besorgen und für Sönke vielleicht einen Schnaps oder einen Likör. Vera fühlte sich so herzlich willkommen. Sie musste einfach noch einmal Danke sagen. Vera wollte nach Westerland. Alva und Sönke hatten dort einen kleinen Laden mit Sylter Spezialitäten. Es waren etwa 18 km mit dem Rad. Etwas Schnee war in der Nacht gefallen, aber es war nicht glatt, nur sehr, sehr kalt. Die Sonne hatte es schwer, das zu tun, was eigentlich ihre Aufgabe war. Sie wärmte nicht. Es war eine kalte Sonne, die über dem Meer stand. Gekniffen wird nicht. Vera war allein. Niemand hörte sie, wie sie sich selbst gut zuredete. Sie fuhr los entlang der natürlichen, angelegten Radwege durch die Tinnumer Wiesen. Es war einfach nur traumhaft schön.

Die gesamte Insel wirkte, als würde sie still vor sich hinleben und sich unter einer leichten Schneedecke versuchen zu verstecken. Sylt verwandelte sich im Winter zu einem idyllischen Winter Wonderland. Einmal mehr war Vera davon überzeugt, sich hier einmal niederzulassen. Früher oder auch später. Sie wollte es einfach auf sich zukommen lassen. Sie war sich sicher, dass sie es spüren würde, wenn die Zeit dafür gekommen war.

Der steife Gegenwind, der langsam über die Insel zog, ließ ihr Ziel ab und zu in weiter Ferne rücken. Umso dankbarer war sie für die kleine

Ablenkung, die sich am Straßenrand auftat. Ein typischer Sylter Strandkorb stand zwischen Straße und Dünen. Als Vera näherkam und anhielt, sah sie genauer hin. Hier stand abseits fast jeglicher Zivilisation ein kleiner Straßenladen in Form eines umfunktionierten Strandkorbes. Vera stellte ihr Rad inmitten der Dünen ab.

Aus dem Korb erhob sich ein junges Mädchen oder doch eine junge Frau. Vera konnte es nicht sofort erkennen. Die Person war fast bis zur Unkenntlichkeit eingepackt. Erst jetzt bemerkte Vera einen kleinen Hund, der neben der jungen Frau unter einer Vielzahl an Decken hervorkroch. „Hallo“, grüßte Vera und ging gleich auf den Hund zu. „Der ist aber süß! Darf ich ihn einmal streicheln?“
„Klar doch, warum nicht. Kann ich sonst noch etwas für Sie tun?“ Die Stimme der jungen Frau klang klar und frisch. Als sie dann den Schal etwas herunterzog und die blaue Pudelmütze aus ihrem Gesicht nahm, sah Vera in ein wunderschönes Gesicht, das etwas zu rot von der Kälte war. „Ich bin Juli und das ist Lia. Sie ist meine beste Freundin.“ Der kleine Havaneser ließ sich nur zu gerne von Vera streicheln. Er warf sich spielerisch hin und her, bis er schließlich auf dem Rücken liegen blieb.
„Das gefällt dir.“ Vera hatte sichtlich Spaß mit dem kleinen Vierbeiner.
„Haben Sie sich verfahren?“ Die junge Frau wollte helfen und sah Vera freundlich an.
„Nein, danke, ich weiß, wo ich hin muss. Ich habe angehalten, weil ich auf der Suche nach einem kleinen Geschenk bin, als Dankeschön für meine Gastgeber. Darf ich mich einmal umschauen?“
„Sehr gerne!“ Vera konnte kaum von der kleinen Hündin ablassen. Als sie es dennoch schweren Herzens tat, rollte sich Lia auf ihrem Platz zufrieden zusammen. So, als wollte sie sagen: Du kannst jetzt gehen. Vera schaute sich um, ohne sich wirklich umzuschauen. Ihre Augen fixierten immer wieder die junge Frau. „Sehr einsam hier draußen, wenn auch wunderschön.“ Vera ließ den Blick in die Weite schweifen. Dann schlenderte sie den kleinen Weg der Auslagefläche entlang. Vera spürte, dass die Augen der jungen Frau ihr folgten. „Ich nehme diesen kleinen Präsentkorb und diese Tafel Schokolade.“ Aus ihrer Jackentasche zog sie einen zwanzig Euro Schein und legte ihn in das kleine Körbchen, das neben Lias Decke lag. „Der Rest ist für Sie und Ihre

süße Hündin."
„Danke! Das ist sehr großzügig von Ihnen." Juli packte die Sachen in eine Papiertüte, auf der die Aufschrift „Strandkorb Lia" zu lesen war. Juli reichte Vera die Tüte. „Ich finde es gar nicht einsam hier draußen." Die junge Frau trat hinter ihrem Strandkorb hervor. „Schauen Sie sich nur um. Wer hat schon so einen tollen Arbeitsplatz. Außerdem mache ich das nur hin und wieder für ein paar Stunden. Meine Eltern haben einen kleinen Laden in der Stadt. Der Strandkorb war meine Idee. Von Saison zu Saison und wie jetzt zur Weihnachtszeit ist der Strandkorb im vollen Einsatz. Die Urlauber lieben meinen Strandkorb und natürlich lieben alle Lia. Aber am frühen Nachmittag holt mich mein Vater samt Anhänger wieder ab. Und dann geht es nach Hause. Hausaufgaben machen. Morgen früh schreiben wir eine Bio-Arbeit. Ich muss noch etwas lernen." Juli lächelte leicht verlegen. Normalerweise war sie nicht so redselig. Sie verkroch sich schnell wieder hinter ihrem Strandkorb. Vera sah noch einmal in das schöne Gesicht der jungen Frau. Jetzt sah sie es: Das Zarte, das Jugendliche. Die blonden Locken, die jetzt vereinzelt unter ihrer blauen Mütze hervorlugten. Ihre smaragdgrünen Augen funkelten. Und ihre wirklich schönen vollen Lippen waren leicht rau und spröde durch die salzige und eisige Meeresluft. Vera hatte es auf einmal gar nicht mehr so eilig. Es gefiel ihr, sich mit Juli zu unterhalten. Nur sehr wenige Autos fuhren hin und wieder an ihnen vorbei. Hauptsächlich waren es doch Wanderer und Radfahrer, die den Weg hier herausfanden.
„Ich habe die Schule eigentlich gehasst", sagte Vera. Sie konnte nicht aufhören, das Mädchen anzuschauen. „Erst als ich wusste, was ich beruflich machen wollte und wusste, dass ich studieren möchte, fiel mir das Lernen sehr viel leichter."
„Ich möchte auch studieren." Julis Augen begannen zu leuchten. „Ich möchte gerne Anwältin werden. Ich hätte gerne mal meine eigene Kanzlei."
„Ich habe meine eigene Praxis in Köln. Zusammen mit einem sehr guten Freund."
„Meine Mutter erlaubt mir keinen Freund. Sie sagt, dass ich mich zuerst auf das Wesentliche im Leben konzentrieren muss."
„Das hört sich doch sehr vernünftig an."
„Aber auch sehr langweilig. Manchmal würde ich ganz gerne mal die

Insel für eine Weile verlassen. Einfach nur um zu sehen, was es noch so alles gibt.“ Juli lächelte und diesmal verkroch sie sich nicht mehr hinter ihrem Strandkorb. Sie trat aus dem Schatten ihrer Auslagefläche hervor, streichelte Lia im Vorbeigehen und reichte Vera die Hand.
„Es freut mich, dass Sie angehalten haben.“
„Ich bin Vera. Freut mich, dich kennenzulernen.“
„Sie haben übrigens Recht. Es ist manchmal doch etwas einsam und kalt hier draußen.“ Sie schaute sich um. „Ich glaube, heute wird nicht viel los sein. Ich werde meinen Vater bitten, mich früher abzuholen. Dann kann ich nach Hause und mir mehr Zeit fürs Lernen nehmen. Mathe ist wichtig, wenn ich einmal Anwältin werden möchte.“
„Ganz bestimmt“, sagte Vera und bemerkte nicht, dass sie immer noch die Hand von Juli festhielt. „Ich muss dann auch mal wieder los. Vielleicht sieht man sich ja noch einmal.“
„Die Insel ist klein. Die Wahrscheinlichkeit, sich hier über den Weg zu laufen, ist also recht groß.“
„Dann bis irgendwann, vielleicht.“ Vera ging zu ihrem Fahrrad.
„Moin“, sagte Juli und winkte Vera zum Abschied.

Der Strandkorb verschwand viel zu schnell am Horizont. Vera fuhr noch etwa zwanzig Minuten. Immer wieder legte sie einen kurzen Zwischenstopp ein, um ein Foto zu machen. Dann hatte sie ihr Ziel erreicht. Auch hier hatte sich in den letzten Jahren nicht viel verändert. Sie nahm den Präsentkorb aus dem Fahrradkorb und spazierte die Friedrichstraße entlang, die wohl bekannteste Einkaufsstraße und Flaniermeile in ganz Westerland. Sie erreichte die Querstraße, in der etwas abseits vom Hauptgeschehen der Laden von Alva und Sönke lag. Als sie den Laden betrat, roch es nach süßem Karamell, frisch gebranntem und nach selbstgemachter Seife. Vera fühlte sich ein wenig schuldig, als sie mit ihren nassen Stiefeln über den blau-weiß gestreiften Läufer ging. Sie stellte sich auf die Zehenspitzen und setzte einen Fuß nach dem anderen vor sich, bis sie den Läufer abgelaufen hatte. Sie konnte weder nach links noch nach rechts ausweichen. Dort standen überall Regale und Körbe mit Auslegeware. Sie sah Alva, wie sie gerade eine Kundin verabschiedete.
„Was machst du denn hier? Stimmt irgendetwas mit dem Haus nicht?“ Alva schien nicht sehr erfreut zu sein, sie zu sehen.

Vera zückte deshalb schnell den kleinen Präsentkorb hervor, den sie gekonnt hinter ihrem Rücken versteckt hatte. „Mit dem Haus ist alles in bester Ordnung“, sagte Vera und stellte den kleinen Korb auf die Verkaufstheke. „Das ist für dich und Sönke. Ich bin so begeistert von dem Haus und dass du sogar an meinen Lieblings-Tomatenaufstrich gedacht hast. Und das Fahrrad. Ich bin mit dem Rad gekommen und habe unterwegs diesen zuckersüßen Stand am Straßenrand der Dünen gefunden. Wo ist Sönke? Ich würde mich gerne auch bei ihm bedanken. Das Fahrrad hat er wirklich top wieder hinbekommen. Das letzte Mal, als ich hier war, war ein Rad etwas krumm und ich meine, dass es vorher blau war und jetzt ist es mintfarben. Es ist einfach alles so großartig hier. Alva! Alles in Ordnung mit dir?“
„Ja, alles in Ordnung. Ich war mit meinen Gedanken noch bei der letzten Kundin. Sie wollte etwas, das ich nicht vorrätig habe und jetzt hätte ich es fast vergessen aufzuschreiben.“ Sie notierte irgendetwas auf dem Block, der vor ihr lag, das Vera aber nicht entziffern konnte. „Der Läufer im Laden ist übrigens dafür ausgelegt, damit sich die Kunden ihre nassen Schuhe darauf ablaufen können. Nicht, dass mir einer noch im Laden ausrutscht. Du musst also nicht auf Zehenspitzen laufen. Und Sönke ist unterwegs, um unsere Tochter abzuholen. Es ist heute doch sehr kalt. Wie ich sehe, hast du Juli schon kennengelernt.“
„Das Mädchen mit dem Strandkorb und dem süßen kleinen Hund ist eure Tochter? Wie ist das denn passiert? Ich meine ...!“
„Ich weiß, was du meinst. Ich wollte schon immer Kinder. Und naja, auf natürlichem Wege ging es nicht, und da haben wir uns eben für eine Adoption entschieden. Wir haben Juli zu uns geholt, da war sie schon ein großes Mädchen, das keiner wollte. Ich habe nichts gesagt, als du damals hier warst. Alles war noch so frisch. Die ganze Entführung und die damit verbundenen Erinnerungen. Und dann noch der schreckliche Unfalltod von Thomas. Juli war damals auf Klassenfahrt, als du hier warst. Es hat sich einfach nie ergeben. Du verstehst bestimmt auch, dass das Thema Adoption doch sehr privat ist.“
Die Ladentür öffnete sich und eine Gruppe junger Leute kam herein. „Danke für den Präsentkorb. Das war wirklich nicht nötig. Ich richte Sönke Grüße von dir aus. Du bist ja gerade erst angekommen. Wir werden bestimmt noch Gelegenheit haben, miteinander zu plaudern. Aber jetzt entschuldige mich bitte, ich habe Kundschaft.“ Alva ließ

Vera stehen und ging zu den jungen Leuten hinüber. Vera hatte plötzlich das Gefühl, dass Alva sie ganz schnell loswerden wollte. Sie konnte sich natürlich auch täuschen. Alva war mehr der Typ, der den Laden für eine Stunde schließen würde, um mit ihr einen Kaffee zu trinken. Und jetzt wurde sie fast schon rausgeschmissen. Vera verließ den Laden. Das Fahrrad ließ sie aber vor dem Laden stehen und ging zu Fuß weiter.

Im Restaurant Fisch Hüs in der Strandstraße kehrte sie ein. Sie bestellte sich eine Ofenkartoffel mit Nordseekrabben und frisch gemachtem Sauerrahm zum Mitnehmen. Sie musste etwas warten, da zwei Kunden vor ihr dran waren. Sie bestellte noch einen heißen Friesentee, den man ihr sofort servierte. Eine Viertelstunde später bekam sie ihr Essen und ging zurück zum Laden, um ihr Fahrrad zu holen. Am liebsten wäre sie noch einmal zurück in den Laden gegangen. Aber Alva hatte deutlich gemacht, dass sie zumindest für heute nicht willkommen war. Und das musste Vera akzeptieren. Sie fuhr nach Hause. Dieses Mal hielt sie nicht ein einziges Mal unterwegs an, sondern fuhr geradewegs zurück zum Ferienhaus. Das Fahrrad stellte sie wieder in den Schuppen. Sie war froh, wieder zu Hause zu sein. Sie wärmte sich ihr Essen auf und setzte sich in die Stube. Es duftete

nicht nur gut, sondern es schmeckte auch hervorragend. Nach Salz und Meer. Der frische Sauerrahm ein Traum, der mit frischer Sahne verfeinert war. Vera spürte bereits die tausend Kalorien an ihren Hüften. Satt und gestärkt machte sie noch einen Spaziergang hinunter zum Strand. Die Luft war herrlich. Aber der Wind, der vielmehr ein leichter Sturm war, trieb sie immer ein Stück zurück statt zwei Schritte nach vorne. Trotzdem hatte es sein Gutes. Ihr Kopf wurde ordentlich durchgepustet. Sie fühlte sich wieder leicht und unbeschwert. Sie konnte es sogar zulassen und an Thomas und Julia denken. Es wäre perfekt gewesen, Thomas jetzt an ihrer Seite zu haben. Was würde sie nicht alles dafür geben, um Julia am Strand sitzen zu sehen, wie sie Sandburgen baut oder Muscheln sammelt. Eine Welle rauschte über den Strand und Vera warf einen Stein, der unter ihren Füßen drückte, zurück ins Meer. Ein zufriedenes Lächeln fiel über ihr Gesicht. Sie hatte viele, sehr viele schöne Erinnerungen. Nach und nach schlossen sich die schwarzen

Fenster in ihrem Kopf. Vera war glücklich. Sie rannte den Strand entlang, bis ihre Lungen anfingen zu brennen. Ihr Herz schlug nicht nur schnell, sondern auch laut pochend. Vera glaubte, trotz tosendem Wellenrauschen, es hören zu können. Sie setzte sich auf einen an den Strand gespülten Baumstamm und sah auf das Meer hinaus. Sie riss die Arme nach oben, sprang auf und schrie so laut sie konnte. Dann rannte sie zurück zum Haus.

Vera hatte sich ein paar Bücher mitgebracht. Zu Hause hatte sie entweder keine Zeit oder sie fand nach einem arbeitsreichen Tag einfach nicht die nötige innere Ruhe, um sich einem guten Buch zu widmen. Drei Bücher standen ihr zur Auswahl. Der Spiegel-Bestseller von William Paul Young, „Die Hütte – Ein Wochenende mit Gott“. Ein fast schon vergessenes Buch. Laut Medienmagazin ein Buch, das dem Leser eine Veränderung auf die Sicht der Dinge versprach. Es soll einem sogar dabei helfen, die Zweifel und die Traurigkeit zu überwinden, über den Schmerz und die Trauer hinwegzuhelfen und sogar neue Hoffnung zu schenken. Sehr viel verlangt für ein Buch, wie Vera fand. Aber ihre Neugier war groß, ob dieses Buch eventuell Zauberkräfte besaß. Die Geschichte ist von Anfang an sehr traurig, inhaltlich vielleicht sogar ein wenig simpel, dennoch herzzerreißend geschrieben. Es dreht sich alles um einen Vater, der durch sein eigenes Verschulden seine Tochter verliert. Sie wird missbraucht und getötet. Und dann lädt Gott ihn zu sich ein, in diese ganz besondere Hütte. Spannend oder doch an den Haaren herbeigezogen? Vera war sich nicht sicher, ob ihr dieses Buch zusagte. Sie schaute sich das nächste Buch an. „Es wird mir fehlen, das Leben“, geschrieben von der Journalistin Ruth Picardie. Ein anrührendes Abschiedsbuch. Die Geschichte einer Frau, die weiß, dass sie keine Zukunft hat, dass sie Krebs hat und in nicht einmal einem Jahr tot sein wird. Sie schreibt ihr letztes Kapitel selbst. Ein wunderbares Buch, erschreckend sarkastisch, aber auch todtraurig. Vera legte auch dieses Buch zur Seite. Warum drehte sich bei ihr alles immer um den Tod? War es nur Zufall oder hatte sie sich bewusst für diese Bücher entschieden? Sie wagte es kaum, das dritte Buch in die Hand zu nehmen. Aber sie hatte Glück. Die Dame, um die es in diesem Buch ging, war zwar auch bereits verstorben, aber es handelte sich hierbei um eine Biographie der berühmten Coco Chanel. Welche Frau liebte nicht ihren unverkennbaren und zeitlosen Modestil? Die eine, einzigartige und immer im Trend liegende Handtasche, die jede Frau gerne ihr Eigen nennen würde. Der Klassiker. Die schwarze Ledertasche aus genarbtem Kalbsleder und goldfarbenem Metall. Oder den Duft aller Düfte von Chanel. Auch ein zeitloser Klassiker. Vera brauchte nicht lange nachzudenken. Sie entschied sich für dieses Buch. Auch wenn sie selbst kein modeaffiner Mensch war, so konnte sie sich doch an den schönen Dingen des Lebens erfreuen. Vera nahm das Buch und legte sich auf das Sofa im Wohnzimmer. Sie zog die weiche Kuscheldecke mit dem sandfarbenen Steinmuster über ihre Füße und begann zu lesen.

Es dauerte nicht lange, bis Vera bemerkte, dass sie sich nicht auf das Lesen konzentrieren konnte. Sie las, ohne den Inhalt zu verinnerlichen. Es waren nur irgendwelche Worte, die für sie nicht zueinander fanden. Sie legte das Buch beiseite. Dann nahm sie ihr Handy vom Tisch und sah sich die Fotos an, die sie während ihrer Radtour gemacht hatte. In einem unbeobachteten Moment hatte sie die Gunst des Augenblicks genutzt und den Strandkorb fotografiert. Vera wollte unbedingt ein Foto von der kleinen Lia machen. Das Foto war genauso geworden, wie sie es sich gewünscht hatte. Die kleine Hündin lag auf dem Rücken. Ihre tiefbraunen Augen waren leicht verdreht – das sah äußerst lustig aus. Ihr kleiner Körper war fast zu einem „S“ gebogen. Ein sehr schöner Schnappschuss, wie Vera fand. Sie sah sich das nächste Foto an. Sie hatte den Auslöser wohl versehentlich erneut gedrückt, ohne es zu merken. Wieder zeigte das Foto die kleine Lia. Doch diesmal huschte Juli durch das Bild. Sie war in Bewegung. Das Foto war leicht verschwommen.
Und eines ihrer Beine schwebte leicht über dem Boden. Man sah sie nur von der Seite. Ein leicht verwaschenes Profil, das ein sehr schönes, junges Mädchen zeigte. Sie hatte Juli nicht um Erlaubnis gefragt, den Strandkorb oder Lia zu fotografieren. Vielleicht sollte sie das bei nächster Gelegenheit nachholen und ihr die Fotos schenken. Vera erschrak kurz, als ihr Handy in ihren Händen zu vibrieren begann. Sie sah auf das Display. Es war Hauptkommissar Brandes. Sie schlug sofort die Decke zurück, die fest um ihre Füße gewickelt war, und setzte sich dann kerzengerade hin, nur um dann aufzustehen und

herumzulaufen. Dann nahm sie das Gespräch an. „Wagner Kausch“, meldete sie sich.
„Guten Tag, Frau Wagner Kausch. Ich bin es, Hauptkommissar Brandes. Ich wollte Sie nur kurz informieren. Unser letztes Zusammentreffen war ja leider sehr unschön.“ Vera erinnerte sich nur zu gut an die Szene in der Tiefgarage des Krankenhauses. Sie hatte mit einem Anruf von Hauptkommissar Brandes nicht gerechnet. Deshalb war ihre Überraschung und ihre aufsteigende Aufregung auch echt. Sie selbst hatte sich vorgenommen, nicht in Köln anzurufen. Weder auf der Wache der Polizei noch wollte sie sich nach Frau Bender in der Psychiatrie erkundigen.
„Ist etwas passiert?“, versuchte sie so beiläufig wie möglich zu fragen.
„Nein, es geht nur um die Aussage von Frau Bender. Sie erinnern sich, dass sie behauptet hat, Ihre Tochter gesehen zu haben. Nachdem ich endlich einen Termin in der Psychiatrie bekommen habe, war es mir möglich, mich mit ihr kurz zu unterhalten. Sie war mir gegenüber sehr verschlossen. Ich vermute auch mal, dass Frau Bender unter schwerem Medikamenteneinfluss stand, als ich sie befragen wollte. Daher ist so eine Aussage meiner Erfahrung nach nicht wirklich sehr viel wert.“
„Was hat sie denn gesagt?“ Vera war neugierig. Aber viel mehr war sie aufgeregt. Gab es vielleicht endlich nach so vielen Jahren eine Spur von Julia?
„Ich bin kein Psychologe und ich weiß auch nicht, wie ich eine solche Aussage zu bewerten habe. Deshalb mein Anruf. Vielleicht werden Sie ja schlau aus dem, was sie mir erzählt hat.“
„Vielleicht! Dann lassen Sie mal hören.“ Vera versuchte locker und entspannt zu wirken. Dabei zitterten inzwischen sogar ihre Hände.
„Zuerst habe ich es mit Smalltalk versucht. Ich habe sie gefragt, wie es ihr geht. Ihre Augen sahen gar nicht gesund aus. Rot und geschwollen mit tiefen dunklen Augenringen. Das Weiß in ihren Augen war kaum noch zu sehen. Sie muss in den letzten Tagen sehr viel geweint haben. Meinem Blick konnte sie auch nicht standhalten. Sie starrte immer nur auf den leeren Tisch vor ihr. Ihre Haut war nicht nur blass, sondern fast schon kalkweiß. Ich bin zwar kein Arzt, aber sollte es ihr nicht inzwischen etwas besser gehen?“
„Sie fühlt sich von mir verraten. Der Vorfall in der Tiefgarage. Der Einsatz Ihrer Männer, das hat sie wieder in ihr altes Verhaltensmuster

zurückgeworfen. Sie vertraut absolut niemandem. Wenn Sie sie gesehen hätten und sie gehört hätten: Frau Bender war so klar und ihre Aussagen hatten Hand und Fuß. Ich bin überzeugt, wenn sie glaubt, Julia gesehen zu haben, dann hat sie das auch. So unwahrscheinlich es auch sein mag. Selbst ich glaube nicht wirklich daran und doch ...“
„Doch was?“, fragte Hauptkommissar Brandes. „Was kann ich tun, um Ihnen und Frau Bender zu helfen? Ich bekomme dieses Bild von dieser jungen Frau einfach nicht mehr aus meinem Kopf. Niemandem sollte es so schlecht gehen.“
„Erzählen Sie mir bitte, was Frau Bender Ihnen erzählt hat. Und danach sage ich Ihnen, was Sie für uns tun können.“
„Da gibt es nicht viel zu erzählen. Ich fragte sie, wie es ihr geht. Sie schaute nicht einmal auf, als sie antwortete. Sie sagte immer wieder nur, dass ihre Katze tot sei und dass sie alles dafür getan habe, um es zu verhindern. Dann sagte sie – und ich sah, dass sie weinte. Ganz still, fast unbemerkt flossen Tränen aus ihren Augen und tropften auf den Tisch. Sie schniefte und ich reichte ihr ein Taschentuch, als ich sah, dass sie ihren Ärmel ihrer Bluse benutzte. Sie sah mich immer noch nicht an. In der Ecke stand ein Pfleger. Ich kenne solche Szenen eigentlich nur aus dem Gefängnis. Ich war nicht darauf vorbereitet, so etwas in einer Klinik zu erleben. Ich wollte schon gehen, weil ich dachte, da kommt nichts mehr. Diese kleine, zarte Person war vollkommen am Ende. Doch dann fing sie plötzlich wieder an zu reden. Sie bedankte sich für das Taschentuch und dann sah sie das erste Mal in meine Richtung. Zwar schaute sie mich nicht an, eher an mir vorbei, aber ich konnte sie anschauen. Eigentlich ist sie eine sehr hübsche junge Frau. Ich habe mich immerzu gefragt, was ihr passiert sein muss, dass sie so kaputt ist. Ich habe selbst eine Tochter. Sie könnten im gleichen Alter sein. Warum hat niemand auf sie aufgepasst? Entschuldigen Sie, Frau Wagner Kausch. Ich bin ganz vom Thema abgekommen. Ich dachte schon, dass mein Job hart ist. Aber ich wollte keinen Tag mit Ihnen tauschen. Meinen allergrößten Respekt vor Ihrer Leistung. Aber zurück zum Thema.“
Vera kannte den Hauptkommissar lange genug. Wenn er erst einmal anfing zu reden, musste man ihn aussprechen lassen. Sonst fing er wieder von vorne an.
„Wie gesagt, sie beklagte den Tod ihrer Katze immer und immer

wieder. Ich muss gestehen, ich habe nur noch mit einem Ohr hingehört. Aber dann wurde es interessant. Sie fragte nach Ihnen. Sie wollte von mir wissen, ob Sie wieder mit Ihrer Tochter zusammen sind und ob man sie auch in einem Wagen gefunden hatte, so wie sie. Ich habe sofort nachgehakt und wollte von ihr wissen, wo sie den Wagen gesehen hat. „Das Wetter war so schön", sagte sie. „Ich wollte zur Therapiestunde, aber ich habe Jonathan – ich meine Herrn Altmann – sehr verärgert. Also bin ich nicht hingegangen, sondern wollte zurück nach Hause. Ich musste doch nach meiner toten Katze suchen. Und dann stand da dieser Wagen. Er stand mir im Weg. Ich gehe immer dieselbe Strecke hin und zurück zur Praxis. Der Wagen stand im Halteverbot und ein ganzes Stück stand er auch auf dem Bürgersteig. Deshalb konnte ich nicht vorbeigehen. Ich sah aber, dass jemand im Wagen saß. Es war die Tochter von Frau Wagner Kausch. Sie kennen doch Frau Wagner Kausch. Sie war mal meine Therapeutin."

„Ja, ich kenne Frau Wagner Kausch."

Hauptkommissar Brandes hörte der immer noch leicht weinenden Frau zu.

„Ich weiß, dass mich alle für verrückt halten, aber ich werde niemals diese Augen vergessen. Damals in ihrer Praxis, da stand dieses eine Foto von ihrer Tochter. Solche stahlblauen Augen vergisst man nicht. Und diese junge Frau hatte genau diese Augen."

„Haben Sie die Frau im Wagen angesprochen? Hat sie irgendetwas zu Ihnen gesagt?"

„Nein, dazu hatte ich keine Gelegenheit mehr. Plötzlich war da diese Frau und drängte mich fast auf die Straße. Sie sah mich ganz böse an und dann stieg sie in den Wagen und fuhr davon."

„Was war das für ein Wagen? Wissen Sie noch, welche Farbe der Wagen hatte? Können Sie sich vielleicht an das Kennzeichen erinnern? Wie sah die Frau aus, die mit dem Wagen weggefahren ist? In welche Richtung ist sie weggefahren?"

„Das sind so viele Fragen. Ich weiß nicht, wo ich anfangen soll. Ich habe mit meinem Handy ein Foto gemacht. Meine Katze, sie ist tot. Ich musste doch ein Foto machen." Deshalb war die Frau auch so böse mit mir. Sie hat versucht, mir mein Handy wegzunehmen. Aber ich bin weggelaufen."

„Das haben Sie gut gemacht. Können Sie mir das Foto zeigen?"

„Nein, das geht nicht. Sie verstehen mich nicht. Niemand versteht mich.“ Sie fing wieder heftig an zu weinen. Der Pfleger aus der Ecke kam zu ihnen.
„Das reicht jetzt“, sagte er. „Ich bringe die Patientin jetzt zurück in ihr Zimmer.“
„Einen Moment noch.“ Hauptkommissar Brandes stand auf. „Es tut mir leid, Frau Bender, aber ich muss Ihr Zimmer durchsuchen.“
„Frau Wagner Kausch, sind Sie noch dran?“
„Ja, ich habe Ihnen aufmerksam zugehört. Haben Sie das Foto? Ist Julia auf dem Foto?“ Vera konnte ihre Anspannung nicht länger verbergen. „Warum sagen Sie nichts?“
„Da gibt es nichts zu sagen.“ Hauptkommissar Brandes hasste es, wenn er in eine Sackgasse geriet. „Ich habe das Handy gefunden. Aber kein einziges Foto von irgendeinem Auto. Alles nur Fotos von ihrer Katze. Ich habe das Handy mitgenommen. Ich werde es gründlich auseinandernehmen lassen. Meine Leute aus der KTU (kriminaltechnische Untersuchung) werden ihr Bestes geben. Ich verspreche Ihnen, wenn ich irgendetwas finde, sind Sie die Erste, die es erfährt. Versprochen! Und jetzt verraten Sie mir, was ich für die arme Seele und Sie tun kann.“
Vera war mit ihren Gedanken längst ganz woanders. „Ja, natürlich. Rufen Sie Doktor Hoffmann an. Er soll bitte in der Psychiatrischen Klinik anrufen und sich mit dem betreuenden Kollegen Herrn Doktor Robert Daun besprechen. Er kann sich ruhig auf mich berufen. Frau Bender scheint mit der Medikation von Haldol, wie ich vermute, nicht zurechtzukommen. Sie muss vorher ein anderes Präparat in der Klinik bekommen haben, auf das sie sehr viel besser anspricht. Ich habe Stunden mit ihr gesprochen und sie war vollkommen klar. Und noch etwas: Ich bin am dritten Ersten wieder zurück. Das ist ein Donnerstag. Können Sie mir für den Freitag einen Termin in der Psychiatrie machen? Ich weiß, die Regeln und so weiter. Aber mit dem alten, neuen Medikament wird der behandelnde Arzt bestimmt keine Einwände mehr haben.“
„Ich verspreche Ihnen, dass ich es versuchen werde“, versprach Hauptkommissar Brandes. „Und jetzt genießen Sie Ihren Urlaub. In drei Tagen ist schon Heiligabend.“ Ein „Hohohoho“ tönte durch die Leitung.

„Auch für Sie und Ihre Familie schöne Feiertage. Und danke, dass Sie mich angerufen haben.“ Vera legte auf. Das Gespräch hatte sie mehr aufgewühlt, als erwartet. Am liebsten hätte sie sofort zum Hörer gegriffen und Jonathan angerufen. Aber das tat sie nicht. Stattdessen weinte sie lange und intensiv in ihr Kissen.

Der nächste Morgen. Für den heutigen Tag hatte Vera sich viel vorgenommen. Sie wollte zuerst mit dem Rad nach List und von dort aus an einer Tour ins Wattenmeer starten. Auch im Winter lohnte es sich durchaus, mit einem eigens dafür vorgesehenen Kutter zu den Seehundbänken hinauszufahren. Ein Rucksack mit leichtem Proviant und etwas zum Trinken war gepackt. Sie trug Gummistiefel und einen typischen Friesennerz. Den hatte sie sich schon vor Jahren hier in einem kleinen Laden in Westerland gekauft. Schal, Mütze und Handschuhe durften natürlich auch nicht fehlen. Sie war startklar. Das Wetter war auf ihrer Seite. Es hatte sich zum Vortag nicht viel geändert. Es war hell und leicht sonnig. Und es war unerbittlich kalt, genauso wie gestern. Vera war versucht, das Auto zu nehmen. Es wäre nicht nur schneller und bequemer gewesen, es wäre auch auf jeden Fall sehr viel wärmer gewesen. Die Insel war klein und beschaulich. Es lohnte sich, abseits der Straßen zu fahren. Erst dann entdeckte man die wahre Schönheit von Sylt. Sie ließ den Wagen also stehen und fuhr mit dem Rad los. Die gleiche Strecke wie gestern, und sie hoffte insgeheim, dass sie auf Juli und Lia treffen würde. Aber schon von weitem sah sie, dass der Standkorb nicht an seinem Platz stand. Sie machte einen großen Schlenker und fuhr jetzt direkt nach List. Vera fuhr plötzlich so schnell, dass sie unter ihrem Friesennerz und dem dicken Schal und der Mütze zu schwitzen begann. Sie hielt an.
Der Hafen lag vor ihr. Man konnte ihn geradezu riechen. „Moin“, begrüßte sie eine Stimme von irgendwoher. Dann entdeckte sie den Mann, ein echter Friese, wie er leibt und lebt. „Wollen Sie mit?“, fragte er freundlich und sah in Veras unschlüssiges Gesicht. „Ich fahr rüber zu den Seehundbänken. Die „Gret Palucca“ und „Rosa Paluka“ sind schon weg. Ich nehme mal an, dass Sie mit einem der Kutter rüber zu den Seehundbänken wollten. Wenn Sie warten wollen, bis die zurück sind, dann müssen Sie noch eine gute Stunde oder auch länger warten. Das Wetter kann um diese Jahreszeit unberechenbar werden. Ich habe

dem Kapitän von der „Rosa Paluka“ versprochen, Nachzügler rüberzubringen. Also wie entscheiden Sie sich?“
„Ich habe noch kein Ticket.“ Vera sah sich hilfesuchend um.
Der Mann auf dem Kutter zog etwas aus seiner Jacke. „Kein Problem, junge Frau. Sie haben Glück, Sie bekommen eine exklusive Einzelfahrt.“
Wieder schaute Vera sich suchend um. Weit und breit war niemand zu sehen. „In Ordnung. Ich stelle nur noch schnell mein Fahrrad ab und bin sofort wieder zurück.“ Vera eilte davon und fand oberhalb der Anlegestelle einen Platz für Fahrräder. Wenn es etwas im Überfluss auf Sylt gab, dann waren es Fahrräder. Der Blick über den Hafen bot eine traumhafte Sicht auf die Insel. Kleine Kutter und Boote schaukelten unterhalb der Mole hin und her.

Es war immer noch früh am Lister Hafen, als Vera in den Kutter stieg, ihr Ticket löste und sich die schönste Ecke an Bord aussuchte. Vor ihr lag eine anderthalbstündige Fahrt über das Wattenmeer. Mit ihnen fuhren weitere Fischer mit ihren Booten hinaus. Die Gischt schäumte über die Hafenmauer. Türmte sich zu einer Krone auf, aus Schaum und Algen, und strahlte heller als die Morgenröte, die im Meer versank. Je weiter sie hinausfuhren, umso schöner, aber auch unwirklicher erschien ihr das Naturschauspiel.
Oskar hieß der Mann, wie er sich Vera später vorstellte. „Hier“, sagte er und reichte Vera ein Fernglas. „Eine Kutterfahrt über das Wattenmeer ist wie ein Fischernetz ohne Fische. Beides gehört immer zusammen.“
Vera nahm das Fernglas. Bevor sie sich bedanken konnte, war Oskar längst wieder an seinem Steuerrad. Vera brauchte einen Moment, um das schwere Glas richtig einzustellen. Aber dann sah sie alles ganz klar und deutlich. Vor ihren Augen erstreckte sich eine traumhafte Aussicht auf den Ellenbogen mit seinen beiden Leuchttürmen und der weiten Dünenlandschaft. Oskar warf ein Netz aus. Für eine Zeitlang schienen sie still zu stehen. Vera hatte in dieser besonderen Atmosphäre jedes Gefühl für Zeit verloren. Oskar winkte sie zu sich. Dann sah Vera, wie er das ausgeworfene Netz wieder einholte und etwas in eine große Kiste fiel. Vera hatte davon gehört, dachte aber nicht, dass Oskar für sie alleine einen Seetierfang abhalten würde. Der Fang war üppig und

würde später natürlich wieder ins Meer zurückgeworfen. Vera staunte nicht schlecht, was sich alles in der Kiste befand. Unzählige Muscheln in allen Größen, Farben und Formen. Krebse, kleine Fische und – sie hatte Glück – sie sah einen wunderschönen Seestern. Sogar ein Seeskorpion tummelte sich vor ihren Augen. Sie war begeistert, zugleich aber auch ein wenig angeekelt. Oskar reichte ihr den Seestern. Sie durfte ihn kurz in ihren Händen halten und vorsichtig anfassen. Nicht mehr lange, und alles, was sich in der Kiste tummelte, landete wieder im Meer. Ein gutes Gefühl, wie sie fand.

Vera setzte als Erste wieder einen Fuß an Land. Oskar half ihr und er bedankte sich für das üppige Trinkgeld. Er hatte ihr angeboten, sie am frühen Abend wieder mit zurückzunehmen. Nur zu gerne nahm sie sein Angebot an. Sie wollten sich um fünf Uhr am Nachmittag wieder hier treffen.
Oskar reichte ihr noch das Fernglas. „Niemals ohne Fernglas", sagte er. Sie dankte ihm und verstaute es sicher in ihrem Rucksack. Vera war nicht das erste Mal auf Sylt. Natürlich besaß sie auch ein Fernglas. Aber selbst sie, die immer alles weit im Voraus plante, vergaß hin und wieder etwas. Ihr Fernglas lag nicht etwa in ihrer Ferienwohnung, sondern zu Hause in Köln. Irgendwo in einer Schublade im Wohnzimmer oder doch im Keller. Sie wusste es nicht mehr. Jetzt aber freute sie sich erst einmal, sich zu bewegen. Nach fast zwei Stunden auf dem Kutter verspürte sie den Wunsch, sich zu recken und zu strecken. Es gab zwei Touren, die man hier machen konnte. Die kleine Ellenbogenrunde von circa vier Kilometern, die etwa eine Stunde Zeit in Anspruch nahm. Oder man entschied sich gleich für die große Ellenbogenrunde von gut zwei Stunden und sehr strammen neun Kilometern, so wie Vera es vorhatte. Sie sah eine kleine Gruppe von Leuten, der sie sich mit Abstand anschloss. Vera genoss es, Zeit nur für sich zu haben, und nur mit sich. Sie fand hier auf Sylt immer wieder zu sich. Sylt war ihre Therapie. Einfach loslassen, nirgends gelang ihr das besser als hier.

Endlich ging es los. Die Gruppe setzte sich in Bewegung. Einmal die nördlichste Spitze Deutschlands umrunden und dabei die unberührte Natur sowie den Blick auf Dänemark und die zwei Leuchttürme genießen. Das war das Ziel für heute. Vera schaute in die Weite. Es waren

sehr wenige Häuser zu sehen, so dass man die Natur fast ein wenig als unwirklich wahrnahm. Sie wanderte am Strand entlang. Dann sah Vera die Sylter Fähre, die sie verpasst hatte, auf dem Weg durch das Wattenmeer vorbeifahren. Auf dem Parkplatz stand noch ein Pärchen, das sich in letzter Minute der Gruppe anschloss. Dann liefen alle durch die Dünen bis zum Weststrand. Dort angekommen, gab es eine kleine Verschnaufpause. Es wurde gegessen und getrunken und es wurde sich ausgetauscht. Vera ging alleine weiter. Sie kannte die Strecke ja bereits aus ihren früheren Besuchen. Sie hielt sich rechts, folgte ab dort dem Küstenverlauf, einmal ganz um die Ellenbogenspitze herum. Es gab wie erwartet keine Seehunde am Strand zu sehen, aber Zugvögel, die in der Luft ihre Kreise zogen. Vera passierte beide Leuchttürme. Das Wetter war inzwischen feucht und griesig geworden. Ein Aufstieg der Leuchttürme, um die Aussicht zu genießen, würde sich kaum lohnen. Man würde wahrscheinlich nicht einmal die Hand vor Augen sehen können. Zum Ende ihrer Tour kam sie an dem Surfgebiet am Königshafen vorbei. Fasziniert schaute sie den Kitesurfern zu. Nicht jeder dieser riskanten Sprünge gelang auf Anhieb. So mancher Surfer schlug hart im Wasser auf. Manchmal dauerte es eine Weile, bis man sie wieder sicher auf den Brettern stehen sah. Aufgeben schien hier für keinen eine Option zu sein.
Wenn man es genau nahm, war Vera stundenlang im Kreis gelaufen und hatte jetzt fast wieder den Hafen erreicht. Sie war sogar schneller gewesen als die Gruppe vor ihr. Vera hielt Ausschau nach Oskar und seinem Kutter. Und wie er es versprochen hatte, lag er genau dort vor Anker, wo er sie heute Morgen abgesetzt hatte. Er schlief der Länge nach auf einem Berg aus Netzen und Tauen. Als Vera an den Steg trat, stand er jedoch sofort auf und reichte ihr die Hand.
„Ich hoffe, Sie hatten einen schönen Tag“, begrüßte er sie.
„Ja, den hatte ich wirklich.“ Oskar war groß und sein Bauch sogar noch etwas größer. Sein Bart war lang und zottelig. Die Hand, die er ihr reichte, war rau und voller Striemen. Ein echter Seebär eben. Vera ließ sich gerne helfen. Erst als sie sicher ihren Platz von heute Morgen wieder eingenommen hatte, löste Oskar das letzte Tau. Es war ein seltsames Phänomen, aber nach Hause ging es immer irgendwie schneller. Oskar strahlte über das ganze Gesicht, als er Vera wieder sicher an Land gebracht hatte. Zum zweiten Mal bekam er von ihr ein üppiges

Trinkgeld. „Wann immer Sie mich brauchen, stets zu Diensten." Oskar verneigte sich tief und winkte ihr noch lange nach, selbst als sie längst auf ihrem Rad saß und davonfuhr.

Sie fuhr die kürzeste Strecke nach Hause. Nicht mehr entlang der Dünen, um Ausschau nach Juli und Lia zu halten. Die Insel ist klein, man sieht sich bestimmt noch einmal. So oder so ähnlich waren Julis Worte gewesen. Die Anstrengungen des Tages waren für Vera deutlich spürbar. Sie duschte lange und heiß und ging dann in die Küche. So ein Tag machte Hunger. Mit einem reichlichen Abendessen machte sie es sich vor dem Fernseher gemütlich. Ihre Beine brannten, und mit Sicherheit würde sie morgen einen ausgewachsenen Muskelkater haben. Sie war eingeschlafen und wachte erst auf, als es ihr etwas kalt wurde. Schlaftrunken ging sie ins Bett und schlief tief und fest bis zum nächsten Morgen.

Morgen war Heiligabend. Es fehlte Vera noch so gut wie an allem, um die Ferienwohnung für die kommenden Festtage herzurichten. Sie wollte noch einmal aufs Festland fahren, um sich mit Weihnachtsdekoration einzudecken. Dieses Mal aber fuhr sie mit dem Auto. Sie kannte sich nur zu gut. Wenn ihr erst einmal etwas gefiel, dann landete es auch schnell in ihrer Einkaufstasche. Wer konnte auch schon auf Rauschgoldengel, selbstgemachte bunte Kugeln und noch mehr Kerzenschein verzichten. Vera wusste genau, wo sie das alles finden würde. Ihr Weg führte sie nach Westerland auf den Wintermarkt. Hier würde sie alles bekommen. Sie wusste jetzt schon, dass sie viel zu viel kaufen würde. Der Wintermarkt gehörte zu den beliebtesten Märkten auf Sylt. Ein einzigartiger Treffpunkt nicht nur für Insulaner. Jeder Inselliebhaber war hier herzlich willkommen. Schon ab Mitte Dezember begeistert der Sylter Wintermarkt mit vielen interessanten kleinen Buden und Ständen und sorgt so mit viel weihnachtlicher Dekoration für eine ganz besondere Stimmung. Vera ließ sich nur zu gerne davon anstecken und mitreißen.

Genauso wie in Köln ließ man sich auch hier selbstgemachten Glühwein und hausgemachte Plätzchen schmecken. Und das alles unter freiem Himmel. Der hier, und das musste Vera zugeben, sehr viel schöner war als der in der Kölner Innenstadt. Dieser Wintermarkt hatte seinen ganz eigenen Charme.

Vera spazierte an den malerischen Holzbuden vorbei. Sie wollte sich erst einmal einen Überblick über die Vielfalt der Angebote verschaffen. In ihrer Hand hielt sie einen dampfenden Glühweinbecher. Die Luft roch nach feinsten Gewürzen, hausgemachtem Sylter Honig und Portwein. Die vorweihnachtliche Stimmung war perfekt. Was auf keinen Fall an ihrem kleinen Weihnachtsbaum fehlen durfte, war der Sylt-Fisch. Ein Weihnachtsornament, das aus Flugzeugsperrholz gefertigt wird. Es wird auf der Insel hergestellt und hängt an einer rot-weißen Baumwollkordel. Vera kaufte sich gleich einen 10er-Pack in der kleineren Größe von 5,5 cm statt 7,5 cm. Sie konnte gar nicht genug bekommen. Ein weiteres Mal drehte sie eine Runde über den Wintermarkt und fand alles, was ihr Herz begehrte. Weihnachtspapiersterne in verschiedenen Größen. Sie kaufte auch kitschige Weihnachtskugeln in Pink und Orange. Julia hätte es geliebt. Weihnachten war nun mal das Fest der Familie. Julia und Thomas würden immer ein Teil ihrer Familie bleiben. Auch wenn sie nicht mehr da waren. Für die Haustür gab es noch einen Stern mit bunten Perlen mit dem klangvollen Namen „Sweet Dream“. Sie kaufte sich noch ein Räder-Poesielicht und ein Kerzenbrett mit passenden Kerzen dazu, ganz in Weiß. Vera war zufrieden mit dem, was sie gekauft hatte. Jetzt machte sich Hunger bei ihr bemerkbar. Sie wurde geradezu von dem Duft frischer Mutzenmandeln (Schmalzgebäck) angezogen. Sie dufteten nicht nur verführerisch, sie schmeckten dazu auch noch hervorragend. Das Besondere hier an diesem Sylter Wintermarktstand waren die verschiedensten Zuckersorten. Es gab den klassischen Bourbon-Vanillezucker. Dann einen Gewürzzucker, den man ausschließlich für Crêpes und Waffeln verwendete. Und es gab so etwas Exotisches wie Zimtblütenzucker und Erdbeerzucker. Vera entschied sich für eine gemischte Tüte. Dazu gab es einen frischen Caffè Crema mit nussigem Geschmack, wie er auch in der Strandbar Sansibar auf Sylt angeboten wurde.

Vera sah erschrocken auf die Uhr. Es war höchste Zeit, dass sie nach Hause fuhr. Sie hatte ganz vergessen, dass sie noch eine Lieferung erwartete. Schließlich musste der ganze gekaufte Weihnachtsschmuck ja irgendwo hin. Zwischen drei und vier Uhr nachmittags wollte ihr die Firma „DeckerSylt“ Veras kleine Nordmanntanne liefern. Das Bäumchen war zwar nur 1,25 m groß, aber mit stolzen 29 Euro inklusive Lieferung ein kostspieliges Stück Weihnachten. Für die wenigen Tage, die sie hier war, gab es das edle Teil samt Wurzel in einem Topf. So konnte man die Tanne später der Natur wieder zuführen. So gesehen rechnete sich der Preis dann wieder. Vera war pünktlich und vor drei Uhr zu Hause. Die Tanne samt Topf mit opulenter roter Schleife stand bereits vor ihrer Türe. Sie stellte den Wagen unter den schneeweißen Carport, der direkt ans Haus grenzte, und ging mit ihren Tüten ins Haus. Zwischen den Zweigen versteckte sich eine Karte. „DeckerSylt wünscht frohe Weihnachten und ein glückliches neues Jahr.“ Wie aufmerksam. Vera hatte den Baum online gekauft und sofort mit PayPal bezahlt. Jetzt brauchte sie nur noch einen schönen Platz. Die Tanne war schwerer, als sie auf den ersten Blick aussah. Vera schob den Topf samt Tanne durch den Flur bis in die Stube. Hier stand er gut, fand sie. Gleich neben der weiß-blau gestreiften Polstergruppe aus der Sylter Kollektion „Inselfeeling“. Der Beistelltisch aus goldenem Messing eignete sich später bestimmt gut für ihr neues Kerzenbrett. Es kribbelte ihr schon in den Händen. Vera konnte es kaum noch abwarten, bis sie endlich mit dem Schmücken und dem Dekorieren loslegen konnte. Sie wollte gerade ihre Tüten leeren, als es an der Türe klingelte.

Wer würde hier draußen zu ihr kommen wollen? Vera ging zur Türe und sah seitlich aus dem Fenster. Es war Juli mit ihrer kleinen Hündin Lia.

Sofort machte Vera die Türe auf. „Hallo ihr Zwei, was macht ihr denn hier? Kommt doch rein. Da habt ihr aber Glück“, sagte Vera, immer noch erstaunt, die beiden zu sehen. „Ich bin gerade erst wieder zurückgekommen. Ich war auf dem Wintermarkt in Westerland und habe tütenweise Weihnachtsschmuck gekauft. Komm, gib mir deine Jacke und setz dich. Magst du was trinken oder essen? Ich bin sofort wieder bei dir. Ich hole nur schnell etwas Wasser für Lia.“

„Das ist nicht nötig. Es ist auch besser, wenn ich wieder gehe. Es war eine dumme Idee, hierher zu kommen. Es tut mir leid, dass ich Sie gestört habe. Vergessen Sie einfach, dass ich hier war.“

Juli wollte Vera ihre Jacke aus dem Arm nehmen, doch Vera ließ das

nicht zu. „Du bist doch nicht ohne Grund zu mir herausgefahren. Lass uns gemeinsam einen Tee trinken und dann sehen wir weiter. Schau dir nur Lia an. Ihr scheint es bei mir zu gefallen.“
Die kleine Hündin hatte es sich zwischen ihren Einkaufstüten gemütlich gemacht. „Tüten sind ihr Ding“, sagte Juli und versuchte, die Hündin unter Kontrolle zu bringen.
„Lass sie ruhig spielen. Die Sachen sind gut verpackt, da kann nichts kaputtgehen. Komm, wir gehen in die Küche und suchen für dich einen Tee aus.“ Beide entschieden sich für einen Sylter Früchtetee mit Zimt und einem großen braunen Kandisstick. Vera konnte das Mädchen ein erstes Mal ganz ohne ihre ganzen Strickaccessoires wie Mütze und Schal betrachten. Juli war ein wunderschönes Mädchen. Eine junge Frau. Ihre rotblonden Locken hatte sie locker hochgebunden. Ihre tiefgrünen Augen waren Vera schon bei ihrer ersten Begegnung aufgefallen. Heute strahlten sie noch mehr. So ein Grün hatte Vera noch nie gesehen. Juli war gerade mal süße siebzehn geworden. Vera dachte für einen Moment, dass sie jetzt genauso gut mit ihrer Tochter Julia hier sitzen könnte. Am zweiten Januar würde sie ihren siebzehnten Geburtstag feiern, wenn sie noch da wäre. Sie wollte das Mädchen nicht länger so anstarren, das sie so sehr an Julia erinnerte. Auch wenn Juli rotblonde Locken hatte statt blonde und ihre Augen grün waren und die von Julia blau waren. Beide hatten einen ähnlich schönen Mund mit wohlgeformten vollen Lippen.

„Hast du Probleme zu Hause?“ Vera versuchte sich langsam und behutsam heranzutasten. „Vielleicht mit deiner Mutter?“
„Woher wissen Sie, dass ich Streit mit meiner Mutter habe?“
„Ich habe nur gut geraten, was nicht schwer war. Mädchen in deinem Alter haben entweder Liebeskummer oder Streit mit ihrer Mutter, nie mit ihren Vätern“, betonte Vera nachdrücklich.
„Das stimmt“, sagte Juli. „Mein Vater ist so viel cooler als meine Mutter. Sie behandelt mich immer wie ein Baby. Ich war neun Jahre alt, als ich zu ihr kam. Nicht neun Monate. Warum also diese Übervorsicht. Ich kann inzwischen sehr gut auf mich alleine aufpassen. Schließlich bin ich fast erwachsen.“
Vera beobachtete Juli, wie sie gelangweilt in ihrem Tee rührte. „Möchtest du vielleicht doch etwas anderes trinken?“

„Haben Sie eine Cola?“
„Klar doch.“ Vera ging in den kleinen Vorratsraum, in dem ein zweiter, kleiner Kühlschrank stand. „Zero oder normal?“ rief Vera.
„Normal bitte.“
„Hier!“ Vera stellte die Dose mit einem Glas vor Juli auf den Tisch. Den Tee schob sie zur Seite.
„Entschuldigen Sie bitte. Ich hätte gleich was sagen sollen. Ich trinke lieber Kaffee statt Tee. Aber die Leute meinen, immer alles besser zu wissen. Nur weil man auf Sylt lebt, trinkt man nichts anderes außer Tee. Ich hasse es, in Schubladen gesteckt zu werden.“
„Du bist ganz schön wütend. Magst du mir nicht vielleicht doch erzählen, was zwischen dir und deiner Mutter vorgefallen ist.“
„Nein, Sie können mir sowieso nicht helfen. In ein paar Tagen sind Sie wieder weg und dann haben Sie mich auch schon wieder vergessen.“
„Glaub mir, du gehörst zu der Sorte von Menschen, die man nicht so schnell vergisst. Deine Mutter hat dir bestimmt erzählt, dass ich auch einmal eine Tochter hatte. Sie ist, sie wäre jetzt in deinem Alter. Am zweiten Januar ist ihr siebzehnter Geburtstag. Wenn ich das sagen darf, du erinnerst mich sehr an sie. Deine Willenskraft, dein Kampfgeist, aber auch dein Trotzkopf. Immer gleich mit dem Kopf durch die Wand. Ich muss gestehen, dass meine Tochter Julia, das ist ihr Name, wir haben uns ständig gestritten. Selbst an dem Tag, als sie verschwand.“
„Das tut mir leid, aber meine Mutter erzählt mir nie irgendetwas. Sie will alles über jeden wissen, aber wenn ich mal eine Frage habe, dann weicht sie mir immer wieder aus. So weiß ich zum Beispiel absolut nichts über meine leiblichen Eltern. Mir wurde nur gesagt, dass sie mich irgendwann nicht mehr wollten. Man hat mir nicht einmal ihre Namen genannt. Es hieß, man wollte mich schützen. Erst, wenn ich volljährig bin, kann ich einen Antrag beim Jugendamt stellen. Selbst das, glaubt meine Mutter mir verbieten zu können. Sie sagt, ich würde ihr damit das Herz brechen. Warum macht sie so etwas. Ich will doch nur wissen, wer ich bin. Habe ich nicht das Recht dazu?“
„Habt ihr euch deshalb gestritten? Bist du zu mir gekommen, um mich darum zu bitten, mit deiner Mutter zu reden? Denkst du, weil ich Therapeutin bin, wird sie automatisch auf mich hören?“ Vera versuchte, in dem wunderschönen Gesicht von Juli zu lesen.

„Nein, die Hoffnung habe ich längst aufgegeben. Ich habe so lange gewartet, da kommt es auf ein Jahr mehr auch nicht mehr an. Wenn ich volljährig bin, werde ich zum Jugendamt gehen und ganz offiziell den erforderlichen Antrag stellen."
„Muss ich weiter raten, oder willst du mir nicht endlich sagen, warum du zu mir gekommen bist?"
„Es geht um mich und um meine Zukunft. Meine Mutter hat darauf bestanden, dass ich das Berufspraktikum bei ihr im Laden mache. Dort könnte ich alles das lernen, was ich einmal brauchen würde, um den Laden zu übernehmen. Sie sagt, meine Zukunft sei gesichert. Aber das will ich nicht. Ich will den Laden nicht. Ich möchte doch Anwältin werden. Und ich sehe mich auch nicht länger auf Sylt. So schön es hier auch ist. Ich sehe mich vielmehr in ein paar Jahren in einer Großstadt mit eigener Kanzlei."
„Du willst aufs Festland?"
„Nein! Ich möchte nach Köln. Ich habe bereits alles bis ins Detail geplant. Ende nächsten Jahres würde man mich an der Uni in Bonn aufnehmen. Ich habe in meiner jetzigen Schule mit meiner Vertrauenslehrerin gesprochen. Sie hat mir geholfen, die Bewerbung zu schreiben. Ihre einzige Bedingung war..."
„...dass du mit deiner Mutter sprichst", beendete Vera den Satz. „Jetzt verstehe ich dein Problem." Vera sah rüber in die Stube. Die kleine Hündin fühlte sich sichtlich wohl zwischen all den Tüten. Sie schlief auf dem Rücken und schnarchte allerliebst vor sich hin.
„Ich dachte...", und Juli wurde augenblicklich puterrot im Gesicht, „dass ich vielleicht zu Ihnen nach Köln kommen könnte. Nur solange ich studiere. Ich bin wirklich sehr fleißig und kann hart arbeiten. Meine Mutter hat mir erzählt, dass Sie ein riesiges Haus haben. Da gibt es doch bestimmt immer etwas zu tun. Ich als arme Studentin und Sie mit dem großen Haus und so. Stellen Sie sich das nur einmal vor. Sie und ich und Lia. Die perfekte Lösung für alle. Meine Mutter kennt Sie schon so lange und hätte vielleicht nicht mehr ganz so viele Einwände."
„Halt, warte Juli, so geht das nicht." Vera schossen gerade tausend Szenarien durch den Kopf. Aber ein Gedanke ließ sie eigenartigerweise gar nicht mehr los. Ihr gefiel der Gedanke, dass Juli sich vorstellen konnte, zu ihr zu ziehen. Sie und Lia in den nächsten Jahren

um sich zu haben, nichts lieber als das. Aber Vera musste jetzt an Juli denken. Und an das, was für sie das Beste war. „Im Prinzip hast du das alles ganz gut durchdacht. Natürlich hätte ich nichts dagegen, dich und Lia bei mir aufzunehmen, solange du studierst.“ Vera sah, wie die Augen von Juli sofort anfingen zu leuchten. Sie sprang von ihrem Stuhl auf und war im Begriff, in Veras Arme zu springen, um sich bei ihr zu bedanken. Es brach Vera wirklich das Herz, das Mädchen so sehr enttäuschen zu müssen. „Warte Juli, du hast mich nicht richtig verstanden. Ich verstehe deinen Wunsch und ich würde dir auch helfen, aber...“, drängte sie Juli zurück auf ihren Stuhl. „Das geht einfach nicht. Solange du nicht volljährig bist, können nur deine Eltern für dich und mit dir entscheiden, wo und bei wem du lebst. Ich bin so gesehen eine völlig fremde Person, auch für deine Mutter. Vielleicht bin ich eine bessere Bekannte für sie, aber mehr auch nicht. Leider ist manchmal das, was man möchte, nicht das, was man vom Leben bekommt. Ich könnte natürlich versuchen, mit deiner Mutter zu reden. Von Mutter zu Mutter. Aber wenn sie sagt, das geht mich nichts an und ich soll mich da raushalten... Es tut mir leid Juli, aber da sehe ich kaum eine Möglichkeit.“
„Ist schon in Ordnung. War nur so eine Idee. Es fällt mir schon noch etwas ein. Ich habe ja noch etwas Zeit.“
„Was hältst du davon, wenn du mir helfen würdest, meinen Baum zu schmücken? Ich hole uns noch eine Cola und dann befreien wir Lia aus ihren Tüten.“
Die Enttäuschung war Juli deutlich anzusehen, auch wenn sie am Schluss eingelenkt hatte. Was sie sagte, war nicht das, was sie fühlte. Und auch Vera ging es nicht besser. Sie hatte Juli seit ihrer ersten Begegnung sofort in ihr Herz geschlossen. Jonathan würde sagen, dass sie kompensiert. Ihre Julia und jetzt Juli. Das würde er ganz und gar nicht gutheißen. Für morgen früh waren sie zum Video-Call verabredet. Sie würde ihm von Juli und ihrem Wunsch erzählen. Wer weiß, vielleicht überraschte Jonathan sie ja auch.

Als Vera aus der Küche kam und in die Stube ging, saß Juli bei Lia auf dem Boden. Sie spielten zusammen. Der Inhalt der Tüten lag sorgfältig auf dem Tisch ausgebreitet, und die Tüten hatte Juli akkurat zur Seite gelegt. „Hier, für dich.“ Sie reichte Juli die eiskalte Cola. „Dann

lass uns mal loslegen.“ Vera reichte Juli die Hand und half ihr auf.
„Eine sehr bunte Mischung, aber ich sehe nichts, das Sie selbst gebastelt haben.“
„Das stimmt so nicht“, lachte Vera. „Warte hier und lauf nicht weg. Ich bin sofort wieder bei dir.“ Vera ging ins Schlafzimmer. Aus ihrer Reisetasche holte sie eine kleine Schachtel und ging damit zurück zu Juli und Lia. Die kleine Hündin lag jetzt auf dem Sofa und sah ihrem Frauchen genau zu, wie sie die Kerzen auf das Kerzenbrett steckte und beides auf dem Beistelltisch platzierte. Das Poesielicht fand seinen Platz gleich daneben. „Genau da hätte ich es auch hingestellt“, sagte Vera. Sie setzte sich zu Juli auf den Boden.
„Was haben Sie da?“ Juli war ganz aufgeregt vor Neugier und schaute in die offene Handfläche, in der Vera die kleine Schachtel immer noch festhielt. Vera öffnete ihre Hände noch ein wenig mehr.
„Die Schachtel gehörte einmal meiner Tochter Julia. Sie liebte Weihnachten, genauso sehr wie ich. Da waren wir uns ausnahmsweise mal einig.“ Sie reichte Juli die Schachtel. „Mach sie auf.“
„Nein, das geht doch nicht. Ihre Tochter hätte bestimmt etwas dagegen.“
„Mit Sicherheit hätte sie das. Julia war generell gegen alles, was ich ihr gesagt habe. So sind Beziehungen zwischen Müttern und Töchtern nun mal.“ Beide lachten.
„Rosa und Baby-Dinosaurier, das ist cool, aber nicht gerade weihnachtlich. Darf ich?“
Vera nickte und Juli öffnete die Schachtel. Darin lagen drei selbst gebastelte Strohsterne. Sie waren von unterschiedlicher Größe, wie Juli sehr schnell feststellte. Auf jedem der Sterne stand ein Wort: Papa, Mama und Julia las sie. Der Reihe nach, der Größe nach.
„Das ist schön, aber auch traurig.“
„Am Anfang ja“, stimmte Vera Juli zu. „Inzwischen bin ich aber dankbar für jede Erinnerung, die mir geblieben ist. Manchmal ist es schwer, sie festzuhalten. Vieles vergisst man mit der Zeit und einiges verblasst einfach. Man kann leider sehr wenig für die Ewigkeit festhalten. Aber ich weiß, dass beide ein Teil von mir sind, und das Gefühl, das wird mir für immer bleiben.“
„Auch das ist schön und traurig.“ Juli stand auf und reichte Vera die Hand. „Lassen Sie uns endlich den Baum schmücken, bevor es dunkel

wird. Hier auf der Insel und um diese Jahreszeit bin ich doch lieber noch im Hellen unterwegs.“
„Bist du mit dem Fahrrad gekommen?“
„Ja!“
„Und wissen deine Eltern, dass du hier bei mir bist?“
„Nein, wissen sie nicht. Und es ist auch nicht wichtig. Für meinen Vater zählt sowieso nur die Arbeit. Und meine Mutter würde mich am liebsten einsperren, bis ich alt und grau bin.“
„So schlimm?“
Juli erschien ihr nicht böse zu sein. Vielmehr war sie traurig. Vera schaute zu, wie Juli einen Stern nach dem anderen an die kleine Tanne hängte, nachdem sie die bunte Lichterkette, aus kleinen Nüsschen sehr geschickt angebracht hatte.
„Jetzt sind Sie dran.“ Juli reichte Vera die drei letzten Strohsterne aus der rosa Kiste.
Schnell hatte Vera die Sterne platziert. Gleich unterhalb der Spitze bildeten sie einen leichten Halbbogen. „Fertig“, sagte Vera zufrieden. „Danke, dass du mir geholfen hast. Das hat mir wirklich viel Spaß gemacht. Und jetzt fahre ich dich nach Hause. Dein Fahrrad legen wir einfach hinten in den Kofferraum.“
„Kann ich nicht einfach heute Nacht hierbleiben? Sehen Sie nur, Lia gefällt es auch hier. Bitte!“
„Deine Mutter reißt uns beiden den Kopf ab. Morgen ist Heiligabend, da solltest du zu Hause bei deiner Familie sein.“ Aus Vera sprach nur die Vernunft. Sie musste sich eingestehen, dass sie die Gegenwart des Mädchens durchaus zu schätzen wusste. Und der Gedanke, sich noch länger mit Juli zu unterhalten und noch viel mehr über sie zu erfahren – sie würde lügen, wenn ihr das nicht gefallen würde.
„Ich könnte meiner Mutter eine Mail schreiben und ihr sagen, dass ich bei einer Freundin übernachten möchte. Wenn sie es dann erlaubt, wäre es dann in Ordnung für Sie?“
„Nur unter einer Bedingung“, sagte Vera und versuchte Juli einen strengen Blick zuzuwerfen. „Das Sie, lassen wir ab sofort. Ich bin Vera. In Ordnung?“
„In Ordnung.“ Juli begann, ihre Nachricht in das Handy zu tippen. Und es dauerte nur wenige Sekunden, bis Juli ihre Antwort erhielt.
„In Ordnung! Sei aber morgen früh bitte pünktlich für den

Gottesdienst zu Hause. Du musst dich noch umziehen."
Juli reichte Vera ihr Handy. „Ich darf bleiben."
„Du weißt, dass das nicht wirklich in Ordnung ist. Du hast geschummelt." Vera versuchte erneut ernst zu schauen, was ihr aber auch diesmal nicht gelingen wollte.
„Sie... du bist jetzt ganz offiziell meine neue beste Freundin. Also, habe ich nicht geschummelt. Alles nur eine Frage der Perspektive." Juli zwinkerte Vera schelmisch zu.
„Deine Perspektive ist ganz schön verschoben", zwinkerte Vera zurück.
Zusammen räumten sie die leeren Kartons und Tüten zusammen und verstauten alles in einem leeren Korb, der im Vorratsraum stand. „Wie wäre es jetzt mit einem guten Abendessen? Worauf hast du Appetit?" Vera verschwand in die Küche. Als sie zurück in die Stube ging, saß Juli immer noch mit Lia auf dem Boden. Sie streichelte die kleine Hündin.
„Abendessen?", wiederholte Vera und Juli sprang auf. „Kann ich dir helfen?"
„Wenn du willst, sehr gerne." Gemeinsam plünderten sie den Kühlschrank. Lia bekam frisches Wasser und Hühnchen, das mit ein paar Stücken Kartoffeln und Möhren abgekocht wurde. Es herrschte eine fröhliche und ausgelassene Stimmung am Tisch.
Vera sah auf ihr Handy. Sie war heute so geschäftig gewesen, dass sie ganz vergessen hatte, ihre Nachrichten abzurufen. Sie hatte Anrufe und Mails in Abwesenheit erhalten. Sie überflog die Nachrichten, während sie weiter aß.
„Meine Mutter erlaubt mir kein Handy beim Essen."
Vera schaute auf und sah, wie provokativ Juli ihr Handy aus ihrer Hosentasche zog und anfing, damit herumzuspielen.
„Du solltest versuchen, nicht gleich alle Regeln deiner Eltern an einem Abend über Bord zu werfen." Vera sah Juli auffordernd an. Diesmal hielt sie den Blick stand. Solange, bis Juli ihr Handy zur Seite legte.
„Und du darfst Regeln brechen, weil du erwachsen bist."
Juli schmollte.
„Nein, nicht nur weil ich erwachsen bin, sondern auch. Ich muss für niemanden zurzeit ein Vorbild sein. Meine Tochter Julia fühlte sich genauso unverstanden wie du im Moment. Bevor ich ihr etwas

erklären konnte, war sie meistens schon wütend davongerannt. Es gibt Ausnahmen, Regeln, die man brechen kann, wann immer man will. Aber dann sollte einem auch bewusst sein, dass man für sein Handeln auch die Konsequenzen zu tragen hat. Und zwar ganz alleine. Das ist kein Privileg eines Erwachsenen, sondern die Verantwortung eines Erwachsenen. Eltern sind nun einmal dazu da, um ihre Kinder zu schützen. Und ihnen die Verantwortung für so manches, was im Leben noch so auf sie zukommt, abzunehmen."

„Also, ist ein Handyverbot beim Essen eine verantwortliche Maßnahme für eine sichere und bessere Zukunft für mich?"

„So wie du das sagst, klingt es sehr albern. Aber im Prinzip, ja! Wenn du lernst, jemanden zuzuhören, anstatt dass du beim Essen mit dem Handy herumspielst, ja, dann lernst du tatsächlich etwas für deine Zukunft."

„Und das wäre?" Juli schien sich den Abend etwas anders vorgestellt zu haben.

„Respekt und Achtsamkeit gegenüber der anderen Person. Glaub mir, irgendwann treten Menschen in dein Leben, von denen du dir genau das wünschst."

„In Ordnung, ich habe meine Lektion gelernt."

„Und ich entschuldige mich, dass ich meine Mails am Tisch gelesen habe. Denn ich respektiere dich. Und ich bin dir dankbar für deine Gesellschaft heute Abend." Vera legte ihr Handy zur Seite.

„Du bist echt schräg. Lass uns wieder normal sein." Beide lachten sichtlich amüsiert.

„Ich räume dann mal den Tisch ab und kümmere mich um die Küche. Du kannst ja inzwischen deine Mails checken. Wenn du willst, können wir ja später einen Film gemeinsam anschauen. Kennst du dich mit der Mediathek aus?"

Vera schüttelte den Kopf.

„Kein Problem! Ich zeige es dir."

Juli ging in die Küche. Man hörte Wasser, das ins Becken eingelassen wurde und Geschirr, das Juli dazu gab. Vera fand es eigenartig, aber ihr gefiel das Geräusch von blubberndem Wasser und klirrendem Geschirr. Sie setzte sich auf das Sofa. Sofort kam Lia angewackelt und gesellte sich zu ihr. Ihre Schale war restlos leer gefuttert.

„Gut gemacht, Kleine", lobte Vera die Hündin, die sich ganz eng an

sie kuschelte.
Noch einmal ging Vera alle ihre Mails durch, die sie am heutigen Tag bekommen hatte. Jonathan schickte ihr einen lieben Gruß und eine Erinnerung für den morgigen Tag. „Heiligabend, Hohohoho“, schrieb er und Vera freute sich schon sehr auf ihren 18-Uhr-Termin mit Jonathan via Facetime. Dr. Daum hatte sich wie versprochen auch gemeldet und ihr ebenfalls einen lieben Weihnachtsgruß gesendet. Im Anhang schrieb er, dass es Frau Bender mit den neuen Medikamenten sehr viel besser gehe. Inzwischen nehme sie auch hin und wieder an der Gruppentherapie teil. Vera freute sich sehr über die Entwicklung von Monika. Auch Hauptkommissar Brandes ließ es sich nicht nehmen, ihr ein frohes Fest zu wünschen. Sein Geschenk war der von ihr gewünschte Termin. Freitag, der Tag nach ihrer Rückreise, durfte sie Monika tatsächlich in der Psychiatrie besuchen. Es gab eine zweite Mail von ihm und auch einen Anhang. Er schickte ihr wie so oft in den letzten Jahren ein Foto von sich und seiner Familie mit vielen roten Nikolausmützen. Die gemeinsamen Jahre der Suche nach Julia haben sie längst zusammengeschweißt. Er gehörte für sie zur Familie. Die zweite Mail betraf noch einmal die Aussage von Monika. Hauptkommissar Brandes glaubte zwar immer noch nicht, dass gerade Monika Julia gesehen haben will, aber es gab ein weiteres Foto von dem Wagen, in dem Julia gesessen haben soll. Er hatte ihr das Foto zugeschickt. Das Foto schien bereits vergrößert und bearbeitet worden zu sein. Vera sah erst einmal nichts. Sie drehte ihr Handy nach allen Seiten und vergrößerte kleinere Ausschnitte. Dann sah sie es ganz deutlich. Ein Autoreifen und darunter lag, wie traurig, eine Katze. Das musste die Katze von Monika gewesen sein. Es war kein Nummernschild zu erkennen. Nur zwei weiße oder auch graue, sehr verschwommene Streifen, die irgendwie ineinander verschlungen waren, schimmerten am seitlichen Rand, dort, wo sonst das Autokennzeichen zu sehen sein sollte. Vera hatte keine Ahnung, was sie damit anfangen sollte. Hauptkommissar Brandes hatte ihr noch etwas zu dem Foto geschrieben.
„Wir haben in der Handyhülle von Frau Bender noch eine Speicherkarte gefunden. Darauf war dieses Foto. Ich vermute mal, dass sie versucht hat, den Wagen zu fotografieren, der ihre Katze überfahren hat. Ich kann es mir nur so erklären. Die Fahrerin kam wütend auf sie

zugelaufen und schrie sie an. Und bevor Frau Bender reagieren konnte, war der Wagen auch schon wieder weg. Ich habe noch einmal mit Frau Bender gesprochen. Sie hat mir gestanden, dass sie die Katze in ihre Jacke gewickelt hat und im Garten vergraben hat. Das ist soweit in Ordnung. Ich habe es mir angeschaut. Es tut mir leid. Aber auch mit dem Foto kommen wir leider nicht weiter. Wir sehen uns, wenn Sie wieder zurück sind. Liebe Grüße."

„Die Küche glänzt wie neu", lobte Juli sich selbst, als sie freudestrahlend in die Stube gelaufen kam. In ihrer Hand hielt sie zwei Gläser Cola.

„Welche Art von Filmen magst du denn so? Krimi, Horror oder doch lieber die ganz schmalzigen Liebesfilme? Erde an Vera." Juli sah, dass Vera immer noch auf ihr Handy starrte. „Schlechte Nachrichten?" fragte sie und reichte ihr ein Glas. Erst jetzt bemerkte Vera, dass Juli sich zu ihr gesetzt hatte. Lia sprang auf Julis Schoß und ließ sich von ihr kraulen.

„Danke", sagte Vera und nahm Juli das Glas ab, das sie immer noch in ihrer Hand hielt. „Nein, alles in bester Ordnung. Keine schlechten Nachrichten. Ganz im Gegenteil. Einer meiner Patientinnen geht es sogar langsam wieder richtig gut."

„Das sollte dich wirklich freuen. Warum dann dieser nachdenkliche Gesichtsausdruck?"

„Du bist eine sehr gute Beobachterin. Es ist eigentlich nichts, aber es hat mich für den Moment doch beschäftigt."

„Willst du darüber reden?"

„Jetzt sei mal nicht so erwachsen. Lass uns lieber einen Film schauen. Und zu deiner Information: Ich bevorzuge Action- und Katastrophenfilme. Liebesfilme, ja, unbedingt sogar. Aber nur, wenn sie gut gemacht sind."

„Damit lässt sich arbeiten", sagte Juli und schaltete den Fernseher an. Sie zeigte Vera, wie man in die Mediathek gelangte, und die riesige Auswahl an Filmen aus allen Genres. Und dann ging die Suche los. Es dauerte eine Weile, bis sie sich für einen Film entschieden hatten, der beiden gefiel. Sie entdeckten eine Gemeinsamkeit auf der Suche nach dem einen Film. Beide konnten sich für Tanz und Ballett begeistern. Auch dem Musical waren beide zugetan. Schließlich wurde man sich einig. Zwei Filme standen nach einer guten Stunde zur Auswahl:

„Black Swan“ und „Mamma Mia“.
„Jetzt brauchen wir nur noch Popcorn. Hast du Mais? Ich habe gesehen, dass Zimt und Karamell da ist. Magst du Butter zum Popcorn?“ Juli wartete nicht, bis Vera ihr antwortete. Sie ging in die Küche. Töpfe klapperten und Juli summte leise vor sich hin. Es dauerte nicht lange, bis Juli erste Freudenschreie von sich gab, als die ersten Maiskörner aufpoppten. Fünfzehn Minuten später kam Juli mit einem Tablett mit drei Schalen feinstem Popcorn und einer halbvollen Flasche Cola zurück.
„Welchen Film schauen wir uns zuerst an? Du darfst entscheiden.“ Juli war total aufgekratzt.
Vera hingegen fühlte sich bereits müde. Es war gerade einmal 19:45 Uhr. „Ich brauche dringend noch eine große Tasse Kaffee, sonst schaffe ich nicht einmal die ersten fünf Minuten des Filmes.“ Vera wollte schon aufstehen, aber Juli bat sie, sitzen zu bleiben.
„Ich mach dir gerne einen Kaffee, wenn du willst. Du kannst aber auch schlafen gehen, wenn du müde bist. Ich kann alleine fernsehen. Du musst mir nur sagen, wo ich später schlafen kann?“
Vera hatte sich darüber noch gar keine Gedanken gemacht. Es gab zwar den Souterrain-Bereich, aber den hatte Vera nicht ausdrücklich mitgebucht und deshalb wollte sie auch dort nicht jemanden einquartieren. Auch nicht für eine Nacht. „Du kannst hier auf dem Sofa schlafen, wenn du willst. In der Kammer sind noch Decken und Kissen, oder du schläfst, wenn du willst, bei mir. Mein Bett ist riesig. Da findet sich sogar noch ein Plätzchen für Lia.“
„Du hättest nichts dagegen, wenn Lia mit uns zusammen im Bett schlafen würde?“ Julis Augen leuchteten. Bevor Vera wusste, wie ihr geschah, lag das Mädchen ihr bereits in den Armen. „Danke, Danke. Wir schlafen gerne bei dir, nicht wahr, Lia.“ Juli hob die kleine Hündin vorsichtig von ihrem Schoß und reichte sie Vera. „Ich mache dir einen Kaffee. Warte hier. Und nicht einschlafen.“
Während Juli erneut in die Küche ging, naschte Vera vom Popcorn. Alle drei Sorten schmeckten wirklich sehr gut. Ihr Favorit war aber der mit den wohl meisten Kalorien: Butter! Alleine der Duft war unwiderstehlich.
„Erwischt“, lachte Juli, als sie aus der Küche kam und sah, wie Vera sich eine Handvoll Butterpopcorn in den Mund schob. „Hier dein

Kaffee. Ich liebe übrigens auch Butterpopcorn. Was hältst du davon...?“ Juli nahm die Flasche Cola vom Tablett und dann auch die Schalen. Dann legte sie eine Serviette auf das Tablett und schüttete alle drei Popcornschalen darauf. Mit dem Kaffeelöffel, der in Veras Kaffeetasse steckte, nahm sie die Stielseite und mischte damit alles leicht durch. „Jetzt probiere mal.“
„Ich schmecke Zimt, Karamell, aber die Butter dominiert. Sehr gute Idee und danke für den Kaffee. Er hat genau die richtige Stärke. Lass uns jetzt den Film schauen. Was hältst du von „Mamma Mia“ für den Anfang?“

Es war ein richtiger schöner Mädelsabend, der bis tief in die Nacht hinein ging. Juli und Vera versuchten, die Tanz- und Gesangsszenen aus „Mamma Mia“ mitzumachen. Das Tanzen war lustig, aber der Gesang war grausam. Gut, dass sie weitab von fast jeglicher Zivilisation waren. Vera hatte längst vergessen, wie es war, aus vollem Herzen zu lachen, bis einem die Tränen über das Gesicht liefen und einem der Bauch wehtat. Es war immer noch früh am Abend, als sie mit dem zweiten Film in die Nacht starteten. Zufrieden, aber körperlich erschöpft, ließen sie sich von den wunderschönen Bildern und der Dramatik der Musik des Films „Black Swan“ mitnehmen und fielen gemeinsam ins Reich der Träume. Beide schliefen fast zeitgleich ein, und auch Lia fand ihren Platz zum Schlafen in dieser Nacht. Sie lag eingerollt zwischen den beiden.

Es wurde sehr früh hell am nächsten Morgen. Vera wachte als Erste auf und ließ Lia kurz vor die Tür in den Garten hinaus. „Beeil dich, Kleine, es ist kalt“, rief sie der Hündin hinterher, die bellend über die Wiese tollte. Lia schien genau zu wissen, was Vera von ihr wollte. „Gut gemacht, Lia. Und jetzt komm rein und lass uns Frühstück machen.“
„Guten Morgen“, grüßte Juli Vera. Lia ließ es sich nicht nehmen und sprang zu Juli aufs Sofa. „Danke, dass du sie rausgelassen hast. Ich gehe kurz ins Bad und dann helfe ich dir beim Frühstück machen.“
„Tee oder Kaffee zum Frühstück?“ Vera sah Juli in Richtung Bad verschwinden. Doch dann lugte sie aus der Ecke hervor.
„Kaffee, ganz viel Kaffee“, sagte sie, und Vera hörte nur noch, wie die

Tür zum Bad zufiel.
Der Tisch war fertig gedeckt und Lia ließ sich ihr Leberwurstbrot schmecken, als Juli sich an den Tisch setzte. Vera schenkte ihr Kaffee ein und legte ihr ein frisch aufgebackenes Brötchen auf den Teller. „Ich wusste nicht, was du magst, also habe ich alles aufgefahren, was der Kühlschrank hergab. Wurst, Käse, Marmelade und ich habe Frühstückseier gekocht. Nicht zu weich, aber der Kern muss noch leicht flüssig sein. So mag ich sie am liebsten."
„Danke, so esse ich sie auch am liebsten. Und ich mag es morgens gerne süß. Marmelade und etwas frische Butter, mehr brauche ich nicht."
„Wieder eine Gemeinsamkeit", lachte Vera. „Ich will dich nicht drängen, aber du hast nicht mehr viel Zeit. Deine Mutter wird bestimmt schon auf dich warten. Wenn du willst, fahre ich dich schnell."
„Nein, das ist nicht nötig. Du hast schon so viel für mich getan. Das war ein richtig schöner Tag und erst der Abend. Schade, dass wir den zweiten Film verschlafen haben." Juli wurde leicht verlegen.
Vera beugte sich zu ihr rüber und umarmte sie. „Ich muss mich bei dir bedanken. Ich hatte lange nicht mehr so viel Spaß. Und wer weiß, vielleicht ergibt sich ja noch einmal die Möglichkeit und wir geben 'Black Swan' eine zweite Chance."
„Das wäre toll." Juli fühlte sich immer noch peinlich berührt. Ihre Wangen wurden rot und ihr Blick senkte sich verhalten.
„Dann lass es dir schmecken", versuchte Vera die Situation etwas aufzulockern und begann zu erzählen. „Ich werde heute Vormittag auch in die Kirche gehen. Ich bin katholisch, und du?"
„Ich auch." Juli hatte sich wieder gefangen. Sie genoss ihr Frühstück.
„Wenn ich auf Sylt bin, gehe ich immer in die St. Christophorus Kirche in Westerland. Nicht nur zu Weihnachten. Mein Mann Thomas hätte diese Kirche geliebt. Er war Architekt."
„Wie ist er gestorben? Entschuldige, das wollte ich nicht. Ich war nur..." Juli wollte aufstehen, doch Vera beruhigte das Mädchen.
„Es ist in Ordnung. Inzwischen kann ich darüber reden. Mein Mann starb durch einen dummen Unfall. Wir haben früher gerne und auch viel gefeiert. Mit Freunden und Arbeitskollegen. Auch an diesem Abend. Thomas hatte einen großen und lukrativen Immobilien-Deal abgeschlossen. Er feierte seine Erfolge gerne mit Menschen, die er

liebte und die ihn feierten. Und dann war da dieses dumme Baumhaus, das er für Julia gebaut hatte. Ich mochte es nie, aber es war ihr gemeinsames Projekt. Nach Julias Verschwinden wollte ich, dass er es abreißt. Aber er konnte es nicht. Er glaubte immer daran, dass sie wieder nach Hause kommt. Da durfte das Baumhaus nicht fehlen. Es war schon spät an diesem Abend. Die Stimmung war auf dem Höhepunkt, als es plötzlich anfing zu regnen. Und dann ging alles ganz schnell. Es regnete nicht nur ein bisschen, sondern richtig heftig. Ich wollte, dass wir alle ins Haus gehen, aber Thomas... Er alberte mal wieder herum. ‚Das bisschen Regen', meinte er. ‚Davon lassen wir uns doch nicht die Party verderben. Kommt rauf aufs Baumhaus', rief er und rannte über den Rasen." Vera atmete hörbar ein und aus. „Die letzte Stufe hat er wohl verfehlt. Das Holz war nass und rutschig. Er stürzte rückwärts zu Boden. Genickbruch! Er war auf der Stelle tot."

„Oh mein Gott, wie furchtbar. Es tut mir leid, dass ich gefragt habe. Es ist besser, wenn ich jetzt gehe. Vielleicht sehen wir uns ja später noch. Wir gehen auch in die St. Christophorus in Westerland."

„Ja, vielleicht sehen wir uns dort, das wäre schön", sagte Vera. Sie brachte Juli und Lia zur Tür. „Dann bis später."

Juli schien gar nicht gehen zu wollen.

„Schau dir nur das Wetter an! Und du willst wirklich nicht, dass ich dich fahre?"

„Es ist kurz nach acht. Ich habe noch genügend Zeit, um in aller Ruhe nach Hause zu fahren. Wie ich meine Mutter kenne, liegen meine Sachen zum Umziehen längst auf meinem Bett." Beide lachten. Für einen Moment war es zu ruhig. „Wenn du willst, komme ich gerne noch einmal mit rein und wir räumen gemeinsam den Frühstückstisch ab."

„Nein, ist schon gut, das mache ich später in aller Ruhe. Fahr jetzt los, sonst wird es doch noch zu spät - und übrigens, Frohe Weihnachten." Halt, warte! Ich habe noch etwas für dich." Vera rannte in die Stube und war augenblicklich wieder zurück. In ihrer Hand hielt sie die kleine rosa Schachtel. Sie reichte sie Juli. „Mach sie auf."

Juli öffnete die Schachtel, und zum Vorschein kam ein Strohstern, den Vera noch in der Nacht gebastelt hatte und der Julis Namen trug.

„Er ist wunderschön. Ich weiß gar nicht, was ich sagen soll. Ich habe nichts für dich."

„Doch, das hast du. Du hast mir einen wundervollen Abend geschenkt. Und jetzt mach, dass du endlich wegkommst.“ Vera wischte sich eine versteckte Träne aus dem Gesicht. Noch einmal umarmten sie sich. Lia hatte es sich längst in ihrem Fahrradkorb gemütlich gemacht. Vera konnte nicht anders und musste noch einmal unter die Wolldecke greifen, um sich von der kleinen Hündin zu verabschieden. Warum fiel ihr das jetzt erst auf? Julias beste Freundin hieß auch Lia. Juli war inzwischen nur noch ein winzig kleiner Punkt am Horizont, den Vera versuchte vergebens festzuhalten. Aber dann verschwand sie hinter der nächsten Lichtung und fuhr immer entlang der Dünen.
Vera ging ins Haus zurück. Sie räumte den Tisch ab, brachte Ordnung in die Stube und ging danach ausgiebig duschen. Sie zog sich etwas Schlichtes, aber Elegantes für den späteren Kirchgang an. Eine dunkelblaue edle Jeans und einen beigefarbenen Pullover. Darüber trug sie eine leichte Steppweste mit Sylter Wappen, die sie vor Jahren hier auf Sylt gekauft hatte. Auf Make-up verzichtete sie bewusst. Eine leichte Tagescreme und ein klares Lipgloss reichten ihr. Sie schenkte sich noch einen Kaffee ein und setzte sich auf das gemachte Sofa. Die schweren Kissen hatten ihren Platz wiedergefunden, und auch die sandfarbene Decke mit dem Steinmuster lag ordentlich gefaltet an ihrem Platz. Vera war wie hypnotisiert. Sie bekam einfach nicht genug von dem Anblick ihres kleinen Weihnachtsbaumes. Er trug ohne jeden Zweifel die Handschrift von Juli. Aber ebenso könnte es auch ein Baum von Julia sein. Sie hätte ihn geliebt, und mit Sicherheit hätte sie ihn ähnlich geschmückt. Die beiden Mädchen hätten sich verstanden. Und so wie sie ihre Julia kannte, wäre sie ihr auch bestimmt nicht böse gewesen, dass sie die rosa Schachtel Juli geschenkt hatte. Julia war ein großzügiges Mädchen gewesen. Zu Weihnachten sortierte sie regelmäßig ihre Kleidung und ihre Spielsachen aus. Zusammen packten sie dann kleine Geschenke und Päckchen, die sie an das örtliche Kinderkrankenhaus verschenkten. Vera war der Nikolaus und Julia liebte es, ein Weihnachtsengel zu sein. Knecht Ruprecht war ihr zu böse. Sie fand, dass es den Kindern schlecht genug ging. Julia verteilte lieber Feenstaub, auch wenn sie ein Engel war. Für sie zählte die Geste und jedes Kind sollte sich zu Weihnachten etwas wünschen dürfen und dafür gab es reichlich Feenstaub von ihr. Manchmal musste man sich die Dinge halt so zurechtlegen, bis sie irgendwann passten. Julia war ein

großartiges Mädchen gewesen. Es war nur die Pubertät, die aus ihrem Engel einen launenhaften Knecht Ruprecht gemacht hatte.

Vera machte ein paar Fotos von ihrem Baum. Sie fotografierte ihn von allen Seiten. Dann schickte sie ein paar ausgewählte Fotos an Jonathan. Sie freute sich sehr auf das Gespräch mit ihm heute Abend via Facetime. Aber jetzt musste sie sich sputen. Sie wollte nicht zu spät zum Gottesdienst kommen.
Von Keitum nach Westerland fuhr man mit dem Auto nicht einmal zehn Minuten. Die meisten Besucher waren ortsansässig und kamen über die Wanderwege hierher. Oder mit dem Rad. Der Vorplatz sah aus, als würde jeden Moment die Tour de France starten. Vera fand abseits der Kirche einen der wenigen Parkplätze und lief die wenigen Meter zu Fuß. Sie wollte es nicht zugeben, aber sie hielt längst Ausschau nach Juli. Zwischen all den Menschen, die in die Kirche strömten, war Juli nicht zu sehen. Auch ihre Eltern konnte Vera nicht ausfindig machen. Wahrscheinlich waren sie schon drinnen. Vera grüßte mit einem sehr leisen „Guten Morgen“ nach allen Seiten und betrat die Kirche. Sie blieb jedoch am Eingang stehen und sah sich um. Nicht suchend nach Juli. Vera schaute sich die leicht futuristische Kirche an. Viel hatte sich nicht verändert seit ihrem letzten Besuch. Die sehr minimalistische Kirche war auch heute zu Heiligabend nicht gerade feierlich herausgeputzt worden. Lediglich ein paar rote Schleifen waren an den alten Holzkirchenbänken angebracht. Auf dem Altar, der das Zentrum der Kirche war, brannten ein paar rote und weiße Kerzen. Es war kalt, geradezu eisig. Die Leute ließen ihre Jacken und Mäntel an. Es gehörte sich aber für einen guten Katholiken und Kirchgänger, egal ob Mann oder Frau, seinen Hut oder seine Mütze auszuziehen. Vera nahm ihre Mütze ebenfalls ab, als sie den Gang mit großen, schnellen Schritten hinunterging. Die Kirchenbänke waren nicht wie üblich hintereinander aufgereiht. Hier in der St. Christophorus Kirche standen alle Bänke in einem Halbkreis. Auch auf der gegenüberliegenden Seite. Die Türen wurden geschlossen und die Orgel setzte ein. Sie kündigte den feierlichen Einzug des Pfarrers an. Alle standen auf, als das Glockenläuten ertönte und der Pfarrer mit seinen Messdienern die Kirche betrat. Das Orgelspiel verstummte erst wieder, als der Pfarrer seinen Platz am Altar eingenommen hatte. Die beiden Messdiener

verneigten sich und verließen den Altarplatz. Der Gottesdienst begann.

Eine Weile versuchte Vera den andächtigen Worten des Pfarrers zu folgen. Aber nicht nur ihre Augen waren abgelenkt, auch ihre Gedanken waren auf der ihr gegenüberliegenden Seite in der dritten Reihe. Dort saß Juli mit ihren Eltern. Das Bild, das sich Vera von der Familie augenblicklich machen konnte, wirkte auf sie nicht harmonisch. Juli stach heraus. Sie saß zwischen ihren Eltern. Auch wenn Juli ein Adoptivkind war, so wirkte sie zwischen diesen beiden Menschen fehl am Platz. Vera konnte sich diesen Eindruck nicht erklären. Es war mehr ein Gefühl als eine Tatsache.

Eine knappe Stunde später neigte sich der Gottesdienst dem Ende zu. Das letzte Lied wurde gesungen und der Kollektenkorb wurde herumgereicht. Vera legte einen Zehn-Euro-Schein in das Körbchen und gab es weiter. Dann stand sie auf und ging ins Kircheninnere. Sie wollte noch eine Kerze aufstellen, bevor sie ging. Der dafür vorhandene Ständer stand seitlich vom Altar. Vera spendete auch hier etwas. Sie nahm zwei kleine Teelichter und entzündete beide an einer bereits brennenden Kerze. Ein Licht sollte für ihre Familie brennen. Für Julia und für ihren Mann Thomas. Das andere sollte hell erscheinen und war ein Dankeschön für ein weiteres Jahr, das sie gelebt hatte, auch ohne ihre Liebsten an ihrer Seite. Still und in sich gekehrt und mit geschlossenen Augen sagte sie ihr ganz eigenes Gebet auf. Dann ging sie mit den wenigen, die noch mit ihr in der Kirche waren, in Richtung Ausgang. Zwischen Ausgang und Kirche gab es einen kleinen Vorraum. Vera blieb kurz stehen, während die letzten die Kirche verließen. Sie überflog den Tisch, auf dem nicht nur Flyer von Hilfsorganisationen oder Spendenaufrufe lagen. Man konnte hier auch Opferkerzen und Postkarten kaufen. An der alten Bruchsteinwand hing so etwas wie ein schwarzes Brett. Seelsorgedienste wurden angeboten, genauso wie der Hinweis auf die kommenden Taufen und Hochzeiten. Einer bot sein Fahrrad zum Kauf an und ein anderer suchte eine Stelle für ein soziales Jahr. Es gab Baby- und Yogakurse für das kommende Frühjahr und es wurden sogar Termine für Hypnose angeboten, von einer Alva Vosen!? Seit wann beschäftigte sich Alva mit Hypnose? Sie hatte, soweit Vera

wusste, keinerlei fachliche Vorkenntnisse. Vera schaute noch einmal auf den Aushang. Tatsächlich! Da stand Alva Vosen und die Handynummer stimmte auch. Vera war überrascht, aber noch mehr war sie schockiert. Leider ist der Beruf des Hypnotiseurs nicht rechtlich geschützt. Jeder, der will, kann im Internet schon für zweihundertfünfzig Euro einen viertägigen Onlinekurs belegen. Das ist nicht nur fahrlässig, wie Vera fand, sondern auch hochgradig gefährlich. Sie ging nach draußen. Ihre Augen brauchten einen Moment, um sich an das Tageslicht wieder zu gewöhnen. Dann wurde sie plötzlich von der Seite angerempelt und zurück in die Kirche gedrängt.
„Halt dich von meiner Tochter fern. Was fällt dir ein, Juli die ganze Nacht über bei dir zu behalten und sie dann auch noch zum Lügen anzustiften. Von wegen bei einer Freundin übernachten. So ist meine Juli nicht. Juli ist nicht Julia. Und ich werde es nicht zulassen, dass du sie mir wegnimmst. Sie wird nicht in Köln Jura studieren. Verschwinde aus unserem Leben. Ich will dich nie wieder in der Nähe meiner Tochter sehen. Haben wir uns verstanden?“
„Beruhige dich, Alva. Ich habe nichts dergleichen getan. Juli ist zu mir gekommen. Sie brauchte jemanden zum Reden. Ich habe ihr nicht erzählt, dass ich ein großes Haus in Köln habe. Sie ist mit dieser Idee auf mich zugekommen. Wir haben uns nur unterhalten. Sie hat mit mir den Baum geschmückt und zu Abend gegessen. Es ist spät geworden. Ich wollte sie nicht mit dem Rad alleine losfahren lassen. Es war ihr Wunsch, bei mir zu bleiben. Vielleicht war es nicht richtig von mir, das zu erlauben. Aber Juli ist kein Kind mehr. Sie ist fast erwachsen.“
„Du sagst es! Juli ist fast erwachsen. Noch hat sie auf mich zu hören.“

„Was ist denn hier los?“ Juli stellte sich zwischen die beiden Frauen. Und auch Sönke kam jetzt dazu.
„Was keift ihr Weibsbilder denn hier herum, als wärt ihr auf dem Jahrmarkt.“ „Die Leute schauen schon zu euch rüber“, sagte Juli und versuchte ihre Mutter von Vera wegzuschieben. „Lass uns nach Hause fahren.“ Juli nahm die Hand ihrer Mutter und zog sie ein Stück mit sich. Vera ging an den Dreien vorbei und flüchtete fast schon zu ihrem Wagen. Was war das denn? War das wirklich gerade passiert?
Vera saß nicht einmal richtig in ihrem Wagen, als es an ihrer Scheibe klopfte. Es war Juli.

Vera ließ die Scheibe ein Stückweit herunterfahren.
„Du solltest nicht hier sein“, sagte Vera.
„Es tut mir so leid“, wimmerte Juli. „Ich wollte mich nur bei dir entschuldigen. Wenn ich geahnt hätte, dass meine Mutter so ausrastet, dann hätte ich ihr nicht gesagt, dass ich bei dir war. Ich wollte eigentlich nur ehrlich sein. Und das habe ich jetzt davon. Bist du mir sehr böse?“
„Nein, ich bin weder dir noch deiner Mutter böse. Geh jetzt! Es ist Heiligabend. Du solltest jetzt bei deinen Eltern sein.“ Vera ließ den Motor an und schloss das Fenster. Sie fuhr davon und schaute nicht ein einziges Mal zurück. Es brach ihr das Herz, Juli so zurückzulassen. Sie wusste aber auch, dass sie keine andere Wahl hatte. Juli war nicht Julia.

Vera brauchte nicht einmal fünf Minuten, und sie war wieder in ihrem Ferienhaus. Sie wollte dem Geschehenen auf und davonfahren. Aber es gelang ihr nicht. Sie stellte den Wagen unter dem weißen Carport und entschloss sich zu einem langen Spaziergang. Sie wechselte nur ihre leichten Schuhe gegen ein paar feste Laufschuhe. Dann ging sie Richtung Keitumer Kliff und entschied sich für die wunderschöne Panoramaroute, die ihr einen traumhaften Blick auf das UNESCO-Weltnaturerbe des Wattenmeeres bot. Von Weitem sah sie auf das historische Hotel Fährhaus und den Munkmarscher Yachthafen, der eher zu den kleineren der vier Häfen auf Sylt gehörte. Sehr beliebt war der Hafen bei den kleineren Bootsfahrern und den Besuchern, die die ruhige Atmosphäre der nordfriesischen Küste zu genießen wussten.

Heute war Heiligabend. Vera wollte sich nicht die Stimmung verderben lassen. Im Grunde genommen hatte Alva ja Recht. Als Mutter hätte sie wahrscheinlich ähnlich hart reagiert. Warum schlug sie sich dann so sehr auf die Seite von Juli? Das Mädchen ging ihr richtig unter die Haut. In ihren Augen hätte es vielleicht wirklich Julia sein können. Mit ihrer jetzt fast erwachsenen Tochter den Baum zu schmücken und die Weihnachtsfeiertage gemeinsam zu verbringen, der Gedanke gefiel ihr durchaus. Vera hatte sich hinreißen lassen von dem Charme des Mädchens. Sie wollte versuchen, die wenigen Tage, die sie noch auf der Insel war, Juli aus dem Weg zu gehen. Sie nahm sich vor, am Tag ihrer Abreise noch einmal ein Gespräch mit Alva zu suchen. Ja, genauso würde sie es machen. Aber jetzt hatte sie erst einmal ordentlichen Hunger. Sie verließ den kleinen Hafen, in dem sie ein wenig herumgelaufen war, wieder und steuerte das Hotel Fährhaus an. Vera hatte gut vorausgeplant und vor ihrer Anreise bereits einen Tisch im Restaurant Selmers reserviert. Ohne eine Reservierung war es äußerst schwierig, hier einen Tisch zu bekommen. Zumal jetzt die Feiertage anstanden. Vera wurde bereits am Eingang in Empfang genommen. Man half ihr aus der Jacke und führte sie zu ihrem Tisch. Ganz in der Nähe des antiken Kachelofens, der sofort eine behagliche Wärme spendete. Sie bestellte sich ein feines Glas Weißwein und studierte in aller Ruhe die Speisekarte. Sie genoss die typisch friesischen Stilelemente des Restaurants und konnte sich langsam entspannen. Ein Kellner trat an ihren Tisch und Vera gab ihre Bestellung auf.

Ihre Vorspeise bestand aus Austern nach Royaler Sylter Art auf Eis mit Chesterbrot und Sauce Mignonette. Als Hauptspeise wählte sie die Pesto-Tagliatelle mit Tomatenmelange. Da sie eine bekennende Naschkatze war, brauchte sie einen Moment länger, um sich für eine Nachspeise zu entscheiden. Ihre Wahl fiel dann auf die hausgemachten Waffeln mit Roter Grütze und Vanilleeis. Sie hatte lange nicht mehr so gut und so viel gegessen. Ihre Zunge tanzte Samba und ihr Herz machte Freudensprünge. Sie ließ sich für jeden einzelnen Gang ausreichend Zeit. Zum krönenden Abschluss bestellte sie noch einen ganz besonderen Kaffee, nach Art des Hauses. Vera war rundum gesättigt und zufrieden. Sie hatte den Vorfall von heute Morgen in der Kirche so gut wie vergessen. Schließlich war sie im Urlaub. Sie wollte nichts weiter, als nur ein paar Tage entspannen und sich erholen. Zuhause warteten ganz andere Aufgaben auf sie. Sie durfte ihr Versprechen, das sie Monika Bender gegeben hatte, nicht brechen. Vera war fest entschlossen, dem Wunsch von Alva zu respektieren und den direkten Kontakt zu Juli zu meiden. In ein paar Tagen war sie sowieso wieder weg. Dann hatte Julis Leben nichts mehr mit dem ihren zu tun. Vera bezahlte und machte sich langsam auf den Heimweg. Der Rückweg war genauso endlos lang wie der Hinweg. Gute zwei Stunden Marsch lagen noch einmal vor ihr. Sie liebte die raue Natur. Auch wenn es nicht einmal fünf Grad waren. Es fehlte ein ordentlicher Wind, der ihr jeden Schritt erschwerte. Auf halber Strecke bestellte sich Vera ein Taxi. Über die utopische Rechnung, die sie wohl oder übel zahlen würde müssen, machte sie sich jetzt noch keine Gedanken. Sie war auf einmal schrecklich müde geworden und wollte nur noch auf dem schnellsten Weg nach Hause. Das Taxi kam schnell und brachte sie ebenso schnell nach Hause.

Der Spaß kostete sie fast so viel wie ihr komplettes Drei-Gänge-Gourmet-Menü plus Kaffee und das satte Trinkgeld, das sie gegeben hatte. Aber damit hatte sie gerechnet, und es war ihr egal. Sylt war immer einen Hauch teurer. Vera war einfach nur froh, endlich zu Hause zu sein. Sie schloss die Tür hinter sich zu und legte sich für einen Moment aufs Bett. Das gute Essen hatte sie träge und schläfrig werden lassen. Was sie jetzt nicht wollte, war einzuschlafen. Aber genau das geschah. Sie schlief tief und fest und erwachte erst wieder, als ihr Handy zu vibrieren begann. Wie gut, dass sie vorgesorgt hatte. Vera hatte sich selbst eine Erinnerung geschickt. So hatte sie noch genügend Zeit, um sich fertig zu machen. Vera huschte schnell unter die Dusche. Dann schlüpfte sie in ihren Wohlfühl-Hausanzug aus dunkelblauem Fleece. Die kleine Kapuze zog sie über ihr noch leicht feuchtes Haar. Kaum, dass sie fertig war und es sich so richtig gemütlich auf dem Sofa gemacht hatte, klingelte auch schon ihr Handy. Sie nahm noch einen großen Schluck Kaffee, den sie sich zuvor frisch aufgebrüht hatte, und stellte dann ihre Handykamera und den Lautsprecher an.

„Einen wunderschönen guten Abend und frohe Weihnachten", begrüßte Vera freudestrahlend Jonathan, der ihr sein schönstes Lächeln schenkte.
„Dito, liebste Freundin. Auch für dich einen wunderschönen Abend und hohohoho, frohe Weihnachten." Es tat so gut, ihn zu sehen. Sie war so happy, am liebsten hätte sie losgeheult. Aber sie riss sich zusammen. Statt Tränen wurde es nur ein tiefer Seufzer.
„Oh weh, oh weh, was ist denn mit dir los", fragte Jonathan, der sofort ahnte, dass etwas mit seiner Freundin nicht stimmte.
„Alles in Ordnung. Wirklich! Ich habe nur sündhaft viel gegessen und statt mir die Kalorien hinterher abzulaufen, habe ich mir am Heiligabend ein überteuertes Taxi gegönnt. Ich bin die große Panoramarunde

gelaufen. Bis zum Hotel Fährhaus. Dort habe ich im Restaurant zu Abend gegessen. Das sagt dir vielleicht nichts, aber die erste Strecke von zwei Stunden ging gerade noch so. Aber nach dem Essen und dem aufsteigenden Wind habe ich dann doch auf halber Strecke schlapp gemacht. Du kannst dir vielleicht vorstellen, was eine Taxifahrt auf Sylt an einem Feiertag wie heute kostet. Egal! Erzähl mir lieber von dir. Hast du dich schon Hals über Kopf in einen Weihnachtsengel verliebt?"

„Nein, weit und breit kein einziger Weihnachtsengel in Sicht. Und bevor du weiter fragst, auch kein Skihase, dem ich verfallen bin. Ehrlich gesagt, vermisse ich dich ganz schrecklich."

„Ich dich auch. Wir sollten nächstes Jahr unbedingt mal wieder gemeinsam Urlaub machen. Und wir sollten damit nicht zwingend bis Weihnachten warten. Wenn wir beide wieder zu Hause sind, notieren wir uns das auf unsere Neujahrs-To-Do-Liste."

„Jetzt aber mal genug mit dem Smalltalk", sagte Jonathan. „Ich weiß genau, wenn es dir nicht gut geht. Und ich sehe es sofort, wenn du lügst. Deine Augen werden dann immer kleiner und du kannst mir dann nicht mehr in die Augen schauen. Also raus damit, was hast du diesmal angestellt?"

„Nichts habe ich angestellt, zumindest nicht absichtlich." Vera war froh, dass Jonathan sie so schnell durchschaut hatte. Er als unparteiische Person würde ihr sagen können, was richtig oder falsch war. Ob sie nicht doch ihr Herz sprechen lassen könnte. Sie würde Juli so gerne in ihren Plänen unterstützen. Aber auch sie kannte ihren Freund durch und durch. Er würde ihr dazu raten, Urlaub Urlaub sein zu lassen und für die Zukunft sich nach einem neuen Ferienhaus umzuschauen.

„Ich habe durch einen dummen Zufall die Tochter meiner Vermieter kennengelernt", begann Vera zu erzählen. „Bis vor ein paar Tagen wusste ich nicht einmal, dass sie eine Tochter haben. Sie haben Juli, das ist übrigens ihr Name, vor Jahren adoptiert. Die paar Male, die ich früher hier war, da war Juli auf Klassenfahrt oder mit Freunden im Urlaub. Was weiß ich."

„Du magst das Mädchen?" Das war keine Frage. Jonathan spürte, das Mädchen war etwas ganz Besonderes für Vera. „Sie erinnert dich an Julia."

„Ja, und noch einmal ja. Aber nicht auf die verkorkste ‚Ich habe mein

Kind verloren und brauche jetzt Ersatz'-Art. So ist das nicht."
„Und wie ist es dann?" Jonathan blieb ruhig und ließ Vera Zeit, um zu antworten.
„Ja, Juli könnte Julia sein. Sie ist im gleichen Alter und sie ist ebenso schön, wie Julia es heute mit Sicherheit wäre. Sie ist stur, wenn sie was will. Und sie hat ihren ganz eigenen Kopf. Eigenschaften, die auch Julia hatte."
„Und dich damit in den Wahnsinn getrieben hat", lachte Jonathan.
„Stimmt! Juli hat mir von ihren Plänen erzählt und dann wollte sie plötzlich bei mir wohnen. Nur für die Zeit ihres Studiums. Sie will Anwältin werden und in Köln studieren. Ihre Mutter ist ausgerastet. Sie will, dass Juli mal den Laden hier auf Sylt übernimmt. Das ist aber nicht alles. Juli hat die letzte Nacht bei mir übernachtet. Es war ihre Idee. Ich habe nur nicht nein gesagt", verteidigte sich Vera. „Ich habe sie einfach zu gerne um mich. Und weißt du, was total verrückt ist. Juli hat einen zuckersüßen kleinen Hund namens Lia. Lia", wiederholte Vera. „Julias ehemals beste Freundin aus der Schule. Ihr Name ist Lia. Ist das nicht verrückt?"
„Nicht verrückt, nur zufällig", versuchte Jonathan Vera zu beruhigen. „Ich kann die Mutter des Mädchens durchaus verstehen. Du solltest schleunigst einen oder auch zwei Gänge zurückfahren. Ich gebe dir jetzt mal einen gut gemeinten Ratschlag. Vergiss das Mädchen. Und für die nächsten Jahre verordne ich dir die Ostsee. Rügen soll auch ganz hübsch sein."
„Du hast ja absolut Recht und ich habe auch schon eine ähnliche Entscheidung getroffen. Ich könnte sofort meine Sachen packen und früher nach Hause kommen."
„Das kommt gar nicht in Frage. Du läufst vor nichts und niemandem davon. Du musst nur an deinem Entschluss festhalten."
„Das mache ich. Und jetzt genug von mir. Was ist in Davos so los?"
Vera schenkte ihrem Freund jetzt ihre ganze Aufmerksamkeit. Er verstand es gut, sie von ihren Problemen abzulenken. Schon in ihrer Studienzeit war er ein Meister darin. Sie telefonierten noch fast eine ganze Stunde miteinander. Ihr nächster Call war für die Silvesternacht geplant. Sie wollten ihre langjährige Tradition, gemeinsam ins neue Jahr zu starten, nicht missen.
Vera fühlte sich so viel besser nach dem Gespräch mit Jonathan. Sie

ging frühzeitig schlafen und das tat ihr richtig gut.
Den ersten Weihnachtstag verbrachte sie allein in aller Ruhe in ihrer Ferienwohnung und am Strand. Erst am zweiten Weihnachtstag hieß es traditionelles Baden am Hauptstrand von Westerland. 150 Startplätze gab es für dieses spektakuläre Ereignis. Und die waren sehr schnell vergriffen. Auch hier hatte Vera sich den Startplatz vorsorglich reservieren lassen. Ihre Startnummer war die Nummer 76. Sie musste sich nur noch bei der Galerie am Meer auf der unteren Promenade einschreiben. Um 14:30 Uhr sollte es losgehen. Vera war bereit. Sie mischte sich unter die anderen Teilnehmer. Sie trug noch ihren riesigen Frottee-Bademantel und eine rote Weihnachtsmütze. Bevor sie loslief, um sich in die eisigen Fluten zu stürzen, machte sie noch ein Selfie. Jonathan würde es lieben. Dann rannte sie los. Jetzt nur nicht nachdenken. Kurz bevor sie den ersten Fuß ins Wasser setzte, ließ sie ihren Mantel und die Mütze am Strand fallen. Vera schloss einfach die Augen und ließ sich mit ihrem knallroten Badeanzug ins Wasser fallen. Um sie herum wurde geplanscht, gelacht und geschrien. Die Leute sprangen rein und raus. Schneller als erwartet, war auch schon wieder alles vorbei. Die ganze Sause dauerte nicht einmal eine halbe Stunde. Vera ging zu ihrem Wagen und holte sich frische Kleidung. Es gab mehr als genug Möglichkeiten vor Ort, um sich umzuziehen. Anschließend ging sie wie so viele andere runter zur Promenade. Sie brauchte nur dem Strom der Masse zu folgen. Es gab ein anschließendes Konzert des Sylter Shanty-Chors. Und für alle, die immer noch fröstelten, gab es heiße Getränke und allerlei andere Sylter Köstlichkeiten. Sie liebte ihr Sylt. Und nichts und niemand würde sie davon abhalten können, wieder hierher zu kommen.

Endlich begann Vera den Urlaub zu machen, den sie sich von Anfang an vorgenommen hatte. Der Strand lud geradezu dazu ein, lange Spaziergänge zu machen. Und die fast autofreie Insel machte das Radfahren zum reinsten Vergnügen. Die raue Landschaft mit den sanften Dünen faszinierte Vera immer wieder aufs Neue. Sie machte lange und ausgedehnte Tagesausflüge. So besuchte sie zum Beispiel das Sylt-Museum und das Kapitänshaus in Keitum. Und sie las endlich ihre Bücher. Und dann war da ja auch noch ihr Gutschein, den sie von Jonathan zu Weihnachten geschenkt bekommen hatte. Sie telefonierte mit dem Hotel Hahn und buchte für den ganzen Vormittag eine Wellnessanwendung nach der anderen. Was sie nicht wissen konnte, war, dass Jonathan noch eine weitere Überraschung für sie vor Ort bereithielt. Sie konnte es kaum glauben, was man ihr mitteilte. Jonathan war immer für eine Überraschung gut. Aber diesmal übertraf er sich selbst. Er kannte sie manchmal einfach besser als sie sich selbst. Jonathan wusste, dass sie ihre Silvesternacht auf der Open-Air-Party der Strandpromenade in Westerland verbringen wollte. Warum dann nicht gleich den ganzen Tag dort verbringen plus eine Nacht im Hotel, die er ihr noch nachträglich spendierte. So würde es ein gelungener Abschluss des Jahres werden. Eine wunderbare Kombination aus Wellness am Tag und jeder Menge Fun am Abend.

Silvestermorgen. Vera saß bereits in ihrem Auto. Sie war auf dem Weg nach Westerland. Das Hotel Hahn erwartete sie um 10:00 Uhr zum Check-in. Sie hatte eine kleine Reisetasche gepackt, samt ihrer Abendgarderobe für die Silvesterparty. Sicher verpackt lag ihr schwarzer Paillettenoverall mit passendem Abendblazer in einem geschützten Kleidersack auf dem Rücksitz. Sie war immer noch ganz überwältigt von dem zusätzlichen Geschenk, das Jonathan ihr gemacht hatte. So und nicht anders kannte sie ihn. Großzügig, warmherzig und absolut selbstlos. Eben ein richtiger Schatz. Sie betrat das Hotel und wurde herzlich mit einem Cocktail empfangen. Ihr Gepäck brachte man sofort auf ihr Zimmer. Hier ließ es sich wirklich aushalten. Sie genoss das volle Programm. Zuerst schwamm sie im beheizten Schwimmbecken. Zog ihre Bahnen. Eine nach der anderen. Vera war wie im Rausch. Sie spürte ihren ganzen Körper so intensiv wie schon lange nicht mehr. In der Sauna gab sie sich ganz den Aroma-Aufgüssen hin. Sie fühlte sich schon ganz weichgespült, als sie mit der einstündigen Ganzkörpermassage startete. Gekrönt wurde das Ganze mit einer langen Entspannungsphase auf einer der Ruheliegen. Neben ihr, auf einem der kleinen Tische, stand für sie ein Vitamin-Wellness-Smoothie. Vera wusste nicht, ob sie jemals wieder in der Lage sein würde aufzustehen. Sie genoss ihr Getränk aus einer Mischung aus Granatapfelsaft, Zitronensaft und Guarana-Extrakt. Genauso musste sich Urlaub anfühlen.

Jonathan hatte ihr ein Einzelzimmer mit Balkon gemietet. Es lag im ersten Stock. Die Ausstattung: natürlich luxuriös. Neben einem wundervollen alten Holzfußboden gab es einen Safe, den sie aber für die eine Nacht nicht brauchen würde. Und es gab sogar einen kleinen Kühlschrank mit den verschiedensten Spirituosen. Selbst an ein Neujahrsfrühstück hatte er gedacht. „Du bist verrückt", sagte sie und drehte sich wie ein Kind im Kreis, bis ihr leicht schwindelig wurde. Sie ließ sich auf das Bett fallen und schloss für einen Moment die Augen.

Wer gerne an der frischen Luft feierte und dem das raue Klima im Dezember auf Sylt nichts anhaben konnte, der kann auch zur Silvesterparty nach Westerland an den Strand. An der Musikmuschel auf der Westerländer Promenade war die Stimmung bereits im vollen Gange. Mit Charts, House und Dance-Classics verabschiedete man das alte Jahr. Vera glänzte in ihrem Paillettenanzug mit den Sternen um die Wette. Drei, zwei, eins. Prost Neujahr. Die Champagnergläser wurden in den nachtblauen Himmel erhoben. Jeder prostete jedem zu und selbst Fremde fielen sich in die Arme und begrüßten das neue Jahr. Vera stand etwas abseits am Strand und sie küsste ihr Display.
„Ein frohes Neues", sagten beide wie aus einem Mund. In Veras Augen funkelten Tränen. Sie war nicht traurig, ganz im Gegenteil. Sie war überwältigt von der Stimmung um sie herum und Jonathan, der mit ihr den perfekten Countdown runtergezählt hatte. Auch er hielt in seiner Hand ein Glas Champagner und küsste ebenfalls sein Display. Sie tanzten die ersten Minuten gemeinsam ins neue Jahr. Es wurde eine lange Nacht. Vera war erst um halb fünf auf ihrem Zimmer. Wach wurde sie aber erst, als es an ihrer Zimmertüre klopfte.
„Herein!"
„Zimmerservice", rief jemand durch den noch dunklen Raum. „Ein frohes neues Jahr wünsche ich Ihnen." Ein kleiner Servierwagen wurde ihr fast vor das Bett geschoben.
„Danke", murmelte Vera, immer noch schlaftrunken. Die Türe wurde wieder geschlossen. Es war bereits kurz nach acht. Um zehn wollte sie auschecken. Sie sprang aus dem Bett und duschte lange und im Wechsel heiß und dann wieder kalt, bis ihr Kreislauf ihr langsam wieder grünes Licht gab. Kaffee, sie brauchte Kaffee. Hunger hatte sie nicht

wirklich, aber alles sah so frisch und appetitlich aus. Der Hunger kam mit dem Essen. Und nach einer halben Stunde war so gut wie alles aufgegessen. Vera packte ihre Tasche und verließ das Hotel gegen 9:30 Uhr. Der erste Tag im neuen Jahr startete leicht holprig.

Die Straßen waren wie verlassen. Vera schien als Einzige unterwegs zu sein. Sie erreichte ihre Ferienwohnung und ging in den Garten hinaus. Auf dem kleinen Tisch stand noch eine volle Flasche Wasser. Sie war zwar nicht gekühlt, aber so konnte Vera den Nachdurst in einem Zug löschen. Sie ging erst einmal alle ihre Mails durch. Ihr Posteingang quoll nahezu über. Neujahrswünsche, soweit das Auge reichte. Natürlich hatte Jonathan ihr einen weiteren Neujahrsgruß hinterlassen. Auch Herr Brandes mit Familie grüßte. Und Frau Winkler, die gute Seele aus ihrer Praxis, wünschte ein frohes und vor allem gesundes neues Jahr. Alva und Sönke grüßten formal alle ihre Feriengäste. Und dann war da diese eine Mail, auf die Vera so gehofft hatte. Juli hatte sie also nicht vergessen. Ein zuckersüßes Foto ploppte auf, das Juli und Lia in ihrem Strandkorb zeigte. Unterschrieben mit herzlichen Neujahrswünschen. Und dann stand da noch etwas: ganz klein, fast zufällig. „Neues Jahr, neues Glück. Meinst du nicht auch? Ich werde meine Träume nicht aufgeben. Wenn wir uns nicht mehr sehen sollten, wünsche ich dir eine gute Heimfahrt. Alles Liebe, Juli und Lia. Bis bald, oder bis irgendwann!“

Vera war versucht, Juli sofort zu antworten. Sie entschied sich aber dagegen. Juli würde vielleicht traurig und auch enttäuscht sein. Aber genau das würde dem Wunsch von Alva in die Karten spielen. Vera wollte keinen weiteren Ärger riskieren. Eigentlich hatte sie vorgehabt, zum Neujahrsbaden nach Wenningstedt zu fahren. Inzwischen war es dafür aber längst zu spät. Aber sie hatte mehr als genug Zeit, um in aller Ruhe ihre Sachen zu packen. Der Wunsch, nach Hause zu fahren, überkam sie ganz plötzlich. Vera wollte nur noch weg. Der rote Sylt-Shuttlezug würde sie schnell wieder Richtung Heimat bringen. Noch vor dem Mittagessen waren ihre Sachen gepackt und im Kofferraum ihres Wagens verstaut. Vera sah nicht noch einmal prüfend um sich. Alles war sauber. Die Schränke leer. Der Kühlschrank ebenfalls. Alle Fenster waren geschlossen. Vera zog alle Stecker und legte dann den

Schlüssel mit einer kurzen Mitteilung auf den Küchentisch.

Danke für alles. Es war schön, wie immer.
Liebe Grüße, Vera

Bevor sie losfuhr, schickte sie noch eine allerletzte Mail an Alva und diesmal auch an Sönke. Sie informierte beide über ihre vorzeitige Abreise. Mehr gab es nicht zu sagen. Kein Warum und auch kein Auf Wiedersehen. Mit dem Autozug ging es von Westerland nach Niebüll. Zurück aufs Festland. Gleich ging es wieder über den Damm. Noch wurden einzelne Wagen und Container verladen. Es sah nach Regen aus. Das erste Mal, seitdem sie hier war. Dann setzte sich der Zug langsam in Bewegung. Für einen Moment bereute Vera ihre überstürzte Abreise. Sie musste mehr als einmal tief ein- und ausatmen, um ihre aufsteigenden Tränen zu unterdrücken.

Sylt verschwand immer mehr aus ihrem Sichtfeld, und ihr altes Leben drängte sich mehr und mehr in den Vordergrund. Aber noch lagen sieben Stunden Autofahrt vor ihr. In Niebüll angekommen tankte Vera erst einmal. Beim Bezahlen kaufte sie sich noch eine Flasche Wasser und einen Müsliriegel, falls sie doch noch Hunger bekam. Es war kurz nach Mittag, als Vera Niebüll verließ. Ihr war schwer ums Herz. Sie hätte sich von Juli verabschieden sollen. Jetzt war es zu spät. Der Gedanke, Juli vielleicht nie wieder zu sehen, schmerzte sie zutiefst. Vera schaltete das Radio an und ließ sich von der Musik auf andere Gedanken bringen. Es lief irgendein deutscher Schlager, den Vera aber nicht kannte. Dennoch summte sie mit, wenn auch falsch. Es half! Sie kam zügig voran.
Die Stunden flogen nur so dahin. Jetzt stimmte sie ihr eigenes Lied an: „Home Sweet Home" und fuhr ihre Auffahrt hoch. Es tat gut, nach einer so langen Fahrt wieder aus dem Wagen zu steigen. Sie schaltete die Alarmanlage aus und ging nur mit dem Handgepäck ins Haus. Alles andere hatte Zeit bis morgen. Obwohl es spät geworden war, meldete sich jetzt ihr Magen. Sie hatte Hunger und zwar so richtig. Der Müsliriegel lag noch im Handschuhfach. Ihr war aber mehr nach etwas Deftigem und Herzhaftem. Im Vorratsraum und in der Gefriertruhe fand sie alles, was sie für ein schnelles und gutes Essen brauchte. Immer, wenn es ihre Zeit erlaubte, kochte sie auf Vorrat. Das hatte sie

noch aus ihrer Zeit übernommen, als sie noch zu dritt waren. Sie hielt bis heute daran fest. Und so brauchte sie nur die fertig befüllte Menüschale in die Mikrowelle stellen und zu warten, bis ihr Essen fertig war. In der Zwischenzeit zog sie sich um. Sie kam in einem knallroten Nicki-Anzug in die Küche zurück. Ihr Essen war fertig. Sie holte sich noch ein Glas Mineralwasser und machte es sich dann im Wohnzimmer so richtig gemütlich. Sie stellte den Fernseher an, ohne wirklich hinzuschauen. Sie liebte ihre aufgewärmten Makkaroni mit Hackbällchen. Der frisch geriebene Parmesan machte das Essen einfach nur lecker. Sie fiel nicht mal eine Stunde später wie ein nasser Sack ins Bett. Ihr blieb nicht einmal Zeit für einen letzten Gedanken. Sie schlief sofort ein.
Die Alpträume wurden weniger. Die schwarzen Fenster verblassten mit der Zeit. Sie war endlich wieder bei sich angekommen. Nach endlosen Jahren voller Schmerz sah sie langsam wieder nach vorne. Sie war sich sicher, dass sie jetzt bereit war für ihren allerletzten Schritt raus aus der Trauer. Loslassen war das Zauberwort und sich zu entscheiden, für das Beste im Leben. Was eignete sich dafür nicht besser als ein neu beginnendes Jahr? Gleich heute Morgen wollte sie in ihr altes, neues Leben starten. Sie schickte Jonathan eine Mail. Sie wollte ihn nur darüber informieren, dass sie wieder zu Hause war. Warum und weshalb schrieb sie nicht. Nach einem ausgiebigen Frühstück ging sie erst einmal einkaufen. Und sie hatte Lust auf Sport in ihrem neuen Leben. Sie meldete sich in einem Fitnessstudio an. Zusätzlich belegte sie noch einen Yogakurs. Sie wollte am Leben wieder teilhaben. Neue Leute kennenlernen und vor allem wollte sie sich selbst wieder spüren. Für Donnerstag hatte sie eine Probestunde vereinbart. Sie fuhr mit ihrem Einkaufen einmal quer durch Köln, bis sie schließlich fand, was sie suchte. Gezielt steuerte sie den Parkplatz eines Sportgeschäfts an. Sie wusste genau, was sie wollte und wo sie es fand. Sie brauchte die Teile nur noch aus den Regalen und von den Kleiderständern zu nehmen. Alles, was sie wollte, war auch genau in ihrer Größe da. Vera kaufte sich einen neuen Trainingsanzug in Schwarz und ein Yoga-Set bestehend aus einer Leggings und einem passenden Top. Sie liebte die Vielfalt von Skechers und kaufte sich gleich zwei Paar. Ein Modell in Schwarz, zu ihrem neuen Trainingsanzug, und ein Modell in Rot, das ihr sofort ins Auge fiel, für ihr farbenfrohes Yoga-Outfit. Sehr

zufrieden ging sie zur Kasse. Sie bekam sogar noch zehn Prozent Rabatt auf alle ihre Einkäufe. Der Verkäufer wünschte ihr viel Spaß mit den neuen Teilen und Vera meinte leicht kokett: „Den werde ich haben."

Das Handy ging los, kaum dass Vera wieder zu Hause war. Sie ließ Tüten und Kartons einfach im Flur liegen und ging zu ihrem Schreibtisch. Es war Jonathan. Bestimmt konnte er es kaum erwarten, zu erfahren, warum sie ihren heißgeliebten Urlaub auf Sylt vorzeitig abgebrochen hatte. Vera hoffte, dass Jonathan aufgeben würde, aber das Handy klingelte unerbittlich weiter. „Hallo Jonathan, was kann ich für dich tun?"
„Nichts, meine Liebe. Ich wollte dir auch nur kurz mitteilen, dass auch ich wieder im Lande bin. In Davos gab es eine Unwetterwarnung. Ich wollte es nicht riskieren, eventuell festzusitzen und nicht mehr rechtzeitig rauszukommen. Also bin ich auf und davon. Und was war dein Grund für die überstürzte Abreise? War es die Mutter oder doch die Tochter?"
„Ich will nicht darüber reden. Es geht mir gut. Mehr musst du nicht wissen."
„In Ordnung! Was hältst du davon, wenn wir heute Abend gemeinsam essen gehen? Ich lade dich ein. Dieses Mal aber in einem richtigen Restaurant. Du liebst doch die französische Küche. Was sagst du zum Le Moissonnier? Ich hole dich so gegen sieben Uhr ab. Wir reden nur über unsere Urlaube und zeigen uns unsere schlimmsten Selfies. Komm, sag schon ja."
„Du gibst ja sowieso vorher keine Ruhe. Ich freue mich."
„Dann bis später", sagte Jonathan und legte auf.
Vera ging in den Flur zurück, um ihre Einkäufe einzusammeln. Sie steckte die neuen Sachen in die Waschmaschine und ließ ein Kurzprogramm laufen. Später kamen die Sachen in den Trockner und dann gab es zum Schluss noch eine kleine Parfümdusche. Neue Kleidung durchlief bei ihr immer diese Prozedur. Die meisten Menschen bevorzugten den Duft von neuen Dingen. Vera nicht! Bei ihr mussten die Dinge nach ihr riechen. Erst dann wurden sie ein Teil von ihr und durften in ihren Kleiderschrank. Vera nahm ihre Sporttasche aus dem Schrank. Sie besaß die Tasche schon seit einigen Jahren. Und wie so oft wurde

sie in den Schrank gesteckt und für lange Zeit vergessen. Erst heute im Laden erinnerte sie sich an das gute Stück. Es war sogar noch das Preisschild dran. Vera stellte die Tasche auf das Bett und dann legte sie ganz fein säuberlich ihre neuen Sportsachen hinein. Die Tasche stellte sie in den Flur.

Den restlichen Nachmittag verbrachte Vera an ihrem Schreibtisch. Sie hatte sich wie jedes Jahr einen neuen Terminkalender gekauft. Dieses Jahr gab es sogar zwei. Einen für zu Hause und einen für die Praxis. Vera übertrug die fixen Daten in beide Kalender. Ihr erster Termin für dieses Jahr war der mit Monika Bender. Sie öffnete ihren Laptop und begann zu tippen. Sie schrieb an Doktor Robert Daun. Sie bat ihn, den Besuchstermin für Freitag noch einmal zu bestätigen. Und dann schrieb sie eine Mail an Hauptkommissar Brandes. Sie bat um Verständnis, aber sie habe sich nach langer und reiflicher Überlegung dazu entschlossen, erst einmal nicht als Fallanalytikerin zu arbeiten. Sie wollte sich intensiv um Frau Bender kümmern, wenn sie es denn wollte. Vera fühlte sich besser, als sie beide Mails rausschickte. Sie wusste, dass Hauptkommissar Brandes ihr nur allzu gerne zustimmen würde. Und auch Jonathan würde ihren Entschluss begrüßen, wenn sie ihm beim Abendessen davon erzählen würde.

Vera hatte gerade den Reißverschluss ihres Etuikleides geschlossen, als es an der Tür klingelte. Jonathan war mal wieder überpünktlich. „Hallo, schöne Frau“, begrüßte Jonathan Vera stürmisch. „Und noch einmal wünsche ich dir ein frohes neues Jahr.“ Er wirbelte sie einmal quer durch den Flur.
„Du verrückter Kerl, lass mich runter.“ Jonathan stellte sie sicher wieder auf ihre beiden Füße, aber Vera ließ ihn nicht los. „Ich habe dich ja so schrecklich vermisst“, sagte sie und küsste ihn auf beide Wangen.
„Sollen wir los oder willst du noch einen Aperitif, bevor wir fahren?“ Vera schlüpfte in ihre Pumps und warf sich ihren Mantel über. „Wie ich sehe, bist du fertig, also lass uns fahren.“
Jonathan reichte ihr den Arm.
„Das hätte ich ja fast vergessen.“ Statt sich bei Jonathan unterzuhaken, reichte sie ihm ihre Sporttasche, die immer noch im Flur stand. „Die muss noch in meinen Wagen. Ich habe mich beim Sport angemeldet

und morgen eine Probestunde. Du glaubst ja nicht, wie viel man in einer Woche zunehmen kann. Fast drei Kilo habe ich auf Sylt zugelegt. Trotz Radfahren, Wandern und Schwimmen im eisigen Meer. Das ist doch ungerecht, findest du nicht auch?“
Vera schloss die Haustür, nicht ohne die Alarmanlage einzuschalten. Es war schon dunkel, als sie die Auffahrt hinuntergingen. Vera schaltete das kleine Flutlicht an. „So ist es besser.“ Jetzt hakte sie sich bei ihm unter. Sie freute sich auf den Abend.
„Habe ich dir übrigens schon gesagt, dass du einfach großartig aussiehst. Keine Spur von drei Kilo zu viel auf deinem wundervollen Körper.“ Vera wurde ganz rot. Sie nahm Platz in Jonathans Wagen, einem BMW i8 in Dunkelblau. Der Wagen machte bei den Damen ordentlich Eindruck. Vera verstand nicht, wie man für ein Auto dreihunderttausend Euro ausgeben konnte. Das war schon fast ein kleines Familienhaus. Aber Jonathan liebte diesen Wagen heiß und innig. Sie sah im Rückspiegel, wie Jonathan ihre Sporttasche in ihrem Wagen verstaute. Dann kam er zu ihr. „Erledigt“, sagte er zufrieden und fuhr los.
Sie fuhren fast eine Stunde bis zum Restaurant. Jonathan erwies sich wie immer als vollendeter Gentleman. Er half ihr aus dem Wagen, hielt ihr die Türe zum Restaurant auf, half ihr aus dem Mantel und führte sie zu Tisch. Natürlich richtete er ihr auch den Stuhl und setzte sich erst, als sie Platz genommen hatte. Nicht nur die Fahrt verlief recht schweigsam, auch am Tisch blieb es verhältnismäßig still. Der Kellner kam, um die Bestellung aufzunehmen.
„Haben sich die Herrschaften schon entschieden?“, fragte er. Vera sah zu dem Mann auf. Sie legte die Speisekarte zur Seite.
„Ja, ich habe mich entschieden und zwar: Als Vorspeise hätte ich gerne die südfranzösische Fischsuppe. Und als Hauptgang den isländischen Kabeljau. Und als Dessert nehme ich die Crème Catalana.“
„Eine sehr gute Wahl“, meinte der Kellner und wandte sich Jonathan zu.
„Dann nehme ich doch das Gleiche, nur ohne Dessert. Und bringen Sie uns bitte eine Flasche von Ihrem halbtrockenen Burgunder.“ Jonathan reichte dem Kellner die Menükarten.
Als der Kellner gegangen war, eröffnete Jonathan das Gespräch. „Du bist sehr schweigsam. Geht es dir gut?“
„Ja, es geht mir gut, sehr gut sogar. Ich habe heute eine Entscheidung

getroffen. Sie wird dir gefallen."
„Da bin ich aber mal gespannt."
Der Kellner kam mit dem Wein und schenkte beiden ein. „Ihr Essen kommt auch gleich", sagte er, verneigte sich und ging wieder.
„Stoßen wir an." Jonathan erhob sein Glas. „Auf ein richtig gutes neues Jahr und auf Entscheidungen."
Vera lachte. Sie erhob ihr Glas und beide ließen die Gläser erklingen. „Ich habe mich gegen die Arbeit als Fallanalytikerin entschieden. Zumindest vorerst. Der Wein ist gut", stellte Vera fest und nahm einen zweiten und dritten Schluck.
Das Essen wurde serviert. Wieder wartete Jonathan, bis sie wieder alleine waren. „Wie kommt es? Was hat dich dazu bewogen, dich jetzt doch anders zu entscheiden? Du warst so entschieden in deiner Haltung. Und jetzt, was ist passiert?"
Vera rührte ein wenig geistesabwesend in ihrer Suppe, während Jonathan die Vorspeise bereits zu schmecken schien. „Ich war nicht ganz ehrlich. Weder zu dir, noch zu mir. Ich wollte mir wohl selbst etwas beweisen. Und etwas für Julia tun, wenn ich sie schon nicht finden konnte in all den Jahren. Anderen Betroffenen zu helfen und selbst dadurch Hilfe zu bekommen, das war mein Ziel. Aber jetzt will ich nur noch nach vorne schauen und erst als Fallanalytikerin arbeiten, wenn ich jeden einzelnen Fall objektiv für sich gesehen einzeln betrachten kann." Vera begann ihre Suppe zu essen, die immer noch warm war. Jonathans Teller war bereits leer, als er ihr antwortete.
Er wischte sich den Mund ab und legte die Serviette zurück neben den Teller. „Ich freue mich wirklich sehr über deine Entscheidung", sagte er ruhig und schenkte beiden noch ein Glas Wein ein. „Aber lass mich etwas dazu sagen. Es ist kein ich-freue-mich-‚hahaha, ich habe es dir doch gleich gesagt'. Vielmehr ist es ein anerkennendes ‚ich freue mich'." Er erhob sein Glas erneut und prostete ihr anerkennend zu. „Erzählst du mir auch noch den wahren Grund für deinen Sinneswandel?"
„Es ist immer wieder erschreckend, wie gut du mich doch kennst. Habe ich dir das schon einmal gesagt?"
„Im letzten Jahr kann es schon das ein oder andere Mal vorgekommen sein. In diesem Jahr bisher nur einmal. Aber du kannst dir Zeit lassen, wir fangen ja gerade erst an." Er lachte.

Der Kellner räumte die leeren Teller ab und servierte kurz darauf den Hauptgang. „Soll ich nun raten, oder sagst du mir endlich, was auf Sylt vorgefallen ist?"
„Warum glaubst du, dass es etwas mit Sylt zu tun hat?"
„Warst du noch irgendwo anders als auf Sylt?"
„Es nervt langsam, dass du immer Recht hast. Du warst in den letzten Jahren zu viel mit Hauptkommissar Brandes zusammen. Das hat anscheinend auf dich abgefärbt. Der Kabeljau ist übrigens köstlich."
Vera ließ es sich schmecken und Jonathan wartete, bis Vera schließlich soweit war, ihm die ganze Geschichte zu erzählen. Sie schob den halbvollen Teller zur Mitte des Tisches.
„Du solltest besser aufessen", mahnte Jonathan sie. „Schon für die mickrigsten Portionen bezahlt man im Le Moissonnier ein kleines Vermögen. Sagtest du nicht, dass der Kabeljau köstlich sei?"
„Das stimmt auch. Aber ich brauche jetzt eine Pause."
„In Ordnung! Ich bin ganz Ohr." Auch Jonathan unterbrach für einen Moment sein Essen.
„Wenn ich nur einen Tag länger auf Sylt geblieben wäre", sprudelte es aus ihr heraus, „dann hätte ich Juli eingepackt und mitgenommen. Sie ist doch fast erwachsen. Sie sollte selbst entscheiden dürfen, was sie später mal machen möchte und wo sie leben will. Warum habe ich nur nein gesagt, wenn ich doch ja gemeint habe? Ich hätte Juli nur zu gerne bei mir aufgenommen. Sie wollte doch nur für ihre Studienzeit einen sicheren Platz in einer fremden Stadt. Das war doch nicht zu viel verlangt! Oder? Der Gedanke lässt mich seitdem nicht mehr los."
„Welcher Gedanke lässt dich nicht mehr los?" Jonathan ahnte längst, was Vera sagen wollte. Auf jeden Fall wusste er, was sie tief in ihrem Innersten fühlte.
Bevor er etwas sagen konnte, kam sie ihm zuvor. „Juli könnte Julia sein. Meinst du nicht auch? Das Alter passt. Der Mund ist fast so ähnlich wie der von Julia. Julis Augen sind zwar grün, statt wie bei Julia blau. Aber beide haben diese Locken und..."
„Mach das nicht. Du verrennst dich da in etwas. Sprich es aus. Sag es! Julia ist wahrscheinlich tot und Juli ist nicht Julia."
„Das weiß ich und ich bin nicht verrückt. Und ich kann es aussprechen! Ja, meine Tochter Julia ist wahrscheinlich tot und ja, Juli ist die Adoptivtochter von Alva. Und doch ist da diese Verbindung, die ich

spüre. Ich kann es ja selbst nicht erklären. Es ist eben, wie es ist. Ich habe es dir schon einmal gesagt. Dieses Mädchen ist etwas ganz Besonderes und sie geht mir unter die Haut."
„So hast du es mir nicht gesagt, aber ich verstehe, was du meinst."
„Wirklich?"
„Wirklich! Jetzt iss deinen Kabeljau auf."
Vera zog ihren Teller wieder zu sich heran und aß auf. Zwanzig Minuten später servierte der Kellner die Nachspeise.
Jonathan bestellte für sich noch einen doppelten Espresso. „Möchtest du auch noch etwas?", fragte Jonathan und sah, wie Vera ihre Crème Catalana in sich hineinschaufelte.
„Ja, ich hätte gerne noch ein Wasser mit Sprudel bitte und einer Scheibe Limette. Danke!" Vera kratzte mit ihrem langstieligen Dessertlöffel bis zum Grund des Glases, um auch noch den allerletzten Rest ihrer Crème Catalana aus dem Schälchen zu holen. Sie war versucht, den Finger zu nehmen, um in die Ecken zu gelangen, aber das machte man in einem Restaurant natürlich nicht.
„Möchtest du vielleicht noch eine Portion?" fragte Jonathan, als er in Veras leicht enttäuschtes Gesicht sah.
„Nein", sagte sie, „irgendwann habe ich genug." Sie stellte das leere Schälchen auf den leeren Teller und schob beides von sich.
„Und, was hast du jetzt vor? Ich meine nicht im Bezug auf die Crème Catalana."
„Ich weiß, was du meinst. Was soll ich schon vorhaben? Ich bin hier und Juli ist und bleibt auf Sylt. Wahrscheinlich werde ich mich in den ersten Tagen und Wochen in meine Arbeit stürzen und Sylt nächstes Jahr Sylt sein lassen. Wir werden uns gemeinsam ein neues Urlaubsziel suchen. Etwas, das uns beiden gefällt. Das hatten wir uns doch vorgenommen, nicht wahr? Und wenn dann eine gewisse Zeit vergangen ist, kann ich auch irgendwann vielleicht wieder auf Sylt Urlaub machen. Es muss ja nicht unbedingt Keitum sein und auch nicht das Ferienhaus von Alva und Sönke."
„Das hört sich alles sehr vernünftig an. Aber bitte sei mir nicht böse", sagte Jonathan mitfühlend, „das hört sich so gar nicht nach dir an."
„Du solltest mich lieber unterstützen und nicht zusätzlich noch entmutigen. Das ist mein Plan und ich werde mich daranhalten. Zusätzlich habe ich ja noch ein paar Sitzungen bei dir. Ich verspreche dir jetzt

schon, dass du dir einiges anhören musst. Übrigens fange ich morgen wieder mit Sport an. Ich habe mir zwei tolle Outfits gekauft. Ich werde mich richtig auspowern. Das verschafft mir einen klaren Kopf. Und am Freitag besuche ich dann Frau Bender, besuche ich Monika. Seit dem Tag in der Tiefgarage sind wir per Du. Ich weiß, das verstößt zwar gegen die Regel, aber so ist es jetzt. Doktor Daun ist sehr zufrieden mit ihr. Sie muss große Fortschritte gemacht haben. Ich freue mich wirklich, sie zu sehen. Wenn sie will, werde ich die Therapie in Absprache mit Doktor Daun nach ihrer Entlassung fortführen. Und schon nächste Woche machen wir auch schon wieder die Praxis auf. Es gibt viel zu tun. Ich habe zwei neue Anfragen. Ich werde also keine Zeit haben, um an Juli zu denken. Und jetzt möchte ich, dass du mir alle deine schmutzigen Selfies zeigst. Irgendwo muss doch ein Skihase zu sehen sein."
Sie saßen noch eine ganze Stunde im Restaurant und lachten über jeden einzelnen Schnappschuss, den sie sich gegenseitig zeigten.

„Sylt ist tatsächlich wesentlich schöner, als ich dachte", bemerkte Jonathan, als er den Wagen sicher durch die Kölner Innenstadt lenkte. Sie befanden sich auf dem Weg nach Hause. „Davos ist auch nicht so übel. Das Licht in den Bergen, wenn die Sonne untergeht, ist schon spektakulär." Vera kuschelte sich in den Sitz. Sie war müde und schloss die Augen. Jonathan musste sie wecken, als sie die Auffahrt zu Veras Haus hinauffuhren. „Du solltest schnell reingehen und schlafen gehen, solange die Müdigkeit anhält. Wir sehen uns dann am Montag. Ich wünsche dir noch eine schöne Restwoche." Jonathan hielt ihr die Tür auf und brachte sie bis zur Haustüre.
„Du kannst bleiben, wenn du willst. Das Gästezimmer steht dir jederzeit zur Verfügung."
„Danke, das ist lieb von dir. Aber ich möchte heute Nacht zu Hause schlafen. Wir sehen uns nächste Woche." Er gab ihr einen Kuss auf die Wange. Wie es sich gehörte, wartete er, bis sie im Haus war und im Flur das Licht anging. Erst dann ging er zu seinem Wagen zurück und fuhr los.

Vera zögerte nicht eine Sekunde und folgte Jonathans Ratschlag. Sie ging direkt nach oben, zog sich um und schlief auch sofort ein. Die

alte Angst holte sie jedoch in dieser Nacht wieder ein. Der Alptraum, den sie glaubte, endlich hinter sich gelassen zu haben, trieb sie durch die dunkle Nacht. Aber dieses Mal war es nicht Julia, die sie zu retten versuchte. Es waren auch nicht die Schreie von Julia, die ihr durch Mark und Bein gingen. Sie stand im Zentrum eines Kreises. Alles um sie herum brannte lichterloh. Hinter dem schwarzen Fenster verstummten die sonst so schmerzerfüllten Schreie. Und auch das Klopfen war nicht mehr zu hören. Es war unwirklich still um sie herum geworden. Nur das Knistern des Feuers war noch zu hören. Veras Hände brannten, ohne dass sie einen Schmerz verspürte. Das schwarze Fenster wollte einfach nicht aufgehen. Dann stürzte alles über sie herein. Es war nicht ein Fenster, das sich urplötzlich auftat, es waren Hunderte, Tausende und dann sah Vera etwas in weiter Ferne auf sich zukommen. Es war Juli mit ihrem Strandkorb und Lia, ihrem kleinen Hund. Er saß in einem Korb mit lauter bunten Frühlingsblumen. Sie winkte ihnen zu und Lia bellte vor Freude. Vera hatte nur einen Wunsch: beiden entgegenzueilen. Sie rannte los. Rannte schneller, aber je mehr Vera versuchte, den beiden näher zu kommen, umso mehr entfernten sie sich von ihr. Vera rief nach ihnen. Dann fiel etwas Mächtiges vom Himmel und es wurde finster. Ein schwarzes Fenster, unwirklich in seiner Größe, rammte sich zwischen ihnen in den Boden. Trennte sie voneinander. Vera schrie, nicht nur im Traum. Sie wachte auf und war schweißgebadet. Sie wischte sich mit einer Hand über das Gesicht. Sie hatte geweint. Vera sprang aus dem Bett und ging gleich unter die Dusche. Sie wollte gar nicht mehr herauskommen. Das Wasser lief endlos über ihren zittrigen Körper. Sie wickelte sich in ein Handtuch und kroch noch einmal unter die Decke.
Vera war entsetzt, dass sich ihr Trauma zu wiederholen schien. Es trug jetzt nur einen anderen Namen. „Juli, Juli, was soll ich nur tun“, wimmerte Vera unter ihrer Decke. Sie kauerte sich zusammen, denn sie fror fürchterlich.
Sie hatte keine Ahnung, wie viel Zeit vergangen war und wie sie aus dem Bett gekommen war. Auch kann sie sich nicht wirklich erinnern, ob sie etwas gefrühstückt hatte. Noch weniger wusste sie, wie sie in ihren Wagen und dann in die Stadt ins Fitnessstudio gekommen war. Aber jetzt war sie hier. Sie trug ihren neuen schwarzen Trainingsanzug.

„Hallo Frau Wagner-Kausch. Mein Name ist Paul. Sie haben heute Ihre Probestunde bei mir. Wenn es Ihnen recht ist, wir duzen uns alle hier. Also, ich bin Paul. Darf ich Vera sagen?"
„Natürlich! Sehr gerne." Vera schaute den jungen Mann an, der nicht älter als fünfundzwanzig war. Sie fühlte sich schlagartig alt. „Ich freue mich sehr auf die Probestunde. Es ist aber schon länger her, dass ich Sport gemacht habe. Hin und wieder jogge ich, wenn ich Zeit habe."
„Das ist in Ordnung", sagte Paul. „Wir fangen ganz langsam an." Er führte Vera zum Laufband. „Zehn Minuten in ruhigen und gleichmäßigen Schritten. Dann komme ich wieder und wir suchen uns das nächste Gerät aus."
Vera stieg auf das Gerät, während Paul die Zeit und die Geschwindigkeit für sie einstellte. Als sie ihm das Zeichen gab, dass sie bereit war, stellte er das Laufband an. Vera lief los und Paul ging zwischenzeitlich zu einem anderen Gast, der seine Hilfe benötigte.
Die Stunde verging wie im Flug. Vera hatte nach und nach richtig Spaß. Sie drehte sogar ein wenig auf. Zum Schluss wollte sie noch einmal auf das Laufband, um langsam wieder runterzukommen. Paul hatte nichts dagegen. Er vereinbarte einen weiteren Termin mit Vera und dann verabschiedete er sich. Neben Ausdauersport wollte Vera auch leichtes Krafttraining machen. Sie freute sich schon jetzt auf nächste Woche. Und sie freute sich, dass sie diesmal Recht behielt. Der Sport tat ihr gut. Ihr Kopf war klar und ihre Gedanken geordnet. Sie fuhr nach Hause und kochte sich etwas. Sie dachte nicht mehr an den Traum von letzter Nacht.
Für den Rest des Tages blieb Vera an ihrem Schreibtisch. Sie hatte gleich zwei neue Patienten und wollte sich einen ersten Eindruck verschaffen. Eine Therapie brauchte ihre Zeit und Vera wusste nicht, ob ihre Zeit für beide ausreichend sein würde. Wenn sie ehrlich war, dann stand Monika Bender ganz oben auf ihrer Liste. Vielleicht hatte Jonathan ja Zeit und Interesse und würde einen der beiden Neuzugänge übernehmen wollen. Vera machte sich dazu eine Notiz in ihrem Kalender. Dann sah sie sich die Unterlagen an. Bei ihrem ersten Patienten handelte es sich um einen neunundvierzigjährigen Mann, der sich seit geraumer Zeit durch seine Kollegen auf der Arbeit gemobbt fühlt. Er war felsenfest davon überzeugt, dass man ihn aus seinem Job drängen will. Eine Beförderung, für die er vorgesehen war, vergiftet das

Arbeitsklima. Er selbst will aber auf die Chance einer Beförderung nicht verzichten. Seit ein paar Wochen kann er kaum noch schlafen und leidet zusätzlich an leichten Panikattacken. Der andere Fall lag ähnlich. Auch ein Mann, Anfang dreißig, Lehrer an einem Gymnasium. Einige Schüler mobben den Lehrer nicht nur, es ist sogar schon zu Handgreiflichkeiten außerhalb der Schule gekommen. Der Mann steht kurz davor, seinen Job als Lehrer aufzugeben. Er traut sich kaum noch vor die Tür. Zurzeit ist er krankgeschrieben. Für Vera war es nicht wichtig, welchen der beiden Patienten sie übernehmen würde. Wenn Jonathan sie tatkräftig unterstützen würde, dann würde sie ihm die Wahl des Patienten überlassen. Ihre Arbeitstasche stand gleich neben ihr. Sie legte die Unterlagen hinein und widmete sich dann ihren Mails. Viele waren es nicht. Offiziell befand sie sich ja auch noch im Urlaub. Sie freute sich, dass Doktor Daun ihr den morgigen Termin bei Frau Bender nochmals bestätigte. Und auch Hauptkommissar Brandes hatte sie nicht vergessen. Er schickte ihr eine Glückwunschkarte, die immer wieder aufsprang, und ein Konfettiregen aus Kleeblättern überflutete ihren Bildschirm. Vera musste lachen. Sie fühlte sich in ihrer Entscheidung nochmals bestätigt. Die Arbeit als Fallanalytikerin lief ihr nicht weg. Vera arbeitete an einem Fragebogen, den sie mit Monika morgen gerne durchgehen wollte. Sie sah aus dem Fenster. Nicht mehr lange und es würde dunkel werden. Nach all den Stunden am Schreibtisch war ihr nach einem Spaziergang. Sie ließ alles stehen und liegen und ging hinaus. Die Luft war kalt und der Himmel bereits leicht rot durchzogen, als sie die Auffahrt hinter sich ließ. Sie hatte kein bestimmtes Ziel. Sie lief einfach die Straße hinunter, bis sie an einen kleinen Feldweg kam. Hier war es herrlich ruhig. Vögel zwitscherten und zogen über ihren Kopf hinweg große Kreise. Sie sah nach oben und folgte ihnen, bis sie nach und nach am Horizont verschwanden. Für einen flüchtigen Moment fühlte sie sich sehr einsam. Der Weg wurde immer schmaler und führte sie an einem großen Baum vorbei, der kein einziges Blatt mehr trug. Sie schaute hinauf in die Krone, blinzelte durch die kalte untergehende Sonne. Die Äste, die wie riesige Arme in den Himmel ragten, waren mit leichtem Raureif überzogen. Unter ihren Füßen knirschte der restliche Schnee der vergangenen Tage. Vera war bereits eine gute halbe Stunde unterwegs. Aber ihre Beine trugen sie immer weiter. Rechts von ihr fiel das

Gelände langsam ab, vielleicht zu einer Senke oder auch einem See. Sie konnte es nicht erkennen. Die Dämmerung setzte ein und der Weg endete wenige Meter weiter abrupt. Vera hatte keine andere Wahl als wieder umzukehren. Die Beleuchtung hier war schaurig. Sie ging einmal querfeldein über das Feld, bis sie auf die beleuchtete Hauptstraße kam. Ihre Schritte wurden schneller und größer, als es anfing zu schneien. Dicke Flocken flogen ihr ins Gesicht. Der Schnee nahm die Kälte aus der eisigen Luft und Vera begann sich zu drehen. Noch einmal und noch einmal. Ein Wagen nach dem anderen fuhr an ihr vorbei. Einer hupte und signalisierte ein Hallo mit der Lichthupe. Vera sah, wie zwei Kinder auf dem Rücksitz saßen und ihr freudestrahlend zuwinkten. Vera winkte zurück. Sie hatte die Auffahrt erreicht. Jetzt ließ sie sich wieder etwas mehr Zeit, um zum Haus hinunterzukommen. Der Bewegungsmelder setzte sofort ein, als sie das Gelände betrat. Das Flutlicht ebnete ihr den Weg bis zur Haustür.

Vera machte die Nacht zum Tag. Sie war viel zu aufgeregt. Vera hatte Monika seit dem Vorfall in der Tiefgarage des Krankenhauses nicht mehr gesehen. Man hatte sie damals von ihr weggezogen wie eine Schwerverbrecherin. Dabei war sie es gewesen, die Monika quasi aus der Kantine heraus verschleppt hatte. Sie hatte eine Patientin, die nicht einmal mehr unter ihrer Obhut stand, in Gefahr gebracht. Und das nur aus purem Egoismus. Es war ihr in diesem Moment wichtiger gewesen zu erfahren, was Monika damals wirklich gesehen hatte, als das Wohlergehen einer traumatisierten Frau. Das ganze Ausmaß ihrer Aktion wurde ihr erst sehr viel später bewusst. Nicht einmal als sie von Hauptkommissar Brandes zur Wache mitgenommen wurde, zeigte sie eine Spur von Einsicht oder Reue. Die ganze Fahrt über war sie sogar ausgesprochen bockig und uneinsichtig. Sie konnte froh sein, dass sie so gute Freunde hatte. Nicht nur Jonathan, der immer, egal was sie auch anstellte, an ihrer Seite war. Auch Hauptkommissar Brandes war längst mehr als nur der Mann, der seit Jahren unermüdlich nach ihrer Tochter suchte. Diese beiden Männer gehörten zu ihrem innersten Zirkel. Sie wollte nicht einmal darüber nachdenken, an welchem Punkt ihres Lebens sie heute stehen würde, wenn es diese beiden Männer in ihrem Leben nicht gäbe. Vera schüttelte sich, so schrecklich war der Gedanke, alleine zu sein. Sie schob dankbar ihre Erinnerungen zur

Seite. Wenn Vera an ihre Zukunft dachte, dann wusste sie, sie würde niemals alleine sein müssen. Nicht so wie Monika Bender.
Sie war jetzt soweit. In nicht einmal einer Stunde würde sie Monika gegenüberstehen. Dieses Mal wollte sie alles richtig machen. Als sie Hauptkommissar Brandes quasi um diesen Termin genötigt hatte, verfolgte sie nur ein einziges Ziel. Sie wollte mehr über dieses Mädchen aus diesem ominösen Wagen erfahren. Inzwischen war sich Vera aber sicher, nachdem Hauptkommissar Brandes allen Spuren nachgegangen war, dass es sich bei diesem Mädchen nicht um Julia gehandelt hatte. Umso schöner war es jetzt, Monika einfach nur einen Freundschaftsbesuch zu erweisen. Den Fragebogen hatte sie in ihrer Handtasche. Sie würde erst mit Doktor Daun sprechen und ihn um Erlaubnis bitten. Schließlich war Monika seine Patientin und nicht ihre.

Trotz der Hektik des Großstadtverkehrs kam Vera früher als erwartet an. Das Klischee einer solchen Einrichtung erfüllte sich unmittelbar, als ihr Blick auf das monströse Gebäude fiel. Vera hoffte, dass die äußere Fassade nur ein erster kläglicher Eindruck war. Dieses riesige graue Ungetüm wirkte nicht gerade einladend. Auch innen sah es nicht viel besser aus. Ihr erster Eindruck schien sich zu bestätigen: kahle, sehr hohe Wände und endlos lange Flure. Auf beiden Seiten dicke Stahltüren. Vera wollte sich nicht vorstellen, dass sich dahinter eventuell Menschen befanden. Doch dann änderte sich das Bild schlagartig. Doktor Daun hatte ihr genau beschrieben, wo sie hingehen musste. Sie erreichte Station 54. Hier sah es schon etwas freundlicher und auch moderner aus. Doktor Daun traf sie damals für ihre persönliche Beurteilung nicht hier, sondern in Köln-Mitte, wo er noch eine Tagespraxis betrieb. Vera sah sich suchend um, dann ging eine Tür auf und Doktor Daun kam ihr entgegen. „Dachte ich mir doch, dass ich Sie hier irgendwo finde. Das Gebäude ist alt und sehr unübersichtlich. Die untere Etage ist sogar noch aus der Vorkriegszeit."
Er lachte. „Ich freue mich, dass Sie da sind", begrüßte er sie herzlich. Sein Händedruck war fest und seine Hände fühlten sich etwas kalt an, so wie das meiste, das sie bisher gesehen hatte. Alter kalter Stahl, rostige Fenster, die teilweise vergittert waren. Und als wäre das Klischee nicht bereits mehr als erfüllt worden, hörte man aus undefinierter Ferne jemanden weinen. Oder war es ein Schreien? Ganz in ihrer Nähe

wimmerte jemand oder etwas.
„Ich freue mich auch, Sie zu sehen. Die Einrichtung ist nicht gerade einladend, wenn Sie verstehen, was ich meine?“
„Diese Geräusche meinen Sie? Wenn man erst einmal so lange wie ich hier arbeitet, dann fällt einem das gar nicht mehr auf. Aber ich verstehe, was Sie meinen. Sie können mir glauben, dass es hier ganz zivilisiert zugeht. Keiner meiner Patienten erleidet hier in irgendeiner Weise einen körperlichen Schmerz. Wir arbeiten auch nicht mit Elektroschocktherapie. In manchen Fällen mag diese Behandlung effektiv sein. Ich persönlich halte aber nichts davon. Von Kollege zu Kollegin muss ich Ihnen nicht sagen, wie laut doch manchmal eine gequälte Seele sein kann.“ Er fasste sie leicht am Arm. „Lassen Sie uns ein Stück weiter gehen. Die Zimmer der Patienten im nächsten Flur sind etwas freundlicher. Frau Bender ist schon ganz aufgeregt. Sie erwartet Sie bereits. Sie hat Sie ganz offiziell als ihre Besucherin angemeldet. Und deshalb gibt es später auch Kaffee und Kuchen.“ „
Das ist äußerst nett und sehr aufmerksam von ihr. Geht es ihr denn wirklich so gut, wie Sie sagen?“
„Überzeugen Sie sich selbst.“ Sie blieben vor einer großen Tür stehen. Dieses Mal war sie nicht aus massivem, kaltem Stahl, sondern aus wunderschönem Kirschbaumholz. „Ich verabschiede mich jetzt.“ Er reichte ihr die Hand.
Vera zögerte, aber dann sagte sie: „Ich danke Ihnen für alles.“
Sein Händedruck war diesmal sanft und seine Hände auch nicht mehr kalt. „Gehen Sie rein“, sagte Doktor Daun. „Sie werden bereits erwartet.“ Er ließ sie alleine und Vera klopfte an die Zimmertür von Frau Monika Bender. Doktor Daun hatte längst den Flur mit den wunderschönen Kirschbaumtüren verlassen.
„Habe ich mich doch nicht verhört.“ Plötzlich stand da diese junge Frau vor Vera. War das wirklich Monika Bender, die sie da freudestrahlend begrüßte? Sie hatte ihre Arme weit geöffnet.
Vera zögerte zu lange und Monika nahm ihre Arme schnell wieder runter. Dabei sah sie weder traurig noch enttäuscht aus. „Kommen Sie doch rein.“ Die junge Frau trat zur Seite und wartete, bis Vera das Zimmer betrat. Verstohlen schaute sich Vera um. Ihre Augen huschten schnell und nervös durch den Raum. Das Zimmer war hell und freundlich. Hinter ihr schloss Monika die Tür. „Geben Sie mir doch Ihre

Jacke und dort drüben am Fenster können wir uns dann hinsetzen und uns unterhalten."
Vera fühlte sich in der Situation leicht überfordert, so als wären die Rollen für einen Moment vertauscht worden, als sei sie die Patientin, die von Monika, der Therapeutin, begrüßt wurde. „Sie sehen großartig aus", sagte Vera anerkennend. Es war keine einfach nur so dahingesagte Floskel, sondern eine ehrliche Anerkennung. Vera konnte kaum ihre Augen von Monika lassen. „Entschuldigen Sie bitte, Frau Bender, dass ich Sie so anstarre, aber seit wir uns das letzte Mal gesehen haben und jetzt, hier und heute, das ist ein Unterschied wie Tag und Nacht."
„Danke, ich nehme das mal als ein Kompliment." Monika zeigte auf den leeren Stuhl am Fenster. Vera folgte ihr. „Waren wir damals nicht schon einen Schritt weiter und haben uns mit dem Vornamen angesprochen?", fragte Monika geradeheraus. Sie setzten sich gegenüber. Vera konnte nicht aufhören, die junge Frau anzustarren. Wo waren die abgehackten und verfilzten Haare? Hatte sie nicht auch eine andere Farbe damals? Oder haben ihre lustigen Locken schon immer so honigblond geleuchtet? Ihre Haut war prall und fest. Keine Spur von Blässe oder spröden Lippen. Ja, sogar rötliche Wangen ließen sich erkennen. Sie trug eine einfache Jeans und dazu einen roten Strickpullover. Hatte sie tatsächlich zugenommen?
Vera beugte sich über den Tisch, so als wollte sie noch genaueres Augenmaß nehmen. „Ich kann mich nur noch einmal wiederholen, du siehst fantastisch aus. Ja, und du hast Recht, wir waren damals beim Du und wir können auch gerne dabeibleiben, wenn du willst. Wie lange bist du jetzt hier?" fragte Vera immer noch sichtlich erstaunt.
„Etwas länger als drei Wochen."

Es klopfte an die Tür und dann ging sie auch schon auf. Man brachte ihnen den versprochenen Kaffee und Kuchen. Es gab Apfel- und Käsekuchen. Ein Schälchen Sahne gab es auch. Monika schenkte ihnen Kaffee ein, während Vera den Kuchen auf die Teller anrichtete.
„Du wolltest mit mir sprechen. Hauptkommissar Brandes ließ keinen Zweifel offen, dass es dringend sei, als er Doktor Daun um einen Besuchstermin bat. Jetzt bist du hier und keiner verfolgt uns", sagte sie ohne jeglichen Vorwurf in ihrer Stimme. „Du kannst mich also alles fragen, was du möchtest. Und! Ich habe gehört, dass du im Urlaub

warst. Ich möchte auch einmal wieder richtigen Urlaub machen. Aber erst die Arbeit und dann das Vergnügen. Hast du vielleicht Fotos? Ich liebe Fotos." Monika aß ihren Kuchen.
Vera war positiv überrascht. Es schien Monika wirklich richtig gut zu gehen. Vera hatte richtigen Appetit und bereits ihr Erdbeerstück gegessen. Auch der Kaffee schmeckte ihr sehr gut, besonders mit einem extra Löffel frischer Sahne. Sie fühlte sich endlich ruhig und entspannt. Was hatte sie erwartet? Dass Monika ihr eine Szene machte? Ihr vorwarf, sie in der Tiefgarage allein gelassen zu haben? Monika bewies Größe. Sie verlor kein einziges Wort über diesen furchtbaren Tag, der sie schlussendlich hierhergebracht hatte.

„Ich wollte eigentlich mit dir über das reden, was du damals in der Tiefgarage gesagt hast. Dass du Julia gesehen haben willst. Ganz in der Nähe meiner Praxis, sagtest du. Sie soll in dem Wagen gesessen haben, der deine Katze überfahren hat. Es tut mir übrigens sehr leid wegen deiner Katze. Aber inzwischen hat sich herausgestellt, dass es nicht Julia war. Hauptkommissar Brandes ist jeder noch so kleinen Spur nachgegangen. Nichts deutete daraufhin, dass es sich bei dem Mädchen im Wagen um Julia gehandelt hat. Leider konnte Hauptkommissar Brandes auch nichts mit den Fotos auf deinem Handy anfangen. Es wäre schön gewesen, hätte man zumindest die Halterin ausfindig machen können. Ein Tier zu überfahren und dann einfach wegzufahren, das geht gar nicht."
„Ist schon gut", sagte Monika. „Ich habe den Verlust meiner Katze endlich überwunden. Das Ganze ist auch schon ein paar Jahre her. Wenn ich hier raus bin, eine Wohnung und einen Job finde, dann werde ich mir wieder eine zulegen. Aus dem Tierschutz vielleicht oder aus dem Tierheim. Dann aber eine Hauskatze, keinen Freigänger mehr. Aber das mit deiner Tochter, das tut mir sehr, sehr leid. Trotz meines erbärmlichen Zustands damals war ich mir hundertprozentig sicher, dass es Julia gewesen ist. Ich kannte sie ja nur von dem Foto aus deiner Praxis. Aber so ein schönes Mädchen fällt doch auf. Kannst du mir verzeihen, dass ich deinen Schmerz erneut aufgewühlt habe?"
„Du musst dich nicht entschuldigen. In den vergangenen sieben Jahren bin ich und Hauptkommissar Brandes tausenden von solchen Hinweisen nachgegangen. Mehr als neunzig Prozent dieser Hinweise waren

so offensichtlich falsch. Eine ganze Weile habe ich sogar die gesamte Menschheit gehasst. Es war ein schwerwiegender Fehler von meinem Mann Thomas. Er hat damals aus purer Verzweiflung eine sehr hohe Belohnung ausgesetzt. Das Ergebnis war furchtbar. Über Wochen und Monate zog es die schlimmsten menschlichen Kreaturen hervor. Ich konnte es nicht begreifen, dass so viele Menschen dazu bereit waren, aus dem Leid eines anderen für sich Kapital zu schlagen."
„Ja, wenn es um Geld geht, ist der Mensch oft unberechenbar. Mir hat Geld nie viel bedeutet. Aber ganz ohne geht es leider auch nicht."
„Da hast du recht." Beide schwiegen eine ganze Weile, aßen den restlichen Kuchen und ließen sich den Kaffee schmecken. Jeder nahm sich die Zeit, über das Gesagte des jeweils anderen nachzudenken.

„Es gibt hier einen wirklich wunderschönen Garten", sagte Monika plötzlich. „Magst du dir vielleicht ein wenig die Beine vertreten? Keine Panik", beruhigte Monika ihr Gegenüber, als sie sah, wie misstrauisch Vera augenblicklich wurde. „Ich habe eine Art Passierschein von Doktor Daun bekommen. Schon seit ein paar Tagen darf ich mein Zimmer verlassen. Wie du siehst, war ich auch bei einem Friseur. Zwar immer noch mit Begleitung, aber immerhin. Sieh mal in meiner Schublade am Bett, da müsste das Schreiben liegen. Ich hole nur schnell meine Jacke und dann können wir gehen."
Vera fand das Schreiben und gab es Monika. Gemeinsam verließen sie das Zimmer und die Station, aber nicht das Gelände. Am Ausgang, der auch gleichzeitig der Weg zum Garten war, legte Monika das Schriftstück vor. Es gab keinerlei Probleme. Monika hatte nicht zu viel versprochen. Obwohl der Garten zu dieser Jahreszeit eher verlassen war, konnte man sich durchaus vorstellen, wie belebt und schön es im Frühjahr und im Sommer hier sein musste. Sie gingen gemeinsam den asphaltierten Weg entlang, der vorbildlich gestreut war. Letzte Nacht hatte es geschneit. Jetzt taute es schon wieder. Aus den Baumkronen tropfte es hin und wieder. Monika legte ihren Kopf in den Nacken. Sie blieb stehen und versuchte, einen der Tropfen mit ihrem Mund aufzufangen. Sie lachte wie ein kleines Kind, als es ihr gelang.
Vera wollte ihr Glück auch versuchen und blieb stehen. „Zapple nicht so hin und her." Monika stützte Vera, die unsicher auf ihren Beinen wippte. „Du musst schon die Augen aufmachen", lachte Monika. „Da,

schau hin, da kommt einer. Du kannst ihn gar nicht verfehlen." Monika schob Vera direkt unter den Baum, auf dem der Wassertropfen wie eine Blase immer weiter vom Blatt rutschte. Der Tropfen verfehlte Veras weit geöffneten Mund um Haaresbreite. Er landete stattdessen direkt auf ihrer Nasenspitze. Vera schubste Monika neckisch zur Seite.
„Das hast du extra gemacht. Wenn ich gewusst hätte, wieviel Spaß man in einer Psychiatrie haben kann, dann wäre ich schon früher mal vorbeigekommen."
„Ich frage später mal Doktor Daun, ob er noch ein Zimmer für dich frei hat. Dann kannst du dich gerne zwangseinweisen lassen. Diagnose ‚Panik vor herabfallenden Wassertropfen.'"
„Entschuldige bitte, so war das nicht gemeint. Ich wollte mich nicht über dich oder jemand anderen, der hier ist, lustig machen. Es war nur so dahingesagt. Ich habe einfach nicht überlegt und drauflos geplappert. Es tut mir wirklich leid."
„Hey, ist schon gut", versuchte Monika Vera zu beruhigen. „Alles in Ordnung, wirklich! Ich kann durchaus einen Spaß vertragen."
„Da bin ich aber erleichtert." Vera atmete hörbar auf. „Lass uns bitte zurückgehen", bat Vera. „Langsam wird mir doch ein wenig kalt. Meinst du, wir könnten noch einen Kaffee bekommen zum Aufwärmen?" Sie sah auf ihre Uhr und dachte an ihren Fragebogen, der immer noch unausgefüllt in ihrer Tasche lag.
„Da sehe ich kein Problem", versicherte Monika. Gemeinsam gingen sie zurück. Den Passierschein gab Monika ordnungsgemäß beim Empfang ab.

Es war tatsächlich kein Problem, noch einmal zwei Tassen Kaffee zu bekommen. Sie saßen sich wieder gegenüber in Monikas Zimmer am Fenster. Monika schien in ihren ganz eigenen Gedanken zu verweilen. Vera nutzte diesen Moment, um sich in dem Zimmer ein wenig genauer umzuschauen. Viel gab es nicht zu sehen. Es war nicht zu übersehen, dass es ein typisches Krankenhauszimmer war – vielleicht in einem etwas gehobeneren Stil. Das Bett zum Beispiel war nicht aus Metall, sondern aus Holz. Genauso wie der Schrank und der Tisch mit den beiden Stühlen. Es war sogar genügend Platz vorhanden für etwas Persönliches. In Monikas Fall durfte natürlich ein Foto ihrer verstorbenen Katze nicht fehlen. Auf der Fensterbank, gleich neben dem

Foto, standen zwei prächtig blühende Zimmerpflanzen. Vera fand das Zimmer recht gemütlich.

„Erzähl mir von deinen Plänen“, bat sie Monika. „Weißt du schon, wann du entlassen wirst?“
„Das erzähle ich dir nur, wenn du mir ein paar von deinen Urlaubsfotos zeigst“, feilschte Monika.
„Du verhandelst hart“, konterte Vera. „In Ordnung! Aber du fängst an.“
„Einverstanden.“ Monika schien zu überlegen, womit sie anfangen sollte zu erzählen. Dann plapperte sie munter drauflos. So, wie Vera sie kannte, hatte Monika viel zu erzählen.
„Wo soll ich nur anfangen? Am besten beginne ich von Anfang an, wenn du noch etwas Zeit für mich hast?“ Monika sah für einen Moment verunsichert aus.
Vera griff nach ihrer Tasche und suchte nach dem Fragebogen. „Ich habe den ganzen Tag für dich reserviert.“ Vera legte den Fragebogen auf den Tisch. Ein Stift war auch schnell gefunden. Monika stellte keine Fragen, als Vera den Fragebogen begann auszufüllen. Doch Vera kam nicht weit.
„Nun ja, seit unserem doch etwas sehr unschönen Vorfall in der Tiefgarage ist viel passiert. Mittlerweile bin ich schon fast drei Wochen hier. Zu Anfang ging es mir noch richtig schlecht. Ich habe jegliche Form von Hilfe abgelehnt. Erst nach und nach ging es langsam aufwärts. Die ersten Einzelgespräche brachten mir null Komma nichts. Genauso wenig wie die Gruppensitzungen. Ich glaube, es war so etwa in der vierten Gruppensitzung. Eine Patientin begann zu erzählen, von ihrem dritten Selbstmordversuch. Sie gestand, dass sie eigentlich nie vorhatte zu sterben. Sie wollte einfach nur Hilfe. Und die bekam sie jetzt. Irgendwann habe ich dann genauer zugehört und mich in ihr wiedererkannt. Ich hatte irgendwie keine andere Wahl und habe einfach angefangen zu erzählen. Von da an ging es mir von Tag zu Tag immer besser. Ich habe von da an nichts mehr abgelehnt. Ganz brav habe ich meine Tabletten genommen und alles getan, was von mir erwartet wurde. Gestern war meine letzte Einzelsitzung. Ich bin soweit, dass ich jetzt alles andere in der Gruppe besprechen kann. Es entstehen hier sogar Freundschaften. Jemanden an seiner Seite zu wissen, der

Ähnliches erlebt hat, das verbindet. Ich habe große Fortschritte gemacht. Doktor Daun hat mir angeboten, dass ich früher nach Hause kann als geplant. Ich müsste nur noch ambulant kommen. Für meine Medikamente, die Gruppengespräche und so weiter. Natürlich habe ich darüber nachgedacht. Nach reiflicher Überlegung habe ich mich jedoch dagegen entschieden. Ich darf die ganzen vorgesehenen sechs Wochen bleiben. Ich habe meine alte Wohnung daraufhin gekündigt. Zu viele alte Geister. Mit einer wirklich sehr lieben Sozialarbeiterin suchen wir gerade nach etwas Neuem für mich. Du wirst es nicht glauben, aber ich habe ab März eine neue Arbeit gefunden. Erst einmal auf Probe. In einem Pflegeheim in Köln. Zwar nur in der Küche, als Spülerin. Aber ich verdiene gut. Eine dreißig Stunden Woche. Meine Sozialarbeiterin hat sich sehr für mich eingesetzt. Und wenn ich es schaffe und es mir in einem Jahr weiterhin gut geht, dann habe ich sogar die Möglichkeit auf eine geförderte Ausbildung als Altenpflegerin. Ist das nicht großartig? Endlich passiert mal was richtig Gutes in meinem Leben. Kannst du dir vorstellen, was für ein Gefühl das ist? Endlich zu leben, wie jeder andere auch. Ich fühle mich so großartig und ich bin so dankbar für diese Chance."
Vera hatte den Fragebogen längst vergessen und wieder in ihre Tasche gelegt. Für sie gab es hier nichts mehr zu tun. Monika würde ihren Weg ohne sie gehen. Und das war gut so. Monika brauchte weder sie noch ihre Therapiestunden. Monika war hier bestens aufgestellt. Für sie gab es endlich das berühmte helle Licht am Ende des Tunnels. Vera freute sich aufrichtig für sie. Monika hatte es verdient, die Welt mit ihren schönen Seiten kennenzulernen. Und sie musste Jonathan jetzt nicht mehr darum bitten, einen ihrer Patienten zu übernehmen. Sie würde genügend Zeit haben, um sich auch um gleich zwei neue Patienten ausreichend zu kümmern.
„Jetzt bist du aber dran. Erzähl mir von deinem Urlaub und ich möchte ganz viele Fotos sehen." Monika war immer noch voller Euphorie.
„Lass mich das alles erst einmal verarbeiten. Das sind fantastische Neuigkeiten. Ich freue mich sehr für dich. Du hast es dir wirklich verdient. In Ordnung, dann bin ich jetzt wohl dran. Also, wo soll ich nur anfangen? Ich mache es wie du und beginne auch ganz von vorne.
Nachdem bereits einige Jahre vergangen waren und es von Julia nach wie vor keinerlei Hinweise gab und dann auch noch mein Mann

Thomas starb, waren die Feiertage mit die schlimmste Zeit im Jahr. Irgendwann habe ich dann Sylt für mich entdeckt.“
„Die Insel der Reichen und Schönen. Pferdepolo und Champagner-Partys. Ich habe davon mal in einer Zeitung gelesen“, kommentierte Monika ihr Wissen.
„Im Großen und Ganzen ist das auch so, aber vor allem ist es dort herrlich ruhig, fast schon einsam. Besonders im Winter. In der Hochsaison bin ich nicht auf Sylt. Wie auch immer. Ich habe seit ein paar Jahren auf Sylt ein festes Ferienhaus, das ich immer wieder für ein, zwei Wochen miete. Der Ort nennt sich Keitum. Sehr schön, gleich am Meer gelegen. Dort habe ich viel Zeit zum Lesen, für lange Spaziergänge und ich habe vor allem meine Ruhe. Nach einem hektischen Jahr in der Großstadt, genau das Richtige für mich. Das ist jetzt aber wohl vorbei.“
„Was meinst du, was ist vorbei?“ Vera hatte gehofft, ihre letzte Bemerkung leise ausgesprochen zu haben.
„Nichts weiter! Manchmal ist es eben Zeit für Veränderungen.“ Vera stand auf. „Ich müsste mal auf die Toilette. Hier hast du mein Handy. Warte, ich habe es gleich.“ Vera öffnete die Bildergalerie in ihrem Handy. „Du musst hier drücken und dann einfach mit dem Finger hochschieben.“
„Ich weiß, wie ein Handy funktioniert“, lachte Monika.
„Klar, weißt du das. Ich bin gleich wieder da und dann kannst du mich alles fragen, was du möchtest.“
„In Ordnung, dann bis gleich. Du weißt, wo die Toiletten sind?“
„Ja, als ich hier rauf bin, habe ich gesehen, wo die Besuchertoiletten sind. Ich bin sofort wieder da.“ Vera ging durch das kleine Zimmer und dann war sie auch schon verschwunden.
Auf dem Flur brauchte sie doch einen Moment, um sich zu orientieren. Dann fiel es ihr wieder ein. Sie musste eine Etage tiefer und dann links oder doch rechts? Vera lief den Flur entlang und dann hinunter. Sie hatte Glück, Doktor Daun kam ihr entgegen.
„Sie wollen uns schon wieder verlassen?“
„Nein, ganz und gar nicht. Ehrlich gesagt, bin ich auf der Suche nach einer Besuchertoilette.“
„Da sind Sie schon auf dem richtigen Weg. Aber auch oben gibt es Toiletten. Gleich hinter mir, noch etwa zehn Meter auf der rechten

Seite. Oben ist das Ganze spiegelverkehrt." Doktor Daun unterdrückte ein breites Grinsen.
Vera wurde leicht verlegen. „Sie hatten übrigens Recht", versuchte Vera, die Situation zu umspielen. „Frau Bender sieht nicht nur großartig aus. Sie ist ein ganz neuer Mensch geworden. Sehr beeindruckend, ihre Fortschritte. Und das in so kurzer Zeit. Sie scheint mir auf einem sehr guten Weg zu sein. Eigentlich hatte ich ja vor, mit ihr nach ihrer Entlassung die Therapiesitzungen bei mir wieder aufzunehmen. Aber das hat sich jetzt wohl erledigt. Sie ist hier in den allerbesten Händen. Sie hat mir auch von ihren Plänen und den Möglichkeiten, die man ihr angeboten hat, erzählt. Ich bin überwältigt. Sehr beeindruckend, was Sie hier leisten. Mein Kollege und ich haben sie bereits zweimal als nicht therapierbar eingestuft. Wo wir versagt haben, haben Sie wahre Wunder bewirkt."
„Ich bin kein Zauberer, Frau Wagner-Kausch. Wir haben hier nur andere Therapieansätze. Und wir können uns um unsere Patienten rund um die Uhr kümmern. Das ist schon das ganze Geheimnis."
„Ich hätte da noch eine Frage."
„Stellen Sie Ihre Frage, ich bin ganz Ohr."
„War es ein Selbstmordversuch oder nicht?"
Doktor Daun überlegte einen Moment. Dann antwortete er aber doch recht schnell. „In der Situation, in der sich Frau Bender befand, denke ich, war es schon ein Suizidversuch. Aber ich bin fest davon überzeugt, dass es auch ein Hilferuf war. Ich gehe aber inzwischen ganz fest davon aus, dass so etwas in Zukunft nicht mehr vorkommen wird. Sie wird sich zukünftig anders zu helfen wissen. Ist das die Antwort, die Sie hören wollten?"
„Es ist die Antwort, die ich mir für Frau Bender gewünscht habe. Danke, Doktor Daun. Und jetzt entschuldigen Sie mich bitte." Vera eilte davon und sie war sich sicher, dass er jetzt sein Grinsen nicht mehr unterdrückte.

„Ich bin zurück. Ich habe auf dem Flur Doktor Daun getroffen. Er lobt dich in den höchsten Tönen. Monika! Was ist los? Du siehst aus, als hättest du einen Geist gesehen."
Monika saß immer noch auf ihrem Stuhl am Fenster. Aber irgendetwas war anders. Sie war blass und starrte regungslos ins Leere. Das Handy,

das Vera ihr gegeben hatte, hielt sie immer noch in ihren Händen.
„Was ist los? Redest du nicht mehr mit mir?“
Monika sah auf, sagte aber kein Wort. Sie legte das Handy auf den Tisch. Vera wurde langsam angst und bange. Sie eilte zu Monika an den Tisch. „Ich war nicht einmal zehn Minuten weg. Kannst du mir bitte sagen, was inzwischen hier passiert ist?“ Vera schaute sich suchend in dem Zimmer um. Alles war genauso, wie sie es verlassen hatte.
„Ich brauche ein paar Minuten“, sagte Monika so leise, dass Vera kaum ein Wort verstand. „Ich muss nur mal kurz raus hier. Entschuldige mich bitte.“ Monika schob Vera einfach beiseite und ließ sie in ihrem Zimmer alleine zurück. Die Türe fiel nicht einmal ins Schloss, als Monika hinausstürmte.
Vera eilte ihr sofort hinterher. Sie war nicht weit gekommen. Sie stand auf dem Flur. „Soll ich Doktor Daun rufen?“, fragte Vera vorsichtig. „Geht es dir nicht gut? Sag doch was. Mein Handy! Es liegt in deinem Zimmer. Warte hier. Ich hole es.“
„Nein, bleib bitte. Es geht schon wieder. Lass uns gemeinsam zurück ins Zimmer gehen. Es ist schon wieder gut.“
„Bist du dir auch wirklich sicher, dass alles in Ordnung ist? Du siehst nämlich nicht so aus.“
„Ich erkläre dir gleich alles“, flüsterte Monika. „Aber bitte nicht hier auf dem Flur.“
„Möchtest du vielleicht, dass wir noch einmal in den Park gehen? Ich kann Doktor Daun fragen. Er wird bestimmt nichts dagegen haben.“
„Ich möchte nur wieder zurück ins Zimmer.“ Monikas Stimme war jetzt wieder voller. Ihre Gesichter waren für einen Moment ganz nah beieinander, als Vera, Monika stützte und zurück ins Zimmer brachte.
„Ich muss dir etwas sagen, aber ich weiß nicht, wie du darauf reagieren wirst.“
Vera ging mit Monika durch den Raum zu ihrem Bett. „Willst du dich etwas hinlegen?“
„Ich bin nicht krank, Vera. Ich habe nur etwas entdeckt, das mich sehr verwirrt und gleichermaßen erschrocken hat. Und es verwundert mich, dass du es bisher nicht gesehen hast.“
„Und das heißt was? Du sprichst in Rätseln. Was hast du denn entdeckt und wo?“ Vera sah sich erneut in dem Zimmer um. Aber sie konnte

nach wie vor nichts Außergewöhnliches feststellen.
„Ich bin nicht verrückt. Und du musst mir jetzt einfach nur glauben. Es ist alles auf deinem verdammten Handy. Wirklich alles. Warum siehst du das denn nicht?“
„Du machst mir langsam richtig Angst. Was ist denn mit meinem Handy?“ Vera nahm das Handy in die Hand. Sie öffnete den Bildschirm. Das Foto, das Vera vor sich sah, war das, das Hauptkommissar Brandes ihr nach Sylt geschickt hatte. Es zeigte das mysteriöse Auto mit den beiden kaum definierbaren Streifen darauf. Vera hatte sich noch nicht die Zeit genommen und die Urlaubsfotos aussortiert. Dass Monika jetzt beim Anschauen ihrer Urlaubsfotos auf die unschönen Fotos von Hauptkommissar Brandes stieß, war ihr äußerst unangenehm. Wahrscheinlich kamen all die unschönen Erinnerungen wieder hoch. Das Auto, das ihre Katze überfahren hatte, löste bei ihr anscheinend immer noch sehr heftige Reaktionen hervor.
„Ich wollte das Foto längst gelöscht haben. Ich hatte ja keine Ahnung, dass ich es überhaupt noch hatte. Sagtest du nicht, dass du den Tod deiner Katze überwunden hast? Warum versetzt dich dann dieses Foto so in Panik?“
„Nicht dieses Foto. Gib schon her.“ Monika wartete nicht, bis Vera ihr das Handy gab, sondern nahm es ihr einfach aus der Hand. „In Ordnung“, begann sie. „Was ich dir jetzt sage, ist absolut die Wahrheit. Du musst mir einfach nur zuhören und mir vertrauen.“
Vera nickte nur und Monika begann, in dem Handy nach etwas zu suchen.
„Kannst du mir sagen, wer das ist? Und das hier, wer ist das? Erkennst du das hier?“ Monika zeigte Vera ihre Urlaubsfotos.
„Was soll das?“, fragte Vera sichtlich irritiert. „Klar kenne ich die Leute. Es sind schließlich meine Urlaubsfotos.“ Jetzt war es Vera, die Monika das Handy aus der Hand nahm. Sie durchsuchte die Fotos erneut und ging dann mit Monika die Fotos durch, die sie ihr zuvor gezeigt hatte. „Das hier ist Alva Vosen. Sie ist meine Vermieterin auf Sylt. Ihr gehört das Ferienhaus in Keitum, das ich immer miete.“ Vera ging zum nächsten Foto über. Es zeigte Juli mit ihrem Strandkorb und die kleine Lia. Vera vermisste die beiden sehr. „Das ist die Tochter von Alva. Ich habe auch erst letztes Jahr von ihr erfahren. Alva hat sie adoptiert. Eine traurige Geschichte. Sie hat sich immer ein Kind

gewünscht, konnte aber wohl selbst keine bekommen. Und das letzte Foto ist das Auto. Es ist kaum etwas zu erkennen. Nicht einmal ein Nummernschild. Nur dieses verschlungene Etwas. Ich verstehe immer noch nicht, was du mir damit sagen willst."

„Dann sage ich dir jetzt, was ich sehe." Monika riss ihr geradezu das Handy aus der Hand. „Das hier ist nur deine Vermieterin Alva Vosen. Das ist auch die Frau, die meine Katze überfahren hat und das hier ist das Mädchen, das ich immer noch für deine Tochter Julia halte. Beide habe ich an diesem Abend gesehen. Das kann ich beschwören. Und, wenn du mir immer noch nicht glaubst, dann schau dir das mal an." Monika zeigte ihr das Foto von Juli am Straßenrand mit ihrem Strandkorb.

„Ich kenne dieses Foto. Ich habe es mir tausend Mal angeschaut. Und du hast recht. Es besteht tatsächlich eine sehr große Ähnlichkeit mit Julia. Aber mehr auch nicht. Juli ist jünger und sie hat grüne Augen und ihre Haare sind leicht rötlich – auch, wenn sie ähnliche Locken hat wie meine Julia. Juli ist nicht Julia. Auch, wenn ich es mir noch so sehr wünschen würde."

„Das meine ich nicht. Ich meine das hier." Monika vergrößerte einen Teil des Fotos. „Siehst du diesen Wegweiser?"

„Ja, und?"

„Du siehst den berühmten Baum im Wald nicht. Dabei ist es ganz deutlich zu erkennen. Sieh her und schau genau hin. Hier und hier." Monika wechselte immer wieder zwischen den zwei Fotos. „Du siehst es wirklich nicht?"

„Nein, was soll ich denn sehen?" Vera starrte auf beide Fotos. Ihr Blick trübte sich. Tränen füllten sich in ihren Augen, die sie kaum noch zurückhalten konnte. „Warum zeigst du mir nicht einfach das, was du meinst?"

„Natürlich, das mache ich." Monika sah, wie sehr Vera mit sich kämpfte. „Siehst du das Zeichen hier auf dem Wegweiser. Und jetzt pass auf, was passiert, wenn ich das Stück verdecke. Was siehst du dann?" Wieder wechselte Monika zwischen den beiden Fotos hin und her.

„Du hast recht. Jetzt sehe ich es auch. Das Sylter Symbol, der Fisch, die Linien. Alvas Wagen hat so einen Aufkleber. Aber was sollte Alva hier in Köln wollen. Wie kommst du nur darauf? Das mit dem Wagen

ist zwar auffällig, aber…"
„Aber was? Willst du dem nicht nachgehen? Wenn ich mich irre, was soll's. Ich bin schon in der Klapsmühle. Aber was ist, wenn ich recht habe? Was ist, wenn Alva deine Tochter entführt hat?"
„Nehmen wir für einen kurzen Moment mal an, dass du recht hast", simulierte Vera. „Warum sollte Alva nach acht, neun Jahren – wann wurde deine Katze überfahren?"
„Warum sollte sie nach Köln kommen und dann noch mit Julia im Schlepptau? In eine Stadt, wo alle Welt nach ihr sucht. Das ergibt doch keinen Sinn."
„Du bist diejenige von uns, die mit Verrückten arbeitet. Erkläre du es mir." Monika sah, wie Vera sich die Tränen aus dem Gesicht wischte. „Hier bitte, ich habe leider nur eine Serviette."
Vera lachte, aber nahm die Serviette dankbar an. „In meiner Handtasche habe ich bestimmt Taschentücher. Aber die Serviette tut es auch. Kannst du mir auch sagen, was ich jetzt machen soll? Wenn ich mit dieser haarsträubenden Geschichte zu Hauptkommissar Brandes gehe, erklärt er mich endgültig für verrückt. Gerade erst habe ich ihm gesagt, dass ich mit allem abgeschlossen habe. Und jetzt soll ich genau mit der Geschichte wieder um die Ecke kommen."
„Meine Vermutungen sind nicht verrückter als all die anderen zuvor, die ihr euch habt anhören müssen. Da kommt es doch jetzt wirklich nicht auf eine mehr oder weniger an. Du hast doch nichts zu verlieren! Oder?"
„Nein, ich habe nichts zu verlieren. Und ich weiß auch, was ich jetzt tun muss. Ich werde Hauptkommissar Brandes anrufen und ihm von deinem Verdacht erzählen. Mal sehen, was er dazu zu sagen hat."

Vera hatte Glück und erreichte Hauptkommissar Brandes in seinem Büro. Sie erzählte ihm lang und ausführlich die ganze Story. Und umso mehr sie darüber sprach und über die neuen Details berichtete, umso mehr begann sie selbst daran zu glauben. Monika könnte recht haben und Juli ihre seit so vielen Jahren vermisste Tochter Julia sein. Vera beendete das Gespräch und wandte sich dann wieder an Monika. „Er wird vorbeikommen. Ich soll hier mit dir auf ihn warten. Er wird unsere Aussagen aufnehmen und dann sehen wir weiter. Wir brauchen auf jeden Fall mehr Kaffee und wir sollten auch Doktor Daun

informieren." Vera war in ihrer Ruhe, die sie ausstrahlte, doch sehr unruhig. Und damit steckte sie auch Monika an.
„Kaffee halte ich für keine gute Idee", meinte sie. „Ich könnte einen starken Beruhigungstee gebrauchen."
Vera hatte Doktor Daun eine Mail geschickt und ihn informiert, dass sie Hauptkommissar Brandes erwartete. Und dass, wenn er wollte, dazukommen konnte. Vera musste nicht lange auf eine Antwort warten. Er bot an, auf Hauptkommissar Brandes am Eingang zu warten und mit ihm zusammen auf die Station zu kommen. Die Zeit wollte und wollte einfach nicht vergehen. Die Zeiger auf Veras Uhr schienen stillzustehen. Immer wieder schaute sie nervös auf das Zifferblatt. Sie schob den Pulli über ihr Handgelenk und versuchte sich abzulenken. Monika indessen beschäftigte sich und konnte aus der Küche Kaffee, Tee und auch ein paar Kaltgetränke organisieren. Sie stellte beide Stühle, die am Fenster standen, rüber zu ihrem kleinen, alten Sofa. So würden später alle genügend Platz haben.
„Setz dich", bat Monika Vera. „Du machst mich noch ganz nervös."
„Was ist, wenn du recht hast und Juli Julia ist. Was soll ich dann tun? Was soll ich ihr sagen? Sie wird mich hassen, dass ich sie erst jetzt gefunden habe. Und das habe ich noch nicht einmal. Du hast sie gefunden. Ohne dich… Oh mein Gott, ich habe mein eigenes Kind nicht erkannt." Vera konnte gar nicht mehr aufhören zu jammern.

Endlich klopfte es an der Tür. Monika öffnete und ließ die beiden Männer herein. Doktor Daun erkundigte sich nach ihrem Gemütszustand. Sie versicherte ihm, dass es ihr gut ging.
Sorgen bereitete ihr Vera, die mit einem Weinkrampf auf dem Sofa lag. Doktor Daun eilte zu ihr und dicht hinter ihm folgte Hauptkommissar Brandes. Monika schloss die Tür und wartete. Sie fühlte sich schuldig. Was, wenn sie sich wieder geirrt hatte. Würde Vera ihr das jemals verzeihen können? Doktor Daun bot Vera an, ihr ein leichtes Beruhigungsmittel zu geben. Sie lehnte jedoch ab. „Es geht mir gut. Auch wenn es im Moment nicht so aussieht. Es war nur der Gedanke, der mich überrollt hat, dass ich Julia vielleicht doch noch einmal in die Arme schließen kann, hielt ich fast schon für unmöglich. Ich bin doch ihre Mutter und habe sie so gut wie schon aufgegeben."
Erneut fing sie an, jämmerlich zu weinen. Sie ließ sich von Monika

trösten. „Alles wird gut, du wirst sehen.“
Monika hielt sie so lange, bis Vera sich selbst aus der Umarmung löste. „Ich gehe mal kurz ins Bad und dann können wir auch gleich mit den Aussagen beginnen.“
Es folgte ein einvernehmliches Nicken rund um den kleinen, alten Tisch.

Der Tag war längst vorbei. Und auch der Nachmittag wurde von dem Einsetzen der Abenddämmerung abgelöst. Monika hatte ihre Aussage gemacht. Und auch Vera erzählte dem Hauptkommissar alles Wesentliche, was ihr zu Alva und Julia noch einfiel. „Was ist mit dem Ehemann, diesem Sönke?“, fragte Hauptkommissar Brandes. „Wie hängt er damit drin?“
„Ich denke, dass er genauso ein Opfer ist wie Julia. Er wird von alledem nichts gewusst haben“, versicherte Vera. „Aber wir sollten erst mal herausfinden, ob Juli wirklich Julia ist, bevor wir damit anfangen, weitere Personen zu verdächtigen. Die Frage ist nur, wie stellen wir das an.“ Vera sah hilfesuchend in Richtung des Hauptkommissars.
„Ich kann mit den Behörden auf Sylt Kontakt aufnehmen und Alva wegen begründetem Verdacht vorläufig festnehmen lassen. Wir können sie vierundzwanzig Stunden in Gewahrsam nehmen und sie mit dem, was wir haben, konfrontieren. Wer weiß, vielleicht knickt sie ja ein und gesteht alles.“
„Und wenn nicht“, hielt Vera dagegen, „dann ist sie gewarnt und Julia eventuell erneut in Gefahr. Wer weiß, wohin sie Julia dann bringen wird. Ich hätte da eine andere Idee.“
„Mach es nicht so spannend“, bat Monika. „Sag schon, was hast du vor?“
„Alva ist mir sowas von egal. Sollen sich später die Behörden um sie kümmern. Ich will nur eins wissen, und zwar, ist Juli Julia. Dafür braucht es nur einen DNA-Test.“
„Und wie willst du an die DNA von Juli kommen?“, fragte Monika und sah, dass Vera längst einen Plan hatte.
„Es hat schon einmal funktioniert. Damals auf Sylt hat Juli ihre Mutter mit einer simplen Mail ausgetrickst. Juli hat einfach behauptet, dass sie bei einer Freundin übernachten würde. Sie wollte unbedingt bei mir bleiben. Wir haben so viel gelacht. Haben gemeinsam den

mickrigen Tannenbaum geschmückt. Wir haben Strohsterne gebastelt. Es war ein perfekter Tag." Vera musste sich selbst aus ihren Erinnerungen reißen. „Und genauso machen wir es wieder. Nur diesmal wird sie nach Köln kommen. Bevor Alva überhaupt etwas merkt, haben wir den DNA-Test längst gemacht. Sollte Juli Julia sein, dann ist sie bei mir in Sicherheit."

„Und wenn nicht", warf Hauptkommissar Brandes seine Bedenken ein, „wenn alles nur ein riesengroßes Missverständnis ist. Zufälle gibt es. Menschen können sich ähnlich sehen. Und manchmal sind wir einfach zur falschen Zeit am falschen Ort." Er sah in enttäuschte Gesichter. „Ist ja schon in Ordnung", lenkte er ein. „Ich sehe schon, dass ich keine andere Wahl habe. Offiziell kann ich dem allen nicht zustimmen, aber ich habe nichts dagegen, wenn ein Mädchen aus Sylt zu Besuch nach Köln kommt."

„Und ich kann den DNA-Test machen", bot Doktor Daun an. „Niemand wird etwas davon mitbekommen."

„Und wie bekommen wir das Mädchen nach Köln? Wir können ja schlecht diese Alva fragen."

„Frau Bender hat recht." Hauptkommissar Brandes ging nervös durch das kleine Zimmer.

„Darum kümmere ich mich", sagte Vera und weihte die anderen in ihren Plan ein. „Juli wollte unbedingt nach Köln. Sie hat mich gefragt, ob sie bei mir wohnen könnte. Sie hat vorgehabt, für ein Jurastudium nach Köln zu kommen. Von Alva muss sie wohl erfahren haben, dass ich dort lebe und ein großes Haus habe. Ich glaube aber, dass Alva nicht damit gerechnet hat, dass Juli sich eines Tages mal gegen sie stellen würde. Alva will, dass Juli mal den Laden auf Sylt übernimmt. Auf jeden Fall habe ich das natürlich sofort abgelehnt. Ich wollte mich einfach nicht in familiäre Angelegenheiten einmischen. Aber jetzt werde ich alles dafür tun, um Juli nach Köln zu bekommen. Ich werde ihr eine Mail schicken. Ich werde ihr sagen, dass ich es mir anders überlegt habe. Dass sie bei mir wohnen kann, solange sie will. Sie muss nur aufs Festland kommen. Dort werde ich auf sie warten und ihr erst dann alles Weitere erklären."

„Das ist perfekt." Monika klatschte in die Hände.

Hauptkommissar Brandes schien nicht ganz so überzeugt zu sein wie die anderen. „Was ist, wenn sie nein sagt zur Übernachtung? Egal

warum auch immer. Dann wird Juli gezwungen sein, heimlich davonzulaufen. Ich will mir nicht ausmalen, was passieren kann, wenn diese Person von der ganzen Sache Wind bekommt. Sie ist nicht dumm. Sie hat Julia sieben Jahre lang vor den Behörden verstecken können. Ich habe keine Ahnung, wie sie das angestellt hat, aber ihr Plan war bisher wasserdicht."
„Ich hätte da noch eine andere Idee", sagte Vera. Sie öffnete eine Flasche Wasser und schenkte sich ein großes Glas ein. Sie trank es in einem Zug leer. „Wie wäre es, wenn ich nach Sylt fahre? Alva weiß aus meinen Erzählungen, dass ich vorhabe, mir auf Sylt eine Immobilie zu kaufen. Ich kann so tun als ob, und mich solange auf Sylt aufhalten, bis ich mit Juli in aller Ruhe sprechen kann. Dann verschwinden wir gemeinsam von der Insel. Sie können mir vertrauen, wenn Juli meine Tochter sein sollte! Ich werde es nicht noch einmal zulassen, dass man sie mir wegnimmt."
Wieder klatschte Monika in die Hände. Aber sie hörte sofort wieder auf, als Hauptkommissar Brandes erneut Einwände erhob.
„Sie sind viel zu nah an der Sache dran. Zu viele Emotionen sind hier höchst gefährlich. Das lassen wir mal lieber."
„Nein", sagte Vera bestimmt. „Genauso werde ich es machen. Keiner wird mich jetzt noch aufhalten können. Ich fahre nach Sylt und ich nehme Herrn Altmann mit. Sie kennen ihn, er wird schon auf mich aufpassen, dass ich keine Dummheiten mache."
„In Ordnung!" Zähneknirschend willigte Hauptkommissar Brandes ein.
„Es wird Zeit, sich langsam zu verabschieden", sagte Doktor Daun. „Für Frau Bender war das heute ein sehr aufreibender Tag."
Vera nahm Monika zum Abschied in den Arm. „Wir sehen uns", versprach sie.
Monika blieb in ihrem Zimmer alleine zurück. Vera, Doktor Daun und Hauptkommissar Brandes verließen den Raum. Doktor Daun versprach Vera, dass er später noch einmal nach Monika schauen würde. Sie verabschiedete sich von ihm, nicht ohne sich noch einmal zu bedanken. Das, was er heute für sie und Monika getan hatte, ging weit über das normale Alltägliche hinaus.
Auf dem leeren Besucherparkplatz standen exakt noch zwei Wagen. Jetzt war es an der Zeit, sich auch bei Hauptkommissar Brandes zu

bedanken und sich zu verabschieden. Und das tat sie auch. Vera umarmte ihn und flüsterte ihm etwas ins Ohr. „Danke für alles. Ich bin mir sicher, dass alles gut wird.“ Beide stiegen in ihre Autos und verließen das Gelände. Hinter ihnen fiel die schwere Schranke hinunter. Sie waren für heute Nacht die letzten Besucher gewesen.

Es war längst zu spät, um Jonathan von den Neuigkeiten zu berichten. Sie würde wohl oder übel bis morgen früh warten müssen, was ihr mehr als schwerfiel. Sie fuhr erst mal nach Hause. Es gab nichts mehr zu überlegen. Vera packte ihre Reisetasche und machte das Haus erneut klarschiff, wie erst noch vor ein paar Wochen. Müde, aber innerlich nach wie vor sehr aufgewühlt, legte sie sich um zwei Uhr früh ins Bett. Sie hatte vergessen, den Wecker zu stellen. Jetzt war es bereits neun Uhr. Vera wunderte sich, dass sich Jonathan noch nicht gemeldet hatte. Sie schaute auf ihr Handy. Es waren auch keine neuen Nachrichten eingegangen. Vera duschte, frühstückte und auch eine Stunde später war immer noch keine Nachricht von Jonathan auf ihrem Handy. Langsam begann sie, sich Sorgen um ihn zu machen. Sie wählte seine Nummer. Bestimmt war er längst in der Praxis. Wenn er bereits seinen ersten Patienten hatte, würde er nicht an sein Handy gehen. Sie ließ es klingeln und klingeln. Dann legte sie auf. Sie wollte nicht noch mehr Zeit verlieren. Vera schaute sich noch einmal um. Dann tippte sie den Sicherheitscode ein, schloss die Tür hinter sich und ging die Auffahrt hinunter zur Garage. Sie war im Begriff, sich riesigen Ärger einzuhandeln.

„Noch ist nichts passiert. Du kannst immer noch zurück. Das hier musst du nicht tun“, sagte Vera zu ihrem eigenen Ich.

Das Handy klingelte. Es war Jonathan. Sollte sie rangehen? Eigentlich war sie doch schon so gut wie weg. Mit Sicherheit würde er versuchen, sie aufzuhalten, wenn sie ihm jetzt alles beichten würde. Aber, wenn sie jetzt nicht ans Handy ging, dann würde er sie alle fünf Minuten versuchen zu erreichen.

„Guten Morgen“, meldete sie sich etwas zu forsch. „Ich habe verschlafen. Du warst wohl schon in einer Sitzung, als ich versucht habe, dich anzurufen. Ich sitze schon im Auto und wollte auch gleich los.“

„Und wohin willst du, wenn ich fragen darf?“

Vera ahnte, dass Jonathan längst Bescheid wusste. „Ich nehme mal an,

dass Hauptkommissar Brandes bereits mit dir gesprochen hat." Es war keine Frage, die Vera ihrem Freund stellte, vielmehr eine Feststellung.
„Ja, das hat er. Und wie es aussieht, scheine ich dich gerade noch rechtzeitig erwischt zu haben", sagte er mit einem leichten Unterton, den Vera nur allzu gut kannte. Dieser Unterton schlug er immer dann an, wenn er sie bei etwas ertappt hatte, was vorher nicht so abgesprochen war.
„Dann weißt du ja bereits alles. Bitte lass es mich erklären", bat Vera.
„Da gibt es nichts zu erklären. Deine Alleingänge machen mich wahnsinnig. Was soll ich nur mit dir machen? Außer dir ganz viel Glück zu wünschen." Vera schossen blitzartig Tränen in die Augen. „Aber ich habe eine Bedingung. Und da lasse ich auch nicht mit mir handeln. Du musst mich einmal am Tag anrufen, damit ich weiß, dass es dir auch gut geht."
„Das mache ich, versprochen." Vera hätte Jonathan jetzt am liebsten ganz fest in den Arm genommen. Keiner verstand sie so gut wie er.
„Wie geht es dir eigentlich mit dem Gedanken, dass dieses Mädchen eventuell Julia sein könnte", fragte Jonathan geradeheraus.
„Ich weiß es nicht! Ich weiß es wirklich nicht!"
„Du wirst es herausfinden und dann erzählst du mir davon. Einverstanden?"
„Weißt du eigentlich, wie lieb ich dich habe?" Vera hielt ihr Handy für einen Moment ganz nah an ihr Herz.
„Ich halte hier in der Praxis solange die Stellung. Ein paar Termine werde ich übernehmen können. Andere werde ich verschieben müssen. Und übrigens, ich habe dich auch lieb. Hau schon endlich ab und hol dir dein Mädchen." Jonathan legte auf. Eine ganze Weile hörte Vera nichts anderes als das monotone Tuten ihres Handys. Sie stellte es lautlos und legte es in ihre Tasche, die auf dem Beifahrersitz stand. Nur noch einmal tief ein- und ausatmen. So war es gut. Jetzt konnte sie nichts mehr aufhalten.

Sie fuhr auf und davon. Stunde um Stunde. So lange, bis der Tank so gut wie leer war. Längst fuhr sie auf Reserve. Der Zeiger der Tankanzeige pendelte bereits im gefährlich roten Bereich. Sie nahm die nächste Ausfahrt. Sie musste nicht nur tanken, sondern auch etwas essen und trinken. Sie hatte nicht einmal gefrühstückt, als sie von zu

Hause losgefahren war. Nicht mehr weit und vor ihr lag Niebüll. Ihr Ziel war dieses Mal aber nicht Keitum, sondern sie blieb auf dem Festland in Westerland. Schnell war online eine Suite im Strandhotel Sylt in Westerland gebucht. Natürlich mit Meerblick und allem anderen Komfort. Sie liebte das Meer nun mal und war überzeugt, wer einmal einen Sonnenuntergang hier erlebt hatte, oder sogar das große Glück hatte, Polarlichter sehen zu dürfen, der kam immer wieder. Vera hatte lange überlegt und sich Zeit genommen für ihre Entscheidung. Dann war sie zu dem unumstößlichen Entschluss gekommen, dass sie nicht bereit war, ihren Traum für Alva aufzugeben. Sie träumte schon viel zu lange davon, einmal hier auf Sylt eine Immobilie zu besitzen. Ihr Wunsch war es, ihren Lebensabend in einem gemütlichen Strandkorb am Meer zu verbringen. Das wollte sie sich von niemandem nehmen lassen. Sie ging in den Store, um zu bezahlen. Es duftete nach frischen Brötchen. Sie zögerte nicht lange und kaufte sich ein belegtes Brötchen mit Hähnchen und Salat und als Nachtisch gab es eine Schale mit gemischtem Obst. Dazu trank sie einen großen Kaffee. Der Tank war voll und auch ihr Magen hatte endlich aufgehört zu knurren. Auf der Toilette wusch sie sich die Hände. Sie schaute sich um. Hier konnte man ausnahmsweise mal sehr gut die Toiletten benutzen, was nicht immer ratsam für eine Raststätte war. Aber was sie sah, war sauber und es duftete nach frischem Lavendel. Sie ging zurück zu ihrem Wagen. Inzwischen hatte es angefangen zu regnen. Irgendwie war es anders, wenn es hier regnete als in der Großstadt. Der Regen peitschte vom Himmel. Sie schaute dann auf das Meer, das drohte, jeden Moment überzulaufen. Und doch war alles so viel weicher und friedvoller. Nach jedem Regen war es danach seltsam ruhig. Man hatte keine andere Wahl, als sich dem Lauf der Gezeiten hinzugeben.

„Träum nicht und fahr endlich weiter“, rief jemand aufgebracht. „Andere wollen auch tanken.“ Sie sah, wie hinter ihr ein genervter Autofahrer anfing zu hupen. Vera startete den Motor und machte den Weg frei. Sie hörte, wie der Mann hinter ihr noch ein lautes „Na endlich“ rief. Langsam fühlte sich Vera doch recht müde und erschöpft. Die Pause hatte ihr nicht die gewünschte Erholung gebracht. Ganz im Gegenteil. Das Essen lag ihr doch schwerer im Magen als gedacht. Und ihre Augen wurden immer schwerer. Nur noch wenige Kilometer, dann hatte sie ihren Sehnsuchtsort erreicht. Vera hatte Glück. Der Autozug wurde gerade beladen. Nicht mehr lange und sie war Juli ein ganzes Stück näher. Sie überlegte, ob sie ihr eine kurze Mail schicken sollte. Wer weiß, vielleicht hatte sie ja heute noch Zeit. Nervös tippte sie eine kurze Nachricht in ihr Handy. „Bin kurzerhand zurück, um mir eine Immobilie anzuschauen. Wenn du Lust hast, mich zu begleiten. Ich würde mich freuen. Ruf mich an. Ich bin in Westerland im Strandhotel Sylt.“ Vera zögerte, aber nur einen flüchtigen Moment. Dann drückte sie auf senden.

Der Autozug war beladen. Die Rampe schloss sich und der Zug setzte sich in Bewegung. Vera war immer wieder aufs Neue fasziniert und aufgeregt zugleich. Wie ein kleines Kind lehnte sie sich aus dem Fenster und genoss mit ein wenig Herzklopfen die Fahrt über den Hindenburgdamm. Die Fahrt verlief wie immer viel zu schnell. Vera rollte langsam aufs Festland. Bis zum Hotel war es jetzt nicht mehr weit. Sie wusste, wo sie hinmusste und fuhr die letzten Kilometer sehr konzentriert. Ihr Wagen rollte auf den Gästeparkplatz des Hotels. Sie checkte ein, während sich ein Angestellter um ihren Wagen und ihr Gepäck kümmerte. Endlich, sie hatte es geschafft. Sie war hier und ließ sich erschöpft auf das Bett fallen. Ein Zimmermädchen brachte ihr das Gepäck. Vera bestellte bei der jungen Frau etwas zu trinken aufs Zimmer. Sie packte ihre Sachen erst gar nicht aus. Nur im Badezimmer verstaute sie Waschutensilien und ihr Kosmetiktäschchen. Wie nach jeder langen Autofahrt brauchte sie auch jetzt einen ausgiebigen Spaziergang. Vera wartete, bis das Zimmermädchen ihr die Flasche Wasser aufs Zimmer brachte und ging dann mit ihr hinunter. Vera steckte der Frau einen Fünf-Euro-Schein zu. Dann verließ sie das Hotel. Ihr Weg führte sie entlang der Friedrichstraße. Vera flanierte gedankenverloren an den Geschäften vorbei. Sie kaufte sich ein Krabbenbrötchen und einen Tee to go und ging hinunter zur Strandpromenade. Es war kalt, sehr kalt sogar. Aber es tat auch gut, den Kopf ordentlich durchgepustet zu bekommen. Sie setzte sich in einen der verwaisten Strandkörbe ans Meer und aß ihr Brötchen. Der Tee war immer noch herrlich heiß und wärmte nicht nur ihre Hände. Der Schuss Rum ließ ihre Wangen glühen.

„Wusste ich doch, dass ich dich hier finden würde.“ Zwischen Veras Beinen wuselte ein kleines Etwas. Und hinter ihr tippte ihr jemand unentwegt auf die Schulter. Erst links, dann rechts, und dann sprang jemand zur Seite. Positionierte sich in den nassen Sand am Strand und stellte sich vor ihr. Vera traute ihren Augen nicht. Dann aber erkannte sie sofort die blaue Pudelmütze. Das Aufblitzen von stahlgrünen Augen, die leuchteten wie grüne Saphire in ihrer reinsten Form, ließ Veras Herz höherschlagen. Lia fing an zu bellen. Vera sprang auf und nahm das Mädchen ohne zu fragen in die Arme. So stürmisch, dass sie beide fast über Lia gestolpert wären. Dann ließen sie sich gemeinsam in den Sand fallen. Sie tollten herum wie kleine Kinder. Und Lia sprang zwischen beiden, bellend hin und her.
„Woher wusstest du und was machst du hier?“
Vera konnte es noch immer nicht glauben, dass sie Juli in ihren Armen hielt. Beide standen auf und klopften sich den feuchten Sand aus der Kleidung.
„Dieses Mal habe ich wirklich bei einer Freundin übernachtet. Nicht einmal fünf Minuten von deinem Hotel entfernt. Ich wollte dich überraschen. Aber dann sagte man mir im Hotel, dass du spazieren gegangen bist. Ich habe dich gesucht und gefunden.“ Wieder lagen sie sich in den Armen.
„Ich hätte nicht gedacht, dich so schnell wiederzusehen.“ Vera freute sich. Julis Freude, sie wiederzusehen, war echt.
„Ehrlich gesagt ich auch“, sagte Vera wahrheitsgemäß. „Nach dem Vorfall mit deiner Mutter dachte ich mir, das war es jetzt. Aber nun bin ich hier.“
„Und du suchst tatsächlich nach einer Immobilie?“
„Ja und nein.“
„Das verstehe ich nicht.“ Juli schaute verwirrt. „Suchst du nun eine Immobilie oder nicht?“
„Ich bin ehrlich gesagt deinetwegen hier. Es gibt etwas, das ich mit dir besprechen möchte. Es ist etwas kompliziert. Mir fehlen wirklich die Worte. Zumal ich nicht damit gerechnet habe, dich so schnell wiederzusehen. Ich bin gerade mal ein paar Stunden hier und da bist du.“ Vera konnte nicht aufhören, Juli anzustarren.
„Ich war in der Nähe, also dachte ich mir, warum nicht sofort vorbeischauen. Bevor ich wieder nach Hause muss. Aber, wenn es dir jetzt

nicht passt, kann ich auch gehen. Komm Lia", rief Juli. Lia tobte ausgelassen am Strand. Die Kleine unterbrach sofort ihr Spiel und kam zu Juli angelaufen. „Braves Mädchen", lobte Juli ihre Hündin und gab ihr zur Belohnung ein Leckerli, das sie aus ihrer Tasche zauberte und ein Stück weit wieder den Strand unterwarf. Sofort war Lia erneut im Spielmodus.
„Ich bin froh, dass du da bist. Großes Ehrenwort." Vera versuchte, ihren Herzschlag unter Kontrolle zu bringen. „Hast du Zeit und begleitest mich zurück ins Hotel? Wir könnten einen Kaffee oder eine Cola trinken und dann unterhalten wir uns."
„Warum nicht, wenn ich Lia mitnehmen darf?"
„Das werden wir schon irgendwie hinbekommen." Vera rief Lia, und auch zu ihr kam die Hündin sofort angelaufen.

Das Hotel machte keine Probleme. Hunde waren erlaubt. Lia durfte mit aufs Zimmer. Einen Kaffee und eine Cola wurden ihnen auch sofort serviert. Vera entschuldigte sich bei Juli und ging kurz ins Bad. Sie brauchte einen unbeobachteten Moment, um den nächsten Schritt zu planen. Als Vera wieder aus dem Bad herauskam, wusste sie immer noch nicht, wie und was sie Juli eigentlich sagen sollte. Sie hatte die ganze Fahrt über versucht, sich auf das Gespräch vorzubereiten. Hunderte von Versuchen hatte sie in ihrem Kopf durchgespielt. Dann lag die Antwort geradezu wie ein Geschenk vor ihr. „Willst du dir nicht auch schnell die Hände waschen? Anschließend könnten wir, wenn du noch etwas Zeit hast, unten ins Restaurant gehen und etwas essen. Was hältst du davon? Lia kann doch solange hier im Zimmer bleiben."
„Wenn ich mir die Hände wasche und mit dir essen gehe, erzählst du mir dann, warum du wirklich hier bist?"
„Ich denke, das lässt sich mit Sicherheit einrichten." Juli stand auf und ging ins Bad. Jetzt musste Vera schnell sein. Sie rannte geradewegs zum Sofa und schnappte sich die blaue Pudelmütze. Das Glück war auf ihrer Seite. Die Mütze war übersät mit Haaren. Vera zog so viele heraus, wie sie konnte. Ohne lange zu überlegen, nahm sie noch die leere Coladose vom Tisch. Das sollte doch für einen DNA-Test ausreichen. Sie rannte erneut los. Dieses Mal in die Küche. Irgendwo hatte sie doch Brottüten gesehen. Sie öffnete nervös jede Schublade und fand schließlich das, wonach sie suchte. Vera zog gleich zwei

Tüten aus dem Stapel. Eine für die Haare und in die andere Tüte legte sie die Coladose. Beides stellte sie gut verschlossen unter die Spüle in den Schrank. Sie fühlte sich schuldig, als sie in das Zimmer zurückkam. Juli saß wieder auf dem Sofa und spielte mit ihrem Handy. Lia war eingeschlafen.

„Bist du soweit, können wir gehen?“ Vera hatte ihren Plan noch nicht zu Ende ausgeführt. Sie konnte nur hoffen, dass Juli sie nicht vorzeitig durchschaute und misstrauisch wurde.

„Klar doch“, sagte Juli und stand auf. Sie streichelte die schlafende Hündin und ging zu Vera, die bereits an der Tür stand. Vera öffnete die Türe und wartete, bis Juli hinausging.
„Geh doch schon mal nach unten und suche uns einen Tisch aus. Ich habe etwas vergessen. Gib mir fünf Minuten.“ Vera schob Juli ein Stück weit den Gang hinunter. Sie selbst blieb im offenen Türrahmen ihres Zimmers stehen.
„Irgendwie bist du komisch. Stimmt etwas nicht?“
„Doch, doch! Es ist alles in Ordnung. Ich habe wohl nur mein Portemonnaie vergessen. Wäre doch peinlich, wenn ich am Ende des Abends nicht die Rechnung bezahlen könnte.“
„Wie ich schon sagte, du bist heute Abend sehr, sehr komisch. Auf der einen Seite habe ich das Gefühl, dass du mich um keinen Preis gehen lassen willst. Und im nächsten Moment gibst du mir das Gefühl, dass ich dir im Weg stehe. Aber wie du willst, ich gehe nach unten und suche uns einen Tisch. Aber, wenn du nicht in zehn Minuten unten bist, komme ich rauf, hole Lia und das war’s dann. Dann bin ich weg und du kannst dir jede weitere Erklärung sparen.“
„Ich brauche keine zehn Minuten, vielleicht acht. Und jetzt geh bitte!“
Juli machte sich auf den Weg. Vera wartete noch einen Moment, bis Juli wirklich die Treppe zum Restaurant hinunterging. Sie hatte nur acht Minuten Zeit, um ihren nächsten Schritt zu machen. Vera rannte zurück ins Zimmer. Aus der Küche holte sie die Tüten, die sie unter der Spüle versteckt hatte. Im Wohnzimmer stand ein kleiner Sekretär. Vera hoffte dort einen großen Umschlag zu finden. Zwei Minuten waren bereits vergangen. Ihre Hände zitterten, als sie die Klappe des Sekretärs öffnete. Vera hatte freie Auswahl an Briefpapier und

Umschlägen. Sie griff sofort nach einem der großen, braunen, gepolsterten Umschläge. Vier Minuten! Vera hörte ihren eigenen Herzschlag. Sie rannte zur Tür, schloss sie leise, damit Lia nicht aufwachte. Dann aber rannte sie den Gang hinunter, und auch die Treppe nahm sie mit reichlich Schwung. Sie ging aber nicht ins Restaurant. Veras Weg führte sie zur Rezeption. Unterwegs hatte sie beide Tüten in den Umschlag gepackt und verschlossen. Fünfeinhalb Minuten.
Vera übergab den Umschlag an den Portier. Aus ihrer Tasche holte sie eine Visitenkarte aus ihrem Portemonnaie. „Das muss sofort per Overnight Express an diese Adresse geschickt werden. Es ist wirklich sehr wichtig, dass ich mich auf Sie verlassen kann. Schreiben Sie es mir bitte mit auf die Rechnung."
„Natürlich, Frau Wagner Kausch. Ist schon so gut wie erledigt."
Sieben Minuten.
„Danke!"

Vera fühlte sich elendig, als sie das Restaurant betrat. „Lächle, Vera, du musst lächeln", sagte sie sich immer wieder. Acht Minuten, und dann entdeckte sie Juli in einer kleinen Nische.
„Da bin ich", trällerte Vera und setzte sich zu ihr an den Tisch.
„Achteinhalb Minuten", sagte Juli nach einem prüfenden Blick auf ihre Uhr. Der Kellner kam und sie bestellten. „Und jetzt will ich wissen, was los ist." Juli ließ Vera nicht aus den Augen. Die Getränke wurden serviert, und Vera war froh für das eisgekühlte Wasser. Sie trank bis zur Hälfte aus und stellte es neben sich auf den Tisch.
„In Ordnung! Jetzt bin ich dir wohl eine Erklärung schuldig." Vera entspannte sich langsam. „Wenn du mich nur noch diese eine Mail schreiben lässt, bin ich für den Rest des Abends nur noch für dich da. Großes Ehrenwort. Und dann kannst du mich fragen, was immer du willst." Vera kniff die Augen ein wenig zusammen. Wie lange noch, würde sie die Geduld einer Siebzehnjährigen auf die Probe stellen können?
„Ich frage mich wirklich langsam, warum ich eigentlich hier bin, wenn du so viel zu tun hast." Vera tippte so schnell sie konnte in ihr Handy, während sie versuchte, Juli weiterhin hinzuhalten.
„Habe DNA von Juli. Bitte testen, so schnell es geht. Herr Altmann wird Ihnen eine Vergleichsprobe von mir geben. In der Praxis im Bad

liegt eine Haarbürste von mir. Auch ein Zahnbecher steht im Schrank unter dem Becken. Bitte um sofortige Rückmeldung, wenn das Ergebnis vorliegt. Liebe Grüße, Frau Wagner Kausch."
„Fertig!" Vera ließ das Handy in ihrer Tasche verschwinden. „Ich liebe das Gefühl, wenn alles erledigt ist." Vera strahlte über das ganze Gesicht. Ihre Mission, die zu Anfang kaum Aussicht auf Erfolg zu haben schien, hatte sich nahezu von selbst erledigt. Und das in nur wenigen Stunden. Jetzt begann für Vera der schwierigste Teil. Sie musste warten. Wie lange konnte so ein DNA-Test schon dauern? Ein paar Tage, eine Woche? Vera sah, dass Juli schmollte.
„Schau, da kommt auch schon unser Essen. Ich habe jetzt richtigen Hunger bekommen. Die frische Luft hier draußen regt den Appetit doch ordentlich an. Findest du nicht auch?"
Juli dachte nicht daran, es ihr einfach zu machen. Ihre Mundwinkel hatte sie demonstrativ nach unten gezogen. Ihre Arme hielt sie verschränkt vor ihrem Körper. Mit dem Stuhl wippte sie gefährlich hin und her.
„Ich habe verstanden", sagte Vera. „Du willst mich bestrafen. Ich verstehe nur nicht, warum. Ich war unter den vereinbarten zehn Minuten wieder bei dir. Ich habe sogar die acht Minuten so gut wie geschafft. Jetzt hör bitte auf mit dem Stuhl zu wippen. Du verletzt dich sonst noch." Vera gingen für ein paar unkontrollierte Sekunden die Nerven durch. „Die Leute starren uns schon an. Wir sind hier nicht in irgendeiner Frittenbude am Strand."
Juli hörte schlagartig auf zu wippen und schlug mit dem Stuhl hart gegen die Tischkante. Die Gläser schwappten über und der Kellner balancierte die vollen Teller, die er gerade servieren wollte. Vera entschuldigte sich bei dem Mann, der ihr trotz der unschönen Situation ein Lächeln schenkte. „Würdest du jetzt bitte essen und dich nicht länger wie ein kleines bockiges Kind benehmen? Dann könnten wir uns auch endlich wie erwachsene Menschen unterhalten."
„Du redest von erwachsen sein. Wer hat mich denn den ganzen Abend hin und her geschoben und warten lassen? Das warst du. Inzwischen glaube ich, dass es ein Fehler war, zu dir zu kommen." Sie schob den Stuhl unsanft nach hinten. „Es ist besser, wenn ich jetzt gehe."
Vera konnte sie jetzt unmöglich einfach so gehen lassen. Es war noch viel zu früh, Juli von dem DNA-Test zu erzählen. Vera überlegte, sie

musste sich schnell etwas einfallen lassen.
„Möchtest du immer noch zu mir nach Köln kommen? Ich meine, möchtest du immer noch Jura studieren?“
Juli blieb augenblicklich stehen. Sie setzte sich sogar wieder, zog den Stuhl ran und begann mit dem Essen. Beide hatten sich eine Portion Pasta bestellt, vier Käsespezialitäten mit extra viel weißem Trüffel.
„Es scheint so, als hätte dir meine Frage die Sprache verschlagen. Das freut mich, zumindest isst du jetzt.“ Vera begann auch zu essen.
„Du bist also meinetwegen zurückgekommen, um mich mit nach Köln zu nehmen? Es geht dir also nicht um eine Immobilie, nach der du suchst? Warum diese Geheimniskrämerei? Das verstehe ich nicht. Du hättest doch einfach nur fragen müssen. Den Weg hättest du dir wirklich sparen können. Du kennst meine Antwort, und an der hat sich auch nichts geändert.“
„Ganz langsam, so weit sind wir noch lange nicht. Ich werde dich nicht heute oder in den nächsten Tagen mit nach Köln nehmen. Du vergisst nach wie vor, dass du noch minderjährig bist. Und dass deine Mutter bereits andere Pläne für dich hat. Hast du mit ihr nach meiner Abreise noch einmal reden können? Ich wollte mich nur vergewissern, ob sich an deiner Meinung vielleicht doch inzwischen etwas geändert hat. Was sagt eigentlich dein Vater zu deinen Plänen? Möchte er auch, dass du auf der Insel bleibst, um den Laden zu übernehmen? Oder respektiert er deinen Wunsch, dass du etwas anderes machen möchtest?“
Juli kaute und sprach mit halbvollem Mund. „Ihm ist alles egal. Er sagt, dass er sich nicht einmischen will. Er sagt aber auch, dass ich auf meine Mutter hören sollte. Aber das kann ich nicht. Wenn ich achtzehn bin, dann treffe ich ganz alleine meine Entscheidungen. Niemand wird mir dann noch etwas vorschreiben können.“
„Wann wirst du denn achtzehn?“ Vera war überglücklich, dass Juli sich endlich beruhigt hatte.
„Ich bin am neunten Dezember siebzehn geworden. Ich habe mich erkundigt. Ich könnte mit achtzehn anfangen zu studieren. Bis dahin wird mir schon noch etwas einfallen. Wir brauchen also heute Abend noch keine Fluchtversuche zu planen.“
„Ich würde auch viel lieber mit deiner Mutter in aller Ruhe darüber sprechen wollen.“
„Da muss ich dich leider enttäuschen. Meine Mutter ist zurzeit nicht

auf der Insel. Sie ist für ein paar Tage wieder auf ihrem Ego-Trip.“
„Ihren Ego-Trip? Was bedeutet das?“
Juli hatte aufgegessen und trank ihre Cola. „Schon seit Jahren, eigentlich schon so lange ich mich erinnern kann, verschwindet sie immer mal wieder für ein paar Tage. Sie fährt total auf diesen Hypnose-Kram ab.“ Juli sagte das mit einem deutlichen verächtlichen Unterton in ihrer Stimme. „Von Anfang an musste ich sie begleiten. Ich war so etwas wie ihr Versuchskaninchen. Sie hat sich inzwischen zertifizieren lassen zur Hypnose-Tante. Ich halte nicht viel davon. Kann ich noch eine Cola haben und vielleicht auch ein Dessert?“
„Natürlich! Bestelle dir, was du möchtest.“ Vera winkte den Kellner zu sich und ließ Juli bestellen.
„Ich hätte gerne noch eine Cola. Kann ich eine große haben mit Eis und Zitrone?“ Julis Augen suchten den Kontakt zu Vera.
„Du kannst haben, was du möchtest.“
Während Juli weiter bestellte, sah Vera kurz auf ihr Handy. Noch keine Nachricht. Sie schaute in den Ordner ihrer gesendeten Mails. Ihre Nachricht an Doktor Daun war rausgegangen. Es war Samstag. Vielleicht hatte er das Wochenende frei.
„Möchtest du auch noch etwas?“ Juli und der Kellner warteten, dass Vera etwas sagte.
„Ja, einen Kaffee bitte mit etwas Milch und zwei Stück Zucker. Danke.“
Der Kellner ging und Vera wandte sich wieder Juli zu. „Ich habe mir noch einen großen Eisbecher mit doppelter Portion Schlagsahne bestellt und dazu zwei Löffel. Du magst doch Eis?“
„Ich liebe Eis.“ Beide lachten. Dann wurde Vera wieder ein wenig ernster. „Deine Augenfarbe ist schon etwas ganz Besonderes. So ein Grün habe ich noch nie gesehen. Auch deine roten Locken. Ist das alles Natur?“
Juli lachte. „Du bist doch auch eine Frau. Hilfst du nicht auch hin und wieder etwas nach? Deine roten Strähnen zum Beispiel, die hat der liebe Gott dir auch nicht geschenkt. Oder?“
„Da hast du Recht. Was so ein bisschen Veränderung doch ausmachen kann. Sie macht einen zu einem anderen Menschen.“

Der Kellner servierte die Cola und den Kaffee. Den riesigen Becher

Eis stellte er in der Mitte des Tisches ab. Juli trank die Cola in einem Zug leer. „Das muss an dem vielen Käse liegen. Ich habe so einen Brand.“ Vera nahm den Löffel, den Juli ihr reichte, und gemeinsam stürmten sie den Eisberg.

„Ich kann mich nicht daran erinnern, dass ich jemals anders ausgesehen habe“, sagte Juli. Ihr Blick wirkte leicht nachdenklich. „Gleich nach meiner Adoption, an die ich auch kaum eine Erinnerung habe, feierten wir Karneval. Ich war glaube ich neun, nein, ich war zehn. Aber meine Erinnerungen waren früher schon wie ausgelöscht. Sollte man nicht in der Lage sein und sich mit zehn an irgendetwas aus seiner Kindheit erinnern können? Wie kann es sein, dass ich meine leiblichen Eltern vergessen habe? Vera sah, wie Juli mit sich kämpfte.

„Sei nicht so hart mit dir. Vielleicht hast du als Kind ein Trauma erlebt. Vielleicht war deine Kindheit aber auch so schwer, dass du dich nicht erinnern willst. Unser Unterbewusstsein kann uns schnell im Stich lassen, wenn wir einer Überforderung ausgesetzt sind. Lass dir einfach Zeit. Wenn du mit achtzehn deine Unterlagen beim Jugendamt einsehen darfst. Vertrau mir, es wird alles gut. Du bekommst deine Antworten.“

„Früher“, sagte Juli, „da hatte ich immer wieder diesen Traum. Ich träumte von einem wunderschönen großen Garten. Darin stand dieses riesige Holzhaus. Ich sah nur Hände, wie sie mir zuwinken. Ich hatte keine andere Wahl, ich musste zu diesem Haus laufen. Aber noch bevor ich es erreichen konnte, fiel es in sich zusammen. Inzwischen träume ich nicht mehr davon. In den ersten Wochen und Monaten meiner Adoption habe ich meine Mutter noch mit ihrem Vornamen angesprochen. Lange habe ich ihr nichts von diesem Traum erzählt. Später dann, als ich mich endlich getraut habe, hat sie täglich mit mir Hypnose-Praktiken geübt. Sie sagte, dass mir das helfen würde, zu vergessen. Es hat tatsächlich funktioniert. Alles war weg, ausradiert. Auch der böse Traum. Ja, es muss Karneval gewesen sein, als sie mir zum ersten Mal die Haare rot gefärbt hat und mir grüne Kontaktlinsen gekauft hat. Sie war mit mir sogar bei einem richtigen Augenarzt gewesen. Beides hat mir so gut gefallen, dass ich es einfach beibehalten habe. Genervt haben mich nur diese ständigen Hypnose-Sitzungen. Sie meinte, dass sie noch viel üben müsste, um noch besser zu werden. Ihr Ziel war es, damit Geld zu verdienen.“

„Und verdient sie mit Hypnose inzwischen ihr Geld?“ „Nein, ich bin nach wie vor ihr einziges Opfer.“ Vera wagte es nicht, ihrer Vermutung zu folgen.
„Du musst unbedingt das Schoko-Minze-Eis probieren.“ Juli schob Vera den Löffel Eis ungefragt in den Mund. „Wirklich lecker, aber ich habe genug. Den Rest musst du alleine essen.“
„Kein Problem, das schaffe ich problemlos.“ „Wann kommt denn deine Mutter von ihrem Ego-Trip zurück?“, wollte Vera wissen. Sie versuchte, ihre Frage so beiläufig wie möglich klingen zu lassen. Zwischen Sahne und Minz-Eis versuchte nun Juli ihr zu antworten. „Keine Ahnung! Manchmal ist sie nur ein, zwei Tage unterwegs. Sie war aber auch schon mal eine ganze Woche weg. Dann fährt sie irgendwelche Märkte ab und geht auf seltsame Seminare. Soll ich ihr etwas ausrichten von dir, wenn sie sich meldet? Sie ruft mich jeden Abend an, um zu fragen, wie mein Tag war.“
„Danke, aber das ist nicht nötig. Es wäre mir sogar lieber, wenn du deiner Mutter nicht sagen würdest, dass ich hier bin. Unsere letzte Begegnung war doch sehr unschön. Ich habe mich nicht einmal persönlich von ihr verabschiedet. Ich bin ja noch ein paar Tage hier. Vielleicht ist sie ja bis dahin wieder zurück.“
„Kein Problem, ich kann schweigen wie ein Grab. Wenn du willst, schicke ich dir eine Nachricht, wenn sie zurück ist.“
„Danke, das wäre großartig. Und bis dahin schaue ich mir vielleicht doch noch ein paar Immobilien an. Was meinst du? Hast du Zeit und Lust, mich in den nächsten Tagen zu begleiten?“
„Mal sehen“, zögerte Juli. „Ich muss jetzt aber auch los. Meine Freundin wartet bestimmt schon auf mich.“
„Warum hast du das nicht gleich gesagt, dann wären wir ein anderes Mal essen gegangen.“
„Ist schon in Ordnung. Sie weiß, wenn ich mit Lia unterwegs bin, dass ich immer zum Strand hinuntergehe. Dann vergesse ich schon mal ganz schnell die Zeit.“
„Lass mich schnell bezahlen, und dann holen wir Lia. Wenn es dir recht ist, begleite ich dich noch ein Stück. Die Nudeln waren wirklich reichlich und dann noch das Eis. Ein Spaziergang wird mir guttun.“
Vera ließ die Rechnung auf ihre Hotelzimmerrechnung schreiben. Sie holten Lia und gingen hinunter zur Strandpromenade. Gemeinsam

Schweigen geht nicht mit jedem Menschen. Aber Vera und Juli konnten es. Sie sahen der kleinen Hündin beim Spielen zu. Langsam färbte sich der Himmel über ihnen glutrot. Seite an Seite verließen sie den Strand und gingen zurück Richtung Hotel, um sich dann zu verabschieden.

„Habe ich dir nicht gesagt, dass du dich von meiner Tochter fernhalten sollst?“ Alva begrüßte nicht einmal ihre Tochter, als sie wie aus dem Nichts plötzlich auftauchte. Sie bahnte sich ihren Weg und stellte sich demonstrativ zwischen die beiden. Lia begann aufgeregt zu bellen. „Hier!“ Alva reichte Juli einen Rucksack. Es war ihr Rucksack. „Ich war bei deiner Freundin und habe deine Sachen geholt. Sie hat mir gesagt, wo ich dich finden kann. Geh sofort zum Wagen und warte dort auf mich.“ Alva drückte Juli den Autoschlüssel in die Hand. Sie schubste das Mädchen unsanft den Weg abseits der Promenade entlang.
Vera wollte eingreifen, aber Juli wehrte ab. „Lass es gut sein.“ Juli nahm den Schlüssel aus der Hand ihrer Mutter. „Guten Abend, Mutter, schön dich zu sehen.“ Juli nahm die aufgeregte Hündin auf den Arm und ging.
Vera wollte ihr folgen, doch Alva hielt sie zurück. „Lass sie in Ruhe. Juli ist meine Tochter.“
„Aber Julia ist meine Tochter“, konterte Vera.
„Du hast sie nicht verdient. Julia ist dir davon gelaufen. Meine Juli denkt nicht daran, mich zu verlassen. Also geh und lass uns in Ruhe.“
„Das kann ich nicht. Ich habe bis zuletzt nicht gewagt zu hoffen, dass es wahr sein könnte. Aber dein Auftauchen, hier und jetzt. Es gibt keinen Zweifel mehr. Juli ist meine Tochter. Juli ist Julia.“ Vera schlug das Herz bis zum Hals. Sie konnte kaum atmen. Die Gedanken in ihrem Kopf überschlugen sich. Wie viele Jahre zuvor war sie hier gewesen? War sie auf Sylt gewesen? Hätte sie die Nähe ihrer Tochter nicht spüren müssen? Alva hatte nicht unrecht. Sie hatte Julia nicht verdient. Wäre sie eine bessere Mutter gewesen, dann wäre das alles hier niemals geschehen.
„Mach, dass du verschwindest und komm nie wieder zurück“, fauchte Alva und baute sich erneut vor Vera auf. Sie nahm eine bedrohliche Haltung ein.

Doch Vera ließ sich davon nicht einschüchtern. Sie ging sogar einen Schritt auf sie zu. „Wer sollte mich daran hindern, nicht sofort die Polizei zu rufen? Du müsstest einiges erklären, bevor man dich für Jahre wegsperrt."
„Nur zu, aber bevor die mich bekommen oder du mir Juli wegnimmst, sind wir längst über alle Berge. Der Fall Julia Wagner Kausch existiert nicht mehr. Die Polizei hat die Suche längst eingestellt. Ja, ich war und bin immer auf dem Laufenden gewesen. Kannst du dir mein Entsetzen vorstellen, als mir klar wurde, dass es ausgerechnet Julia war, die mir über den Weg gelaufen war? Das Kind der berühmten Psychologin aus Köln. Die Frau, die seit Jahren bei mir Urlaub machte. Es war, als würde das Schicksal laut über mich lachen. Aber so war es nur am Anfang. Aus Julia wurde in kürzester Zeit Juli. Und so wird es auch bleiben. Wenn du es wagst, auch nur einen Versuch zu unternehmen, um mich aufzuhalten, dann wirst du es bereuen. Was glaubst du, wie erleichtert die Polizei sein würde, wenn sie nach all den Jahren endlich die Leiche von Julia finden würden?"
„Das wagst du nicht. Du liebst sie doch. Das könntest selbst du nicht tun."
„Nur, wenn du mir keine andere Wahl lässt." Vera war fassungslos. Sie war nicht in der Lage, nur einen einzigen klaren Gedanken zu fassen. Was sollte sie nur tun? Noch nie in ihrem Leben hatte sie sich so hilflos gefühlt. Nicht einmal, als Julia verschwunden war. Nicht einmal, als Thomas so unerwartet starb. Auf diese Dinge hatte sie keinen Einfluss. Aber jetzt war es ihre Entscheidung. Sie konnte gehen und Julia ein weiteres Mal verlieren, oder sie blieb und ging das Risiko ein, dass Alva ihr etwas Furchtbares antat. Vera musste sich schnell entscheiden. Von der Straße aus ertönte das monotone Dröhnen einer Autohupe. Es war vermutlich Julia, die das ewige Warten leid war.

„Bevor ich gehe", sagte Vera und verstand nicht, was sie da tat, „sag mir warum? Wie konntest du Julia finden? Du hier auf Sylt, Julia in Köln. Das kann doch kein Zufall gewesen sein. Hast du das etwa von langer Hand geplant?"
„Ihr Reichen", schimpfte Alva. „Ihr glaubt, ihr seid was Besseres. Kommt hierher, nehmt euch, was ihr wollt, und beschwert euch dann immer noch. Jahrelang habe ich mir dein Gejammer anhören müssen.

Wie überarbeitet du doch bist. Wie schwer du es hast. Mit der gut laufenden Praxis, dem gutaussehenden und erfolgreichen Mann und dem wunderschönen Kind, das dich immer nur nervt. Das waren deine Worte. Julia war dir immer nur im Weg. Sie hat dich gestört. Deine Karriere, die Partys, deine Freunde, all das war dir wichtiger als deine Tochter. Du hast lieber gefeiert und Karriere gemacht. Mutter zu sein war dir nicht genug. Du hast Julia immer und immer wieder weggeschickt, weil dir andere Dinge wichtiger waren als sie. Selbst den Urlaub hier auf Sylt hast du lieber alleine verbracht. Gnädige Frau brauchte ja ihre Auszeit", spottete Alva. „Man nimmt sich keine Auszeit von seinem Kind." Alva war außer sich.
Vera spürte die große Verachtung mit jedem Wort, das Alva ihr entgegenschleuderte. „Nichts habe ich geplant. Julia ist mir einfach so über den Weg gelaufen. Du kannst das nicht verstehen. Für mich war es eine schicksalshafte Begegnung. Es war Fügung. Ich frage mich, ob du mir in all den Jahren überhaupt ein einziges Mal zugehört hast. Wie sehr ich mir immer ein eigenes Kind gewünscht habe. Wie sehr ich dich beneidet habe. Und dann der Schock, als ich erfahren habe, dass ich selbst keine eigenen Kinder bekommen kann. Du hattest sogar einmal die Frechheit besessen und mir angeboten, Julia für ein paar Wochen bei mir abzugeben. Gelacht hast du und gemeint, dass ich nach dieser Erfahrung froh wäre, kein Kind zu haben. Du warst so arrogant, oberflächlich und von oben herab. Aber ich habe nicht aufgegeben. Adoption war für mich der nächste logische Schritt. Sönke war von meiner Idee nicht gerade begeistert. Er war schon immer ein Verfechter der Meinung, dass man Gott nicht ins Handwerk pfuschen sollte. Wenn wir also keine Kinder auf natürlichem Wege bekommen konnten, dann war es in seinen Augen so von Gott gewollt. Ich musste mir also etwas einfallen lassen. Köln lag irgendwie auf der Hand für mein nächstes Vorhaben. Aber alles, was ich versuchte, war vergebens. Meine Hoffnung, als alleinstehende Frau ein Kind adoptieren zu können, entpuppte sich schnell als unmöglich. Hätte es funktioniert, ich hätte Sönke sofort verlassen und das Kind irgendwo alleine großgezogen. In meiner Verzweiflung dachte ich sogar für einen Moment an eine Leihmutter. Aber da wusste ich ja bereits, dass Sönke nicht mitziehen würde. Samenbank, künstliche Befruchtung. Ich habe mich über alle Möglichkeiten und Alternativen informiert. Nichts von

alledem kam für mich nur annähernd in Frage.
Du willst wissen, wie ich Julia gefunden habe? Das kann ich dir ganz genau sagen. Ich war mal wieder in Köln unterwegs. Ich wollte es noch einmal mit einer Adoption versuchen. Ich war dieses Mal bei einer anderen Anlaufstelle als beim ersten Mal. Voller Zuversicht versicherte ich der Dame, dass wir jetzt bereit waren, als Paar ein Kind zu adoptieren. Die Dame war äußerst nett, aber sie bestand darauf, Sönke bei einem weiteren Gespräch kennenzulernen. Du kannst vermutlich meine Enttäuschung verstehen. Ich konnte nicht wieder mit leeren Händen nach Hause fahren. In dieser Nacht bin ich einfach irgendeine Straße entlanggefahren. Ohne zu wissen, wohin mein Weg mich führen würde. Irgendwann habe ich dann angehalten. Ich war auf einer dunklen Lichtung. Ich wollte schon wieder umdrehen, und da stand sie. Deine Julia. Sie kam von einer Auffahrt heraufgelaufen. Ich sah sofort, dass sie geweint hatte. Also stieg ich aus. Zuerst dachte ich, sie hätte sich verlaufen oder verletzt. Aber dem war nicht so. Und dann sagte sie es mir. :„Ich bin meiner Mutter absolut egal. Nie hat sie Zeit für mich. Ihr Job und ihre Freunde sind ihr immer wichtiger als ich. Da kann ich doch auch gleich abhauen. Niemandem wird es auffallen, ob ich da bin oder nicht.“ Glaub mir, da hatte ich noch keinen Gedanken daran gehabt, sie mitzunehmen oder gar zu entführen. Ich wollte sie nur beruhigen. Wollte, dass sie aufhört zu weinen. Eine Weile habe ich sogar versucht, auf sie einzureden. Dass Eltern nun mal so sind. Dass sie viel um die Ohren haben und dass manchmal alles zur gleichen Zeit kommt. Aber auch, dass ihre Mutter sie bestimmt ganz doll lieb hat und dass sie in Sorge sein wird und bereits überall nach ihr sucht.
Es war weit nach Mitternacht. Ich fragte mich immerzu, warum niemand nach ihr suchte. Ich sah den langen dunklen Weg hinunter, den Julia gekommen war. Bunte Lichter flackerten und erhellten hin und wieder den stockdunklen Himmel. Die Musik war ohrenbetäubend. Wenn man genauer hinsah, konnte man Schatten wahrnehmen, die sich zur Musik bewegten. Es wurde gelacht und gesungen. Keiner hätte mein Rufen gehört. Zu diesem Zeitpunkt hatte ich ja noch keine Ahnung, dass ich ausgerechnet vor deiner Auffahrt gelandet war. Nennst du das etwa nicht Schicksal oder gar Fügung?“
Vera starrte nur die Frau an, die versuchte sich zu rechtfertigen, dass

sie vor gut sieben Jahren ein weinendes, verängstigtes, fremdes Kind mitgenommen hatte. Alva begann hysterisch zu lachen. Nervös trat sie immer wieder auf der Stelle. Es sah aus, als wollte sie davonlaufen, aber schaffte es nicht. Alva war offensichtlich nicht ganz zurechnungsfähig. Und unter gewissen Umständen bestimmt auch gefährlich. Sicher war nur, Vera würde nicht ohne ihre Tochter gehen. Alva hörte plötzlich auf, auf der Stelle zu treten. Sie kam Vera so nahe, dass sie gezwungen war, einen Schritt zurückzugehen. „Weißt du, was ich getan habe?“ Alvas Augen waren weit aufgerissen und ihr Atem roch nach kaltem Kaffee und altem Fisch. Vera drehte sich der Magen, aber dieses Mal blieb sie stehen. „Ich habe deiner Tochter angeboten, sie nach Hause zu bringen. Ich habe ihr versprochen, dass alles wieder gut wird. Weißt du, was sie gesagt hat?“ Die Pause, die Alva zwischen zwei Sätzen machte, kam Vera wie eine Ewigkeit vor. „Ich will nicht nach Hause“, hat sie gesagt. Und dann hat sie mich gefragt, wohin ich fahre. Als ich ihr sagte, dass ich nicht hier aus Köln komme, sondern weit weg auf einer kleinen Insel wohne, da leuchteten ihre blauen Augen so hell wie das Meer auf Sylt, wenn sich die Sonne darin spiegelte. ‚Nimmst du mich mit?‘, hat sie mich gefragt. Ich konnte nicht ablassen von ihrem schönen Gesicht. Ihre Augen hielten mich gefangen. Bevor ich wusste, was geschah, setzte sie sich einfach so in meinen Wagen. Sie wollte zu mir. Ich habe sie nicht entführt.“
„Du hättest das trotzdem nicht zulassen dürfen. Julia war gerade mal zehn Jahre alt. Sie war wütend und enttäuscht. Mag sein, dass ich in ihren Augen mich zu wenig um sie gekümmert habe. Aber das habe ich nicht. Jede freie Minute gehörte ihr.“ Erneut ertönte von der Straße aus das Hupen. Laut, mahnend und anhaltend.
Vera brauchte nur noch ein paar wenige Minuten, um ihren Plan in die Tat umzusetzen. Was sie vorhatte, war verrückt und waghalsig zugleich. Und was noch viel schlimmer war: Es gab keine Garantie, ob es überhaupt funktionieren würde.
„Ich muss jetzt gehen“, sagte Alva. „Juli wartet nicht gerne. Sie will, dass ich zu ihr komme und sie nach Hause bringe.“
„Bitte warte! Ich habe nur noch eine einzige Frage. Kann es sein, dass du vor ungefähr dreizehn, vierzehn Monaten mal mit Julia in Köln gewesen bist? Eine Patientin von mir meint, dich gesehen zu haben. Es könnte dein Wagen gewesen sein, der ihre Katze überfahren hat.

Warte, ich habe ein Foto auf meinem Handy." Vera nahm ihr Handy und suchte aber nicht nach dem Bild, sondern sie tippte etwas in ihr Handy. Eine Nachricht an Julia.
„Bitte vertrau mir und gehe sofort mit Lia zurück in das Hotel. Warte dort auf mich. Gruß Vera."
Alva kam ihr gefährlich näher.
Vera drückte auf „Senden" und suchte dann verzweifelt nach dem Bild. „Hier, hier ist es", rief Vera erleichtert. Sie hielt Alva das Handy vors Gesicht und versuchte nur noch zu atmen. „Du willst dich wirklich mit mir über eine tote Katze unterhalten?"
„Ehrlich gesagt, nicht. Aber es wäre wichtig für meine Bekannte. Sie hat sehr an dem Tier gehangen und gibt sich die Schuld an ihrem Tod." Alva sah nicht wirklich auf das Foto. „Was soll's! Klar erinnere ich mich. Diese Frau stand total neben sich. Ich war mit Juli auf einem Hypnose-Workshop. Wir waren gerade wieder auf dem Weg nach Hause. Ich hatte die Prospekte vergessen und bin noch einmal zurückgegangen. Als ich rauskam, lief die Frau wie von Sinnen auf der Straße herum. Ich habe die Katze nicht gesehen. Sie muss sich unter dem Wagen versteckt haben. Nun ja. Ich denke, auf weitere Einzelheiten muss ich nicht näher eingehen. Ich bin dann so schnell ich konnte weg, bevor jemand die Polizei informieren konnte. Wird das deiner Bekannten helfen? Denkst du, dass sie sich damit besser fühlen wird?"
„Ich weiß es nicht", sagte Vera wahrheitsgemäß. „Aber ich werde es ihr genauso erzählen. Sie kann dann selbst entscheiden, wie sie damit umgehen wird."
„Und ich entscheide mich jetzt dafür zu gehen." Alva sah die Straße hinauf. „Ich sage es dir noch einmal: Du solltest Julia zuliebe nicht auf dumme Gedanken kommen", drohte Alva. „Vergiss den heutigen Abend einfach. Fahr zurück zu deiner Arbeit, deinen Freunden und den Partys. Julia ist schon vor vielen Jahren gestorben. Und wie du weißt, ist Juli meine Tochter. Ich werde es nicht zulassen, dass du sie mir wegnimmst."
Alva drehte Vera den Rücken zu und ging ein Stück die Straße hinunter.
„Das muss ich auch nicht", rief Vera ihr zu. „Julia wird von ganz alleine darauf kommen und dann wird sie dich verlassen. Es ist nur eine Frage der Zeit. Du weißt doch, dass sie schon seit Jahren Fragen zu

ihrer Adoption und zu ihren leiblichen Eltern hat. Sie wird herausfinden, dass es keine Adoption gab. Wie willst du ihr das erklären? Du kannst sie nicht für den Rest ihres Lebens mit Suggestionen oder, was noch viel schlimmer und auch gefährlicher ist, mit Gedächtnisblockern manipulieren."
„Wie kommst du darauf, dass ich so etwas getan haben könnte?"
„Julia hat mir von deinem obskuren Hobby als Hypnose-Tante erzählt. Ja, so hat sie dich bezeichnet. Sie hat mir erzählt, dass du sie schon seit Jahren als Versuchskaninchen missbrauchst. Ich brauchte nichts weiter zu tun, als Eins und Eins zusammenzuzählen. Schließlich habe ich studiert."
Alva kam den Weg, den sie gegangen war, zurückgelaufen. „Du kannst mir gar nichts. Nichts von alledem wirst du jemals beweisen können. Es war so einfach", verhöhnte sie Vera. „Am Anfang, da reichte noch ihre eigene Willenskraft aus. Sie wollte vergessen. Ihr altes Leben ausradieren. Es war ihre Entscheidung." Vera hob die Hand zum Schlag aus.
„Tue es nicht! Sie ist es nicht wert." Hinter ihnen standen Julia, alias Juli, und neben ihr zwei Polizeibeamte in Uniform, die sofort auf Alva zugingen, um sie festzunehmen.
„Was machst du hier? Solltest du nicht im Hotel sein und dort auf mich warten?" Vera konnte nicht anders, als ihren Tränen endlich freien Lauf zu lassen. „Du hast schon immer nur das gemacht, was du wolltest", stammelte Vera unter Tränen.
„Von wem ich das wohl habe, Vera? Mama! Daran muss ich mich erst noch gewöhnen."
„Woher weißt du es?"
„Alva! Ich habe in ihrem Wagen nach so etwas Simplem wie einem Taschentuch gesucht. Und dann fand ich in ihrem Handschuhfach eine Mappe. Da waren auf einmal alle meine Antworten. Ich habe alles gleich der Polizei übergeben, nachdem ich sie angerufen habe. Wir müssen morgen früh noch eine Aussage machen. Vorher dürfen wir nicht nach Hause fahren."
„Es ist für dich also in Ordnung, mit mir nach Köln zu kommen?"
„Nur, wenn ich Lia mitnehmen darf."
„Natürlich darf Lia mitkommen. Und was machen wir jetzt mit dem angebrochenen Abend?" Vera sah ihre Tochter an und konnte ihr

Glück kaum fassen. „Du kommst mit der ganzen Sache viel besser zurecht als ich.“
„Das täuscht, glaub mir. Frag mich morgen noch einmal, ob das heute Abend wirklich alles geschehen ist.“
„Sollen wir zurück ins Hotel oder musst du zurück nach Hause? Ich meine! Willst du zu Sönke?“
„Nein!“
„Der Arme. Ich glaube, er hat von alledem nichts gewusst.“
Julia überlegte kurz. Dann sagte sie: „Es ist besser, wenn die Polizei ihm alles erklärt.“
„In Ordnung, dann lass uns ins Hotel gehen. Wir werden uns etwas aufs Zimmer bestellen und reden.“

Am nächsten Morgen machten sie ihre Aussage bei der Polizei. Danach hielt sie nichts mehr und sie reisten ab. Noch in derselben Nacht hatte Vera allen Menschen, die ihr wichtig waren, ein und dieselbe Mail geschickt, die nur einen einzigen Satz beinhaltete.

„Julia und ich werden nach Hause kommen.“

Fast ein Jahr später

„Beeil dich, Julia. Du kommst sonst noch zu spät zu deiner eigenen Geburtstagsparty."
„Du bist wirklich eine sehr fürsorgliche Mutter, aber jetzt bin ich erwachsen. Endlich achtzehn. In ein paar Wochen fange ich mit dem Jurastudium an. Also, lass mich ruhig fünf Minuten zu spät zu meiner eigenen Party kommen. Meine Gäste werden es mir nachsehen."

„Wow, Mama, du siehst großartig aus." Vera kam die Treppe herunter und umarmte Julia, die ebenfalls überragend in ihrem hellblauen Abendkleid aussah. Das Kleid wetteiferte jetzt wieder mit dem Blau ihrer Augen. Und auch ihre blonden Locken trug sie wieder zu einem lockeren Zopf gebunden. Ihr wunderschöner Mund plapperte wild drauflos und glänzte einzigartig im puren Rosé. Vera trug ein Etuikleid aus dunkelblauer Seide. Schlicht, aber elegant.
„Ich weiß, wer den ganzen Abend nicht die Augen von dir lassen kann", neckte Julia ihre Mutter. „Was ist das eigentlich zwischen dir und Jonathan? Ihr eiert umeinander herum, dabei ist jedem längst klar, dass ihr verrückt nacheinander seid."
„Das ist nicht so einfach", sagte Vera, nicht ohne dabei leicht rot zu werden. „Jonathan und ich waren ein Leben lang immer nur beste Freunde. Er war auch ein Freund deines Vaters. Ich hätte das Gefühl, ihn zu verraten."
„Das ist doch Unsinn. Mein Vater hätte gewollt, dass du wieder glücklich bist. Auch mit Jonathan." Julia nahm die Hand ihrer Mutter. „Jetzt lass uns runtergehen und endlich feiern, dass ich achtzehn bin."
Seite an Seite gingen Mutter und Tochter hinaus in den Garten. Alle waren gekommen. Jonathan, Hauptkommissar Brandes, Doktor Daun, Monika und sogar Sönke. Der Garten war hell erleuchtet. Jedes Fenster im Haus war weit geöffnet. Bunte Lampions schmückten sie. Das Baumhaus war ebenfalls festlich geschmückt und Musik beflügelte die Szenerie.
Jonathan kam ihnen entgegen. Er gratulierte Julia zu ihrem Geburtstag und führte sie zum Tisch, wo die anderen bereits auf sie warteten. Dann reichte er Vera seinen Arm und ging mit ihr ein Stück durch den Garten. Etwas abseits kamen sie zum Stehen.

„Bist du glücklich?“, fragte er und strich ihr eine rote Haarsträhne aus ihrem hübschen Gesicht. „Oder gibt es irgendwo noch ein schwarzes Fenster, das ich für dich schließen kann?“, fragte er, während seine Lippen sanft ihre Wange berührten.
„Keine schwarzen Fenster mehr“, sagte Vera. „Ich bin glücklich, denn ich liebe meinen besten Freund.“

Ende

Über die Autorin

Dorothe Reichling wird 1963 in Bergisch-Gladbach bei Köln geboren. Ohne Ausbildung erarbeitet sie sich die Position einer Altenpflegehelferin. Jahre später erfüllt sie sich dann ihren Traum und macht 1998 ein Fernstudium für Werbung & Verkauf.
Ihre wahre Berufung aber ist und bleibt das Schreiben. 2005 entdeckt sie auch ihre Liebe zur Lyrik & Prosa und schreibt mehrere Gedichte, die im Frankfurter Literaturverlag teilweise erschienen sind.
Bereits im DeBehr Verlag erschienen sind: „Ich war selbst fast noch ein Kind“, „Das Geheimnis der Aborigines Fibel“, „Es fällt kein Schnee im Sommer“, „Schatten des Grauens über Bellmore House“, „Nach der Flut kam die Wut. Als ich lernte, im Regen zu tanzen“, „365 – Ein Jahr ganz mieser Tage“ und nun „Schwarze Fenster“. Sie lebte mit ihrem Mann im wunderschönen Ahrtal in der Nähe von Bonn. Dann kam die Flut. Aber ein Jahr später kehrte sie zurück.